*Doch manchen stürzte schon*
*Die Hoffnung auf Gewinn in sein Verderben.*

Sophokles

NADJA QUINT

# HALBE MIETE

*Ein Fall für Lilo Gondorf*

btb

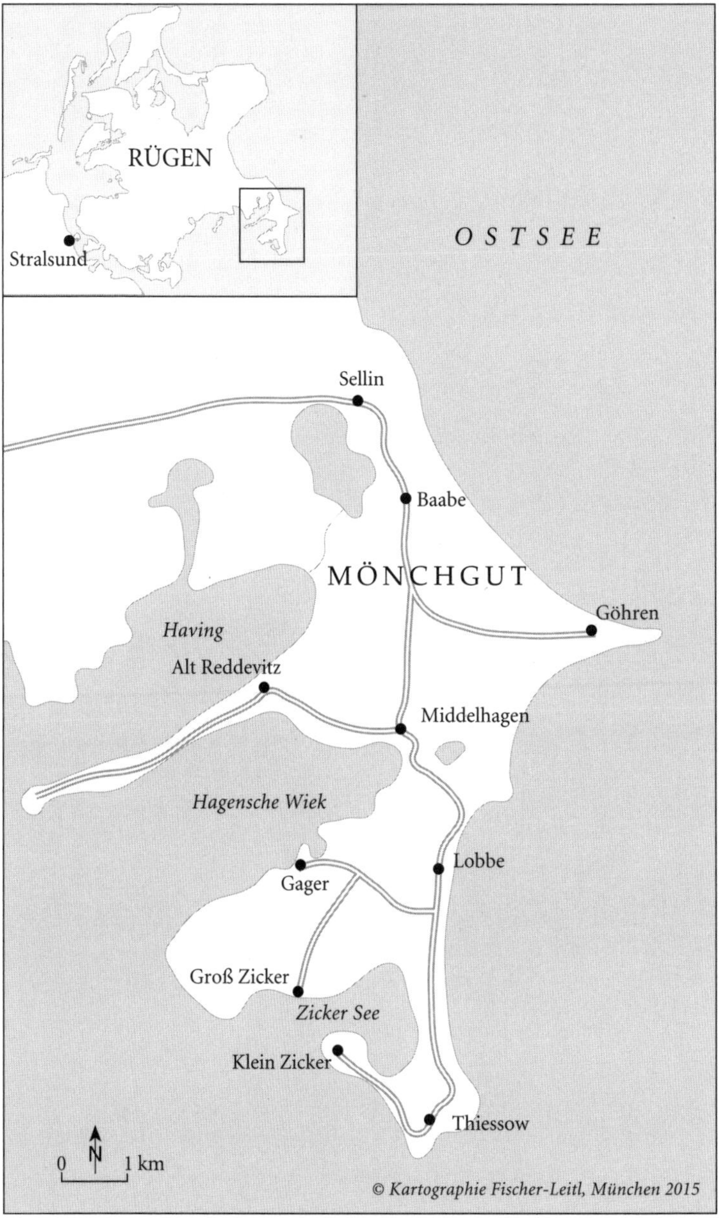
RÜGEN
Stralsund
OSTSEE
Sellin
Baabe
MÖNCHGUT
Göhren
Having
Alt Reddevitz
Middelhagen
Hagensche Wiek
Lobbe
Gager
Groß Zicker
Zicker See
Klein Zicker
Thiessow
N
0
1 km
© Kartographie Fischer-Leitl, München 2015

# Der Weg

In Gager, einem kleinen Ort im Südosten der Insel Rügen, ging ein älteres Ehepaar auf das Naturschutzgebiet zu. Noch hielten die letzten Häuser des Dorfes mit ihren zum Bodden gelegenen Gärten die Böen ab. Erst als die Wanderer die offenen Wiesenflächen erreichten, traf sie von der Seite ein harter Wind und hinterließ ein stechendes Gefühl auf ihren Wangen. Das Gehen wurde mühsamer, doch das Atmen fiel leicht. Die Luft war gesättigt vom Regen der frühen Morgenstunden.

Der Mann drehte sich um. »Hier bleibt es erst mal flach, das Land fällt zum Wasser hin sanft ab. Bis zur Steilküste sind es noch ein paar Kilometer.«

Die Frau nickte. »Da weht es bestimmt noch stärker.«

»Möchtest du lieber umkehren?«, fragte er fürsorglich.

»Nein, ist doch schön hier. Hauptsache, es regnet nicht mehr.«

Seit dem dritten Lebensjahr war die Frau blind, man hatte ihr die von Krebs befallenen Augäpfel entfernt. So hatte sie gelernt, ihre übrigen Sinne zu nutzen. Auch in fremder Umgebung fand sie sich gut zurecht. Zusammen mit ihrem Mann war sie vor ein paar Jahren in Rente gegangen, seitdem wanderten die beiden leidenschaftlich gern. An diesem Vormittag wollten sie die Zickerschen Berge umrunden, eine der schönsten Wanderstrecken auf der Insel. Die Frau folgte ihrem Mann auf zwei Metern, für sie der günstigste Abstand. Sie orientierte sich am Geräusch seiner Schritte, und er konnte sie rechtzeitig vor Unebenheiten warnen.

Der Weg verlief in südwestlicher Richtung. Je näher sie dem Ende des Höfts kamen, umso stärker wurden die Böen.

Der Himmel blieb die meiste Zeit bedeckt, manchmal brach für einige Minuten die Sonne durch. Seit knapp zwei Stunden waren sie nun unterwegs. Bis zum Ausgangspunkt der Wanderung, ihrem Ferienbungalow in Groß Zicker, würden sie noch einmal so lange brauchen.

An einer Gruppe von Sträuchern, die den Blick auf den Bodden verdeckten, drehte der Mann sich wieder um. »Alles in Ordnung?«

Im Gehen zog die Frau die Kordel am Jackenkragen fester. »Ja sicher.«

»Na, dann weiter«, meinte er zufrieden.

Am Bodden schmeckte die Luft nach Regenwasser und frischem Grün. Die nasse Sandschicht auf dem Weg wurde dicker, die Sohlen der Wanderschuhe sanken tiefer ein, das Laufen strengte an. Vor der nächsten Wegbiegung blieb der Mann schweigend stehen. Die Frau ging auf ihn zu und schmiegte sich an seine Seite, er strich ihr durchs Haar, sie vergrub das Gesicht an seinem Hals. Dies war ihr Ritual. Mit dem Kinn berührte die Frau den Rucksack, darin trug der Mann ihren zusammenschiebbaren Blindenstab. Nur zur Vorsicht nahmen sie ihn mit, bislang hatten sie ihn nicht gebraucht.

Sie richtete ihren Kopf wieder auf. »Erzählst du mir was?«, fragte sie herausfordernd.

Er lächelte. »Was möchtest du denn wissen?«

»Irgendwas hübsches Geografisches.«

Wie vor jedem Urlaub hatte er sich ausführlich über die Besonderheiten der Landschaft belesen. Dass seine Frau sich manchmal darüber lustig machte, nahm er ihr nicht übel.

»Gut, dann ein bisschen Erdkunde für dich: Ursprünglich waren die Zickerschen Berge bewaldet. Nach der Abholzung blieben hohe Wiesenhügel zurück, und weil es hier relativ wenig regnet, bildete sich eine Trockenrasenlandschaft. In heißen Sommern erreicht das Innere des Bodens bis zu siebzig Grad Celsius. So was findet man in Europa nur selten, darum hat die UNESCO das zum Biosphärenreservat erklärt.«

Sie nickte begeistert. »Dann mach doch mal bei den Wiesen weiter. Welche Pflanzen erkennst du denn so?«

Er lachte, denn von Botanik verstand sie mehr als er. »Also: Links ist Weißklee, rechts gelber Löwenzahn und in der Mitte irgendwas, das erinnert an Kornblumen. Aber nicht blau, sondern rosa.«

»Das sind Flockenblumen«, entgegnete die Frau milde.

»Na gut, dann eben Flockenblumen. Und wenn der Wind durch das Gras geht, sieht es aus, als hätte die Wiese silberne Streifen.«

»Sehr schön. So viel dazu.« Die Frau löste sich aus der Umarmung und wandte sich zur Seeseite. »Und jetzt erzählst du mir was über das Gewässer hier.«

Er folgte ihrer Drehung, sein Arm lag immer noch auf ihrer Hüfte. »Wir stehen an der Bucht zwischen den Zickerschen Bergen und dem Reddevitzer Höft.«

»Sind Boote drauf?«

»Nicht viele. Wahrscheinlich wegen der starken Windstöße, das ist nur was für geübte Segler.«

»Aha«, sagte die Frau zufrieden. Sie zog ein Taschentuch hervor und putzte sich die Nase. »Dann weiter zur nächsten Attraktion.«

Die beiden setzten sich in Bewegung, wieder ließ die Frau ihren Mann zwei Meter vorgehen.

»Es riecht nach Schafen«, rief sie ihm nach einer Weile zu.

Er wandte sich um. »Stimmt. Die berühmten Pommerschen Rauwollschafe. So zwanzig, dreißig Stück. Und alle noch in dicker Wolle nach dem kalten Frühjahr.«

»Mit Schäfer und schwarzem Hütehund? So wie im Bilderbuch?«

»Nein«, sagte er heiter. »Ganz ohne Aufpasser. Die kennen sich ja aus hier. Und jetzt machen sie uns den Weg frei.«

»Wie aufmerksam.« Die Frau lächelte.

Sie gingen weiter. Ein paar hundert Meter, nachdem sie die Schafherde passiert hatten, begegneten ihnen zwei Männer, ebenfalls Wanderer. Freundlich grüßend zog man aneinander vorbei, die Männer rochen nach kaltem Zigarettenrauch. Dann blieb das Ehepaar allein mit sich und der Natur. Sie näherten sich dem Ende der Landzunge, die Böen wurden stärker.

»Moment mal bitte.« Die Frau blieb stehen und zog sich die Kapuze über den grauen Haarknoten.

»Die Sandklippen hier sind schon höher, so an die zehn Meter, darum pfeift der Wind so«, erklärte der Mann. »Aber gleich kommen wir durch einen kleinen Wald, da wird es bestimmt angenehmer.«

»Alles kein Problem!« Lächelnd setzte sie sich wieder in Bewegung.

Ihr Mann behielt recht. Sobald sie den Wald erreichten, wurde es windstill. Das Geräusch der schlagenden Wellen drang zwischen den Bäumen hindurch, die den Weg von den Klippen trennten.

»Wir sind kurz vor der Außenspitze des Höfts.« Wieder drehte der Mann sich um. »Aber vorher kommt noch eine Lichtung, da ruhen wir uns ein bisschen aus.«

»Können wir machen.« Die Frau atmete angestrengt, während sie weiterging.

Hinter dem Wald frischte der Wind auf, Böe folgte auf Böe. Mit einer Hand bedeckte die Frau ihre rechte Wange. »Wie hoch sind die Klippen hier?«

»Etwa fünfzehn Meter.« Er blieb stehen. »Wir können noch ein Stück näher ran, wenn du möchtest.«

»Gern.«

Sie ging auf ihn zu, er nahm sie fest in den Arm und führte sie ein paar Schritte nach vorn. »Direkt vor uns ist die Hagensche Wieck und dahinter das Reddevitzer Höft.«

»Ist die Sicht gut?«

»Nein, alles ziemlich diesig.«

Sie hielt ihr Gesicht in den Wind und atmete tief. »Gibt es einen Strand an den Klippen?«

»Ja, wenn auch nur einen schmalen Streifen, aber von hier aus kommt man nicht dorthin. Nachher kommt eine Stelle, an der ein Weg nach unten führt, zu einem kleinen Sandstrand namens *Nonnenloch*. Da können wir ja mal hingehen, wenn das Wetter besser ist.«

»Machen wir.« Sie küsste ihn auf die Wange.

Die beiden standen einen halben Meter vor der Kante, ein Windstoß traf sie von der Seite. Der Mann zog seine Frau fester an sich, sie barg ihr Gesicht an seinem Hals.

Sobald die Böe abflaute, hob sie den Kopf in Richtung Meer und sog die Luft ein. »Ich finde es ganz wunderbar hier.«

»Schön. Dann hat sich der Weg ja gelohnt.«

Sein Arm glitt an ihrem Rücken herunter. Jetzt umschlang er ihre Hüfte.

Der nächste Windstoß kam von vorn. Zitternd hielt die Frau sich an ihrem Mann fest. »Mir ist kalt.«

Sie spürte, wie er den Kopf wand.

»Da drüben ist eine Bank.« Er fasste ihre Hand und wies ihr die Richtung. »Ungefähr zwanzig Meter von hier. Geh doch schon mal hin, ich komme gleich nach.«

»Danke!« Sie löste sich aus der Umarmung und zählte die Schritte mit, die sie zur Bank brauchte, es waren zweiunddreißig. Auch hier spürte sie noch den rauen Wind und zog die Kapuzenkordel fester. Er würde gleich kommen, hatte ihr Mann gesagt. Sie wartete, die Minuten verstrichen.

»Alles in Ordnung?«, rief sie in seine Richtung. Er antwortete nicht. »Werner?«

Da hörte sie seinen Schrei. Sie sprang auf. Zweiunddreißig Schritte von der Bank bis zu den Sandklippen. Sie ging erst schnell, dann langsamer. Die Böen wurden stärker. Sie setzte Fuß vor Fuß. »Werner!«

Dreißig Schritte war sie gegangen, sie blieb stehen. Für einen Moment ließ der Wind nach. Unterhalb der Abbruchkante hörte sie Äste knacken. Wieder setzte sie einen Fuß vor – und zog ihn sofort zurück. Sie stand am Klippenrand.

# Die Nachricht

Lieselotte Gondorf kniff das linke Auge zu und visierte ihr Ziel an. Ihr Zeigefinger umschlang den Abzug, jetzt lag alle Konzentration im äußeren Fingerglied. Hier entschied sich, ob der Schuss gelang. Noch einmal fixierte sie die Mitte der runden Scheibe, dann drückte sie ab.

Der Sprühstoß traf ins Zentrum. Lilo zog ein Tuch aus ihrer Kitteltasche und verteilte den Glasreiniger über den Badezimmerspiegel. Dabei rümpfte sie die Nase, der Salmiak ärgerte ihr feines Organ. Und noch etwas störte sie: Die letzten Gäste hatten reichlich Zahnpastaspritzer hinterlassen. Lilo ließ den Spiegel quietschen und strahlte sich selbst entgegen, es ging gut voran mit der Reinigung vom *Boddenhüsken*, dem größeren ihrer beiden Ferienbungalows. Sie öffnete das Badezimmerfenster. Von hier aus konnte sie längs über ihr Grundstück schauen, hin zum *Mövennest*, dem kleineren Bungalow, und weiter bis zu ihrem eigenen Wohnhaus. Rasen, Bäume und Sträucher leuchteten im Grün des Frühsommers.

Beide Holzhäuser, die Lilo vermietete, hatten Terrassen mit Blick auf den Bodden, und im hinteren Teil des Gartens gab es einen kleinen Spielplatz. Die Kurverwaltung verlieh für diese Ferienanlage jedes Jahr fünf Seesterne – die Höchstwertung. Fünf Seesterne, das bedeutete: großzügige Räumlichkeiten, komfortable Ausstattung, stilsicheres Ambiente. Bisher war es Lilo gelungen, die Bestnote zu verteidigen. Doch dafür musste sie auch einiges tun. Die Anlage in Schuss zu halten, kostete jede Menge Zeit und Anstrengung, und Lilo verabscheute schon die Arbeit im eigenen Haushalt. Doch ihr blieb keine Wahl. Angestellte waren zu teuer, und in ihren früheren Beruf konnte sie nicht mehr einsteigen, dafür galt sie längst als zu alt.

Also bewältigte sie bei jedem Gästewechsel die Reinigung von *Boddenhüsken* oder *Mövennest* ohne fremde Hilfe – und fluchte vor sich hin. Wobei sie durchaus noch eine Steigerung des Grauens kannte. Mehr als das Wischen, Waschen und Putzen in den Häusern hasste sie die Arbeit um die Häuser herum. Das Mähen der großen Rasenfläche, das Zupfen und Rupfen an Bäumen und Beeten. Aber auch dem konnte sie nicht entrinnen. Ein gepflegter Garten gehörte nun mal dazu. Falls Lilos Gäste sich über braune Blätter, Unkräuter oder ähnliche Urlaubsmängel beschweren sollten, würde die Strafe der Kurverwaltung auf dem Fuße folgen: der Abzug von mindestens einem Seestern. So weit durfte Lilo es nicht kommen lassen.

Während sie am Badezimmerfenster stand, schaute sie in den Himmel. Das Wetter sollte heute unbeständig bleiben, doch für die nächsten Tage war Sonne angesagt. Sie beendete ihre kurze Pause und rückte der Dusche zu Leibe, anschließend wischte sie die Böden. Mit dem Gefühl, Großes geleistet zu haben, schloss sie das Holzhaus ab und trat auf die Terrasse. In dem Moment kam zwischen den rasch ziehenden Wolken die Sonne hervor, sofort fühlte Lilo sich entschädigt für alles Ungemach. Mönchgut hieß dieser Teil Rügens. Vor mehr als fünfzehn Jahren war Lilo zum ersten Mal hier gewesen und hatte sich verliebt in die Halbinsel mit ihren sanften Übergängen zwischen Land und Meer – so fließend und vielgestaltig, als würden Wiesen und Wasser sich mit langen Fransen auf immer neue Weise ineinander verweben. Hier bleibe ich!, hatte Lilo damals beschlossen. Noch heute freute sie sich jedes Mal darüber, wenn auch ihre Gäste sich für die Gegend begeistern konnten.

Sie hätte gern länger verweilt und der Landschaft beim Schönsein zugeschaut, doch in ihrer eigenen Wohnung war Arbeit liegen geblieben. Nicht mal den Frühstückstisch hatte sie abgeräumt. Also dann. Voll Vorfreude auf eine frische Tasse Kaffee ging sie durch den Garten. Die vermoosten Stellen im Rasen waren schon wieder gewachsen. Seufzend nahm sie den Blick von der Grünfläche und schaute zur Straße. Auf dem Gästeparkplatz neben Lilos Haus stand ein schwarzer Mercedes mit Berliner Kennzeichen. Er gehörte dem Ehepaar Koch, seit gestern wohnten die beiden im *Mövennest*. Sehr angenehme Leute, fand Lilo, und dabei so eindrucksvoll. Nach der Begrüßung hatte sie ihnen den Bungalow gezeigt und gestaunt: Obwohl Frau Koch blind war, konnte sie sich mühelos orientieren. Zusammen mit ihrem Mann wolle sie wandern, erzählte sie, gleich am nächsten Tag sollte es losgehen. Natürlich hätte Lilo gern neugierig nachgehakt. Doch sie verkniff sich die Frage, wie die blinde Frau Koch denn in fremder Umgebung wandere und ob ihr Mann sie die ganze Zeit an der Hand führen müsse. Im Umgang mit Gästen bemühte Lilo sich um höfliche Zurückhaltung.

Der nächste Tag – das war heute. Schon am frühen Morgen hatte sie die Kochs im Garten getroffen. Trotz der unbeständigen Witterung machten sie sich auf zur Tour um die Zickerschen Berge. Sie liefen bei jedem Wetter, hatten sie betont, wenn es nicht gerade in Strömen regne.

»Ich bewundere Sie«, hatte Lilo gesagt und ihnen fröhlich hinterhergewunken.

Jetzt sah sie auf die Uhr. Eine gute Stunde würden die Kochs noch unterwegs sein bei dem strammen Programm, das sie sich vorgenommen hatten. Friedlich stand der Mercedes auf dem Gästeparkplatz. Ein älteres Modell, so viel konnte Lilo erkennen, aber sehr gepflegt. Dabei interessierte sie sich kaum für Autos – jedenfalls nicht für die Technik. Irgendwelche Details an der Karosserie oder am Motor konnten sie nicht begeistern. Trotzdem überkam sie der Wunsch, den fremden Wagen näher zu betrachten. Diese Art von Neugier kannte Lilo von sich. Und sie gab ihr gern nach, denn sie war der festen Überzeugung, dass nichts so viel über Menschen aussagte, wie der Innenraum ihrer Autos. Sie wollte verstehen, was das für Leute waren, die zwar nicht unter ihrem Dach, aber immerhin auf ihrem Grundstück wohnten. Lilo war also nicht neugierig im eigentlichen Sinne, sondern einfach nur vorsichtig. Und da die Gäste-Autos sowieso für jedermann sichtbar auf dem Parkplatz standen, fiel Lilo kein Grund ein, warum sie nicht ausgiebig hineinschauen sollte. Schließlich schadete sie niemandem.

Auch heute erlaubte sie sich die kleine Indiskretion und stattete dem Koch'schen Mercedes einen Besuch ab. Durch das Fenster der Fahrertür inspizierte sie den vorderen Teil des Innenraums. Die C-Klasse-Limousine verfügte über eine manuelle Schaltung, elfenbeinfarbene Ledersitze und eine Klimaanlage. Ungewöhnlich war das alles nicht. Ob Lilo das nun eher beruhigend oder enttäuschend finden sollte, hätte sie selbst nicht sagen können. Sie umrundete den Wagen und schaute durch die übrigen Fenster, konnte aber auch dort nichts Spannendes entdecken. Im Gegenteil. Wenn es etwas gab, worin sich dieser Mercedes von anderen Gäste-Autos deutlich abhob, dann höchstens die Ordnung. Alles war sauber, nichts lag herum, keine Jacke, keine Straßenkarte – gar nichts. So wie der Wagen hier stand, hätte er auch in einem gediegenen Autohaus auf Käufer warten können. Lilo entschied: Es handelte sich um eine gepflegte, ältere Luxuslimousine, die wunderbar zu ihren Besitzern passte. Mehr ließ sich nicht sagen, und das enttäuschte sie dann doch etwas. Sie wandte sich ab und wollte schon ins Haus gehen, da näherte sich aus Richtung Ortseingang ein japanischer Kleinwagen. Lilo stutzte. Den türkisgrünen Honda kannte sie gut. Darin war es weit weniger aufgeräumt als in der Koch'schen Limousine. Aber warum kam Verena zu Besuch? Um diese Uhrzeit?

Grüßend hob Lilo die Hand und erwartete, dass ihre Tochter auf den freien Stellplatz einbog. Doch heute parkte Verena am Straßenrand. Auch das war seltsam. Lilo ging auf den Honda zu und schaute ins Fenster. In diesem Moment legte Verena mit ernster Miene den Zeigefinger an die Lippen. Was war los? Sollte niemand wissen, dass Verena hier war statt auf ihrer Arbeitsstelle? Machte sie etwa blau? Verena hielt demonstrativ ihre Aktentasche ins Autofenster, und endlich begriff Lilo: Dieser Besuch war dienstlich! Kriminalkommissarin Verena Gondorf kam aus Stralsund, um auf Rügen zu ermitteln. Es gab auf der Insel zwar eine Außenstelle der Stralsunder Kripo, aber dort waren nur wenige Beamten tätig. Bei größeren Fällen mussten auch die Kollegen vom Festland ran.

Lilo unterdrückte ihren Schrecken. Zum Zeichen, dass sie verstanden hatte, legte sie ebenfalls den Zeigefinger an die Lippen.

Verena stieg aus. Hätten Nachbarn die Szene beobachtet, wäre ihnen nichts aufgefallen. Mutter und Tochter begrüßten sich in gewohnter Herzlichkeit.

»Möchtest du Kaffee?«,

»Danke, Mama. Gern«, sagte Verena laut und deutlich, dann schweifte ihr Blick über den Vorgarten. »Schön, diese roten Petunien.«

»Ja«, entgegnete Lilo nicht weniger laut. »Die sind aus dem Baumarkt in Sellin. Gar nicht teuer, aber machen sich prima.«

»Wunderbar!«

Sie gingen ins Haus, Lilo schloss die Tür hinter sich und sah ihre Tochter besorgt an.

»Es ist nicht wegen dir, Mama«, erklärte Verena sofort. »Ich komme wegen Elisabeth und Werner Koch aus Berlin. Die wohnen doch hier, oder?«

Dass Verena wegen der Kochs kam, war keine Nachricht, die Lilo beruhigen konnte. »Ja«, sagte sie so sachlich wie möglich. »Seit gestern wohnen die im *Mövennest.*«

Verena ging voraus in die Küche, stellte sich ans Fenster und schaute durch die Gardine auf den Parkplatz.

»Und dieser schwarze Mercedes gehört denen?«

»Richtig.«

Verena lächelte. »Ein wirklich schönes Auto. Wie ich dich kenne, hast du dir den doch bestimmt schon näher angeguckt, Mama?«

Gern hätte Lilo eine flapsige Antwort gegeben, doch die Situation erschien ihr zu ernst. »Ja, gerade eben. Und ich sage dir gleich: Mir ist nichts aufgefallen, absolut nichts. Ein gepflegter Wagen von ordentlichen Leuten.« Sie stutzte. »Ist was nicht in Ordnung damit? Ist der etwa geklaut?«

»Nein, Mama. Das hat alles seine Richtigkeit. Werner Koch ist seit elf Jahren im Kfz-Brief eingetragen, als Erstbesitzer.« Verena wandte sich zur Tür.

»Du gehst schon wieder?«

»Ja sicher. Ich bin erst mal mit reingekommen, um dich zu befragen, denn so was mache ich nicht auf der Straße. Du sagst, dir ist am Mercedes nichts aufgefallen. Das nehme ich zu Protokoll, und jetzt muss ich wieder raus und den Wagen versiegeln. Bis gleich.«

Lilo blickte ihrer Tochter hinterher. Wäre sie selbst auch so vorgegangen? Damals, vor fünfunddreißig Jahren, als sie bei der Kripo in Bielefeld gearbeitet hatte? Wahrscheinlich lief früher alles ruhiger ab, überlegte Lilo. Aber vielleicht täuschte sie sich auch, sie wollte die damalige Zeit nicht verklären. Trotzdem ärgerte es sie, wie Verena sich benahm: Frau Kriminalkommissarin kam angerauscht, stellte Fragen, ging mit in die Küche, lief gleich wieder raus und ließ ihre Mutter im Unklaren darüber, was eigentlich los war. Seufzend schaute Lilo aus dem Fenster. Verena umrundete den Mercedes und klebte Polizeisiegel über sämtliche Öffnungen: Türen, Fenster, Kofferraum, Tanköffnung, Stahlschiebedach. Lilo nickte. Das hatte sie damals genauso gemacht, daran hatte sich in all der Zeit also nichts geändert.

Vor elf Jahren, kurz vor Verenas Abitur, hatten die beiden nächtelang diskutiert. Dass Verena in die Fußstapfen ihrer Mutter treten wollte, entfachte in Lilo gemischte Gefühle. Sie schwärmte nicht von ihrem alten Beruf, genauso wenig wie sie bedauerte, dass sie ihn nach nur einem Jahr wieder aufgab, um sich ihrer Familie zu widmen.

Verena entschied sich schließlich doch für den gehobenen Dienst bei der Polizei – wie ein Vierteljahrhundert zuvor ihre Mutter. Inzwischen war längst klar: Verena hatte richtiggelegen mit ihrer Berufswahl. Sie bewies Gespür im Umgang mit Menschen und konnte glasklar denken. Die Belastungen im Dienst verkraftete sie gut. Trotzdem hatte Lilo manchmal Angst um ihre Tochter. Aber das gehörte wohl dazu. Obwohl Lilo früher selbst bei der Kripo gewesen war. Oder gerade deshalb.

Draußen steckte Verena die Rolle mit den Siegeln in ihre Aktentasche zurück. Lilo blickte zu den gegenüberliegenden Häusern hinüber, die Vorgärten waren menschenleer, aber vielleicht stand der eine oder andere Nachbar hinter der Gardine und linste. Und wenn schon, dachte Lilo. Bald würden sowieso alle Bescheid wissen über die Ereignisse hier. Wobei

Lilo ja selbst noch nicht klar war, was eigentlich vor sich ging. Nun gut. Sie würde es wohl gleich erfahren.

Verena kam in die Küche. »So. Jetzt darf unser Abschleppdienst ran.«

Diesmal begriff Lilo auf Anhieb, worum es ging. »Den Wagen untersucht ihr in Stralsund?«

»Klar, in Bergen haben wir doch nicht die Möglichkeiten. Unsere Spusi ist übrigens schon unterwegs.«

»Wollen die in den Bungalow?«, Lilo nahm die volle Kanne aus der Kaffeemaschine.

»Ja sicher. Wir müssen alles von den Kochs untersuchen.«

»Darf ich denn jetzt wissen, was eigentlich passiert ist?«

»Lass uns das im Wohnzimmer bereden, Mama. Da habe ich das *Mövennest* besser im Blick.«

Mit einer Kopfbewegung wies Lilo zum Flur. »Dann geh schon mal rüber. Sonst heißt es noch, deine dumme neugierige Mutter hat dich von der Arbeit abgelenkt.«

Verena ging ins Wohnzimmer. Ihr Handy klingelte, sie schloss die Tür hinter sich.

*

Mit einem Tablett betrat Lilo das Wohnzimmer. Verena saß auf der Couch, den Blick zum Garten gerichtet. Vor ihr lag ein Diktiergerät. Während sie ihrer Mutter beim Tischdecken half, schaute sie immer wieder zu den Bungalows.

»Die Kollegen von der Spusi haben eben noch mal angerufen, die sind ungefähr in einer halben Stunde da. Ich habe gesagt, sie brauchen nicht bei dir zu klingeln, sondern können gleich zum *Mövennest* durchgehen. Ich komme dann mit dem Schlüssel.«

»Natürlich«, Lilo ließ sich in einen Sessel sinken. »Und jetzt erzählst du mir endlich ein paar Einzelheiten?«

»Nicht ganz. Erst mal erzählst du uns was.«

»Aha? Es ist also kein Problem, dass du als meine Tochter hier ermittelst?«

»Nein, Mama. Du bist schließlich eine ehemalige Kollegin.«

»Tatsächlich? Eben hast du mich das ja nicht gerade spüren lassen.«

»Glaub mir: Wenn wir dich nicht als Kollegin sähen, müssten wir deutlich anders vorgehen. Können wir also?«

»Wir können.«

Verena schaltete das Diktiergerät an und wandte sich Lilo zu. »Du bist vermutlich die letzte Person, mit der die Kochs vor ihrer Wanderung geredet haben. Welchen Eindruck hattest du? Wenn du dir vorstellst, dass den Kochs bei der Wanderung etwas zustößt, irgendwas Schlimmes, was ist dann dein erster Gedanke?«

»Dass Frau Koch von der Klippe gestürzt sein könnte«, sagte Lilo laut und deutlich. »Frau Koch ist schließlich blind. Da kann ein solcher Sturz durchaus passieren, nicht wahr?«

»Du wusstest also, dass die Kochs zu den Klippen gegangen waren?«

»Ja, ich habe sie heute Morgen getroffen, ziemlich früh, so gegen acht Uhr. Da wollten sie den großen Rundweg laufen. Wir haben noch übers Wetter gesprochen.«

»Und wie war die Stimmung zwischen den beiden?«

»Richtig gut. Sie haben sich auf die Wanderung gefreut. Es war ja ziemlich windig, aber das machte ihnen nichts aus. Sie laufen gern direkt nach dem Frühstück, haben sie gesagt. Hauptsache, es regnet nicht in Strömen.«

»Seit wann weißt du, dass Frau Koch blind ist?«

»Erst seit ihrer Ankunft gestern gegen elf Uhr dreißig. Vorher kannte ich das Ehepaar Koch ja nicht, und bei der Buchung haben sie mich nicht darüber informiert. Dass Frau

Koch blind ist, ist mir nicht sofort aufgefallen. Sie stieg ganz normal aus dem Auto und trug eine große Sonnenbrille. Ab und zu schien ja wirklich die Sonne, darum habe ich mir nichts dabei gedacht. Als sie auf mich zuging, habe ich bemerkt, dass sie nicht gut sehen kann. Ich musste sie nicht danach fragen, sie hat dann ganz offen erzählt, dass sie völlig blind ist. Wegen Krebs wurden ihr schon als Kind beide Augäpfel entfernt. Wenn man nah vor ihr steht, kann man durch ihre Sonnenbrille erkennen, dass die Augenlider tief eingefallen sind.«

Verena nickte. »Und wie war sonst dein Eindruck von dem Paar?«

»Es sind angenehme Leute. Seriös, gut situiert, aber nicht arrogant. Und sehr korrekt. Sie haben vorher angerufen und gefragt, ob sie schon ab elf Uhr kommen dürften. Für mich war das kein Problem, den Bungalow hatte ich ja schon vorbereitet. Herr Koch ist dann mittags noch nach Gager gefahren und hat die Kurtaxe bezahlt.«

Verena nahm den nächsten Keks, offenbar brauchte sie Nervennahrung. »Und heute Morgen war alles harmonisch zwischen den beiden. Also keine Spur von Streit?«

»Bestimmt nicht.«

»Kannst du dir vorstellen, dass die beiden sich gestritten haben? Oder sogar handgreiflich geworden sind?«

Ungläubig verzog Lilo den Mund. »Meinst du damit, die beiden könnten sich geschlagen haben?«

»So was kommt vor.«

»Aber bei denen doch nicht. Die sind so lieb miteinander umgegangen. Freundlich und rücksichtsvoll.«

»Und dass die Harmonie vielleicht nur vorgegaukelt war? Dass es unterschwellig Spannungen gab, aber die wollten sie nicht zeigen?«

»Nein, alles wirkte echt, da bin ich mir sicher.«

»Danke.« Verena schaltete das Diktiergerät ab. »So viel zum offiziellen Teil.«

»Dann darf ich jetzt endlich wissen, was passiert ist?«

»Darfst du«, Verena seufzte laut. »Und du sagst mir auch gleich, was du davon hältst. Die Sache ist nämlich reichlich seltsam: Herr Koch ist verschwunden. Und Frau Koch glaubt, jemand hat ihn von der Klippe runtergezogen und entführt.«

»Was?!« Lilo starrte ihre Tochter an.

»Ja, es klingt eigenartig. Aber Frau Koch hat es uns genau so geschildert. Und weitere Zeugen haben wir nicht. Jedenfalls noch nicht.« Verena nahm sich den nächsten Keks und blickte wieder zum *Mövennest*.

»Erfahre ich noch ein paar Einzelheiten?«

»Sicher. Frau Koch stand mit ihrem Mann ziemlich nah am Klippenrand, und er hat ihr was über die Landschaft erzählt. Nach einigen Minuten wurde es ihr zu kalt. Sie ist von der Stelle weggegangen und hat sich auf eine Bank am Weg gesetzt, ungefähr zwanzig Meter entfernt. Ihr Mann ist an der Sandklippe stehen geblieben, weil er den Ausblick noch genießen wollte. Dann hat er plötzlich laut geschrien, und es hat sich angehört, als würden unterhalb der Klippenkante die Sträucher knacken und Zweige abbrechen.«

»Aber wie kann das denn zusammenpassen?«, ereiferte Lilo sich. »Selbst wenn er da runtergerutscht sein sollte, könnte das doch ein schlichter Unfall sein. Wieso glaubt sie denn, dass jemand ihren Mann entführt hat?«

»Genau das ist der Punkt, Mama. Wir haben das auch nicht gleich verstanden. Frau Koch meint, jemand hat unterhalb des Randes gewartet und ihren Mann runtergezogen. Als er schrie, ist sie aufgesprungen und in seine Richtung gegangen, aber weil sie keinen Blindenstab bei sich hatte, musste sie höllisch aufpassen. Also hat sie sich Schritt für Schritt zur Kante getastet und dabei nach ihrem Mann gerufen. Er hat nicht geantwortet, aber sie hat außer dem Knacken in den Sträuchern noch mehr gehört: Schleifende Geräusche, so als würde man etwas über den Boden ziehen, aber dann auch rutschenden Sand. Die Klippen sind an der Stelle ja nicht ganz steil, und es gibt genügend Sträucher, an denen man sich hoch- und runterhangeln kann, wenn man einigermaßen sportlich ist. Falls Werner Koch wirklich so nah an der Kante gestanden hat, dürfte es kein allzu großes Problem gewesen sein, ihn von unten an den Beinen zu greifen und runterzuziehen.«

Lilo blies Luft aus den Wangen. »Ich kann das immer noch nicht glauben. Aber wenn es tatsächlich so war, dann müsste es am Abhang doch irgendwelche Spuren geben.«

»Ja klar. Deswegen sind die Kollegen vor Ort. Natürlich haben wir überlegt, ob Herr Koch einfach runtergerutscht ist und dann vom Meer fortgerissen wurde. Aber da unten gibt es einen Steinstreifen, auf dem er gelandet sein müsste. Das Wasser ist flach, mit wenig Strömung. Eher unwahrscheinlich, dass ein erwachsener Mann von dort einfach so weggespült wird.«

»Das spräche dann tatsächlich für eine Entführung?«

»Ja. Frau Koch meint, den Geräuschen nach könnten es zwei Personen gewesen sein, die ihren Mann runtergezogen haben. Das scheint plausibel, weil einer allein so was kaum schafft. Der Abhang ist ja einigermaßen steil, da muss man sich mit einer Hand irgendwo festhalten.«

»Tut mir leid.« Lilo schüttelte den Kopf. »Für mich klingt das immer noch reichlich abstrus.«

»Finden wir ja auch, aber bisher haben wir nur diese Angaben. Als Frau Koch dann die Geräusche hörte, holte sie ihr Handy raus. So ein spezielles Gerät für Blinde, wo eine

Stimme ansagt, welche Ziffer man wählt. Sie hat den Notruf gedrückt, aber da hinten am Höft gibt es keinen Netzempfang. Und dann hat sie ein Motorboot gehört, direkt unterhalb der Klippen. Das Motorengeräusch war erst laut und dann immer leiser. Darum glaubt sie, dass ihr Mann mit diesem Boot entführt worden ist. Jedenfalls: Als sie so ohne Handy-Empfang da oben stand, war sie völlig hilflos. Sie konnte einfach nur warten. Zum Glück kam eine Viertelstunde später eine Familie vorbei, auch Wanderer. Die bekamen mit ihren Handys auch kein Netz, darum ist der Vater in Richtung Groß Zicker gelaufen, bis er endlich Empfang hatte. Zum Glück hat er die Wache in Sellin erreicht. Die Kollegen sind dann zusammen mit einem Notarzt zur Klippe gefahren und haben Frau Koch abgeholt.«

Lilo nickte nur. Sie versuchte, sich den Ablauf vorzustellen, und schwieg.

Verena sah ihre Mutter eindringlich an. »Ich wundere mich überhaupt, dass du von diesen ganzen Einsätzen nichts mitgekriegt hast. Notarzt und Streifenwagen, die sind doch vor deiner Tür langgefahren.«

Lilo zuckte die Achseln. »Ich habe den ganzen Morgen das *Boddenhüsken* geputzt. Da habe ich irgendwelche Sirenen gehört, aber ich konnte doch nicht ahnen, dass so eine Sache dahintersteckt.« Sie nahm einen Schluck Kaffee. »Wo ist Frau Koch denn eigentlich jetzt?«

»Bei uns in Stralsund. Zum Glück hat sie die Sache relativ gut verkraftet. Sie wollte gleich auf die Inspektion mitkommen. Auf dem Weg dahin haben die Kollegen uns Frau Kochs Aussage schon mal telefonisch durchgegeben. Als wir erfahren haben, dass die Kochs hier bei dir wohnen, hat mein Chef mich losgeschickt.«

»Und von Herrn Koch gibt es noch keine Spur?«

»Nein. Natürlich suchen wir die Klippen gründlich ab. Aber bisher sieht es so aus, dass die Sache mit dem Motorboot stimmen könnte.«

Lilo fühlte sich überrollt von den Ereignissen. Vorhin beim Putzen hatte sie noch Ruhe gehabt, aber alles Weitere ging ihr erheblich zu schnell. »Ich muss mich mal ein paar Minuten konzentrieren. Vielleicht fällt mir dann was ein.«

»Kein Problem. Lass dich nicht stören.«

»Gut.« Lilo ließ sich tiefer in den Sessel sinken und schloss die Augen. Welch ein verrückter Vormittag. Ihre Tochter saß ihr gegenüber. Eine junge Frau in Jeans und Bluse, die noch vor zehn Jahren hier gewohnt hatte. Doch sie kam nicht zum Kaffeeplausch, sondern als ermittelnde Kommissarin. Sie befragte ihre eigene Mutter und tischte dabei eine unglaubliche Geschichte auf. Ein Feriengast war verschwunden – aus welchen Gründen auch immer. So etwas hatte es hier noch nie gegeben. Sie schlug die Augen wieder auf. »Ich fasse das mal zusammen.«

»Bitte schön«, Verena schenkte ihrer Mutter einen kurzen Blick, dann schaute sie wieder zum *Mövennest* hinüber.

»Also: Zwei Leute haben Herrn Koch vom Rand der Klippen nach unten gezogen und in einem Motorboot entführt. Das ist Frau Kochs Version. Und du willst wissen, wie ich sie einschätze. Demnach überlegt ihr, ob sie sich die Geschichte möglicherweise ausgedacht hat. Ob die Kochs also selbst hinter der Sache stecken, oder auch nur einer von den beiden. Frau Koch könnte zum Beispiel die Entführung ihres Mannes in Auftrag gegeben haben.«

»Entweder so. Oder andersherum: Herr Koch hat seine eigene Entführung inszeniert. Das Problem ist: Uns fehlen Zeugen. Bis früh um sechs hat es geregnet, und danach war es trocken, aber immer noch windig. Also kein ideales Wetter für lange Spaziergänge. Frau Koch sagt, auf dem ganzen Weg von Gager bis zur Steilküste sind ihnen nur zwei Wanderer begegnet. Ältere Männer und Raucher, das konnte sie riechen und an den Stimmen erkennen. Nach denen suchen wir jetzt.«

Lilo goss Kaffee nach. »Als Zeugen oder auch als mögliche Täter?«

»Zunächst als Zeugen. Dass ältere Raucher eine derartig sportliche Tat begehen, ist eher unwahrscheinlich.«

»Aber sie könnten trotzdem was damit zu tun haben?«

»Natürlich.« Verena nahm den nächsten Keks. »Die Befragung von Frau Koch ist ja längst nicht abgeschlossen. Vielleicht finden wir noch andere Hinweise.«

»Bleibt sie denn heute Nacht in Stralsund?«

»Kommt drauf an, wie es ihr geht. Die Kollegen lassen noch einen Psychiater kommen, der ihren Zustand beurteilt. Wenn sie hierher zurückkann und das auch möchte, bringen wir sie natürlich. Aber ich schätze, wir bieten ihr ein Hotel an. Dann können wir sie morgen oder übermorgen weiter befragen.«

»Ist sie denn auch gefährdet?«

»Eigentlich nicht. Wenn die Täter es auch auf Frau Koch abgesehen hätten, hätten die sie gleich mit entführen können. Dann hätte man Herrn Koch auch nicht so kompliziert die Klippe runterziehen müssen, sondern hätte beide direkt auf dem Wanderweg kidnappen können.«

»Also wartet ihr darauf, dass sich die Entführer bei Frau Koch melden?«

»Jedenfalls sind die Telefonanschlüsse auf unsere Dienststelle geschaltet, und um das Haus in Berlin kümmert sich die Kripo vor Ort.«

Lilo nickte. »Für eure Spusi-Aktion muss ich aber nicht hier in der Wohnung bleiben, oder?«

»Warum? Wo willst du denn hin?«

»Nur kurz nach nebenan«, Lilo stand auf und begann, das benutzte Geschirr aufs Tablett zu räumen. »Oskar sollte doch wohl Bescheid wissen, wenn gleich deine Kollegen durch den Garten toben.«

»Geh ruhig rüber. Spätestens wenn der Abschleppdienst den Mercedes mitnimmt, wissen sowieso alle Nachbarn, dass die Kochs bei dir gewohnt haben.«

»Und was erzählt ihr der Presse?«

»Wir geben zunächst mal nur raus, dass Werner Koch vermisst wird. Einzelheiten über eine mögliche Entführung halten wir noch zurück. Aber meinetwegen kannst du Oskar erzählen, was wir besprochen haben. Er ist ja wohl verlässlich.«

»Klar«, versicherte Lilo und wechselte das Thema. »Was ist eigentlich mit deinem Mittagessen? Soll ich uns schnell ein paar Nudeln kochen?«

»Danke, Mama. Ich bin erst mal satt von den Keksen, und Christoph kocht heute Abend.«

Bevor sie Christoph kennengelernt hatte, war Verena lange Single gewesen. Lilo mochte den neuen Freund. »Gut, dass du den hast.«

»Und er mich.« Verena lächelte. »Gib mir gerade noch den Schlüssel vom *Mövennest*.«

»Natürlich.« Lilo nahm den Schlüssel aus einer Schublade und reichte ihn Verena.

»Danke, Mama, dann bis nachher. Ich denke mal: ein, zwei Stunden, länger braucht die Spusi nicht. Es sei denn, wir finden was Auffälliges. In jedem Fall gucke ich noch mal bei dir rein. Grüß Oskar schön.«

»Mach ich.«

Durch die Terrassentür verließen sie das Haus. Verena ging links am Haus vorbei zur Straße, Lilo bog nach rechts ab.

# Der Nachbar

Dr. Oskar Zillmann war Lilos Nachbar zur Linken, genauer gesagt: nach Osten hin. Lange hatte er in Rostock und der Inselhauptstadt Bergen als Internist gearbeitet. Nach der Scheidung von seiner zweiten Frau und dem Tod seiner Eltern zog es ihn in sein Heimatdorf zurück. Er zahlte die Geschwister aus und wohnte fortan allein in seinem Elternhaus. Hier frönte er einem genussreichen Leben als Vollzeit-Rentner und Bier-Gourmet. Seit zwölf Jahren bestand nun die Nachbarschaft von Lilo und Oskar. In die Ligusterhecke zwischen ihren Grundstücken hatten sie ein Tor einsetzen lassen. Er übernahm die Heckenpflege, dafür war sie ihm ewig dankbar.

Bevor sie an diesem Mittag das Heckentor aufschob, sah sie in den Himmel. Im Nordosten war die Wolkendecke aufgerissen. Weit hinten, wo der Bodden ans Stralsunder Festland grenzte, zeigten sich breite Streifen von Blau. Eigentlich hätte es ein schöner Tag werden können, dachte Lilo. Wäre da nicht diese schlimme Nachricht.

Oskars Terrassentür führte direkt in die Küche. Schon durch die Glasscheibe konnte Lilo erkennen, dass er Bierkelche polierte. Dieser Tätigkeit ging er gern und oft nach, denn fast so wichtig wie das Bier selbst waren für ihn die richtigen Trinkgefäße. Er besaß sie in allen Formen und Arten. Wenn er per Internet einen seltenen Gerstensaft bestellte, enthielt die Lieferung meist schon die passenden Gläser. Auch auf die Einweihung des Heckentors hatten sie mit einer besonderen Sorte angestoßen, einem obergärigen Bier einer Privatbrauerei aus Kansas. Vor allem kleine Braumanufakturen hatten es Oskar angetan, er achtete auf Qualität. Manchmal drohte er damit, bald auch sein eigenes Bier herzustellen. Bisher hatte er allerdings noch keinen Braukessel im Keller installiert, worüber Lilo erleichtert war. Sie fürchtete schwere Explosionen.

Oskar begrüßte sie mit ernstem Blick. »Da bist du ja. Ich war vorhin schon am Höft. Als hier die ganzen Wagen mit Blaulicht vorbeigekommen sind, wollte ich wissen, was los ist.«

»Du bist extra deswegen hingefahren?«

»Traust du mir das nicht zu?«

»Du bist nicht der typische Schaulustige.«

»Aber ein gelangweilter Rentner. Und einen Großeinsatz haben wir in unserem Dorf schließlich nicht alle Tage.«

»Ja dann.«

»Aber mal ernsthaft: Viel zu sehen gab es nicht, die Polizei hat alles abgesperrt. Und als ich vom Höft zurückkam, habe ich Verenas Auto und die Polizeisiegel am Mercedes gesehen und haarscharf komibiniert: Der verunfallte Mann hat bei dir gewohnt.«

»Das hat die Polizei also gesagt? Ein Mann hatte einen Unfall? Mehr nicht?«

»Nein«, sagte Oskar zögerlich.

»Und dass er bei mir gewohnt hat?«

»Das habe ich mir selbst zusammengereimt. Die Polizei hat nichts davon erwähnt.«

»Gut.« Lilo atmete aus.

Oskar bugsierte sie sanft auf einen Stuhl. »Du trinkst jetzt erst mal was Feines, und dann erzählst du mir in aller Ruhe von deinen Gästen, und ich erzähle dir von der Sache am Höft.«

Dankbar nahm Lilo Platz. Aber ohne Alkohol!, wollte sie einwenden, doch da stand vor ihr auf dem Tisch schon ein frisch polierter Bierkelch.

»Es gibt Situationen, in denen der Mensch ein gutes Bier niemals ablehnen sollte.«

Mit zufriedenem Lächeln holte Oskar zwei Flaschen aus dem Kühlschrank. Lilo erkannte ein rotes Etikett.

»Da sind kaum Umdrehungen drin«, beruhigte Oskar. »Nur zwei Prozent. Belgisches Kirschbier.« Er nahm sich auch ein Glas und goss ein.

Sie betrachtete die braune Flüssigkeit. »Ist das was Gepanschtes? Bier mit Saft oder so?«

»Das unterstellst du mir doch wohl nicht!« Oskar stieß mit Lilo an. »Probier erst mal.«

Tatsächlich fand sie Gefallen am Getränk. »Jedenfalls nicht so süß.«

»Siehst du. Und garantiert nicht gepanscht. Die Kirschen werden nämlich mitgegoren. Da wird kein Saft dazugegossen wie bei den anderen Gesöffen, die sich Kirschbier nennen. Das hier ist ein richtiges Bier. Wasser, Malz und Sauerkirschen. Ein Originalprodukt.«

Lilo hätte gern gefragt, wann Oskar den Werbevertrag unterschrieben hatte. Aber dazu schien ihr die Situation, wegen der sie hier war, dann doch zu ernst.

»Nu vertell mol, min Best. Das sind ja schwere Dinge, die sich in unserem Dorf zutragen.«

Sie erzählte, was sie von Verena wusste.

»Von einem Vermissten oder einer Entführung hat die Polizei wirklich nichts erwähnt«, versicherte Oskar. »Die haben immer nur von einem Unfall gesprochen.«

»Gut. Die halten das bewusst noch zurück. Reine Taktik. Was hast du denn sonst so mitgekriegt?«

»Eigentlich nicht viel. Der Weg am Steilufer ist großräumig abgesperrt. Man kommt von da zwar noch weiter bis Gager, aber man kann nur noch den oberen Weg nehmen, über die Hügel.«

Lilo nickte. »Verena sagt, dass die ganze Sache schon durch die Medien gehen soll. Mit Zeugenaufruf und einem Foto des Vermissten.«

»Aha. Na spätestens dann muss die Polizei ja mit ein paar mehr Informationen rausrücken.«

Lilo wollte etwas erwidern, doch in diesem Moment drang Motorenlärm durch das geöffnete Küchenfenster. Sie horchte auf. »Wahrscheinlich der Abschleppdienst.«

»Das lässt sich rausfinden, komm mit.«

Sie gingen ins Wohnzimmer. Lilo hatte richtig gehört: Vor ihrem Haus stand ein Abschleppwagen. Durch ein Fenster konnten sie beobachten, wie zwei Männer den Mercedes von Ehepaar Koch an den Haken nahmen. Es versetzte Lilo einen Stich ins Herz. Noch vor ein paar Stunden hatte sie der schönen Limousine ihre ganze Aufmerksamkeit geschenkt. Nun trat das gute Stück versiegelt und vertaut seine Reise zur kriminaltechnischen Untersuchung an.

Sie wandte sich vom Fenster ab. »Eigentlich mag ich mir dieses ganze Gewese nicht angucken.«

»Du glaubst also nicht an ein glückliches Ende?«

»Sollte ich denn?«

»Keine Ahnung. Jedenfalls ist endlich mal was los in unserer beschaulichen Straße.« Oskar deutete auf einen Passat-Kombi, der ebenfalls vor Lilos Haus hielt. Drei Männer stiegen aus und holten Metallkoffer aus der Ladeklappe. »Diese Herren stürzen sich wohl gleich in schicke weiße Anzüge.«

»Ja. Verena wartet schon am *Mövennest*.«

»Dann geht ja alles seinen Gang.« Offenbar hatte auch Oskar keine Lust mehr, dem kriminalistischen Geschehen zuzuschauen. Sie kehrten in die Küche zurück. »Wie wär's mit Bratkartoffeln und Salat?«, fragte er. »Ich hab genug da, alles schon vorbereitet.«

Die Ereignisse waren Lilo auf den Magen geschlagen, doch das Kirschbier hatte ihr wieder Appetit gemacht. Sie nahm die Einladung an. Während sie Salatsoße anrührte, zerließ Oskar Gänseschmalz in einer gusseisernen Pfanne. Das Bratkartoffelrezept stammte von seiner masurischen Großmutter.

Lilo deckte den Tisch. »Für mich aber keinen Alkohol mehr. Ich weiß ja nicht, was da heute Nachmittag noch auf mich zukommt.«

Oskar gab nach und solidarisierte sich mit ihr, sie einigten sich auf ein Weißbier.

»Das einzige Alkoholfreie, das nicht nach Abwasch schmeckt«, war sein Kommentar dazu.

Zehn Minuten später saßen sie am Tisch.

»Glaubst du denn, dass dieser Koch tatsächlich entführt wurde?«, fragte Oskar zwischen zwei Gabeln Gurkensalat. »Also, ich meine jetzt: nicht von ihm selbst oder seiner Frau inszeniert. Sondern so richtig entführt, von Fremden.«

Lilo zuckte die Schultern. »Kann alles sein. Ich finde nur die Methode seltsam. Einen Menschen an den Beinen greifen und die Klippen runterziehen. Auf so was muss man erst mal kommen.«

»Vielleicht besonders kreative Entführer.« Oskar legte Kartoffeln nach. »Aber nehmen wir mal an, es war tatsächlich so. Dann stellt sich doch die Frage: Hatten die es gezielt auf diesen Werner Koch abgesehen? Oder ist er nur aus Zufall zum Opfer geworden? Weil die Entführer irgendjemanden brauchten, den sie mitnehmen konnten? Egal wen? Und weil Werner Koch gerade passend am Klippenrand stand, hat es eben ihn erwischt?«

Lilo schüttelte den Kopf. »So ganz zufällig kann das nicht gewesen sein. Schließlich war er in Begleitung. Die Entführer müssen zumindest gewusst haben, dass seine Frau blind ist und damit als Augenzeugin ausfällt.«

»Das klingt hübsch zynisch«, meinte Oskar trocken. »Eine blinde Augenzeugin.«

Lilo musste grinsen, gleich darauf wurde sie wieder nachdenklich. »Es könnte auch so gewesen sein: Die Entführer haben unterhalb des Klippenrands gestanden und auf ein Opfer gewartet. Auf irgendeinen Wanderer, der allein unterwegs ist und sich zufällig nah an den Abgrund stellt.« Sie seufzte. »Nein. Das hört sich dann doch zu verrückt an.«

»Eben«, meinte Oskar. »Viel zu realitätsfern. Aber gerade deswegen keine schlechte Überlegung.«

Lilo nickte lebhaft. »Demnach müssen die Täter das Ehepaar Koch gekannt haben.«

»Ja. Und zwar entweder schon länger, also vielleicht schon aus Berlin.«

»Und die Entführer müssen gewusst haben, dass die Kochs genau zu diesem Zeitpunkt die Wanderung machen wollten. Also haben sie sie vorher beobachtet.«

»Oder abgehört«, Oskar ging zum Kühlschrank und holte noch eine Flasche. »Bei den elektronischen Möglichkeiten heutzutage sollte eine Überwachung ja kein Problem sein. Hast du mal daran gedacht, dass der Bungalow verwanzt war?«

Lilo erschrak. »Mein schönes *Mövennest*?«

»Ja sicher. Da kannst du noch so viel putzen. Abhörwanzen sind verdammt hartnäckige Schädlinge. Aber vielleicht waren die ja gar nicht im Bungalow versteckt, sondern im Auto von den Kochs oder irgendwo anders. Ich wage mal die kühne Behauptung, dass die Kripo diesen Gedanken auch schon hatte. Wahrscheinlich wollen die deswegen den Mercedes so genau untersuchen.«

»Demnach sind die Täter gezielt vorgegangen, Koch war kein Zufallsopfer, und es gab ein klares Motiv.«

»Nämlich welches, min Deern?«, fragte Oskar über sein Bierglas hinweg.

»Keine Ahnung.«

»Bei Entführungen geht es doch meistens um Lösegeld. Könnte es sein, dass die Kochs richtig viel Kohle haben und es lohnt sich, ein paar Millionen davon abzupressen?«

Lilo zog ungläubig die Stirn hoch. »Auf mich haben die den Eindruck von gut situierten Rentnern gemacht, aber bestimmt nicht schwerreich.« Sie legte ihr Besteck beiseite. »Mehr weiß ich nicht.«

Auch Oskar beendete die Mahlzeit. »Vielleicht hatte dieser Werner Koch irgendwelche Feinde.«

»Schwer vorstellbar. Aber das werden wir dann ja wohl rausfinden müssen.«

Oskar lachte auf. »*Wir*? Wer ist denn *wir*? Meinst du dich und die Kripo? Gehörst du schon zum Ermittlerteam?«

Lilo schmunzelte. »Danke fürs Essen. Das hat mir den Tag gerettet.«

Sie machte sich auf den Rückweg.

»Pass auf dich auf«, rief Oskar ihr nach.

Seine Stimme klingt ernster als gewollt, dachte Lilo.

*

Zurück im eigenen Haus setzte Lilo sich mit einer Tasse Kaffee auf die Terrasse und schaute in den Garten. Viel gab es nicht zu sehen. Verena stand in der Eingangstür vom *Mövennest*, ab und zu nickte sie und machte sich Notizen. Allem Anschein nach waren ihre Kollegen noch im Bungalow beschäftigt, Verena selbst durfte nicht hinein. Sie winkte Lilo zu. »Wir sind gleich fertig.«

Wenig später kamen die drei Spusi-Männer aus dem Bungalow. Sie sahen so aus, wie Lilo das von früher kannte: weiße Handschuhe, weiße Schutzanzüge mit Kapuzen, blaue Plastikbezüge für die Schuhe.

Verena stellte ihrer Mutter die Kollegen vor und meinte: »Wir versiegeln jetzt den Bungalow. Wann Frau Koch aus Stralsund zurückkommt, wissen wir noch nicht, aber wir lassen ihre Sachen erst mal drin.«

Lilo hätte liebend gern erfahren, ob die Spusi auch nach Abhörwanzen gesucht hatte. Doch das hätten die Männer ihr sowieso nicht sagen dürfen, und sie wollte Verenas Kollegen nicht in Verlegenheit bringen. Da fiel ihr etwas anderes ein: »Morgen kommen neue Gäste ins *Boddenhüsken*. Wie soll ich denen erklären, dass das *Mövennest* versiegelt ist?«

»Erzähl genau das, was wir an die Medien geben«, meinte Verena. »Guck dir die Lokalnachrichten an, darauf kannst du dich beziehen. Du weißt auch nur das, was in den Nachrichten kommt, mehr nicht. Wir bringen heute noch ein Foto von Werner Koch raus. Das geht durch sämtliche Zeitungen und Sender, und hier in der Gegend kleben wir Suchplakate.«

»In Ordnung.«

»Was sind das denn eigentlich für Leute, die morgen ins *Boddenhüsken* kommen?«

»Eine junge Familie aus Bochum mit zwei kleinen Kindern, Tesselbrink heißen die.«

»Na, das hört sich doch solide an.«

Verena und ihre drei Kollegen kehrten zum *Mövennest* zurück, um Türen und Fenster zu versiegeln. Lilo seufzte. Anderthalb Jahrzehnte hatte sie hier ohne das kleinste Polizeisiegel gelebt, und an einem einzigen Tag verteilten freundliche Beamte gleich Dutzende davon: erst am Mercedes, dann am Bungalow.

Als alle Siegel klebten, verabschiedete sich die Abordnung der Stralsunder Kripo.

»Liebe Grüße an Christoph«, gab Lilo ihrer Tochter mit auf den Weg.

»Richte ich aus.«

Die vier gingen zu ihren Autos. Vom Küchenfenster aus sah Lilo zu. Bevor sie losfuhren, zogen die Männer ihre weißen Anzüge aus, darunter trugen sie normale Straßenkleidung. Lilo war ein wenig enttäuscht von der Aktion. Die Spusi-Einsätze damals in Bielefeld hatte sie spannender in Erinnerung. Aber vielleicht waren Verenas Kollegen ja doch auf eine heiße Spur gestoßen – und durften darüber nicht sprechen.

Lilo nahm die gegenüberliegenden Häuser in Augenschein. Niemand ließ sich blicken. Warum hatte wohl noch kein Nachbar geklingelt und gefragt, was die Sache mit den weißen Männern und dem Abschleppdienst sollte? Offenbar hielten die Leute in der Straße ihre Neugierde im Zaum. Oder sie hatten Angst vor den Antworten. Wie dem auch sei, Lilo war froh darüber, dass die Nachbarn sie in Ruhe ließen – jedenfalls im Moment noch. Ein Nachmittag lag vor ihr, mit dem sie nicht recht etwas anzufangen wusste. Sie hatte keine Gäste: Ein Teil sollte erst am nächsten Tag kommen, ein Teil war angeblich entführt worden, und ein Teil saß in Stralsund und wurde von der Kripo befragt. Nicht unbedingt die beste Statistik für eine seriöse Ferienhausvermieterin.

Die Sonne hatte sich an diesem Nachmittag dann doch noch durchgesetzt, also eine gute Gelegenheit, dem Rasenwuchs Einhalt zu gebieten. Einen Moment lang überlegte Lilo, den Mäher rauszuholen, doch dann entschied sie sich dagegen: Bisher hatten die Nachbarn nicht bei ihr angefragt, und das war gut so. Wenn sie nun per Rasenmäher lautstark auf sich aufmerksam machen würde, könnte das vielleicht doch den einen oder anderen Nachbarn anregen, zu einem Pläuschchen herüberzukommen.

Sie beschloss, sich heute nicht mehr im Garten blicken zu lassen, und rang sich durch zu einer Tätigkeit, die sie sonst nur an Regentagen erledigte: Schränke auswischen. In der Küche zuerst, hier war es am nötigsten. Und wie immer beim Putzen ging sie systematisch vor. Sie stellte eine Leiter vor die Küchenfront und begann mit den oberen Fächern der deckenhohen Einbauschränke. Dort lagerten Sachen, die Lilo selten brauchte, unter anderem ein kaum benutztes Bowle-Service. Sie hätte es längst dem jährlichen Gemeinde-Flohmarkt gespendet, wäre es nicht ein Hochzeitsgeschenk gewesen. Als sie es nun herausholte, dachte sie an Robert. Wenn er noch lebte, was würde er ihr raten in dieser Situation? Hätte er die Geschichte von Werner Kochs Entführung geglaubt? Wären Robert und sie irgendwann auch so ein liebevolles altes Ehepaar geworden wie die Kochs? Lilos Gedanken kreisten weiter: Hatten die Kochs eigentlich Kinder? Falls ja, würden sie bald mit Lilo Kontakt aufnehmen und fragen: »Wie ging es unserem Vater, als er zu dieser Wanderung aufbrach? Wirkte er müde? Oder nervös? Oder im Gegenteil: viel zu gut gelaunt für dieses schlechte Wetter?«

Lilo wischte den Schrank aus und räumte das Bowle-Service wieder ein, dabei fiel ihr Blick auf die Küchenuhr. Es war kurz vor fünf. Vielleicht kommt schon was im Fernsehen, dachte sie und schaltete den Lokalsender an. Tatsächlich gab es einen Beitrag mit Aufnahmen von Groß Zicker: die alte Kirche und das Pfarrwitwenhaus mit seinem zuckerhutförmigen Reetdach. Auch der Weg am Höft wurde gezeigt samt rot-weißer Polizeiabsperrung. Dann ein Foto von Werner Koch, offenbar ein Passbild aus einem professionellen Studio. Sehr seriös sah er darauf aus. Zeugen mögen sich melden, sagte die Nachrichtensprecherin. Oder Menschen, die wissen, wo er sich aufhalten könnte. Die Telefonnummern der Kripo-Außenstelle in Bergen und der Polizeiinspektion in Stralsund wurden eingeblendet, darunter auch Verenas Dienstnummer.

Nach zwei Minuten war der Beitrag vorüber, Lilo blieb mit gemischten Gefühlen allein. Sie wischte weiter ihre Schränke aus, auch wenn diese Arbeit sie längst nicht so ablenkte, wie sie gehofft hatte. Nach der Küche machte sie in den drei Schlafräumen im Obergeschoss weiter. Erst um kurz vor acht wurde sie fertig. Sie schmierte sich ein Käsebrot und schaltete wieder die Nachrichten ein. Im Ersten brachte man nichts über Werner Koch, offenbar hatte der Fall keine überregionale Bedeutung. Lilo fand das beruhigend. Der Tagesschau folgte ein Spielfilm nach einem Buch von Rosalinde Bergström. Eine Schmonzette, aber nicht schlecht, fand Lilo, an so einem Abend. Die Geschichte spielte abwechselnd in Cornwall, wo die unglückliche Heldin ihren alten Onkel pflegte, und an den norwegischen Fjorden, dort wohnte ihr Liebhaber. Überall gab es Klippen: in der Landschaft und in der Handlung. Aber nach anderthalb Stunden durfte das Paar endlich heiraten. Lilo schaltete den Fernseher ab, machte sich bettfertig und schlief unerwartet rasch ein. Schon um halb sechs würde ihr Wecker läuten. Für den nächsten Morgen hatte sie einen Plan.

## Neue Gäste

Um Viertel vor sieben trat Lilo vors Haus. Die Sonne schien, im Übergang von Luft und Wasser brach sich das Licht. Himmel und Meer bildeten unendlich viele Schattierungen von Blau, die das Grün der Wiesen leuchten ließen. Lilo überlegte, für ihren Ausflug zum Höft das Fahrrad zu nehmen. Doch dann beschloss sie, zu Fuß zu gehen. So fühlte sie sich noch enger mit der Landschaft verbunden. Sie folgte der Boddenstraße Richtung Westen, vorbei an der Kirche mit ihrem besonderen Fachwerkturm. Hinter dem Gasthof *Bodden-Krug* endete die Bebauung, dort begann das Naturschutzgebiet. Lilo ging bis zur rot-weißen Schranke, Autos mussten an dieser Stelle normalerweise umkehren. Doch sie fand Reifenspuren, die sich weit über das asphaltierte Wegstück hinter der Schranke fortsetzten. Hier waren am Vortag Polizei und Rettungswagen gefahren.

Das hat die Landschaft nicht verdient, dachte Lilo mit Bedauern. Es hätte sie gereizt, noch weiter zu laufen, am liebsten bis zur Absperrung an den Klippen. Aber möglicherweise hielt die Polizei dort Tag und Nacht Wache. Lilo wollte keinem Beamten begegnen, der sie fragte, was sie am frühen Morgen hierherführte. Auf keinen Fall durfte sie sich auffällig verhalten. Es war schlimm genug, dass Werner Koch bei Lilo gewohnt hatte und ihre eigene Tochter in der Sache ermittelte.

Sie ging den Weg zurück bis zum Gasthof. Seit der politischen Wende hatte das Haus einen enormen Aufschwung erlebt. Zu verdanken war das vor allem Ramona Böck. Zusammen mit Sohn, Schwiegertochter und zwei erwachsenen Enkeln hatte sie es geschafft, den Gasthof um ein Restaurant, ein Hotel und einige Ferienwohnungen zu erweitern. Und auch heute noch, mit einundachtzig Jahren, sah Ramona keinen Grund, ihre Position als Seniorchefin zu räumen.

Es war sieben Uhr durch, Lilo betrat den Gasthof. Um diese Zeit würde sie Ramona Böck mit Sicherheit antreffen. Da pendelte die alte Dame zwischen Küche und Frühstücksraum, um zusammen mit ein oder zwei Angestellten das Büfett vorzubereiten. Auch an diesem Morgen war Ramona in vollem Einsatz.

»Tachschön, Lilo«, schallte es ihr entgegen. »Komm mal gleich an den Tresen. Gibt ja viel zu erzählen.«

»Ich will aber nicht groß stören.«

»Ach was, tust du nicht. Ulla schafft das wohl einen Moment ohne mich.«

Lilo grüßte nun auch Ulla, eine Köchin, die schon lange hier arbeitete.

Ramona Böck galt als eine der großen alten Damen des Dorfes, ebenso geschätzt wie gefürchtet. Ihr ganzes Leben hatte sie im Gasthof *Bodden-Krug* verbracht. In all den Wechselfällen der Geschichte hielt Ramona die Stellung. Als man ihren Vater an die Front einzog, führte sie zusammen mit ihrer Mutter den Betrieb weiter, heiratete später einen tüchtigen Mann, bekam vier Kinder und sorgte während der gesamten DDR-Zeit dafür, dass der Gasthof im Besitz der Familie blieb. Ihren ungewöhnlichen Vornamen verdankte sie einem Erbgroßonkel, der ihre Eltern auf eine kurze, aber feine Hochzeitsreise nach Venedig schickte. Dort traf das junge Paar eine entzückende alte Obstverkäuferin namens Ramona. Mit ein paar Zitronen sowie einer kirschkerngroßen Leibesfrucht kehrten die beiden nach Rügen zurück, und schon bald stand fest: Falls es ein Mädchen würde, sollte es Ramona heißen. Allerdings entwickelte Ramona ein Gemüt, das weit unromantischer anmutete als ihr Vorname. Im Dorf nannte man sie *Dragona* – nach dem Regiment der Dragoner und weil es sich so herrlich reimte. Natürlich verstand Ramona die Anspielung. Sie wusste, dass ihre Art, mit Menschen umzugehen, nicht die diplomatischste war. Wenn man sie auf ihren Spitznamen ansprach, zuckte sie die Schultern: »Viel Feind, viel Ehr!« Das konnte Ramona sich leisten, denn die Dörfler wussten, was sie an ihr hatten.

Auch an diesem Morgen wurde Lilo die eher raue als herzliche Art der alten Dame zuteil.

»Pott Kaffee?«

»Gern.«

Ramona goss zwei große Tassen ein. »Du kannst dir denken, was hier los ist seit gestern.«

»Ja«, entgegnete Lilo zögernd.

»Ruth hat gesehen, wie gestern Polizei bei dir war, in weißen Anzügen und so, ganz offiziell. Und dann hat sie im Fernsehen den Mann erkannt, der bei dir gewohnt hat mit seiner Frau und seinem Mercedes.«

Lilo nickte stumm.

»Mach dir da bloß keine Gedanken, Lilo. Alle haben gesagt, dass wir dich da nicht reinziehen wollen. Keiner soll denken, du hast was damit zu tun. Mit diesem Unfall oder der Entführung oder sonst was.«

Lilo verstand. »Also deswegen hat sich gestern keiner von den Nachbarn bei mir gemeldet.«

»Genau«, Ramona ließ ihren Blick durch die Gaststube schweifen und gab Ulla per Handzeichen ein paar Anweisungen. »So was spricht sich ja schnell rum. Dass da ein Mann verschwunden ist, und der hat vorher bei dir gewohnt. Darum machen wir das so: Wenn irgendwer fragt, sagen wir, dass wir auch nicht wissen, warum dieser Mann weg ist. Und es war eine Beziehungstat, das nennt man ja wohl so. Der Täter hatte es genau auf diesen Werner Koch abgesehen.«

»Aber das ist noch gar nicht sicher.«

»Macht nichts. Wir erzählen das so. Es soll keiner glauben, dass hier bei uns ein Verbrecher rumläuft, der irgendwelche Kurgäste wegschleppt. Darum sagen wir, das war eine Beziehungstat, und damit gut. Solche Sachen passieren überall ab und zu, da kann man nichts machen. Aber Werner Koch ist ja nun erst mal verschwunden, und darum ist es bei uns jetzt wieder sicher. Kein Kurgast muss Angst haben.«

Lilo nickte. »Wenn wir das so darstellen, ist das natürlich auch in meinem Sinne.«

»Ja klar. Und ich wette, dass dieser Notar schon irgendwo wieder auftaucht.«

»Notar?« Lilo konnte nicht mehr folgen. »Was für ein Notar denn?«

»Na, Werner Koch, der ist doch Notar gewesen vor seiner Rente. Das hat Ruth jedenfalls gegugelt, oder wie das heißt.«

»Das wusste ich nicht«, entgegnete Lilo erstaunt. Im Stillen ärgerte sie sich. Werner Koch war also Notar. Warum hatte Verena ihr das nicht erzählt? Der Polizei lag diese Information doch bestimmt längst vor.

»Wusstest du nicht, Deern?«, fragte Ramona. »Wo du früher selbst bei der Polizei warst?«

»Eben drum. Die machen ihre Arbeit, und ich mische mich da nicht ein. Meine Tochter ermittelt in dem Fall, und sie hat mir ganz bewusst nur das Nötigste erzählt. Sonst würde sie sich strafbar machen. Und ich habe nicht im Internet nachgeschaut.«

»Ach so. Das kann man denn ja auch verstehen.« Ramona nahm einen großen Schluck Kaffee. »Aber dass der verschwundene Mann mal Notar war, ist ja doch interessant. So einer hat schließlich mit Verträgen und anderem juristischem Zeug zu tun. Ich kann mir vorstellen, dass der sich dabei manchmal auch unbeliebt gemacht hat.«

»Du meinst, er hatte Feinde, und das hat mit seinem Verschwinden zu tun?«

»Könnte doch sein. Aber dazu soll sich die Polizei ihren großen Kopf zerbrechen, das ist zum Glück nicht unser Bier.« Zur Bekräftigung ihres letzten Satzes klatschte Ramona in die Hände und wechselte das Thema. »Es ist gut, dass du gekommen bist, Lilo. Ich wollte dich nachher sowieso noch anrufen. Freitag ist wieder Beerdigung. Neunzig Leute. Da brauchen wir dich unbedingt.«

Und ehe Lilo antworten konnte, setzte die alte Dame nach: »Halb drei pünktlich, geht bis sechs, acht Euro fünfzig die Stunde plus Trinkgeld.«

»In Ordnung«, gab Lilo lächelnd zurück.

Ab und zu half sie bei Veranstaltungen im Gasthof aus. Das Geld konnte sie gut gebrauchen, und Ramona bezahlte ihre Aushilfen nicht schlecht. Auch der kommende Freitag passte Lilo gut, dann stand kein Bettenwechsel an. Die Gäste vom *Boddenhüsken* hatten bis zum übernächsten Wochenende gebucht, und wie es mit dem versiegelten *Mövennest* weitergehen sollte, war ohnehin noch nicht klar. Da würde sie leicht ein paar Stunden abzweigen können, außerdem half sie gern beim Beerdigungskaffee. Sie fand es spannend, die Menschen zu beobachten. Angehörige von frisch Verblichenen buchten gern den *Bodden-Krug*. Er lag nicht weit von der Kapelle und dem neuen Friedhof im Doppeldorf Groß Zicker/Gager. Zudem gab es um das Lokal herum jede Menge freie Landschaft. Hier konnte man sich schön die Füße vertreten, wenn es in der Gaststube für die Trauergäste mit ihren widersprüchlichen Gefühlen zu eng wurde. So kam es oft vor, dass man nachmittags kleine Gruppen von schwarz gekleideten Leuten auf den Wiesen zwischen dem Gasthof und den Zickerschen Bergen sah. Meistens blickten diese Menschen lange auf den Bodden. Das beruhigte.

»Wer ist denn eigentlich gestorben?«, fragte Lilo.

»Eine alte Frau aus Göhren. Der Name sagt mir nichts, aber sie hat früher mal in Thiessow gewohnt, und darum wird sie jetzt bei uns beerdigt.«

»Na, ist ja auch schön hier. Ich bin jedenfalls um halb drei bei euch.«

»Da verlassen wir uns drauf.« Ein wenig hörte sich Ramonas Satz wie eine Drohung an, aber sie meinte es sicher nicht böse, denn gleich darauf wollte sie wissen: »Wie geht's dir denn sonst so? Viel zu tun?«

»Och ja. Ganz gut. Gleich kommen noch neue Gäste.«

»Waren die schon mal bei dir?«

»Nein. Aber am Telefon klangen die nett. Und im Voraus bezahlt haben die auch, ohne zu murren.«

»Ist ja schon mal was.« Ramona verließ ihren Platz hinter dem Tresen. »Ich muss auch mal wieder nach dem Büfett gucken. Denn man tau, Lilo.«

»Tschüss Ramona.« Lilo stand vom Barhocker auf. Zufrieden über das Geld, das am kommenden Freitag ihre Haushaltskasse entlasten würde, machte sie sich auf den Rückweg. Der Abstecher zu Ramona hatte ihre Stimmung aufgehellt. Immerhin hatte sie erfahren, dass die Nachbarn ihr nach dem verschwundenen Werner Koch keine Fragen stellen wollten.

Zurück zu Hause machte Lilo sich daran, den Rasen zu mähen und die Kanten zwischen Gras und Beeten zu trimmen. Gegen zwölf Uhr war sie damit fertig, die neuen Gästen hatten sich für den frühen Nachmittag angekündigt. Sie löffelte einen Teller Brühe, und weil das Wetter hielt, beschloss sie, dem Unkraut im Vorgarten zu Leibe zu rücken. Zwei Nachbarn kamen die Straße entlang, grüßten freundlich und drängten ihr kein Gespräch auf. Die Vereinbarung zwischen den Dörflern schien zu funktionieren. Frohgemut schwang Lilo die Harke.

Gerade hatte sie ihr Werk vollendet, da sah sie, wie sich vom Ortseingang langsam ein dunkelblauer Opel Zafira näherte. Sobald sie das Bochumer Nummernschild erkannte, zog sie ihren Gartenkittel aus. Gäste in Arbeitskleidung zu empfangen – einen solchen Fehltritt hätte sie sich niemals erlaubt. Sie winkte und wies auf ihren Parkplatz, der Wagen bog auf das Grundstück ein. Neben dem Fahrer saß eine junge Frau, im Fond schliefen zwei kleine Mädchen in ihren Kindersitzen. Familie Tesselbrink.

Zuerst stieg der Vater aus, Mitte dreißig, groß gewachsen und stämmig. Zur schwarzen Jeans trug er ein weißes Polohemd. Schon während er auf Lilo zuging, streckte er ihr den Arm entgegen. »Ralf Tesselbrink. Sie sind bestimmt Frau Gondorf.« Strahlend schüttelte er Lilos Hand. »Wir freuen uns. Den Urlaub haben wir echt nötig.«

Sie nahm sein Rasierwasser wahr, eine ledrige, etwas zu schwere Note, eher passend für ältere Männer.

»Wir sind prima durchgekommen. Ganz problemlose Fahrt.«

So kumpelhaft, wie er sich gab, hätte Lilo einen durchdringenden Ruhrpott-Dialekt erwartet, doch er sprach reines Hochdeutsch. Jetzt stieg auch seine Ehefrau Ilka aus: brünett und auffallend zierlich. Auf den ersten Blick wirkte sie halb so alt wie ihr Mann, laut Mietvertrag war sie einunddreißig.

Die beiden Frauen begrüßten sich, Ralf Tesselbrink schaute zum Garten hinüber. »Schön ist das hier. Wirklich wunderbar.«

Ilka stimmte zu und machte eine Kopfbewegung Richtung Auto. »Unsere Mädchen schlafen noch, die müssen wir erst mal vorsichtig wecken.«

»Hauptsache, die beiden hatten auch eine gute Fahrt«, meinte Lilo.

»Alles bestens, die haben die Reise gut vertragen.« Er lächelte breit. »Das soll ja auch so sein, unser Auto haben wir schließlich selbst gebaut.«

Wie es sich nach dieser Bemerkung gehörte, fragte Lilo: »Sie arbeiten also bei Opel?«

»Genau. Meine Frau im Büro, und ich in der Produktion. Wir sind beide echte Bochumer. Da geboren und aufgewachsen, unsere Kinder auch.«

»Schön«, erwiderte Lilo freundlich. Sie wusste von der anstehenden Schließung des Opel-Werks in Bochum, verkniff sich aber jede Bemerkung dazu. Die Tesselbrinks waren schließlich im Urlaub. Außerdem brauchten sie nicht zu erfahren, dass Lilo die Stadt nur aus dem Grönemeyer-Song kannte. Und von einem Schulausflug ins Planetarium vor mehr als vierzig Jahren.

»Und Sie, Frau Gondorf?«, fragte Ralf Tesselbrink. »Sind Sie waschechte Rüganerin? So ein richtiges Mädchen vom Ostseestrand?«

»Nein. Ich lebe erst seit fünfzehn Jahren hier. Ich stamme aus Bielefeld.«

»Och, Mensch«, rief er. »Bielefeld und Bochum! Das ist doch alles Westfalen. Dann waren wir ja sozusagen mal Nachbarn. An Bielefeld sind wir doch vorhin noch vorbeigekommen auf der A 2.«

Lilo nickte.

Ilka Tesselbrink lächelte verhalten, die Begeisterung ihres Mannes schien ihr unangemessen. Immerhin lagen zwischen

Bielefeld und Bochum mehr als hundert Kilometer. Sie wechselte das Thema. »Dann wollen wir doch mal sehen, ob unsere Mädels schon wach sind.«

»Kleinen Moment«, meinte Lilo. »Lassen Sie sie noch schlafen, wir Erwachsenen müssen kurz was besprechen.«

Vielleicht war Ralf Tesselbrink doch sensibler, als Lilo angenommen hatte. Er ahnte offenbar, worauf sie hinauswollte. »Ach so, ja. Wenn Sie damit sagen wollen, dass hier im Ort ein Mann verschwunden ist: Das wissen wir schon. Wir haben die Aushänge gesehen. Unseren Kindern haben wir das auch erklärt. Die haben nämlich gefragt, wer der Mann auf dem Plakat ist.«

Familie Tesselbrink ging also unverkrampft mit der Sache um – schon mal ein Pluspunkt, dachte Lilo. »Aber was Sie vermutlich noch nicht wissen: Herr Koch und seine Frau haben hier bei uns gewohnt. Nicht in dem Bungalow, den Sie jetzt bekommen, sondern in dem daneben. Ich hoffe, das macht Ihnen nichts aus.«

Auch diese Nachricht konnte die Bochumer nicht erschüttern. »Ach was!« Ralf Tesselbrink machte eine wegwerfende Handbewegung. »Wir denken doch nicht, dass so was ansteckend ist. Da machen Sie sich mal keine Gedanken, Frau Gondorf. Und jetzt holen wir unsere Schätzchen aus dem Auto.«

Seine Frau stimmte zu.

»Prima«. Über Lilos Arm lag immer noch der Gärtnerkittel. »Kümmern Sie sich erst mal in Ruhe um Ihre Kinder. Ich muss kurz rein, aber ich bin gleich wieder da.«

Sie beobachtete noch, wie Ralf und Ilka Tesselbrink zeitgleich die hinteren Türen des Zafiras aufzogen und sich über die Rückbank beugten. Dann ging sie in ihr Haus.

*

Seit fünfzehn Jahren vermietete Lilo das *Boddenhüsken* und das *Mövennest* und hatte während dieser Zeit viel Erfahrung gesammelt. An der Art, wie neue Gäste aus dem Auto stiegen und Lilo begrüßten, wie sie sich auf dem Weg zu den Bungalows verhielten und hineingingen, konnte Lilo so manches ablesen. Bisher hatte sie sich in ihren Gästen noch nie grob getäuscht und auch keine Katastrophe mit ihnen erlebt. Vielleicht lag es daran, dass es eher bodenständige Menschen waren, die in Groß Zicker Urlaub machten. Hier wohnten sie zwar direkt am Naturschutzgebiet, aber doch einige Kilometer entfernt vom nächsten Badestrand. Also nicht unbedingt der richtige Ort für Liebhaber rasanter Strandpartys. Nein, Lilos Gäste waren eher ruhige, naturverbundene Menschen, die die Bungalows in ordentlichem Zustand hinterließen. Auch Familie Tesselbrink würde die Einrichtung sorgsam behandeln, da war Lilo sich sicher.

Sie brachte den Gärtnerkittel in den Keller, dann ging sie zurück ins Erdgeschoss und dort ins Bad. Nach so langer Gartenarbeit hielt Lilo einen Blick in den Spiegel für dringend nötig. So viel Eitelkeit durfte sein.

Seit einer Typberatung durch eine Freundin von Verena wusste Lilo: Sie war ein sogenannter Sommertyp. Also trug sie meistens gedeckte Blautöne, passend zum hellen Teint und den silbernen Schattierungen ihrer Kurzhaarfrisur. Bis vor einiger Zeit war sie mittelblond gewesen, doch dann hatten immer mehr weiße Haare für ein scheckiges Grau gesorgt. Lilo entschloss sich, die Farbe des Alters zu akzeptieren, und ihr Stammfriseur half ihr, die unsauberen Gelbtöne aus dem Haar zu entfernen. Seitdem umrahmte ihr Gesicht ein flottes Silbergrau.

Sie holte zwei Schlüssel für das *Boddenhüsken* und ging wieder hinaus. Inzwischen hatten Ralf und Ilka Tesselbrink ihre Töchter geweckt. Aus den Mietunterlagen wusste Lilo, dass Carina fünf und Svenja drei Jahre alt war. Noch ein wenig verschlafen streckten die beiden ihre Hand aus, um die fremde Frau zu begrüßen. Nette Kinder, dachte Lilo, und offenbar gut erzogen. Sie beugte sich zu ihnen hinunter und sprach ein paar freundliche Worte. Die Mädchen reagierten scheu, aber nicht ängstlich. Sie lächelten Lilo zu, Lilo lächelte zurück. Eigentlich schien alles in Ordnung, aber trotzdem: Irgendetwas kam Lilo seltsam vor. Und erst jetzt, als sie sich wieder aufrichtete, verstand sie, was sie so irritierte: Svenja und Carina glichen ihrer Mutter nicht nur in Gesichtszügen, Haarfarbe und Frisur, sondern waren auch noch so angezogen: Ilka Tesselbrink und ihre Töchter, alle im rosa T-Shirt zum hellblauen Jeansrock.

Solch ein Übermaß an optischer Harmonie verwirrte Lilo. Eine alberne Idee fuhr ihr durch den Kopf: Wäre es nicht schön, wenn auch Ralf Tesselbrink ein rosa T-Shirt zum hellblauen Jeansrock tragen würde – oder wenigstens eine hellblaue Jeanshose? Mit seinem Schwarz-Weiß-Look entfernte er sich doch deutlich vom weiblichen Drillingsauftritt seiner Familie.

Ilka Tesselbrink beschäftigte eine ganz andere Frage: »Können wir mit dem Auto denn näher an den Bungalow heranfahren?«

»Leider nein. Wir haben überlegt, Zufahrtswege anzulegen, aber damit würden wir den Garten verunstalten. Ich helfe Ihnen gern mit dem Gepäck.«

»Das ist nett.« Ralf Tesselbrink öffnete die Heckklappe. »Dann wollen wir mal.«

Lilo kannte den Anblick von Familienautos auf Urlaubsfahrten. Normalerweise bot der Laderaum ein wildes Durcheinander von Gepäckteilen: Koffer und Taschen auf- und nebeneinander gestapelt, dazwischen einige Plastiktüten sowie einzelne oder bestenfalls paarweise gebündelte Schuhe, obendrauf Jacken und Stofftiere. Nicht so bei den Tesselbrinks. Hier sah es aus wie im Werbeprospekt. Koffer und Taschen in einheitlichem elegantem Anthrazit, sauber längs- und quergereiht.

»Das schaffen wir alles mit einem Gang.« Ralf Tesselbrink reichte seiner Frau zwei Reisetaschen. Dann hob er drei Rollenkoffer aus dem Laderaum, einen davon schob er Lilo zu, die beiden anderen nahm er selbst.

Zu fünft zogen sie den gepflasterten Gartenweg entlang.

Der Familienvater deutete mit dem Kopf nach rechts. »Und da drüben hat dieser verschwundene Mann gewohnt?«

»Ja«, entgegnete Lilo. »Darum ist der Bungalow jetzt von der Polizei versiegelt, aber das ist alles geklärt. Das muss Sie nicht beunruhigen.«

»Tut es auch nicht«, versicherte Ralf Tesselbrink. »Wie gesagt, gar kein Problem für uns.«

Sie erreichten das *Boddenhüsken*, Lilo schloss auf.

»Wie wunderwunderschön!« Ilka Tesselbrink brach in Begeisterung aus. »Das sieht ja wirklich super gemütlich aus, Frau Gondorf. Hier fühlen wir uns ganz bestimmt wohl.«

»Danke.« Lilo kannte diese Art von Lob. Die Möbel in den Bungalows stammten vom Discounter, gehörten dort aber immerhin zum oberen Preissegment.

»Dieses helle Holz mit dem Weiß und Blau, das wirkt so frisch und passt so gut in die Gegend.« Ilka Tesselbrink ließ ihrer Freude freien Lauf, ihr Ehemann nickte dazu.

»Freut mich, wenn es Ihnen gefällt.« Lilo trat zu einem Regalschrank und rückte ein Deko-Segelboot nach rechts. Gestern beim Staubwischen war es offenbar verrutscht. Eigentlich störte sie sich nicht daran, ob das Boot weiter links oder rechts stand. Doch die Ordnungsliebe ihrer neuen Gäste färbte auf Lilo ab.

Sie führte die Tesselbrinks durch das übrige Haus. Zwei Schlafräume, Bad und Küche, alles schien den Geschmack der Bochumer Familie zu treffen, sie waren rundum zufrieden. Lilo wies noch auf den Kasten mit den elektrischen Sicherungen hin, da fiel ihr ein, dass sie etwas vergessen hatte.

»Ich muss Ihnen noch Badetücher bringen.« Sie sah auf die Uhr. »Entschuldigen Sie bitte, die sind noch im Wäschetrockner. Aber in einer Viertelstunde ist der fertig.«

»Kein Problem.« Ralf Tesselbrink machte sich daran, die Koffer auszupacken. »Badetücher brauchen wir ja nicht sofort.«

»Dann bis gleich, leben Sie sich gut ein.« Mit einem freundlichen Lächeln überreichte Lilo die Bungalowschlüssel.

Zurück in ihrem eigenen Haus widmete sie sich ihrer Küche. Während sie Teller und Tassen in die Spülmaschine stellte und mit einem feuchten Tuch die Arbeitsfläche abwischte, fiel ihr ein Wort ein, das sie lange nicht mehr gehört und erst recht nicht benutzt hatte. Es stammte aus ihrer Jugend und war längst aus der Mode gekommen. *Adrett* lautete dieses Wort. Lilo fand, dass es genau zutraf auf die Familie Tesselbrink. Alle vier wirkten adrett, überordentlich, tiefengereinigt. Sie waren kein bisschen verschwitzt gewesen, als sie ankamen. Nun gut, bei den Töchtern mochte das normal sein. Kleine Kinder schwitzen nicht viel. Aber die Eltern? Nach einer Autofahrt von sechshundert Kilometern waren sie wie aus dem Ei gepellt. Bestimmt verfügte der Zafira über eine gute Klimaanlage. Doch konnte es allein daran liegen? Lilo hatte mal gelesen, dass Menschen ganz unterschiedlich stark schwitzen. Dunkle Hauttypen mehr als helle. Männer mehr als Frauen. Vielleicht schwitzten die Tesselbrinks nie. Womöglich lag das in ihren Genen. Eine Nichtschwitzerfamilie. Und immer frisch gekleidet.

Beim Gedanken an saubere Wäsche fiel Lilo ein, dass der Trockner inzwischen fertig sein musste. Sie ging die Kellertreppe hinunter zum Hauswirtschaftsraum. Die roten Buchstaben im Display des Geräts verkündeten das Ende des letzten Trockengangs. Lilo räumte den Inhalt der großen Trommel in einen Wäschekorb und zog vier Badetücher heraus, die sie sorgsam faltete und legte. Damit kehrte sie zum *Boddenhüsken* zurück. Dort stand Ilka Tesselbrink im Wohnraum, vor sich Stapel von Gesellschaftsspielen und Büchern, die sie in die Regale einräumte. Lilo warf einen Blick auf die Sachen. Was Menschen mit in die Ferien nahmen, verriet viel darüber, was sie von den hoffentlich schönsten Wochen des Jahres erwarteten. Familie Tesselbrink war offenbar auch auf Regentage eingestellt und hatte für die Unterhaltung der Töchter vorgesorgt. Lilo erkannte ein Memory-Spiel für Vorschulkinder, etliche Bilderbücher und einige Krimis. Letztere hätte sie gern näher in Augenschein genommen, aber dann hätte sie womöglich mit Ilka Tesselbrink eine längere Diskussion über Kriminalliteratur führen müssen. Und dazu hatte Lilo keine Lust. Sie wunderte sich ohnehin darüber, dass die Tesselbrinks Krimis lasen und nicht etwa eine Abhandlung über die Geschichte der Bochumer Opel-Werke oder wenigstens die Biografie von Herbert Grönemeyer.

»Mein Mann hat sich ein bisschen hingelegt«, erklärte Ilka Tesselbrink, »und die Mädchen sind schon auf dem Spielplatz.« Sie zeigte durch ein Fenster.

Carina und Svenja hatten die Doppelschaukel für sich entdeckt. Sie trugen noch immer die rosa T-Shirts und die hellblauen Röcke. Offenbar durften die Sachen beim Spielen ruhig dreckig werden. Immerhin. Als die Mädchen ihre Mutter und Lilo am Fenster entdeckten, lachten sie herüber. Die beiden Frauen winkten zurück.

»Es gefällt uns außerordentlich gut hier, Frau Gondorf«, meinte Ilka Tesselbrink. »Wir können uns bestimmt prima erholen. Man merkt gleich, mit wie viel Liebe Sie das alles eingerichtet haben. Und so durchdacht.«

Lilo bedankte sich für das Lob und überreichte die Badetücher. »Wenn Sie mehr brauchen, sagen Sie einfach Bescheid. Die schmutzigen können Sie mir jederzeit bringen, dann bekommen Sie frische.«

»Gut. Wir würden nur noch gern fragen, wie das mit der Kurtaxe ist. Die müssen wir doch bezahlen, oder?«

»Ja. Aber nicht bei mir, sondern bei Herrn Fossen in der Kurverwaltung in Gager. Geöffnet haben die montags bis freitags von acht bis achtzehn Uhr und am Wochenende von acht bis dreizehn Uhr, auch sonntags. Sie bekommen eine Quittung in zwei Ausfertigungen, das Original geben Sie bitte mir, und die Durchschrift ist für Sie.«

»Sie kennen sich ja fantastisch gut aus, Frau Gondorf.«

Dieses Kompliment von Ilka Tesselbrink fiel für Lilos Geschmack deutlich zu dick aus.

»Selbstverständlich, das gehört schließlich auch zu meinem Job.« Sie kannte die übertriebene Freundlichkeit neuer Gäste. Meistens versuchten sie, mehr über ihre Vermieterin zu erfahren.

Lilo täuschte sich nicht, denn prompt hakte Ilka nach: »Und Sie leben erst seit fünfzehn Jahren hier?«

Wenn Lilo von Gästen nach ihrem Privatleben gefragt wurde, blieb sie ehrlich, aber zurückhaltend.

»Damals ist mein Mann gestorben, bei einem Unfall. Ich musste mir überlegen, wie ich weitermachen wollte. Unsere Tochter ging noch zur Schule. Wir haben dann beschlossen, aus Bielefeld wegzuziehen. Wir wollten einen Neuanfang. Und dann haben wir die Gelegenheit bekommen, dieses Grundstück zu kaufen. Mit dem Wohnhaus und den beiden Bungalows.«

Wie erwartet reagierte Ilka Tesselbrink betroffen. »Das mit Ihrem Mann tut mir leid. Sicher war das eine harte Zeit für Sie.«

»Natürlich. Aber es ist lange her. Und ich bin froh, dass ich hierhergezogen bin.«

Ilka Tesselbrink nickte. Sie hatte sich die Badetücher über den linken Unterarm gelegt, mit der rechten Hand strich sie über das Frottee. »Schön, dass Sie eine Tochter haben.«

Lilo gab sich Mühe, nicht zu stolz zu klingen: »Zwei Söhne haben wir auch. Beide waren schon erwachsen, als mein Mann starb. Die sind nicht mit hierhergezogen. Aber wir haben natürlich guten Kontakt.«

»Und Ihre Tochter lebt hier mit Ihnen?«

»Nicht weit von hier, in Stralsund. Wir besuchen uns oft.«

»Ist sie auch im Tourismus tätig?«

»Nein, Verena ist Beamtin.«

Ilka Tesselbrink nickte höflich. Lilo ahnte, was die junge Frau dachte: Beamte machen irgendeinen öden Schreibtischjob, es lohnt sich nicht, näher nachzufragen.

Wie erwartet wollte Ilka nicht wissen, was für eine Sorte Beamtin Lilos Tochter war. Stattdessen meinte sie: »Es ist viel wert, wenn man sich in der Familie gut aufgehoben fühlt.«

»Das ist es«, bestätigte Lilo.

Eigentlich wäre jetzt eine gute Gelegenheit gewesen, auch ein wenig nach dem Privatleben der Tesselbrinks zu fragen, überlegte Lilo. Vielleicht ließe sich dann sogar herausfinden, warum diese Familie derartig adrett wirkte. Doch durch das Fenster konnte sie sehen, dass Carina und Svenja vom Spielplatz zurückkehrten. Sie würden ihre Mutter in Beschlag nehmen. Da blieb keine Zeit mehr für ein Gespräch über das Leben in Bochum im Allgemeinen und als Angestellte der Opel-Werke im Besonderen.

Sie verabschiedete sich. »Wenn Sie noch Fragen haben oder etwas brauchen, kommen Sie vorbei. Ich bin meistens im Wohnzimmer oder in der Küche. Einfach auf die Terrasse gehen und klopfen.«

Lilo öffnete die Bungalowtür und stieß fast mit den Mädchen zusammen. Die erste Begegnung mit dem Spielplatz war offenbar erfolgreich verlaufen. Braune und schwarze Flecken zierten nun ihre rosa T-Shirts und hellblauen Röcke. Zufrieden nickte Lilo ihnen zu und machte sich auf den Weg zurück zu ihrem Haus.

Auf dem Gästeparkplatz stand kein schwarzer Mercedes mehr, sondern ein dunkelblauer Opel. Lilo brauchte ihn nicht näher in Augenschein zu nehmen. Sie hatte den Tesselbrinks beim Ausladen geholfen und dabei den Innenraum des Wagens eingehend betrachtet. Es gab eigentlich keinen Grund mehr, ihn zu inspizieren. Trotzdem gelang es Lilo nicht, den Zafira unbeachtet zu lassen. Ob sie wollte oder nicht, sie warf einen Blick hinein – und konnte kaum fassen, was sie sah. Im ersten Moment wich sie zurück, doch dann siegte ihre Neugier. Sie schaute genau hin auf die wunderliche Szene: Eng zusammengekauert lag auf der Rückbank Ralf Tesselbrink. An den Bewegungen seines Brustkorbs konnte Lilo erkennen, dass er schlief. Sein Gesicht war rot angeschwollen und verheult. Vermutlich hatte er bis vor kurzem geweint und sich dann in seinem Kummer ins Reich der Träume gerettet. Nun schlummerte er friedlich, sein Polo-Hemd strahlte noch immer reinweiß. Lilo hörte nicht auf, sich zu wundern. Es schien schwer begreiflich, dass ein Mann von dieser Statur derartig eingeengt überhaupt schlafen konnte. Offenbar bot die Rückbank des Zafiras einen ungeahnten Liegekomfort.

»Mein Mann hat sich ein bisschen hingelegt.« Das hatte Ilka Tesselbrink vor zehn Minuten gesagt, und Lilo hatte selbstverständlich angenommen, er habe sich nach der langen Autofahrt ins Bett gelegt. Zumal die Betten in den Bungalows anständige Matratzen hatten. Stattdessen lag dieser stattliche Mann zusammengefaltet in seinem Auto. Wie seltsam. Er hatte den Wagen mitgebaut – so viel wusste Lilo. Möglicherweise war er ja für den Einbau der Sitze zuständig, und die Rückbank für ihn ein Stück Heimat, ein Ort tiefer Geborgenheit. Aber warum hatte er geweint? Ganz so adrett wie anfangs angenommen war diese Familie wohl doch nicht. Hoffentlich kommt da nicht noch mehr auf mich zu, überlegte Lilo angespannt. Sie ging ins Haus. Es war vier Uhr durch, eigentlich zu spät für einen Mittagsschlaf. Doch sie war müde. Vielleicht hatte der Anblick des schlummernden Ralf Tesselbrink sie so erschöpft. Sie schob die Gedanken an die neuen Gäste beiseite. Zum Glück konnte sie zu beinahe jeder Tageszeit einen Erholungsschlaf halten. *Powernapping* nannte man das. Lilo legte sich aufs Sofa und döste ein. Als sie nach einer Viertelstunde aufwachte, hörte sie, wie jemand die Haustür aufschloss. Müde erhob sie sich und wollte Verena entgegengehen, doch die stand schon im Wohnzimmer.

»Hallo, Mama. Ich komme gerade von den Kollegen am Steilufer. Jetzt schaue ich nach der Versiegelung. Und nach dir natürlich auch.« Sie wirkte übernächtigt. Ihr dunkelblondes Haar war nachlässig nach oben gebunden, einzelne Strähnen hingen ihr ins Gesicht.

Lilo nahm sie in den Arm. »Hast du letzte Nacht denn wenigstens schlafen können?«

»Nur vier Stunden. Mehr war nicht drin.«

»Und das Essen mit Christoph?«

»Verschoben«, Verena seufzte. »Übrigens: Ein Kollege und ich bringen morgen Frau Koch. Sie will eine Nacht im Bungalow bleiben. Und übermorgen kommen zwei Berliner Kolleginnen. Die holen den Mercedes in Stralsund ab, laden dann hier Frau Koch ins Auto und fahren mit ihr zurück nach Berlin. Vorher möchte sie noch mal bei dir übernachten, weil sie hier die letzten Tage mit ihrem Mann verbracht hat. Um sich richtig verabschieden zu können, sagt sie.«

Lilo ahnte nichts Gutes. »Aber ihr lasst mich nicht allein mit ihr?«

»Natürlich nicht. Der Kollege und ich bleiben über Nacht. Ich schlafe im *Mövennest* auf der Couch, und Matthias bringt sein Zelt mit.«

»Er kann doch eins von den Zimmern oben haben.«

»Fühl dich nicht in deiner Gastgeberehre gekränkt, Mama. Matthias sagt, er schläft gern im Garten, so schön nah am Bodden. Außerdem ist er dann schnell im *Mövennest*, falls doch irgendwas sein sollte.«

»Ihr denkt also doch, dass die Täter es auch auf Frau Koch abgesehen haben?«

»Eigentlich nicht, jedenfalls haben wir keine Anhaltspunkte. Aber sicher ist sicher. Wir wollen Frau Koch über Nacht nicht allein lassen, zumal sie blind ist.«

»Es geht ihr also wieder einigermaßen?«

»Ja, klar. Sonst würden wir sie in eine Klinik bringen. Sie ist erstaunlich stabil. Wir können sie nach Hause lassen, sagt unsere Psychologin. Und Frau Koch meint, sie hat in Berlin viele Freunde, die sich um sie kümmern.«

»Was ist mit ihrem Mann?«

»Nichts Neues.«

»Gar nichts Neues? Oder doch was Neues, was du mir aber nicht erzählen möchtest?«

»Mama, du weißt doch selbst, dass solche Ermittlungen ihre Zeit brauchen.«

»Ist ja gut, Kind.«

»Und dieser blaue Opel auf dem Parkplatz? Gehört der den Leuten, die jetzt im *Boddenhüsken* wohnen?«

»Ja. Die sind vorhin angekommen. Wegen der Sache mit Werner Koch wussten sie schon Bescheid. Das macht ihnen nichts aus, haben sie gesagt. Eigentlich eine nette Familie, aber irgendwie doch seltsam.«

Lilo erzählte von dem adrettem Reisegepäck, den gleich gekleideten weiblichen Mitgliedern der Familie und dem verheulten Ralf Tesselbrink, der auf der Rückbank seines Zafiras schlief.

»Als ich eben geparkt habe, lag da jedenfalls keiner mehr im Opel. Diese Familie mag ja eigenartig sein, aber nach gefährlichen Schurken klingt das eher nicht.«

»Stimmt«, meinte Lilo ironisch. »Richtige Schwerkriminelle verhalten sich ganz unauffällig.«

»Genau, Mama. Jedenfalls dann, wenn sie dein *Boddenhüsken* für ihre konspirativen Sitzungen anmieten. Aber jetzt kümmere ich mich erst mal ums *Mövennest.*«

Sie gingen in den Garten. Lilo sah dabei zu, wie Verena die Siegel überprüfte. Alles schien in bester Ordnung. Mehr Zeit blieb nicht, sie musste zurück nach Stralsund. Nachdenklich winkte Lilo hinterher. Verena hatte wieder nicht erwähnt, dass Werner Koch Notar in Berlin gewesen war.

# Der Verdacht

Auto um Auto rollte von der Landstraße kommend zum Ortszentrum. Groß Zicker galt schon lange als eins der schönsten Dörfer in der Region, doch an diesem Abend schien es die Menschen besonders anzuziehen. Offenbar taten die Plakate ihre Wirkung. Scharen von Neugierigen wollten wissen, wo der Kurgast aus Berlin verschwunden war. Genau deswegen würden Verenas Kollegen die Wege an den Klippen nicht so schnell wieder freigeben.

Lilo hatte die Arbeit im Vorgarten erledigt und überlegte, wie sie den Abend verbringen sollte. Ihr neuer Tanzrock mit dem blauroten Karomuster kam ihr in den Sinn. Vor einigen Tagen hatte sie die Stoffbahnen aneinandergereiht. Jetzt könnte sie sich damit an die Nähmaschine setzen, doch dazu hatte sie keine Lust. Morgen Nachmittag würde Frau Koch für eine Nacht ins *Mövennest* zurückkehren – unter Polizeischutz. Lilo mochte nicht weiter darüber nachdenken. Vielleicht sollte sie in einem Buch weiterlesen, einer Marilyn-Monroe-Biografie, die sie zum letzten Geburtstag geschenkt bekommen hatte. Doch auch dazu konnte sie sich nicht durchringen. Schließlich rief sie Karin in Bielefeld an. Vor fünfundfünfzig Jahren hatten die beiden sich im Kindergarten kennengelernt und waren seitdem beste Freundinnen. Lilo erzählte, was sich ereignet hatte.

»Davon habe ich noch nichts gehört«, meinte Karin. »Zu uns ist das bis jetzt nicht durchgedrungen.«

»Was ja wohl eine gute Nachricht ist. Offenbar hält die Kripo es nicht für nötig, die Sache schon an die ganz große Glocke zu hängen.«

»Hast du Angst?«

»Nein. Es sieht ja nicht danach aus, dass durchgeknallte Typen über die Insel rennen und beliebige Touristen die Klippen runterziehen.« Sie besprachen noch ein paar Einzelheiten zu dem Fall, dann wechselte Lilo das Thema: »Was machen denn deine drei Enkelchen?«

Karin ging gern darauf ein, die beiden telefonierten noch über eine Stunde.

»Im Herbst komme ich ein paar Tage vorbei«, entschied Karin schließlich. »So lange hältst du gefälligst die Ohren steif. Und pass auf dich auf.«

Lilo versprach es. Neben ihren zwei Söhnen gehörte Karin zu den Menschen, die es ihr schwer gemacht hatten, vor fünfzehn Jahren aus Bielefeld wegzuziehen. Sie hatte auf Rügen viele gute Bekannte gefunden, doch keine wirklichen Freunde. Außer Oskar natürlich. Aber der könnte eine beste Freundin nicht ersetzen. Woran er selbstverständlich keine Schuld trug.

Der Tag hatte Lilo angestrengt, sie ging früh zu Bett und schlief gut ein. Doch mitten in der Nacht wurde sie wach, die Ereignisse holten sie ein, sie begann zu grübeln. Es war Viertel nach zwei. Um in dieser Nacht überhaupt noch ein paar Stunden Schlaf zu bekommen, brauchte sie Ablenkung und ein erprobtes Mittel. Vor Jahren schon hatte sie eine Methode entdeckt, die ihr zuerst Entspannung und danach eine wohlige Müdigkeit garantierte. Also stand sie auf. Vor dem Schlafzimmerfenster zeigte das Thermometer zwölf Grad Celsius – eindeutig zu kalt, um im Nachthemd draußen zu sitzen. Sie zog sich an und ging in die Küche. Für Fälle wie diesen lag im Vorratsschrank immer eine Flasche Rotwein. Lilo schenkte sich ein Glas ein, mehr Alkohol würde sie nicht brauchen. Bloß eine Sache fehlte noch: ein Zigarillo mit einem Deckblatt aus Tabak. Sie rauchte nur selten, aber ein Zigarillo zu einem Glas

Rotwein genoss sie von Zeit zu Zeit gern. Mit beidem versorgt öffnete sie die Tür zur Terrasse. Seit den Abendstunden war der Wind kräftiger geworden. Sie zündete sich den Zigarillo an, trat nach draußen und merkte, dass die Jacke nicht ausreichte. Ohne Licht zu machen, holte sie eine dunkelbraune Decke aus dem Wohnzimmer, damit kuschelte sie sich auf einem Terrassenstuhl ein. Wie wunderbar friedlich es hier war. Aus dem *Boddenhüsken* drangen weder Licht noch Laut, sicher lagen die neuen Gäste in wohliger Ruhe. Sie dachte an den verheulten Familienvater auf dem Opel-Rücksitz und stellte sich vor, wie Ralf Tesselbrink neben seiner Frau schlief. Auf einer guten Matratze in einem Fünf-Seesterne-Bungalow. Lächelnd nahm Lilo noch einen Schluck Wein und lauschte. Ein paar Vögel huschten durchs Gebüsch, der Wind brachte die Blätter der Apfelbäume zum Rauschen, im Hintergrund lag still und schwarz der Bodden. Gerade wollte sie ihr Glas austrinken, da bemerkte sie einen weißen Strahl, der hinterm *Boddenhüsken* hervorkam und sich zwischen den Bäumen bewegte. Im ersten Moment glaubte sie, dass das Licht vom Scheinwerfer eines Bootes stammen könnte, das auf ihr Grundstück zufuhr, doch dann erkannte sie die Umrisse eines groß gewachsenen Mannes. Er hielt eine Taschenlampe in der Hand und suchte den Weg zum *Mövennest.* Ralf Tesselbrink! Lilo erstarrte. Hektisch drückte sie den Zigarillo aus und warf einen kurzen Blick hinter sich in ihr Wohnzimmer. Nein, von hier drang kein Licht in den Garten, Lilo saß in völliger Dunkelheit. Solange Ralf Tesselbrink nicht seine Lampe auf sie richtete, würde sie unentdeckt bleiben. Aber was, wenn doch? Wenn der Strahl ihr helles Haar und ihr noch helleres Gesicht treffen würde? Sie zog sich schnell die Decke über den Kopf, nur um gleich darauf festzustellen: Die Wolle war dicht gewebt, darunter konnte sie nichts mehr sehen. Lilo ärgerte sich über sich selbst. Was zum Teufel tat sie da? Mit einer Kamelhaardecke über dem Kopf saß sie nachts auf ihrer eigenen Terrasse, weil sie sich vor einem Bochumer Autobauer fürchtete, der mit einer Taschenlampe durch den Garten schlich. Gepackt von der Ehre ihres ehemaligen Berufs linste sie unter der Decke hervor, bis sie ihren seltsamen Gast wieder im Blick hatte. Ralf Tesselbrink ging auf das *Mövennest* zu. Nun stand er einen halben Meter vor dem Küchenfenster. Ein Teil des Lichtstrahls traf sein Gesicht, er wirkte angespannt. Mit der Lampe umfuhr er das Fenster, die Versiegelungen leuchteten auf. Jetzt!, dachte Lilo. Jetzt reißt er die Siegel ab! Jetzt! Doch er tat es nicht. Ein paar Sekunden stand er starr, vielleicht musste er nachdenken. Dann wandte er sich zur Südseite in Richtung Terrasse und entschwand. Was hatte er da vor? Bestimmt würde er Wohnzimmerfenster samt Eingangstür ableuchten und dann den Bungalow umrunden. Mit dieser Vermutung lag Lilo offenbar richtig, denn zwei Minuten später tauchte er auf der anderen Seite wieder auf und inspizierte die Scheiben von Bad und Schlafzimmer. Mehr Fenster hat das Haus nicht, dachte Lilo. Entweder er bricht ein, oder er geht wieder. Und tatsächlich: Ralf Tesselbrink entschied sich. Er drehte sich um und leuchtete sich selbst den Weg zum *Boddenhüsken* zurück. Bevor er seinen Bungalow betrat, schaltete er die Taschenlampe aus, und auch drinnen machte er kein Licht. Im Garten herrschte wieder friedliches Dunkel. Lilo zog sich die Decke vom Kopf, atmete erleichtert durch und ging ins Haus zurück. Was sollte sie von Tesselbrinks Auftritt halten? Der Rotwein tat seine Wirkung, Lilo hatte keine Lust, sich vom nächtlichen Spuk den Schlaf rauben zu lassen. Ihren Wecker stellte sie auf halb sieben und schlief schnell ein. Am Morgen rief sie Verena an und erzählte von Tesselbrinks Eskapaden.

»Er ist also rumgeschlichen und hat geguckt? Wirkte es denn so, als wollte er einbrechen? Hatte er Handschuhe an? Oder Werkzeug mit?«

»Das wohl nicht«, musste Lilo zugeben.

»Dann kann doch alles ganz harmlos sein. Vielleicht konnte er einfach nicht schlafen und wollte sich ablenken. So wie du ja auch, Mama.«

Lilo überging die Spitze. »Mir ist noch was eingefallen«, setzte sie nach. »Als die gestern ankamen, hat mich sofort was irritiert.«

»Nämlich?«

»Tesselbrink und seine Frau wirkten völlig ausgeruht. Gar nicht so, als ob sie so eine lange Fahrt hinter sich hätten. Dabei braucht man von Bochum bis Groß Zicker mindestens sechs Stunden.«

Doch auch diese Beobachtung schien Verena nicht besonders verdächtig. »Das beweist nichts, Mama«, meinte sie mit einer Mischung von Mitleid und Ungeduld. »Der Opel hat bestimmt eine Klimaanlage. Vielleicht fährt Tesselbrink gern Auto, es strengt ihn nicht besonders an, oder er wechselt sich mit seiner Frau ab. Später legt er sich zu einem Nickerchen hin. In sein eigenes Auto oder sonst wo, das ist doch erst mal egal. Nachts wacht er auf, vielleicht weil er tagsüber zu lange geschlafen hat. Dann geht er in den Garten. Er nimmt eine Taschenlampe mit, weil er gerade erst gekommen ist und sich noch orientieren muss. Und er schaut sich den Bungalow an. Daraus lässt sich noch kein Verbrechen ableiten. Oder siehst du zwischen den Kochs und den Tesselbrinks eine Verbindung?«

»Keine eindeutige.«

»Aber du meinst trotzdem, die Tesselbrinks haben was mit der Entführung zu tun?«

»Könnte doch sein: Sie ziehen hier ein, damit sie hautnah mitkriegen, was die Polizei so treibt. Dabei nehmen sie ihre kleinen Töchter mit, alles wirkt schön harmlos. Und die Mädchen kriegen ein Schlafmittel. Wenn sie wach werden, glauben sie, sie haben sechshundert Kilometer hinter sich und nicht nur zwanzig.«

Verena seufzte leise. »Das klingt zwar alles konstruiert, aber ich überprüfe das trotzdem. Du hast von diesen Leuten doch irgendwelche Angaben.«

»Die hoffentlich korrekt sind«, entgegnete Lilo zynisch. »Kleinen Moment mal.«

Sie legte den Hörer beiseite und holte die Unterlagen. Nach weniger als einer Minute gab sie Verena die Personalien durch: Ralf Tesselbrink und Ehefrau Ilka geborene Jackschitz aus Bochum, inklusive Geburtsdaten, Adresse und Bankverbindung.

»Ich schaue das nach«, versprach Verena. »Und wenn wir heute Abend mit Frau Koch kommen, besprechen wir alles in Ruhe.«

»Dank dir.«

Zwar wäre es Lilo lieber gewesen, wenn Verena sofort ihre Kollegen zu Ralf Tesselbrink geschickt hätte. Doch auch sie musste zugeben: Nachts einen Bungalow abzuleuchten ließ nicht unbedingt auf eine Straftat schließen. Nachdem sie aufgelegt hatten, schaute Lilo aus dem Fenster. Die Morgensonne gab sich die Ehre, vermutlich würde der Tag heiter werden, wenn auch kühl. Was könnte die Bochumer Familie damit anfangen? Für den Strand war es nicht warm genug. Aber ein kleiner Ausflug bot sich an. Falls die Familie nicht selbst auf die Idee kommen sollte, stand Lilo gern für ein paar Vorschläge bereit. Hauptsache, die Tesselbrinks würden für ein paar Stunden den Bungalow verlassen. Lilo fasste einen Plan. Die Umsetzung musste allerdings noch warten, jetzt war es erst Viertel vor sieben. Sie ging zurück ins Bett und las vierzig Seiten aus der Marilyn-Monroe-Biografie. Mit dem beruhigenden Gefühl, nicht selbst ein Superstar zu sein, stand sie um kurz vor acht wieder auf, frühstückte, zog ihren Arbeitskittel über und machte sich auf in den Garten. Während sie Stauden und Büsche von trockenen oder wild wuchernden Zweigen befreite, umrundete sie unauffällig das *Mövennest*. Sämtliche Polizeisiegel waren unversehrt. Lilo setzte ihre Ermittlungen im hinteren Teil des Gartens fort. Die Beete neben dem Spielplatz lechzten nach gärtnerischer Zuwendung und boten einen unverstellten Blick auf die Terrasse des *Boddenhüskens*. Sobald ein Mitglied der Familie Tesselbrink seinen Kopf aus dem Bungalow streckte, könnte Lilo sofort hingehen und ein freundliches Gespräch beginnen.

Lilo entfernte ein paar Frühlingsblumen, die nach dem feuchten Mai endgültig hinüber waren. In den nächsten Tagen wollte sie hier Petunien und Fleißige Lieschen pflanzen. Damit konnte man am wenigsten falsch machen, denn mit einem allzu grünen Daumen war Lilo nicht gesegnet. In ihrem Garten standen nur unkomplizierte Gewächse. Zufrieden betrachtete sie einen Busch Pfingstrosen, der reichlich Knospen trug. Falls das Wetter hielt, würde er in den kommenden Wochen seine ganze Pracht entfalten. Voll Vorfreude auf ein paar Sträuße zupfte Lilo braune Blätter vom Rittersporn. Dann endlich: Die Tür zum *Boddenhüsken* wurde geöffnet, gespannt schaute Lilo hinüber. Eine touristische Beratung brauchten die Tesselbrinks offenbar nicht, auf die Idee zu einem Ausflug waren sie schon selbst gekommen. Mit Rucksäcken bestückt verließen Eltern und Töchter den Bungalow.

»Schön guten Morgen!« Lilo ging hin.

Im Chor grüßte die Familie zurück. Alle vier schienen gut gelaunt, Ralf Tesselbrinks Lächeln wirkte aufrichtig. Vermutlich hatte er Lilo bei seiner nächtlichen Aktion tatsächlich nicht bemerkt.

»Das sieht ja ganz nach einem Ausflug aus«, meinte Lilo freundlich.

»Ja. Wir wollen mit dem Auto nach Sellin und dann mit dem *Rasenden Roland* zum Schloss Granitz.« Ralf Tesselbrink lächelte noch breiter.

»Dann viel Spaß. Das ist ja sozusagen das Pflichtprogramm für alle Urlauber hier.« Sie kniete sich zu Svenja und Carina hinunter. »Der *Rasende Roland* hat eine tolle alte Dampflok. Vom Bahnhof zum Schloss fahren Pferdekutschen. Und einen großen Spielplatz gibt es auch.«

Die Mädchen nickten höflich.

Lilo begleitete die Familie noch zum Auto und winkte hinterher. Dann war sie allein mit ihren Bungalows. Schnurstracks holte sie einen Satz Schlüssel aus ihrer Wohnung und ging zum *Boddenhüsken* zurück. Dabei war es durchaus nicht ihre Art, hinter ihren Gästen her zu schnüffeln. Einen belegten Bungalow betrat sie ohne das Wissen ihrer Mieter nur in dringenden Fällen. Aber wenn Ralf Tesselbrink nachts im Garten herumspukte, sollte sie doch wohl nachschauen dürfen, wie die Familie sich so eingerichtet hatte. Sie schloss auf. Der Putzmittelgeruch von vorgestern war verflogen. Lilo nahm das etwas zu schwere Rasierwasser von Ralf Tesselbrink wahr und noch eine andere Note. Irgendwas mit Vanille, vermutlich das Deo seiner Frau. Lilo stellte sich mitten ins Wohnzimmer und sah sich um. Aber wonach wollte sie suchen? Falls diese Leute etwas mit der Entführung zu tun haben sollten, würden sie keine Spuren hinterlassen. Lilo hätte Schrank für Schrank, Schublade für Schublade nach verdächtigen Dingen absuchen können, aber das ging ihr zu weit, dabei wäre sie sich schäbig vorgekommen. Im Wohnraum war alles wohlgeordnet. Lilo ging zum Regal und inspizierte die mitgebrachten Bücher. Tatsächlich handelte es sich um Krimis – und zwar von der härteren Sorte. Genauer gesagt um Horror-Thriller. Lilo stutzte. Hätte sie einem derartig adretten Elternpaar solche Urlaubslektüre zugetraut? Lag darin etwa der Grund für Ralf Tesselbrinks seltsames Verhalten? Vertrug der sensible Familienvater diesen Lesestoff schlecht und irrte deswegen nachts durch fremde Gärten? Lilo setzte den Rundgang fort. Wie nicht anders zu erwarten, waren die Betten im Elternschlafzimmer sorgfältig gemacht. Auf dem linken Nachttisch stand eine Taschenlampe, vermutlich hatte Ralf Tesselbrink damit letzte Nacht das *Mövennest* abgeleuchtet. Das Kinderzimmer wirkte, abgesehen von ein paar Spielsachen am Boden, aufgeräumt, auch im Bad ließ die Ordnung nichts zu wünschen übrig. Der von Lilo hingebungsvoll geputzte Spiegel strahlte noch immer. Sie ging zurück ins Wohnzimmer und erschrak: Der dunkelblaue Opel bog wieder auf den Parkplatz ein, offenbar hatte die Familie etwas vergessen. Lilo wurde hektisch. Natürlich hätte sie sagen können, dass sie den Bungalow betreten hatte, um etwas Dringendes zu erledigen. Irgendein Problem mit dem Gas oder dem Strom, das wirkte immer wichtig. Besser wäre allerdings, die Tesselbrinks würden von Lilos Besuch im Bungalow nichts mitbekommen. Sie hastete zur Tür, die auf die Terrasse führte. Dieser Teil war vom Parkplatz aus nicht einsehbar. Wenn sie schnell abschloss und sich in die Beete flüchtete, würde ihre Stippvisite nicht auffallen.

Beim Hinausgehen griff Lilo in ihre Kitteltasche. Vergeblich. Sie tastete die Taschen ihrer Hose nach dem Schlüssel ab. Nichts. Sie riss die Tür wieder auf, vielleicht hatte sie den Schlüssel im Wohnzimmer liegen lassen. In diesem Moment hörte sie Ilka Tesselbrink hinter sich.

»Ach, Frau Gondorf. Sie sind hier.«

Lilo zuckte zusammen.

Ilka Tesselbrink atmete erleichtert aus. »Wie gut, Sie haben es gemerkt. Als wir dran gedacht haben, sind wir sofort zurückgefahren.«

Lilo verharrte regungslos. Was war los?

»Oh, Frau Gondorf. Ich habe Sie erschreckt. Das wollte ich nicht.« Ilka hob beschwichtigend die Hand, eilte in die Küche, schloss das Küchenfenster und kehrte Sekunden später ins Wohnzimmer zurück. »Wir waren fast schon in Middelhagen, da ist mir das Fenster eingefallen. Wirklich zu dumm.«

Endlich verstand Lilo, worum es ging. Sie nickte verbindlich. Doch bevor sie etwas entgegnen konnte, setzte Ilka ihre Entschuldigung fort: »Es tut uns so leid. Sie haben bestimmt gedacht, was sind das für unzuverlässige Leute. Einfach ein Fenster sperrangelweit offen zu lassen und wegzufahren. Verzeihen Sie bitte.«

»Kein Problem«, erwiderte Lilo großherzig. »Das kann ja mal vorkommen.«

»Danke. Wir achten sonst immer darauf.«

»Schon gut. Heute wäre das halb so schlimm gewesen. Ist ja nicht windig, und Regen ist auch nicht gemeldet. Aber trotzdem sollte natürlich kein Fenster offen stehen. Schon gar nicht im Erdgeschoss.« Lilo lächelte arglos und fügte hinzu: »Eigentlich sind wir hier ein grundehrliches Dorf. Aber man weiß ja nie, ob nicht doch irgendwer einbrechen könnte. Sogar am helllichten Tag.«

»Selbstverständlich. Darum haben wir doch sofort kehrtgemacht.«

»Aber nun ist alles in Ordnung, Frau Tesselbrink. Ich habe es ja gemerkt, und wenn Ihnen das noch mal passieren sollte, rufen Sie einfach an.«

»Es kommt bestimmt nicht mehr vor.«

»Wirklich kein Problem.«

»Sind Sie denn so lieb und schließen hier ab?«

»Aber sicher.«

Sie wünschten einander nochmals einen schönen Tag, dann hastete Ilka zum Auto zurück. Lilo hörte, wie der Opel wegfuhr. Nun hätte sie sich in aller Ruhe weiter im Bungalow umschauen können. Aber was sollte das bringen? Ilka Tesselbrink wirkte erleichtert, Lilo im Bungalow anzutreffen. Das bewies doch: Es gab nichts zu verbergen. Und wonach sollte Lilo suchen? Nach dem Maschinengewehr im Wäschekorb? Der Handgranate im Zahnputzbecher? Nein, eine weitere Suche schien sinnlos. Da war es vernünftiger abzuwarten, was Verenas Ermittlungen über die Tesselbrinks ergaben. Lilo beschränkte sich darauf, ihren Schlüssel zu suchen, und fand ihn auf der Fensterbank neben der Eingangstür. Dort hatte sie ihn abgelegt. Zufrieden schloss sie den Bungalow ab.

Aus dem Geräteschuppen holte sie einen Sack mit Rindenmulch und erneuerte die Schicht unter den älteren Sträuchern und Stauden. So ließ sich das Unkraut zumindest teilweise abhalten. Leider funktionierte das nicht bei den jüngeren Pflanzen, denn die Gerbsäure aus dem Rindenmulch behinderte das Wachstum. Doch Lilo wollte die Stauden sprießen lassen – im Gegensatz zum Rasen, der in die Höhe schoss und Lilo immer wieder zwang, den Mäher anzusetzen. Auch wenn es um das Unkraut ging, führte sie einen hoffnungslosen Kampf. Ein steter Wind blies den Samen der Boddenwiesen zu Lilo hinüber. Eigentlich hätte sie nichts gegen eine Wildwiese auf ihrem Grundstück gehabt, aber ihre Nachbarn zur Rechten hätten sich dann sofort bei der Kurverwaltung beschwert. Und Oskar, ihr Nachbar zur Linken, war in punkto Gartenpflege ebenfalls ein kleiner Spießer.

»Was Unkraut ist, bestimme ich!«, war Lilos Lieblingssatz, doch Oskar nannte das *Lilos Chaostheorie* und widersprach heftig. Er gärtnerte gern. »Die Natur zwingt mir sowieso ihren Willen auf«, meinte er dazu. »Also lass mir wenigstens die Illusion, dass es in meinem Blumenbeet anders ist. Im Garten bin ich der Chef – und damit basta!«

Lilo gab sich geschlagen.

Mit Hacke und Kralle rückte sie an diesem Morgen den Wildkräutern zu Leibe. Gegen dreizehn Uhr entschied sie, für heute genug gejätet zu haben. Sie ging ins Haus, aß eine Suppe, hielt einen kurzen Mittagsschlaf und machte sich daran, ihre eigene Wohnung zu putzen. Dabei schaute sie oft aus dem Fenster. Je näher der Abend rückte, umso aufgeregter wurde sie. Elisabeth Koch sollte wiederkommen, und vielleicht würde sie Neuigkeiten mitbringen über die Suche nach ihrem Ehemann. Die letzten Tage hatten so viel verändert in Lilos Leben. Bis letzte Woche waren Unkraut und Rasenwuchs die größten Probleme gewesen, mit denen sie sich in diesem Frühjahr auseinandersetzen musste. Doch nun kam etwas Neues hinzu, etwas Spannendes. Ein Gefühl quälte Lilo, viel stärker, als sie vor sich selbst zugeben wollte: Es war die Sehnsucht nach ihrem alten Beruf.

# Die blinde Frau

Gegen siebzehn Uhr war Frau Koch noch immer nicht da, nur die Tesselbrinks kehrten zurück. Lilo überlegte, hinzugehen und zu fragen, ob sie einen schönen Tag verbracht hatten. Doch eigentlich gab es dafür keinen Grund, im schlimmsten Fall hätte es sogar aufdringlich wirken können. Lieber wartete sie ab, was Verena herausgefunden hatte. Endlich bog ihr Honda auf den Parkplatz ein. Aus der Beifahrertür stieg ein Mann, sicher Verenas Kollege. Er holte zwei Taschen aus dem Kofferraum, dabei konnte Lilo sein Gesicht erkennen. So jung wie er aussah, hatte er die Polizeischule vermutlich gerade erst hinter sich. Nun ging die Fahrertür auf, Verena kam heraus und half Elisabeth aus dem Wagenfond. Da war sie wieder, die blinde Frau – schmal, sportlich und mit bemerkenswert vitaler Ausstrahlung. Wie immer trug sie die Sonnenbrille mit den großen Gläsern. Zumindest äußerlich war ihr nicht anzumerken, dass sie unter dem Verschwinden ihres Mannes litt.

Vielleicht leidet sie ja gar nicht!, fuhr es Lilo durch den Kopf. Um die Szene weiter zu verfolgen, musste sie ins Wohnzimmer gehen. Durch das große Terrassenfenster konnte sie beobachten, wie Verena das Polizeisiegel an der Tür zum *Mövennest* aufritzte und die blinde Frau Koch hineinführte. Der Kollege folgte mit dem Gepäck – mehr war nicht zu sehen.

Zurück in der Küche wischte Lilo den Kühlschrank mit Essigwasser aus. Gerade wollte sie eine Liste für den nächsten Einkauf schreiben, da klopfte es an der Terrassentür. Lilo öffnete.

»Das ist Matthias Weber«, stellte Verena ihren Kollegen vor. »Er ist seit ein paar Wochen in unserem Team.«

Lilo schätzte ihn auf Mitte zwanzig. Auf den ersten Blick wirkte er sympathisch: kräftiges Kinn, klare Gesichtszüge. So wie diese drahtigen Ermittler in Fernsehkrimis. Dahinter vermutete Lilo allerdings eine heftige Portion Eitelkeit und Ehrgeiz. Wahrscheinlich würde er sich zu einem Polizisten entwickeln, der sich festbiss und jeden ungeklärten Fall als Kränkung empfand. Nun gut – das war nicht die schlechteste Eigenschaft für den Job.

»So weit ist erstmal alles in Ordnung«, meinte Verena. »Frau Koch findet sich im Bungalow zurecht und kann für sich selbst sorgen, zumindest sagt sie das. Und wir sind heute Nacht ja da.«

»Wie fühlt sie sich denn überhaupt?«

»Eigentlich ganz gut, sie nimmt alles sehr gefasst. Wir sollen dir übrigens ausrichten, dass sie gern in Ruhe mit dir allein sprechen möchte. Am besten schon bald.«

Lilo horchte auf. Sie hatte ohnehin vor, der blinden Frau einen Besuch abzustatten. Wenn die nun von sich aus diesen Wunsch äußerte – umso besser. »Was möchte sie denn mit mir besprechen?«

»Genau weiß ich das nicht. Sie hat offenbar großes Vertrauen zu dir. Wahrscheinlich möchte sie sich einfach nur mit dir austauschen.«

»Muss ich was beachten? Schließlich will ich nichts sagen, was eure Ermittlungen negativ beeinflussen könnte.«

»Das tust du schon nicht, Mama.« Verena schmunzelte. »Wir haben Frau Koch ausführlich befragt, alles ist protokolliert. Wenn wir Bedenken hätten, würden wir euer Gespräch gar nicht erst zulassen.«

Lilo nickte. »Dann sollten wir wohl besser vorher etwas klären: Im Dorf habe ich nämlich erfahren, dass Werner Koch früher Notar war.«

»Woher stammt diese Information?«, fragte Matthias mit unterdrückter Strenge.

»Eine Frau aus unserem Dorf hat das im Internet gelesen. Oder stimmt es etwa nicht?«

»Doch, Mama«, entgegnete Verena rasch. »Werner Koch war Notar in Ostberlin, und nach der Wende hat er seine Kanzlei dort weitergeführt. Doch das hängen wir nicht an die große Glocke. Wer es weiß, weiß es eben.«

»Es lässt sich aber leicht rausfinden.«

»So leicht ist das gar nicht. Werner Koch – das ist ein Allerweltsname. Unseren Werner Koch hier findet man in den Suchmaschinen nicht gleich auf den vorderen Seiten. Erst weiter hinten gibt es einen Link zur Notarkammer Berlin. Eine eigene Homepage hatte er nie. Und von wem genau hast du das jetzt erfahren?«

»Ruth Mayer. Die ist gründlich. Sie hat bestimmt nicht nur auf den ersten Seiten geschaut.«

»Ja«, räumte Verena ein. »Wenn man sich Mühe gibt, kommt man drauf. Die Journalisten haben das natürlich auch schon rausgefunden. Aber aus ermittlungstaktischen Gründen bitten wir sie, es nicht zu veröffentlichen.«

»Und das funktioniert?«

»Jedenfalls noch.«

»Ihr denkt also, sein Verschwinden hat mit der früheren Arbeit als Notar zu tun?«

»Du kennst doch unseren berühmten Satz: Wir ermitteln in alle Richtungen.«

»Genauso ist das«, pflichtete Matthias bei.

Lilo ließ nicht locker. »Also ist es eine richtige Entführung? Durch unbekannte Täter? Nichts, was die Kochs selbst inszeniert haben?«

»Wahrscheinlich ja. Aber über die möglichen Gründe sollten Frau Koch und Sie nicht spekulieren. Seien Sie einfach nett zu ihr und helfen Sie ein bisschen beim Packen.«

»Und wenn sie das selbst anspricht?«

Verena seufzte. »Dann hör ihr zu, aber frag nicht weiter nach. Sag einfach, dass die Polizei ihre Arbeit macht. Darauf kann Frau Koch sich verlassen.«

»Ja sicher.« Lilo wechselte das Thema: »Weiß man denn jetzt, was am Steilufer passiert ist?«

»Die Entführer waren vermutlich zu zweit«, berichtete Verena. »Darauf weisen die Fußspuren am Abhang hin und auch Frau Kochs Aussagen.«

»Und Zeugen?«

»Den Kochs sind auf dem Weg nach Groß Zicker zwei Wanderer entgegengekommen. Die haben sich inzwischen bei uns gemeldet. Frau Koch hatte sie sehr gut beschrieben: über sechzig und Raucher.«

»Aber die haben nichts damit zu tun?«

»Vermutlich nicht, die waren auch auf Wandertour um die Zickerschen Berge, aber in entgegengesetzter Richtung. Die sagen aus: Herr und Frau Koch waren guter Stimmung und haben nett gegrüßt. Von der Stelle, wo sie die Kochs getroffen haben, sind die Männer ohne Unterbrechung nach Gager weitergegangen. Das ist glaubhaft. Die Kellnerin vom *Café Sonnenstrahl* bezeugt, wann sie dort Kuchen gegessen haben. Zeitlich kommt das alles hin.«

»Und weitere Zeugen?«

»Noch nicht, aber wir sind zuversichtlich«, meinte Matthias. Trotz der kleinen Auseinandersetzung eben schien er Lilo zu vertrauen, denn er gab noch ein paar Fakten bekannt: »Soweit wir wissen, geschah die Entführung gegen zehn Uhr morgens bei Sonne und ziemlich kräftigem Wind. Für geübte Segler ein ideales Wetter. Da müssten Boote auf dem Wasser gewesen sein. Wir hoffen, dass jemand was gesehen hat und sich noch bei uns meldet.«

»Immerhin ein Hoffnungsschimmer.« Lilo lächelte dem jungen Mann zu. »Und Sie möchten wirklich im Zelt schlafen? Nicht lieber schön bequem im Gästezimmer?«

Jetzt lächelte auch Matthias – zum ersten Mal in diesem Gespräch. Lilo achtete darauf, ob sich dabei Grübchen auf seinen Wangen bilden würden, aber dieses Klischee erfüllte er nicht.

»Nein danke, Frau Gondorf. Im Zelt bin ich näher am Bungalow. Wir erwarten zwar keinen Überfall auf Frau Koch, aber sicher ist sicher.«

»Soll ich denn Frühstück machen?«

»Back uns einfach ein paar Brötchen auf, Mama«, sagte Verena rasch. »Keine Umstände. Stell ein bisschen Wurst und Käse dazu, dann sind wir schon zufrieden.«

Lilo nickte. Sie hätte gern noch gewusst, ob Matthias Weber lieber Tee oder Kaffee trank, aber aus Rücksicht auf ihre Tochter ließ sie das Thema links liegen. Stattdessen fragte sie: »Was ist denn eigentlich mit den Tesselbrinks? Habt ihr da was rausgefunden?«

»Ach so, ja«, meinte Verena »Wir haben die beiden überprüft. Alles sauber, keine Vorstrafen. Die bekämen beide ein astreines polizeiliches Führungszeugnis, wenn wir denn eines ausstellen müssten.«

»Dann ist ja gut«, sagte Lilo erleichtert. Sie ließ sich nicht anmerken, dass sie ein wenig enttäuscht über das Ergebnis war.

»Sämtliche Polizeisiegel am *Mövennest* waren übrigens intakt. Wahrscheinlich konnte dieser Tesselbrink einfach nicht schlafen und ist deswegen ein bisschen auf Entdeckungstour gegangen. Eine Verbindung zwischen den Kochs und den Tesselbrinks haben wir auch nicht gefunden. Das muss zwar nicht unbedingt was heißen, aber wir brauchen die Sache erst mal nicht weiter zu verfolgen. Und jetzt gucken wir uns diese Familie noch persönlich an.«

Lilo erschrak. »Aber ihr wollt Ralf Tesselbrink nicht erzählen, dass ich ihn nachts beobachtet habe?«

»Nein, Mama.« Verena amüsierte sich. »Nun halt uns doch bitte nicht für Stümper. Solange wir nichts gegen ihn vorbringen können, konfrontieren wir ihn natürlich auch nicht mit seinem nächtlichen Ausflug. Aber er soll wissen, dass Frau Koch wieder da ist. Und natürlich auch, dass wir bei ihr sind.«

»Also geht ihr jetzt zu den Tesselbrinks, und ich gehe zu Frau Koch.«

»So machen wir das, Mama.«

Sie verließen das Haus durch die Terrassentür, im Garten trennten sie sich. Verena und ihr Kollege steuerten auf das *Boddenhüsken* zu.

Lilo sah ihnen hinterher. Was sollte sie von diesem Matthias Weber halten? Warum hatte er eben diesen unnötig scharfen Ton an den Tag gelegt? Meinte er, sich damit profilieren zu können? Dabei kam er Lilo eigentlich wie ein ganz netter Kerl vor. Im Grunde konnte ihr das aber auch egal sein. Hauptsache, Verena verstand sich gut mit ihrem Kollegen – und das tat sie ja wohl.

*

Lilo betrat die Terrasse vom *Mövennest*. Beim Gedanken an die anstehende Nacht überkam sie ein ungutes Gefühl. Daran konnte auch ihre Neugier nichts ändern. Die Tür zum Bungalow war nur angelehnt.

»Treten Sie ein!«, schallte es ihr freundlich entgegen.

Lilo schob die Tür auf. »Guten Abend, Frau Koch.«

»Setzen Sie sich doch, Frau Gondorf. Was darf ich Ihnen anbieten? Mineralwasser oder Orangensaft? Mehr habe ich nicht da. Ich bleibe ja nur noch diese eine Nacht. Und morgen in Berlin gehe ich wieder einkaufen.«

Lilo entschied sich für Saft und nahm auf der Couch Platz. Elisabeth Koch holte eine Flasche und zwei Gläser aus der Küche. Ihre Bewegungen waren langsamer und kantiger als bei sehenden Menschen. Ohne etwas zu verschütten, füllte sie die Gläser, dabei ließ sie zwischen Flüssigkeit und Glasrand einen Abstand von zwei Zentimetern.

»Ich bewundere Sie, Frau Koch.«

Die alte Dame lachte auf. »In solchen Sachen habe ich mehr als sechzig Jahre Übung.«

»Ich meine: überhaupt. Wie gut Sie sich überhaupt zurechtfinden, sogar in diesem ganz fremden Bungalow.«

»Ganz fremd ist er ja nicht. Ich hatte hier doch zum Glück schon einen Tag verbracht. Bevor Montag die schlimme Sache passierte.« Ihre Stimme klang ernst, aber weder verzweifelt noch verbittert.

Lilo hätte gern das Stichwort genutzt und die Entführung angesprochen. Doch sie entschied sich, langsam vorzugehen. »Wie können Sie sich so fantastisch orientieren?«, fragte sie einfühlsam. »Haben Sie dafür eine bestimmte Technik?«

»Das auch. Aber vor allem Erfahrung. In meinen ersten beiden Lebensjahren konnte ich ganz normal sehen. Das hilft mir heute enorm.«

Elisabeth Koch nahm Lilo gegenüber in einem Sessel Platz. Offenbar machte es ihr nichts aus, über ihre Blindheit zu sprechen, darum fragte Lilo weiter: »Das heißt, Sie können sich an die Sinneseindrücke von damals erinnern?«

Elisabeth lächelte. »Erinnern ist vielleicht nicht das richtige Wort. Ich war ja erst zwei Jahre alt, als man mir die Augäpfel entfernte. Aber ich habe noch eine gewisse Vorstellung von dieser Zeit. Bilder von Gegenständen, die in mir auftauchen.«

»Auch farbige Bilder?«

»Ja. Zumindest kann ich mir Farben vorstellen. Meine Eltern haben damals gesagt: Der Ball ist rot, der Bär ist braun, die Puppe hat schwarze Haare. Und natürlich: Der Saft ist gelb.« Sie trank einen Schluck. »Ich finde, verglichen mit Menschen, die von Geburt an blind sind, habe ich es besser.«

Lilo räusperte sich. »Das ist sicher richtig.«

Frau Koch nickte entschieden. »Und morgen fahre ich nach Berlin zurück. Ich komme allein klar in meinem Haus. Und ich weiß, dass es auch in Werners Sinn ist, wenn ich so bald wie möglich in mein gewohntes Leben zurückkehre.«

Elisabeth sprach in der Gegenwartsform von ihrem Mann. Glaubte sie also, dass er noch lebte? Oder war sie sich dessen sogar sicher?

Lilo fragte nicht nach, sondern meinte nur höflich: »Das kann ich gut verstehen. Es tut mir schrecklich leid, was hier passiert ist, Frau Koch. Ich wünsche Ihnen von ganzem Herzen, dass Ihr Mann wohlbehalten zurückkehrt.«

Elisabeth Koch lächelte dankbar. »Ja. Es ist schlimm. Zumal mein Mann sich so auf diesen Urlaub gefreut hat. Schon im Januar hat er angefangen, alles zu planen. Er war ja mal als Kind hier.«

»Ach so?«

»Ja. Als kleiner Junge mit seinen Eltern, die waren beide Textilzuschneider in Ostberlin. Zur DDR-Zeit gab es in Gager ein Arbeiter-Ferienheim, das sehr beliebt war. Nur ein einziges Mal haben meine Schwiegereltern dort Plätze für die Sommerferien bekommen. Mein Mann war damals acht. Und er hat immer gesagt, dass er noch mal hierher will. Diese Gegend hat ihn damals schon begeistert. Obwohl Kinder ja normalerweise mit schönen Landschaften wenig anfangen können.«

»Später hätte er doch jederzeit wiederkommen können«, wandte Lilo freundlich ein.

»Stimmt schon, aber in seiner Studentenzeit und den Jahren danach hatte er viele Freunde in Bulgarien und der Sowjetunion. Wir waren oft am Schwarzen Meer und manchmal auch am Plattensee. Nach der Wende haben wir natürlich erst mal unsere Reisefreiheit ausgekostet. Darüber ist die Ostsee ein wenig in Vergessenheit geraten.«

»Da hatten Sie bestimmt viele andere Ziele.«

»Ja. Vor allem am Mittelmeer und auf den Kanarischen Inseln. Das war ja auch alles wunderschön. Aber in diesem Jahr wollte mein Mann unbedingt wieder nach Rügen.«

»Kannte er hier denn noch Leute von damals?«, fragte Lilo und ertappte sich dabei, wie sie in der Vergangenheitsform von Werner Koch sprach. Doch das schien seine Frau nicht zu bemerken – oder es machte ihr nichts aus.

»Nein, niemanden. Aber das war ihm auch nicht wichtig, er wollte vor allem diese wunderbare Landschaft wiedersehen, das Mönchgut. Und ausgerechnet hier ist nun dieses schreckliche Verbrechen passiert.«

Elisabeth Koch wirkte äußerst beherrscht. Kerzengerade saß sie da, in hochwertiger Freizeitkleidung, Pulli und Hose farblich abgestimmt, das dunkelgraue Haar zum eleganten Knoten gebunden. Ihre Worte waren verbindlich und wohlgesetzt, ihre Stimmung ausgeglichen. Wenn sie mit ihrer großen Sonnenbrille nicht hier im geschlossenen Raum, sondern draußen im Strandcafé gesessen hätte, würde niemand denken: Diese Frau ist blind. Und erst recht nicht: Vorgestern haben Fremde ihren Mann entführt. Lilo konnte sich keinen Reim darauf machen. Sah so eine Frau aus, deren Ehemann verschwunden war? Die gerade von einer ausführlichen polizeilichen Befragung zurückkam?

Behutsam wagte Lilo sich vor. »Nehmen Sie es mir bitte nicht übel, Frau Koch: Aber bei allem, was Sie durchstehen, wirken Sie so gefasst und diszipliniert.«

»Und das finden Sie ungewöhnlich?«, fragte die blinde Frau lächelnd.

»Ehrlich gesagt, ja.«

Für einen winzigen Moment reagierte Elisabeth Koch verstört. Nur eine kleine Irritation, ein Kräuseln der Stirn, ein Zucken der Mundwinkel. Gleich darauf lächelte sie wieder. »Natürlich dürfen Sie mich darauf ansprechen. Die Polizisten in Stralsund meinten auch, ich hätte eine bemerkenswerte Fassung. Dabei belastet mich das alles sehr, ich mache mir schreckliche Sorgen um Werner. Aber wenn ich mich gehen ließe, würde das die Sache nur schlimmer machen. Ich habe in meinem Leben so viel durchgestanden, da weiß ich, dass es keinen Sinn macht, überängstlich zu werden. Oder gar panisch. Ich habe den Augenkrebs überlebt und später einen so liebevollen Mann gefunden. Wir haben ein friedliches Leben und konnten gemeinsam alt werden. Das ist mehr, als vielen Menschen vergönnt ist. Die Situation ist wirklich furchtbar schlimm. Aber es nützt meinem Mann nichts, wenn ich den Kopf verliere. Ich muss stark bleiben – gerade für ihn.« Sie hob den Kopf. »Übrigens, Frau Gondorf: Ihre Tochter ist ein wunderbarer Mensch und eine hervorragende Polizistin. Von ihr weiß ich, dass Sie auch zwei Söhne haben. Sogar Zwillinge.«

»Ja«, entgegnete Lilo bereitwillig. »Die sind schon sechsunddreißig. Jonas lebt mit seiner Freundin in Bielefeld und Oliver mit seiner Frau in Gütersloh.«

»Enkelkinder haben Sie noch nicht?«

»Nein, aber bis dahin dauert es hoffentlich nicht mehr lange.«

»Das wünsche ich Ihnen sehr.« Elisabeth Koch lächelte herzlich, dabei rutschte ihre Sonnenbrille ein paar Millimeter nach unten. Mit einer kurzen Handbewegung rückte sie das Gestell zurecht. »Mein Mann und ich wollten keine Kinder bekommen, oder vielmehr: Wir durften nicht. Ich hatte Angst, meinen Krebs zu vererben. Außerdem mochte ich keinem Kind eine blinde Mutter zumuten.« Sie schob ihren Oberkörper nach vorn. »Ihre Tochter hat erzählt, dass Sie früher auch bei der Polizei waren.«

»Das stimmt.« Lilo hatte nichts zu verbergen. Also erzählte sie von ihrer Ausbildung an der Fachhochschule in Hiltrup, dem Jahr bei der Kripo in Bielefeld und der ungeplanten Schwangerschaft mit den Zwillingen. »Als die beiden aus dem Gröbsten raus waren, haben mein Mann und ich uns noch ein drittes Kind gewünscht. Am liebsten natürlich eine Tochter.«

Wieder lächelte Elisabeth Koch. »Na, das ist doch schön. Übrigens: Als Ihre Tochter sich mir vorgestellt hat, habe ich gleich gedacht, wie ähnlich Sie einander sind. Sie haben beide so eine ruhige, menschliche Art. Wirklich angenehm.«

»Danke«, sagte Lilo so bescheiden wie möglich.

»Aber eins verstehe ich nicht: Wollten Sie denn später nicht wieder in den Beruf einsteigen?«

»Doch sicher. Als Verena aufs Gymnasium kam, hatte ich das eigentlich vor. Aber dann starb mein Mann bei einem Motorradunfall. Er trug keine Schuld. Ein Autofahrer hatte ihm die Vorfahrt genommen.«

»Ach so«, meinte Elisabeth Koch einfühlsam. Nach ein paar Sekunden fragte sie: »War Ihr Mann auch Polizist?«

»Nein. Geschäftsführer in einem großen Restaurant. Ich habe da oft ausgeholfen, als Kellnerin.«

Elisabeth nickte. »Das war bei uns ähnlich: Ich habe meinem Mann als Empfangsdame geholfen. Er war Notar. Und wir haben wunderbar zusammengearbeitet, obwohl ich ja gar keine gelernte Notarsgehilfin war. Wir hatten auch noch zwei Angestellte für den Schriftverkehr und die Akten. Und ich habe mich um die Rezeption gekümmert.«

Lilo antwortete nicht gleich.

»Wussten Sie nicht, dass er Notar war? Hat Ihre Tochter das nicht erzählt?«

»Doch.« Lilo atmete tief ein. »Um ehrlich zu sein: Verena hat eben noch mit mir darüber geredet. Doch sie meinte, ich sollte den Beruf Ihres Mannes lieber nicht erwähnen, weil es Ihnen unangenehm sein könnte.«

»Aber nein, das ist es nicht. Wir können offen darüber sprechen. Ich vertraue Ihnen, Frau Gondorf. Gerade weil Sie früher selbst bei der Kripo waren. Also im Klartext: Die Polizei vermutet einen Zusammenhang zwischen dem Beruf meines Mannes und seiner Entführung.«

»Und wie soll dieser Zusammenhang sein?«

»Vielleicht aus Rache wegen eines alten Vorgangs?«

»Mit dem Ihr Mann als Notar zu tun hatte?«

»Richtig. Werner hatte ja schon zu DDR-Zeiten seine Kanzlei. Nach der Wiedervereinigung hat er Schulungen gemacht, damit er nach den neuen Rechtsgrundlagen weiterarbeiten konnte, und sich auf Immobilienrückführung spezialisiert. Das heißt, er hat Alteigentümer vertreten, die ab 1945 durch die DDR-Bodenreform enteignet worden waren. Denen hat er geholfen, ihre Häuser und Grundstücke wiederzubekommen.«

»Also hat er für Leute aus dem Westen gearbeitet?«

»Nicht nur, aber überwiegend. Es gab natürlich auch Menschen, die trotz Enteignung in der DDR geblieben sind. Die hat er auch vertreten.«

»Und die neuen Eigentümer wollten die Immobilien nicht zurückgeben.«

»Selbstverständlich nicht. Diese Leute wehrten sich nach Leibeskräften. Deswegen gab es jede Menge Prozesse.«

»Also musste Ihr Mann sich unbeliebt machen?«

»Der Sache nach ja. Aber als Mensch nicht.« Wohl um ihren Mann zu verteidigen, hob Elisabeth Koch die Stimme. »Werner ist durch und durch friedliebend. Außerdem war er ja kein Rechtsanwalt, sondern hat lediglich als Notar die Verträge beurkundet. Es ging ihm immer darum, die Gesetze zu erfüllen und dabei die betroffenen Menschen nicht aus den Augen zu verlieren. Wegen seiner Art hat er viel Lob bekommen. Die Kripo hat mich gefragt, ob er Feinde hat. Ich mag dieses Wort überhaupt nicht. Feinde im üblichen Sinne hat er bestimmt nicht. Jedenfalls niemanden, der ihn bedrohte. Aber mit seiner Arbeit konnte er eben nicht überall beliebt sein.«

»Was in der Natur der Sache liegt.«

Elisabeth Koch nickte dankbar. »Die Polizei glaubt, dass hinter der Entführung ein verrückter Alteigentümer steckt, der sich an meinem Mann rächen will. Wenn ich morgen zurück in Berlin bin, will die Kripo seine gesamten Akten seit 1990 durchforsten. Das sollen die ruhig machen. Alles ist ordentlich archiviert, darauf hat mein Mann immer geachtet.«

»Das ist ja auch sinnvoll. Aber wenn ich Sie richtig verstehe, haben Sie keinen konkreten Verdacht?«

»Nein«, erwiderte Elisabeth entschieden. »Sicher nicht. Das haben mich die Polizisten in Stralsund natürlich auch gefragt. Aber ich erinnere mich an keine Sache, bei der ich mir vorstellen könnte, dass sich jemand an meinem Mann rächen will. Zumal er ja schon seit fünf Jahren in Rente ist. Und mehr kann ich dazu nicht sagen.«

Lilo schwieg. Sie wusste nicht, was sie antworten sollte. Elisabeth Koch war über Jahrzehnte im Notariat ihres Mannes tätig gewesen. Er vertrat ein kompliziertes und heikles Fachgebiet. Sicher gab es da mal harte Worte. Selbst einem juristischen Laien fiel es leicht, sich das vorzustellen. Konnte Elisabeth Koch sich wirklich an keinen speziellen Fall erinnern? Bei dem ihr Mann beschimpft wurde? Oder sogar bedroht?

»Dann muss die Kripo in Berlin wohl noch intensiv ermitteln«, meinte Lilo schließlich. »Übrigens: Ich helfe Ihnen gern beim Kofferpacken. Und wenn Sie für heute Nacht noch etwas brauchen, geben Sie bitte Bescheid.«

Die blinde Frau lächelte milde, sie wirkte erschöpft. »Danke, Frau Gondorf. Das Packen schaffe ich allein. Aber wenn Sie morgen vor meiner Abfahrt kurz nachsehen würden, ob ich etwas vergessen habe. Das wäre nett.«

»Selbstverständlich.« Lilo nahm den letzten Schluck Saft und stand auf.

Freundlich wie immer verabschiedete Elisabeth Koch ihren Gast.

*

Lilo ging in ihre Wohnung, kurz darauf kamen Verena und ihr Kollege aus dem *Boddenhüsken* zurück.

»Die Tesselbrinks haben gelassen reagiert«, erklärte Verena. »Sie sind sogar beruhigt, weil wir diese Nacht vor Ort sind. Im Übrigen haben wir nichts Verdächtiges gefunden. Dass der Familienvater hier nachts rumgespukt hat, war wohl harmlos. Wir haben ihn nicht darauf angesprochen.«

»Dann ist ja gut.« Lilo nickte, wenn auch nicht ganz überzeugt.

Sie konnte Verena und Matthias zu einem Teller Suppe überreden. Danach machte sich die zweiköpfige Abordnung der Stralsunder Kripo daran, ihre Nachtlager aufzuschlagen. Verena ging zu Elisabeth Koch ins *Mövennest*, um das Schlafsofa im Wohnraum zu beziehen. Derweil warf Matthias im Garten ein rundes Stoffteil in die Luft – damit war der größte Teil des Zeltaufbaus erledigt. Sicherheitshalber steckte er noch ein paar Heringe in den Rasen.

Lilo musste an die Campingwochenenden mit Robert denken, in dieser kurzen Zeit ihres Zusammenseins, bevor sich die Zwillinge ankündigten. Mühsam hatte das verliebte Paar mit Metallstangen hantiert, sie zusammengesteckt und wieder auseinandergenommen. Irgendwann wurde dann doch ein Gerüst daraus, über das sich eine Plane ziehen ließ. Wie sehr hatten sie dabei gelacht und es genossen, endlich den Zelt-Reißverschluss hinter sich zuzuziehen. Heute brauchte man nur noch ein rundes Ding in die Luft zu schmeißen, und Sekunden später stand man vor einem fertigen Zelt.

Mit den Errungenschaften der Technik geht viel Romantik verloren, dachte Lilo wehmütig. Ursprünglich hatte sie geplant, diesen Tag mit der Marilyn-Monroe-Biografie zu beschließen. Doch zum Lesen reichte ihre Konzentration nicht mehr – dazu hatte das Gespräch mit Elisabeth Koch sie zu sehr aufgewühlt. Wahrscheinlich würde sie überhaupt nicht schlafen können. Aus dem Badezimmerschrank holte Lilo ein leichtes Schlafmittel. Sie nahm nicht gern Medikamente, aber ab und zu musste sie sich auf diese Weise helfen. Gerade ließ sie Wasser ins Zahnputzglas laufen, da klingelte es an der Tür. Lilo legte die Tablette beiseite und öffnete.

»Ist ja ganz schön was los bei dir.« Beherzt trat Oskar ein. In jeder Hand hielt er eine Bierflasche. »Ich habe gesehen, dass ein junger Mann bei dir im Garten zeltet.«

»Mein neuer Liebhaber«, entgegnete Lilo süffisant.

»Und warum darf der über Nacht nicht in deinem Schlafzimmer bleiben? Schnarcht er etwa?«

»In meinem Schlafzimmer?! Was sollen denn die Nachbarn denken?«

»Stimmt. Nachdem nun schon dein Kurgast verschleppt wurde, musst du wenigstens den Rest deines guten Rufs wacker verteidigen.« Gleich darauf wurde Oskar ernst. »Ich nehme mal an, Frau Koch ist wieder da.«

»Ja.« Lilo berichtete die wichtigsten Neuigkeiten.

»Keine Angst, ich habe Stärkung mitgebracht.« Oskar hielt die Flaschen hoch. »Ein hopfenbetontes Pils aus dem Rothaargebirge. Ein bisschen bitter, ein bisschen pfeffrig. So wie du es magst. Wenn du uns freundlicherweise dein edles Kristall zur Verfügung stellst.«

Er nahm im Wohnzimmer Platz, Lilo holte aus der Küche zwei Pilstulpen und eine Packung Salzbrezeln. Während er Bier einschenkte, berichtete sie ihm weitere Einzelheiten.

»Das ist also die heiße Spur?«, fragte er. »Dieser Werner Koch hat für Alteigentümer die Immobilienrückgabe geregelt? Und nun will ein Nutznießer der DDR-Bodenreform ausgerechnet am Notar Rache nehmen?«

»Zumindest verfolgt die Polizei diesen Gedanken.«

»Die Polizei verfolgt also keine Verbrecher, sondern nur einen Gedanken?« Oskar grinste. »Das kann ja nichts werden. Aber wenn ich dich richtig verstehe: Du kennst nur die Version von Frau Koch. Du weißt nicht, ob die Polizei tatsächlich in diese Richtung ermittelt? Oder ob Frau Koch *glaubt*, dass die Polizei in diese Richtung ermittelt? Oder ob Frau Koch möchte, dass *du* glaubst, dass die Polizei in diese Richtung ermittelt?«

Lilo schaffte es, den Überlegungen zu folgen. »Du hältst diese Spur also nicht für plausibel?«

»Na, du doch auch nicht, Lilo.« Mit ruhiger Hand setzte Oskar dem Bier zwei wunderbare Schaumkronen auf. Sie stießen an.

Wie es sich gehörte, lobte Lilo das Pils. Dann fragte sie:

»Hast du Ahnung von solchen Immobiliensachen?«

»Nicht gerade viel.« Oskar nahm drei genussvolle Züge und setzte sein Glas ab. »Aber im Bekanntenkreis meiner Eltern habe ich ein paar Fälle mitbekommen. Hier auf Rügen wurden vor allem 1953 in den Seebädern jede Menge Villen konfisziert, *Aktion Rose* hieß das damals. Um der sogenannten Strandbourgoisie entgegenzuwirken, und natürlich weil man die Sommersitze nun für die Parteifunktionäre aus Berlin brauchte.«

»Und diese ganzen Rückabwicklungen? Kennst du dich damit aus?«

Er schüttelte den Kopf. »Aber wir spielen den Gedanken einfach mal durch: Nehmen wir an, da ist jemand nach dem Krieg wegen der Bodenreform zu einem Haus gekommen. Der freut sich natürlich und hängt seitdem in tiefer Überzeugung dem großen sozialistischen Gedanken an.«

»Genau. Und nach der Wende wird ihm oder seinen Erben das Haus wieder aberkannt und dem Alteigentümer oder dessen Erben zugesprochen.«

Oskar nickte. »Für die Abwicklung wurden Gesetze erlassen, und für die Einhaltung sind die Behörden zuständig und im Streitfall die Gerichte.«

»Jedenfalls keine Notare.«

»Richtig. Notare kümmern sich um den Grundbucheintrag. Aber sie sind nicht verantwortlich für die Ursachen, also die Gesetze und Urteile.«

»Nur das muss man wissen«, meinte Lilo. »Demnach läge es ja viel näher, sich am Gesetzgeber oder am Richter zu rächen.

Jedenfalls nicht am Notar. Denn der setzt ja bloß den Vertrag auf und achtet auf die Einhaltung.«

»Und was schließen wir daraus?«, fragte Oskar mit hochgezogener Stirn.

»Dass die Täter im Fall Werner Koch möglicherweise den Falschen zum Opfer gemacht haben? Also den Notar statt des Richters?«

»Genau. Wenn die Täter nicht besonders helle sind und den komplizierten Sachverhalt nicht verstehen, dann glauben sie vielleicht: Der Notar hat Schuld, wenn die Alteigentümer ihre Immobilien zurückbekommen.«

»Ja. So was gibt es doch leider immer wieder: Durchgeknallte Idioten vergehen sich am falschen Objekt. Aber ich glaube, hinter diesem Fall steckt etwas anderes.«

Für einen Moment schloss Lilo die Augen und suchte nach einem Bild in ihrem Kopf. »Dass es was mit dem Notariat zu tun hat, kann ich mir schon vorstellen. Schließlich liegt der Zusammenhang nahe.«

»Aber du bist nicht sicher, ob die Sache mit den rachelüsternen Alteigentümern stimmt. Was dann hieße: Die Polizei verfolgt möglicherweise eine falsche Spur.«

»Vielleicht nicht ganz die falsche. Aber eben auch nicht die richtige.«

»Oder die Polizei weiß genau, wonach sie sucht. Doch das verrät sie nicht.« Oskar schenkte Pils nach. »Dann sag mir nur eins: Wenn wir mal von einer echten Entführung ausgehen. Also nichts, was die Kochs selbst inszeniert haben. Was denkst du? Ist dieser Notar wirklich bloß ein Opfer, oder war er vermutlich früher mal in einer anderen Sache ein Täter?«

»In einer anderen Sache? Du meinst, er hat Dreck am Stecken?« Etwas in Lilo wehrte sich gegen diese Vorstellung. »Er wirkte zumindest sehr korrekt.«

»Vielleicht sogar zu korrekt?«

»Ich weiß nicht. Jedenfalls haben diese Kochs Geld. Anders könnten sie sich das wohl kaum leisten: den schicken Mercedes, das Haus in Köpenick, die vielen Reisen.«

»Das spräche für eine Lösegelderpressung. Aber bis jetzt haben die Entführer sich noch nicht gemeldet, oder?«

»Zumindest hat Verena nichts davon erzählt.«

»Heißt das, du vertraust deiner eigenen Tochter nicht?«

»Sie ist weisungsgebunden. Was sie nach außen geben darf und was nicht, entscheidet nicht sie selbst.«

Oskar horchte auf. »Also könnte es sein, dass die Entführer längst ihre Forderungen gestellt haben, und keiner darf das wissen? Nicht mal Elisabeth Koch?«

»Die Polizei wird sie sicher nicht in alle Ermittlungsschritte einweihen.«

»Na gut.« Oskar trank sein Bier aus. »Dieses Problem werden wir heute nicht lösen, und ich sollte dich jetzt lieber allein lassen. Bestimmt möchtest du nachschauen, was die Horde Polizisten in deinem Garten so treibt. Übrigens: Konrad hat vorhin bei mir angerufen. Der Tanzabend morgen findet ganz normal statt.«

»Sollte der denn ausfallen?«, fragte Lilo verwundert.

»Zumindest hat sich die evangelische Gemeindeleitung so ihre Gedanken gemacht, ob solche Vergnügungen angebracht sind, wenn gerade ein Kurgast entführt wurde. Man ist dann übereingekommen, dass die Gründe für die Tat nichts mit der Insel zu tun haben und noch weniger mit unserem Square-Dance. Falls dir überhaupt nicht danach zumute sein sollte, haben alle Verständnis, soll ich dir ausrichten. Werner Koch hat ja schließlich bei dir gewohnt. Aber du kommst doch mit, oder?«

»Selbstverständlich.« Lilo verzog die Stirn. »Ich hätte da gar keinen Zusammenhang gesehen.«

Sie begleitete Oskar zur Haustür.

»Prima. Dann klingel ich, wie immer!« Er nahm den Plattenweg durch den Vorgarten und bog zu seinem Haus ab. Lilo fühlte sich unangenehm berührt. Ihr machte das wöchentliche Tanzen Spaß, sie wäre niemals auf die Idee gekommen, die Veranstaltung wegen Kochs Entführung abzusagen. Aber diese Abende wurden nun mal vom Pastor organisiert und fanden im Saal des Gemeindezentrums statt. Da galten offenbar spezielle Maßstäbe, es ging eher um christliche Pietät im Allgemeinen und weniger um Lilos Tanzbedürfnis im Besonderen. Umso mehr freute sie sich, dass der morgige Abend nun doch wie geplant stattfinden sollte.

Sie stellte die Biergläser neben die Spüle, löschte in der Wohnung alle Lampen und trat auf die Terrasse. Das Bad im *Boddenhüsken* war hell erleuchtet, hinter der Milchglasscheibe konnte sie die Umrisse von Ilka Tesselbrink und den beiden Mädchen erkennen. Offenbar half die Mutter dabei, sie bettfertig zu machen. Lilo musste grinsen: Wenn die Töchter schliefen, würden Ilka und Ralf Tesselbrink sich dann ins Schlafzimmer zurückziehen? Würden sie vorm Einschlafen noch ihre Horrorkrimis lesen? Würden sie gleichzeitig die Lichter der Nachttischlampen löschen und sich mit gespitzten Lippen über die Bettmitte hinweg einen Gute-Nacht-Kuss geben. Oder würden sie gar …? Nein! Weiter wollte Lilo nicht denken. Es gab Dinge, die sie sich lieber nicht ausmalte, besonders nicht, wenn es um ein derartig adrettes Paar ging. Da beschäftigte sie sich schon lieber mit anderen Fragen: Wie kamen sich die Tesselbrinks wohl dabei vor, dass heute die Kripo im Garten zeltete, keine zwanzig Meter von ihrem Bungalow entfernt? Fühlten sie sich besonders beschützt? Oder im Gegenteil: übermäßig überwacht? Lilo schaute hinüber zum *Mövennest.* Der kleine Bungalow lag im Dunkel, doch einige Meter weiter waren die Umrisse des Zeltes erkennbar, die silberfarbene Folie reflektierte das Mondlicht. Was mochte Kriminalkommissar Matthias Weber jetzt in seiner provisorischen Behausung treiben? Vielleicht las er noch oder telefonierte mit seiner Freundin. Verena hatte erzählt, dass er in festen Händen war, und Lilo fand das beruhigend. Ihre Tochter schien mehr als kollegiale Gefühle für Matthias zu hegen, dabei hatte sie doch ihren Christoph. Bei dem sollte Verena bleiben. Die beiden passten gut zusammen. Äußerlich, vom Alter her und überhaupt. Christoph war ehrlich, zuverlässig, solide und trotzdem nicht langweilig. Lilo konnte ihn sich wunderbar als Schwiegersohn und Vater ihrer Enkelkinder vorstellen. Aber natürlich hatte sie das nicht zu entscheiden, darum brachte es auch nichts, darüber nachzudenken. Schon gar nicht an solch einem Abend. Ganz hatte Lilo immer noch nicht verstanden, warum man Elisabeth Koch nicht direkt nach Berlin zurückgebracht hatte. Warum musste die arme blinde Frau unbedingt noch eine Nacht hier auf Rügen verbringen, keine fünf Kilometer entfernt von der Stelle, an der ihr Mann verschwunden war? Sollte sie als Lockvogel dienen? Konnte es sein, dass die beteiligten Polizisten bloß so taten, als sei die Situation ganz harmlos? Dass sie in dieser Nacht im Grunde nur auf die Entführer warteten? Mit Frau Koch als Köder?

»Wenn wir zusätzliche Hilfe brauchen, sind die Kollegen ganz schnell da«, hatte Verena beteuert.

Aber ging das wirklich so schnell? Von wo würde im Fall der Fälle die dringend benötigte Verstärkung denn kommen? Von der Dienstaußenstelle in Bergen? Aus der Wache in Sellin? Selbst mit Blaulicht würde man von dort zehn Minuten brauchen. Oder wartete in der Nähe gar schon eine Hundertschaft von Polizisten auf ihren Einsatz? Lilo seufzte. Es machte keinen Sinn, sich in irgendwelche Ängste zu versteigen. Ihr blieb nichts anderes übrig, als sich auf die Taktik der Stralsunder Kollegen zu verlassen. Sie ging ins Haus zurück.

# Der Pastor

Am nächsten Morgen bereitete Lilo ein Frühstück für drei Personen, als es an der Terrassentür klopfte.

Sie ließ Matthias herein. »Wie war denn die Nacht im Zelt, Herr Weber?«

»Ganz gemütlich, ich bin das ja gewohnt. Meine Freundin und ich machen öfters Campingurlaub.«

»Prima.« Lilo lächelte verbindlich. »Und offenbar war es ruhig.«

»Ja, alles in Ordnung. Mit Verena habe ich eben auch schon gesprochen. Frau Koch hat gut geschlafen, jetzt packt sie ihre Sachen.« Er begutachtete den Griff der Terrassentür. »Das ist ja nur ein einfacher Hebel ohne Sperre oder Schloss. Jeder Einbrecher ist da in Nullkommanichts drin. Wollen Sie keinen besseren Schutz nachrüsten?«

Lilo schmunzelte. »Ich weiß, Verena hat mich auch schon darauf aufmerksam gemacht. Aber tagsüber ist die Tür sowieso oft nur angelehnt, weil ich immer wieder schnell mal rein und raus muss. Außerdem: Mehr als eine kleine Stereoanlage und ein billiger Laptop mit wertlosen Daten sind hier nicht zu holen. Die wichtigen Dokumente und das bisschen Schmuck liegen in einem Safe, und wo der eingebaut ist, verrate ich nicht.« Sie merkte, wie Matthias zum Widerspruch ausholen wollte, doch auf eine längere Diskussion hatte sie keine Lust. Also sagte sie rasch: »Kommen Sie doch durch, ich zeige Ihnen das Badezimmer.« Sie führte ihn in den Hausflur. »Oben gleich die erste Tür rechts, nehmen Sie sich ruhig ein Handtuch vom Stapel.«

»Danke.« Er ging die Treppe hinauf. In der Küche konnte

Lilo hören, wie er das Wasser aufdrehte. Eine Viertelstunde später kam er zurück, fast gleichzeitig erschien auch Verena zum Frühstück. Sie setzten sich an den Terrassentisch.

»Und?«, fragte Lilo, während sie Kaffee einschenkte. »Haben Eure Kollegen zwischendurch angerufen?«

»Nein, Mama. Alles ruhig, keine Neuigkeiten aus Stralsund.«

So knapp wie Verena das formulierte, konnte Lilo sich sicher sein: Ihre Tochter sagte ihr nicht die volle Wahrheit. Also vermied Lilo weitere Fragen. Um das Gespräch aufrechtzuhalten, widmeten die drei sich allgemeinen Themen, unter anderem der aktuellen Verkehrspolitik. Auf der L 29, einer der Hauptstrecken im Südosten der Insel, entstanden in der Hochsaison immer wieder lange Staus. Leider trug dazu auch der *Rasende Roland* bei, seine Schienen kreuzten häufig die Autostraßen. Schon lange diskutierten Politiker, Touristen und Einheimische, mehr Über- und Unterführungen zu bauen oder eine andere Lösung des Problems zu finden.

Als das Frühstück sich dem Ende näherte, meinte Verena: »Frau Koch erwartet dich übrigens, Mama. Sie möchte sich noch in Ruhe von dir verabschieden, bevor die Kolleginnen aus Berlin kommen.«

»Ja sicher.«

Lilo ging zum *Mövennest* hinüber und schaute nach, ob Frau Koch etwas vergessen hatte, doch alle mitgebrachten Sachen waren eingepackt.

Die blinde Frau drückte Lilo die Hand. »Ich bedanke mich noch mal für alles. Besonders dafür, dass Sie die vielen Unannehmlichkeiten ertragen.«

»Ach, ich bitte Sie. Mein bisschen mehr Arbeit ist doch nichts gegen das, was Sie jetzt durchmachen. Übrigens: Die zu viel gezahlte Miete überweise ich Ihnen in den nächsten Tagen zurück.«

»Auf keinen Fall. Mein Mann und ich haben für dreizehn Nächte gebucht, und es ist nicht Ihre Schuld, dass unser Urlaub so verlaufen ist. Und wir bleiben in Verbindung, ja?«

»Natürlich, Frau Koch.«

Die beiden verabschiedeten sich.

Auf dem Rückweg in ihre Wohnung blieb Lilo im Garten stehen und sah dabei zu, wie Matthias sein hochmodernes Zelt abbaute. Mit ein paar Handgriffen wurde daraus eine flache Scheibe, die er mühelos in einer Tragetasche verstaute.

Gerade war Lilo zurück in ihrer Küche, da fuhr der schöne alte Mercedes von Ehepaar Koch vor. Sie stellte sich seitlich ans Fenster und beobachtete, wie zwei groß gewachsene, kräftige Frauen ausstiegen. Beide trugen dunkle Hosenanzüge. Die sind bestimmt im Nahkampf ausgebildet, dachte Lilo zufrieden. Offenbar schickte die Berliner Kripo ihre fähigsten Beamtinnen, um Elisabeth Koch nach Hause zu begleiten. Verena und Matthias begrüßten ihre Kolleginnen. Lilo konnte nicht hören, was die vier beredeten, doch das Gespräch war nur kurz. Wahrscheinlich hatte man das Wichtigste längst im Vorfeld geklärt. Jetzt ging es schnell. Die Berliner Polizistinnen halfen Frau Koch in den Wagen, verstauten das Gepäck und fuhren los.

Verena und Matthias kamen noch einmal ins Haus.

»Lass alles laufen wie immer, Mama«, meinte Verena. »Und wenn du irgendwo unsicher bist, ruf mich an – lieber einmal zu viel als zu wenig.«

Lilo versprach es. Nachdem auch diese beiden Gäste abgefahren waren, setzte sie sich in ihr Wohnzimmer und richtete den Blick zum *Boddenhüsken*. Lange brauchte sie nicht zu warten, bis Familie Tesselbrink, bestückt mit Sandspielzeug und aufblasbarem Krokodil, aus dem Bungalow kam. Eltern und Töchter wirkten frisch wie immer, offenbar hatte ihnen die Überwachung durch einen zeltenden Kommissar nichts ausgemacht. Gut!, dachte Lilo. Ralf Tesselbrink machte sich nicht noch weiter verdächtig. Seine nächtliche Erkundungstour vor ein paar Tagen war vermutlich harmlos, so wie Verena es schon gesagt hatte.

Lilo ging wieder zum *Mövennest*. Die nächsten Mieter, ein Ehepaar aus Mannheim, waren erst für das übernächste Wochenende angemeldet, und zu putzen gab es kaum etwas. In der kurzen Zeit, die Werner und Elisabeth Koch hier verbracht hatten, war es ihnen nicht gelungen, nennenswerten Dreck zu machen. Lilo rückte die Stühle in der Essecke zurecht, versorgte die Mülleimer mit frischen Plastiktüten und schloss wieder ab. Es sollte ein warmer, klarer Tag werden, aber noch war es diesig. Die Luft lag schwer über dem Bodden. Wasser und Himmel verschwommen im Dunst, ein Horizont ließ sich nicht ausmachen. Das Tuckern eines Bootsmotors drang herüber. Normalerweise verweilte Lilo nicht auf den Terrassen der Gäste – sie hatte ihre eigene. Doch an diesem Morgen war sie allein auf dem Grundstück, sie musste keine Rücksicht nehmen. Also machte sie es sich in einem Liegesessel bequem und schloss die Augen. Die Schallwellen des Boots überlappten sich, vom auf- und abschwellenden Tonmuster wurde Lilo müde, sie döste vor sich hin. Heute Abend würde sie Konrad wiedersehen. Konrad.

*

Im Frühjahr 1999 hatte Lilo sich entschlossen, das Grundstück in Groß Zicker zu kaufen, doch bis zum Einzug sollte es noch dauern. Das Wohnhaus und die beiden Bungalows waren stark restaurierungsbedürftig. Lilo hörte sich um und fand schließlich eine Firma mit einem verlässlichen Bauleiter, der ihr zunächst das Wohnhaus instand setzte. Selbst konnte sie sich nur wenig darum kümmern. Die vierzehnjährige Verena ging noch in Bielefeld zur Schule, und Lilo wollte ihre Tochter nie länger als ein paar Tage in der Obhut von Verwandten lassen. Obwohl der Bauleiter sich jegliche Mühe gab, verzögerten sich die Arbeiten. Der für den Hochsommer geplante Umzug konnte erst im Herbst stattfinden.

An einem Nachmittag Mitte November hielt ein Bielefelder Umzugswagen in der Boddenstraße von Groß Zicker. Lilo, die mit ihrem PKW vorausgefahren war, wies freundlich, aber bestimmt die Möbelpacker an. Und plötzlich stand dieser Mann am Gartenzaun: groß gewachsen und hager, salopp gekleidet und verschwitzt. Ein Teenager, dachte Lilo, irgendein Jüngling aus der Nachbarschaft, der sich die neue Nachbarin aus dem Westen anschauen wollte. Ein paar dunkelblonde Haarsträhnen hingen ihm in die Stirn. Auf dem Oberarm des olivgrünen Parkas prangte kein Aufnäher. Lilo kannte solche Jacken nur mit schwarz-rot-goldenem Emblem, doch dieser junge Kerl legte offenbar keinen Wert darauf, vielleicht war er Pazifist. Er hob grüßend die Hand und ging auf sie zu. Lilo merkte, dass sie sich in seinem Alter getäuscht hatte, von Nahem wirkte er bedeutend älter, wahrscheinlich war er schon Anfang dreißig. Mit zusammengezogenen Schultern stand er da, den Oberkörper zu ihr gebeugt. Vielleicht hatte er Angst, seine Worte könnten sie nicht erreichen, wenn er aufrecht stand und sie um anderthalb Köpfe überragte.

»Ich bin Konrad Mosebach«, meinte er freundlich. »Pastor der evangelischen Gemeinden hier im Mönchgut. Wir sind Nachbarn, ich wohne nur ein paar Häuser weiter.«

Seine Stimme traf Lilo im Innersten, dieser sanfte, berührende Bass. Sie sah auf seine Hände und erkannte den Ring. Verheiratet also, dachte sie und gestand sich das leise Gefühl der Enttäuschung, das sie in diesem Moment befiel, nicht ein. Sie räusperte sich. »Angenehm, Lieselotte Gondorf. Aber ich bin nicht evangelisch. Das heißt: Ich bin da ausgetreten, schon vor über zwanzig Jahren.«

Wenn er lächelte, wirkten seine Wangen nicht mehr so schmal. »Das weiß ich schon, Frau Gondorf. Aber übernächsten Samstag findet unser Adventsbasar im Gemeindezentrum statt. Da sind alle eingeladen, und es gibt keine Liturgie. Vielleicht kommen Sie ja auch?«

Wieder der Bass, kräftig und betörend. Lilo antwortete nicht gleich, sondern schaute hinüber zu den Möbelpackern – offenbar machten die alles richtig. Sie wandte sich wieder dem jungen Pastor zu. »Ich komme gern.« Und als sei das ein zu großes Eingeständnis, fügte sie hinzu: »Schließlich möchte ich ja noch mehr Nachbarn kennenlernen.«

Er lächelte weiter. »Wunderbar. Der Basar geht von vierzehn bis achtzehn Uhr. Bis dahin, wir freuen uns.«

Die beiden verabschiedeten sich, Lilo sah ihm hinterher, wie er die Straße entlangging. Es kam ihr vor, als würde er immer noch lächeln.

Die folgenden Tage verbrachte Lilo damit, die Erinnerung an ihn zu verdrängen. Sie war ja auch vollauf damit beschäftigt, ihre Wohnung einzuräumen. Noch dazu musste Verena sich auf dem neuen Gymnasium einleben und brauchte die Unterstützung ihrer Mutter.

Der Form halber fragte Lilo, ob Verena zum Basar mitkommen wollte, doch wie erwartet winkte sie ab.

An besagtem Samstag fuhr Lilo mit dem Rad nach Sellin in den *Seepark,* ein Neubaugebiet, das der Seebäderarchitektur des vorletzten Jahrhunderts nachempfunden war. Neben

Ladenzeilen und Ferienwohnungen fand sich hier das Evangelische Gemeindezentrum, orangefarbene Pfeile wiesen den Weg zum Basar. Im Saal herrschte das übliche Treiben. Dutzende von Adventsbasaren hatte Lilo in ihrem Leben schon besucht, die meisten davon in Bielefeld an den Schulen ihrer Kinder. Oft genug hatte sie selbst mitgewirkt.

Lilo schlenderte durch die Reihen, immer wieder sah sie sich nach Konrad Mosebach um, doch offensichtlich war er noch nicht da. So kam sie mit den Leuten an den Ständen ins Gespräch. Einige von ihnen kannte Lilo aus Groß Zicker. Man stellte sie weiteren Nachbarn vor, begrüßte sie herzlich, wollte wissen, wie die Arbeiten auf ihrem Grundstück voranschritten. Freundlich gab sie Auskunft. Um nicht desinteressiert zu wirken, erstand sie ein Paar handgestrickte Strümpfe sowie zwei Gläser Quittengelee und ein Zehner-Set selbst gebastelter Weihnachtskarten. Sie umrundete die Stände zum mindestens fünften Mal, da kam Konrad Mosebach ihr endlich entgegen, neben sich eine junge, nicht sonderlich hübsche Frau mit aschblondem Prinz-Eisenherz-Haarschnitt.

»Frau Gondorf, wie schön, dass Sie gekommen sind. Darf ich Ihnen meine Ehefrau Ulrike vorstellen?«

Da war sie wieder, die wundervolle Bassstimme. Lilo riss sich zusammen und reichte der Pastorengattin höflich die Hand.

So dünn, wie sie aufs erste Hinschauen wirkte, war Ulrike Mosebach gar nicht – jedenfalls nicht überall. Unter dem dunkelblauen Pullover wölbte sich ein kleiner Bauch. Ende vierter Monat, schätzte Lilo sachkundig und unterdrückte ihre Eifersucht.

»Meine Frau ist übrigens Küsterin«, meinte Konrad stolz. »Sie ist für die Pflege unserer schönen Kirche zuständig und für die Friedhöfe, den alten und den neuen.«

Lilo gab sich verbindlich. »Das passt ja gut.«

»Wir freuen uns auch sehr darüber.« Ulrikes Stimme klang wesentlich unangenehmer als die ihres Mannes. Irgendwie zu hoch und mit leicht schepperndem Unterton. »Es war nämlich lange nicht klar, ob ich die Stelle als Küsterin hier bekommen würde, aber dann hat es geklappt. Und wenn unser Nachwuchs kommt, lässt sich alles wunderbar vereinbaren.«

Lilo lächelte breit. »Da gratuliere ich Ihnen von ganzem Herzen.«

Die Mosebachs bedankten sich. Man plauderte noch ein wenig über Lilos Umzug und die Restaurierung der Bungalows. Dann verabschiedete man sich.

Lilo blieb nicht mehr lange. Auf der Rückfahrt nach Groß Zicker überkam sie eine schlechte Laune, die tagelang anhielt.

Ein verheirateter Pastor, dreizehn Jahre jünger als sie selbst und rein äußerlich allenfalls Durchschnitt. War er bemerkenswert intelligent? Charmant? Witzig-spritzig? Vermutlich nichts von alledem. Es war eben nur seine Stimme. Sonst nichts. Vernünftig, wie Lilo gern sein wollte, versuchte sie, Konrad zu vergessen.

Doch das war nicht so einfach, denn schließlich wohnte er in der Nachbarschaft, und wenn sie nicht auffallen wollte, musste sie ein Mindestmaß an Kontakt zu ihm pflegen. Also hob sie grüßend die Hand, wenn sie im Vorgarten arbeitete und er in seinem Golf die Boddenstraße entlangfuhr. Dabei stieg jedes Mal ein warmes Gefühl von ihrem Bauch in ihre Brust und wieder zurück. Aber sie wollte für Konrad eine normale Nachbarin sein – auf keinen Fall mehr – und so setzte sie alles daran, sich ihre Gefühle nicht anmerken zu lassen.

In der langen Zeit seit Roberts Tod hatte sie durchaus Avancen von Männern bekommen. Doch sie musste ihr eigenes Leben ordnen und ihren Kindern Halt geben, darum war sie auf keins der Angebote eingegangen. Vor zwölf Jahren dann, als sie längst auf Rügen lebte, zog Oskar ins Nebenhaus und begann, sich für Lilo zu interessieren.

Sie mochte ihn, aber verliebt war sie nicht. Woran das lag, hätte sie selbst nicht sagen können. Durch die Blume gab sie Oskar zu verstehen, dass sie lediglich eine Freundschaft mit ihm wollte, und er bedrängte sie nicht.

Bei Konrad hingegen lag die Sache anders. Seine Stimme war eine Naturgewalt, der Lilo sich nicht entziehen konnte, und ihre Gefühle für ihn ließen sie nicht los. Daran konnte auch seine wachsende Familie nichts ändern. Das erste Mosebach-Kind kam im Mai 2000 zur Welt, eine Tochter. Ein Jahr später folgte die zweite Tochter, ein weiteres Jahr später ein Sohn und dann wieder eine Tochter. Wie ein Uhrwerk schien der Bauch von Ulrike zu funktionieren, in jedem Mai ein neues Kind – vier Jahre hintereinander.

»Wenn da mal nicht auch der Heilige Geist seine Finger mit im Spiel hat«, flapsten die Leute auf dem Mönchgut, doch alle gönnten Konrad und Ulrike ihr Glück. Die beiden sorgten sich gut um die Gemeinde und waren beliebt, wobei Konrad deutlich beliebter war als Ulrike – so kam es Lilo zumindest vor. Ab dem fünften Jahr gab es keinen weiteren Nachwuchs mehr im Hause Mosebach, dafür hatten alle Menschen im Dorf Verständnis: Der Pastor und seine Küsterin hatten ihre Pflicht in diesem Punkt mehr als erfüllt.

Es gelang Lilo gut, ihre Gefühle für Konrad zu verbergen.

Wenn sie ihm zufällig begegnete, tauschten sie ein paar unverbindliche Sätze aus und duzten sich dabei, so wie es zwischen den Leuten im Dorf üblich war. Ansonsten wich Lilo dem jungen Pastor aus, und alles lief seinen Gang – jedenfalls bis zum Dezember des Jahres 2000. Da nämlich verschied der alte Heinz Johannson vom oberen Ende der Boddenstraße. Im gesegneten Alter von einundneunzig Jahren ereilte ihn beim Laubharken ein Herzinfarkt. Nun sollte Pastor Mosebach die Trauerfeier ausrichten. Und weil Lilo von Heinz viele geduldige Gartentipps bekommen hatte und sich ihm verpflichtet fühlte, nahm sie daran teil. Die Kirche in Groß Zicker stammte aus dem vierzehnten Jahrhundert und war nicht nur als das älteste Gebäude des Mönchguts bekannt, sondern auch als eins der schönsten. Lilo nahm in der Kirchenbank Platz. Auf der hölzernen Ablage vor sich fand sie einen Handzettel mit dem Ablauf der Trauerfeier und Liedtexten. Konrad Mosebach trat vor den Altar und begrüßte die Gemeinde, sein erhabener Bass durchdrang das Kirchenschiff, und Lilo schüttelte sich in einem sanften Schauer. Für einen Moment schloss sie die Augen. Als sie sie wieder öffnete, gab Konrad dem Organisten ein Zeichen, das Vorspiel begann. Als der Gemeindegesang einsetzen sollte, waren bloß ein paar verlegene Stimmchen zu hören. Wie Lilo ging es vermutlich vielen Trauergästen. Sie waren gekommen, um Heinz die letzte Ehre zu erweisen. Ansonsten hatten sie mit Kirche nichts am Hut und mit dem Absingen sakraler Texte noch weniger. Konrad Mosebach kannte dieses Problem offenbar gut. Er begann zu singen, laut und voller Inbrunst. Ein leises Beben packte Lilo.

»*So nimm denn meine Hände*«, sang Konrad.
»*Und führe mich*
*Bis an mein selig Ende und ewiglich.*«

Gänsehaut zog sich über Lilos Leib. Sie holte ein Taschentuch hervor, hielt es sich vor das gerötete Gesicht und konnte nur hoffen, dass alle um sie herum glaubten, es sei Heinz' Tod, der sie derartig ergriff.

Zwei Stunden später saß sie in Decken gehüllt auf der Terrasse und trank Tee, dabei schaute sie zum Bodden hinüber. Die letzten Sonnenstrahlen des Wintertags ließen das Wasser silbrig leuchten. Lilo mochte diese letzten hellen Stunden an Wintertagen, mit der einbrechenden Dämmerung stiegen die Nebel auf und legten sich über die Bucht. Sie dachte an Konrads Lied.

*Ich mag allein nicht gehen*
*Nicht einen Schritt,*
*wo du wirst gehn und stehen, da nimm mich mit.*

Lilo seufzte. Es kam ihr vor, als sei das Lied genau auf sie abgestimmt, auf ihre tiefsten Wünsche. Wie sehr sehnte sie sich danach. Konrad sollte ihre Hände nehmen und sie führen, bis an ihr Lebensende, denn er war jünger als sie, er würde sie überleben, er könnte sie begleiten und ihr beistehen bis zu ihrem sanften Tod. Welch wunderschöne Vorstellung. Und wie absolut dämlich!

Aber auch wenn sie ihre Gefühle verbergen musste: Sie ließ es sich nicht nehmen, Konrads Stimme zu lauschen. Jedes Mal wenn jemand gestorben war, den Lilo gekannt hatte und für den Konrad die Trauerfeier ausrichtete, saß sie in der Kirche. Dann schloss sie die Augen und gab sich seinem Bass hin.

Die Zeit verging. Immer öfter sah man die Pastorenkinder durchs Dorf ziehen. Der Junge und die drei Mädchen hatten von der Mutter den schmallippigen Mund und vom Vater die graublauen Augen geerbt, und alle trugen dunkelblonde Kurzhaarschnitte. Und während sie heranwuchsen, veränderte auch ihr Vater sein Äußeres. Nicht nur, dass er kurz nach der

Geburt des ersten Kindes seine halblange Haarmatte gegen einen Fasson-Schnitt ersetzte, auch sein Leib wandelte sich. Erst überwand Konrad seine Magerkeit, für einige Zeit hielt er ein Normalgewicht, und dann setzte er an. Genauer gesagt: Er wurde dick. Und zwar nicht nur in der Körpermitte, sondern vor allem an Gesicht und Hals.

Konrad kommentierte seine Fülle selbstironisch. »Mag mein Geist auch willig sein, mein Leib kann den himmlischen Genüssen aus der Küche meiner Frau nun mal nicht widerstehen.«

Lilo dagegen hatte eine andere Erklärung für sein Übergewicht. Sie bezweifelte nicht, dass Ulrike gut kochte, doch von gutem Essen allein wird man nicht dick – es kommt schließlich auf die Menge an. Lilo war überzeugt davon, dass Konrad sich in seiner Ehe unglücklich fühlte, deswegen aß er zu viel, und sein Bauch war nichts als Kummerspeck. Zu ihrem eigenen Erstaunen fand sie Konrad attraktiver als je zuvor. Seine blaugrauen Augen gewannen durch die fülligeren Wangen an Strahlkraft. Und als er sich einen kurzen Vollbart stehen ließ, möglicherweise um sein Doppelkinn zu verbergen, dachte Lilo: Endlich sieht er aus wie ein richtiger Mann, und richtige Männer haben nun mal einen Bauch. Außerdem bildete sie sich ein, dass sein Bass durch das Bauchfett noch mehr Resonanz bekommen hatte, noch kräftiger und ausdrucksvoller geworden war.

Weitere Jahre vergingen, und eines Nachmittags im September 2013 kam es zu einer unerwarteten Begebenheit. Lilo war dabei, verblühte Sommerblumen aus dem Vorgarten zu entfernen. Auf einem Kissen mit Plastikbezug kniete sie im Beet, neben sich einen Eimer, in den sie die trockenen Blumen warf, und eine Palette mit Astern, die sie neu pflanzen wollte. Als sie sah, dass Konrads Auto auf ihr Haus zukam, richtete sie sich auf, um wie immer zu winken. Doch zu ihrem Erstaunen fuhr er nicht wie gewohnt grüßend vorbei, sondern hielt an und stieg aus.

Vielleicht ein neuer Todesfall, überlegte sie. Jemand ist gestorben, und Konrad will mich darüber informieren.

Erwartungsvoll blickte sie ihm entgegen. Er lächelte breit. Nein, dachte sie, um eine Trauerfeier geht es vermutlich nicht.

»Tachschön, Lilo.«

Sobald sie seine Stimme hörte, durchlief sie ein Schauer. Sie beherrschte sich. »Hallo Konrad.«

Er betrachtete das Beet. »Wie schön du das alles herrichtest, Lilo.«

»Ja, danke. Muss ja nun mal sein.«

Er schmunzelte. Im Dorf hatte sich längst herumgesprochen, wie wenig Lilo die Arbeit im Garten mochte.

»Nein, Lilo. Mein Besuch ist eher ein Überfall. Ich komme mit einer Idee und möchte dich fragen, ob du mitmachst. Darüber würden wir uns jedenfalls sehr freuen.«

Eine Idee also. Und er hatte in der Mehrzahl gesprochen: *Wir würden uns sehr freuen.* Damit schied schon mal aus, dass er ihr seine tiefe Liebe gestehen wollte. »Da bin ich gespannt, Konrad.«

»Ja. Es ist nämlich so«, er faltete die Hände vor seinem Bauch. »Unsere Älteste ist aus Arizona zurück. Sechs Wochen war sie da, die ganzen Sommerferien. Und jetzt wollen wir eine Square-Dance-Gruppe gründen.«

»Square-Dance?«, fragte Lilo verständnislos, doch schon im selbem Moment tauchten vor ihrem inneren Auge Bilder auf: Menschen mit Cowboyhüten und Pettycoats, die sich an den Armen einhakten und zu Country-Gedudel im Viereck hüpften.

Nein!, lag es ihr auf der Zunge. Niemals! Auf gar keinen

Fall! Aber sie sah Konrads Lächeln und fragte: »Geht das nicht so, dass Paare sich im Quadrat aufstellen und einer sagt an, was sie machen sollen?«

Auf so viel Fachwissen reagierte Konrad begeistert. »Du kennst das also, Lilo? Wunderbar! Genau, Square-Dance ist eine Tradition der amerikanischen Siedler, entstanden aus verschiedenen europäischen Tanzstilen. Vier Paare bilden ein Quadrat und tanzen zu flotter Country-Musik bestimmte Figurenfolgen. Diese Formationen sind international festgelegt. Wer sie beherrscht, ist auf der ganzen Welt in jedem Square-Dance-Verein willkommen und findet überall Freunde. Darum wollen wir das jetzt auch lernen, im November fangen wir an. Immer donnerstagabends im Gemeindehaus.«

Lilo zögerte. Ausgerechnet Country. Sie mochte diese Musikrichtung nicht sonderlich. Die immer gleichen Akkorde zum stetigen Viervierteltakt fand sie eher langweilig. Aber: Konrad hatte eben von *Paaren* gesprochen. Was meinte er damit? Feste Paare? Wechselnde Paare? Hätte sie die Chance, mit Konrad zu tanzen? Wollte sie das überhaupt? Lilo wagte sich vor. »Was ist denn mit dir und Ulrike? Ihr beide tanzt auch mit?«

»Ja sicher. Das heißt: Ulrike und unsere älteren Kinder tanzen mit. Aber ich nicht, Lilo. Ich bin der *Caller*.«

»Der was?«

»Der *Caller*, der Ansager. Ich gebe vor, welche Figuren die Paare tanzen. In einer Art Sprechgesang, passend zur Musik.«

Einige Sekunden brauchte Lilo noch, dann endlich begriff sie: Wenn sie mitmachte, würde sie immerzu Konrads wunderbare Stimme hören. Sie könnte zwar nicht *mit* ihm tanzen, aber immerhin unter seinen Augen. In Rock und Pettycoat. Und sie würde oft zu ihm hinschauen dürfen, denn er sagte ja an, was sie machen sollte. Einen ganzen Abend lang dieser betörende Bass. Jeden Donnerstag.

»Du kannst ja noch mal drüber nachdenken«, meinte er verbindlich. »Und es ist wirklich nur Tanz. Also nichts mit Gottesdienst oder Gebet oder so. Übrigens: Bei Oskar war ich gestern schon und habe angefragt. Unter Umständen würde er mitmachen.«

Lilo horchte auf. »Unter Umständen?«

»Ja. Ich habe ihn so verstanden, dass er noch deine Entscheidung abwarten möchte.«

»Aha? Und warum hat er mir nichts davon erzählt?«

»Hat er extra nicht. Er meint, es ist nicht seine, sondern meine Aufgabe, dich zu überzeugen. Und er macht mit, wenn du auch mitmachst. Aber das willst du ja sicher erst mit ihm besprechen.«

Doch Lilo wusste bereits, was sie wollte. »Nein, Konrad, ist schon gut. Wenn Oskar Spaß daran hat, bin ich gern auch dabei. In unserem Alter tut ein bisschen Bewegung bei flotter Musik ja schließlich gut.«

»So sehe ich das auch.« Konrad löste seine Hände aus der Bet-Haltung und ließ die Arme locker hängen. Offenbar sah er seine Mission als erfüllt an. Die beiden tauschten noch ein paar Sätze über Arizona und das frisch begonnene Schuljahr und die Blühkraft von Herbstastern. Dann verabschiedete er sich, und Lilo sah seinem Wagen lange hinterher. Sie fühlte sich unbehaglich. Was tat sie da? Seit mehr als vierzehn Jahren hatte sie ihre Schwärmerei für Konrad geheim gehalten, und nun begab sie sich direkt in die Höhle des Löwen? Was, wenn er herausfand, was sie für ihn fühlte? Wenn er ihre Empfindungen vielleicht doch erwiderte? Wenn das zum Chaos in seiner Ehe führte? Wenn vier pubertierende Kinder ihre heillos zerstrittenen Eltern vorm Verderben retten müssten?

Was für ein Quatsch!, sagte sie sich schließlich selbst. Ich habe mich zum Ringelpietz in einem Kirchensaal angemeldet. Nur weil ich die Stimme des Pastors gern höre, wird nicht die Welt untergehen.

Während sie die Astern in die Erde setzte, überlegte sie weiter: Konrad sollte nichts von ihren Gefühlen erfahren. Aber genauso wenig durfte Oskar Wind davon bekommen, was sie für Konrad empfand. Er sollte ja nicht eifersüchtig werden. Aber wenn er am Square-Dance nur teilnahm, falls auch Lilo mitmachte, dann wollte er doch bestimmt mit ihr tanzen?

Sie goss die jungen Pflanzen an, dann wusch sie sich die Hände und ging hinüber zu Oskar. Sofort lud er sie auf ein alkoholfreies Weizenbier ein.

Sie lächelte arglos. »Wenn wir da mitmachen, dann tanzen wir beide doch zusammen, oder? So als Paar auf einer Seite des Quadrats?«

»Aber sicher«, meinte Oskar. »Wir sind doch alte Freunde.«

Lilo freute sich über die Antwort. Sie verstand, was Oskar ihr damit sagen wollte: Nur weil sie nun auch Tanzpartner waren, würde er nicht mehr von ihr erwarten – nicht mehr als früher.

»Ja, das sind wir«, entgegnete sie ernst, »gute alte Freunde.«

Sie prosteten sich zu.

Sobald sie wieder zuhause war, holte Lilo ihre Nähmaschine vom Dachboden und richtete sich im Schlafzimmer eine Schneider-Ecke ein. Tags darauf kaufte sie in Stralsund die Stoffe für zwei Tanzröcke sowie einen extrabauschigen Petticoat. Und während sie nähte und nähte, dachte sie an Konrad.

*

Lilo und Oskar hatten eine weitere Gemeinsamkeit: einen silbergrauen Ford C-Max, den sie vor einigen Jahren gebraucht und günstig erstanden hatten. Diese ganz persönliche Art des *Car Sharing* war Oskars Idee. Das sei vernünftig, meinte er, schließlich benötigten beide nur selten ein Auto, aber für schwere Transporte und weite Strecken mit schlechter Bahnverbindung sei die Anschaffung doch sinnvoll. Lilo stimmte sofort zu. Zusammen hatten sie den Ford vom Händler geholt, in Oskars Garage gefahren und mit einem Spitzenprodukt kanadischer Braukunst darauf angestoßen. Seitdem leistete der Wagen ihnen verlässliche Dienste.

Zwei Monate nach Konrads unerwartetem Besuch in Lilos Vorgarten klingelte Oskar, bekleidet mit Jeans und kariertem Hemd, bei seiner Nachbarin. Lilo öffnete in weißer Bluse, weißen Turnschuhen und einem weiten Rock mit himmelblauen und stahlblauen Karos, unter dem sich ein Pettycoat bauschte.

Oskar reagierte, wie es sich gehörte: »Donnerwetter, min Leev! Du hast ja geheime Talente.«

»Aber nur bei einfachen Sachen mit geraden Nähten.«

»Da sieht man's mal wieder: Du bist nicht nur die Schönste, sondern auch die Bescheidenste.« Grinsend nahm er sie an der Hand und hob ihren Arm. »Und nun lass dich anhimmeln. Natürlich bloß in aller Freundschaft.«

Lilo drehte sich zweimal um die eigene Achse, anerkennend lächelte er ihr zu, dann bot er seinen Arm an. Sie hängte sich ein und ließ sich in die Garage geleiten. Ihre freudige Erregung ließ Lilo sich nicht anmerken – sie wollte Oskar nicht kränken. Manchmal fragte sie sich, ob er eigentlich ahnte, wie erotisch sie Konrad und seine Bassstimme fand. Aber wie dem auch sein mochte: Es wäre ihr nie in den Sinn gekommen, darüber mit Oskar zu sprechen. Auf der Fahrt nach Sellin plauderte sie über biologische Ungezieferbekämpfung und freute sich, als Oskar darauf einging.

Nach einer Viertelstunde erreichten sie das Evangelische Gemeindezentrum. Bisher war Lilo nur zu Adventsbasaren hier gewesen – ihr jährlicher Pflichtbesuch zur Pflege der Nachbarschaft. Jetzt waren Tische und Stühle an die Seite gerückt und gaben eine großzügige Fläche frei. Der Saal gefiel Lilo so wesentlich besser, was wohl auch daran lag, dass es nicht nach alkoholfreiem Glühwein roch und sie sich nicht gezwungen fühlte, handgestrickte Socken zu kaufen.

Konrad, Ulrike und ihre drei älteren Kinder standen an der Tür und schüttelten Hände, um kurz vor halb acht war die Gruppe komplett: der *Caller*, sowie vierundzwanzig Tänzerinnen und Tänzer, dank Ulrikes umsichtiger Planung also genau die richtige Anzahl für drei *Squares*.

Konrad betrat die kleine Bühne. Stattlich sieht er aus, dachte Lilo, so mit Jeans, Karohemd und Cowboyhut. Viel besser als im Talar. Tief in seinem Inneren ist er eben doch ein richtiger Mann, auch wenn seine Ehefrau das noch nicht verstanden haben sollte.

Er griff zum Mikrofon, sein sanfter Bass durchdrang den Saal. »Liebe Freunde, wir alle kennen das Gefühl, wenn man am liebsten im Dreieck springen will. Doch genau das machen wir heute nicht. Stattdessen tanzen wir im Quadrat.«

Die anderen lachten und applaudierten, Konrad verbeugte sich, und Lilo stellte zufrieden fest, dass er deutlich lockerer wirkte als bei Trauergottesdiensten.

»Ihr dürft die *Squares* bilden«, kündigte er an. »Vier Paare stellen sich im Quadrat auf, die Dame bitte immer rechts vom Herrn. Sozusagen eine bunte Reihe, aber mit vier Ecken drin.«

Jetzt ging es also darum, die richtigen Mittänzer für den Square zu finden. Lilo und Oskar steuerten auf zwei Paare zu, die schon dicht zusammenstanden. Noch fehlte der siebte und achte Tänzer für den *Square*. Gerade wollte Lilo ein Ehepaar ansprechen, das sie von den Basaren kannte, da kam schon von der anderen Seite Ulrike Mosebach – im Schlepptau ihren zwölfjährigen Sohn Philipp. Lilo kämpfte um Beherrschung. Ausgerechnet mit Ulrike und ihrem Jüngelchen sollten sie in einer Gruppe tanzen, auch Oskar wirkte darüber nicht begeistert. Doch weil die anderen beiden Paare die Küsterin samt Sohn freudig im *Square* aufnahmen, rang Lilo sich ein Lächeln ab. Sie lächelte sogar noch, als der Junge sich rechts von ihr aufstellte. Gerade mal eins fünfzig maß Philipp in der Länge, und mit ihm als *Corner* sollte Lilo nun über Eck tanzen. Aber sie gab sich freundlich, schließlich war er Konrads Sohn und für seine Mutter konnte er nichts.

Ulrike wies auf das Nachbar-Quadrat, in dem ihre Töchter eine Seite bildeten. »Square-Dance hat einen entscheidenden Vorteil«, meinte sie heiter. »Wenn das zahlenmäßige Verhältnis von Männern und Frauen nicht stimmt, ist das gar kein Problem. Auch zwei Männer oder zwei Frauen können ein Tanzpaar sein, man berührt einander ja nur an Händen und Unterarmen.«

Zu Ulrikes Satz verkniff Lilo sich jeden Kommentar. Sie wollte lieber nicht darüber nachdenken, wie es um das Liebesleben des Pastorenpaars bestellt sein mochte.

Auf der Bühne fuhr Konrad fort: »Jetzt begrüßt euch erst mal. Also: *Bow to your partner, bow to your corner*, damit ist ein Kopfnicken gemeint, verbunden mit einem Lächeln. Reicht euch alle die Hände, wendet euch nach links, und los geht's im Kreis.«

Er stellte die Stereoanlage an, auf Anhieb erkannte Lilo den Titel: *Cotton Eye Joe*, eingespielt als Instrumentalversion. Und dann kam der Moment, auf den Lilo sich wochenlang gefreut hatte: Konrad als *Caller*.

*»Bow to your partner, bow to your corner«,*

sang er in gut verständlichem Englisch. Und jeder Ton seiner Stimme rollte wie eine Welle durch den Saal, so voll und stark und trotzdem so gefühlvoll.

»*All join hands and circle to the left*«, sang Konrad,
»*now around you go.*«

Lilo nahm Oskar und Philipp an der Hand, stapfte zum Viervierteltakt links im Kreis herum und kam sich nicht mal lächerlich vor. Im Gegenteil: Sie fühlte sich getragen von einer Woge der Euphorie, doch sie bewahrte Haltung. Niemand würde ihre Erregung bemerken, nicht einmal Ulrike, die nur durch Philipp getrennt neben Lilo tanzte.

»*Keep that circle moving – round the ring you know.*«

Nach einigen Minuten brachte Konrad den *Circle* zum Stehen. Die Paare fanden ihre Ausgangspositionen wieder, und die nächste Übung begann. Am Ende des Abends waren sich alle darin einig, dass sie weitermachen wollten mit Square-Dance und Konrad, dem *Caller*.

Gut gelaunt fuhren Oskar und Lilo zurück nach Groß Zicker.

»Und?«, fragte er. »Noch Lust auf ein Bierchen?«

Lilo hätte gern abgelehnt, lieber wäre sie in ihrem Hochgefühl allein gewesen. Doch ihr schlechtes Gewissen plagte sie, darum setzte sie sich noch ein Stündchen mit Oskar zusammen. In der folgenden Nacht träumte sie von Konrad, und von nun an fand Lilos Höhepunkt der Woche immer donnerstags statt – im Gemeindesaal der evangelischen Kirche.

# Der Klient

Im Dresdner Stadtteil Prohlis stand Torben Schulte-Behrend vorm Badezimmerspiegel und trocknete sich die Haare im lauwarmen Luftstrom. Sein Fön brachte bis zu zweitausend Watt, doch diese hohe Stufe schaltete Torben nicht ein, dann wäre die Sicherung herausgesprungen. Bisher hatte niemand die elektrischen Leitungen aus den Sechzigerjahren erneuert. Auch die Fliesen im Bad stammten noch original aus der Entstehungszeit des Plattenbaus – beigefarbene Kacheln mit Waffelstruktur und unzähligen Rissen in der Glasur. Lediglich die Sanitärkeramik hatte Torben austauschen lassen. Toilettenschüssel, Duschwanne und Waschbecken entsprachen nun modernem Standard, doch für neue Fliesen blieb kein Geld mehr. Hier zu wohnen war teuer, verdammt teuer sogar. Torben war Eigentümer dieser Wohnung, Monat für Monat zahlte er doppelt so viel, wie eine übliche Miete gekostet hätte.

Vom Badezimmer ging er in die Küche und bereitete sich sein Frühstück. Die *Sprelacart*-Einbaumöbel aus dem *VEB Pressstoffwerk Spremberg* waren noch gut in Schuss. Torben hatte sie günstig von dem Ehepaar übernommen, das vor ihm hier gewohnt hatte. Im Laufe der Jahre hatten die undichten Fenster die Heizkosten übermäßig steigen lassen, und vom Balkon floss das Regenwasser nicht mehr ab. Hinter Schränken, die an Außenwänden standen, bildete sich leicht Schimmel, und aus den Abflüssen drang manchmal der Geruch von Kloake. Es gab viele gute Gründe, hier nicht zu leben. Doch Torben war vor fast siebzehn Jahren eingezogen, und er blieb, denn die Wohnung gehörte ihm.

Aufgewachsen war Torben mit zwei Brüdern, ein und zwei Jahre älter als er, im West-Berliner Stadtteil Moabit.

Sein Vater war Choleriker, fast jeden Abend verprügelte er seine Frau, dafür brauchte er keinen besonderen Grund. Es dauerte nie lange, immer nur ein paar Minuten, dann hörte er auf. Er tat es leise, ohne zu brüllen, auch Torbens Mutter schrie oder weinte nicht, obwohl der Schmerz ihr Gesicht verzerrte. Er schlug sie auf den Leib und auf Arme und Beine, sie konnte die Blutergüsse leicht mit Kleidung verdecken. Torben und seine Brüder prügelte der Vater nie, vielleicht weil sie ihm ähnlich sahen oder weil sie noch Kinder waren. Wenn sie sich schützend vor ihre Mutter stellten, sagte der Vater: »Weg da, sonst kriegt ihr auch was ab.« Dann ließen sie ihre Mutter los, und er drosch auf seine Frau ein.

Als Torben sechs Jahre alt war, fragte er seine Mutter, warum sie sich nicht wehrte. »Weil dann alles noch viel schlimmer würde«, antwortete sie. Torben verstand nicht, was noch viel schlimmer werden könnte. Aber möglicherweise meinte sie ja, dass der Vater dann auch ihn und seine Brüder schlagen würde, darum fragte Torben nicht mehr.

Irgendwann kaufte der Vater einen schmalen Gürtel und schlug nicht mehr mit den Fäusten zu, sondern mit dem Leder. Die schwere Metallschließe traf seine Frau an der Schläfe. Sie schrie auf, glitt zu Boden und blieb liegen. Schockiert von dem, was sie sahen, fingen auch die Söhne an zu schreien. Kurz darauf klingelte es an der Tür. Der Vater versuchte, Torben aufzuhalten, doch der war schneller und öffnete. Das Ehepaar von nebenan fragte, was los sei. Torben ließ sie herein. Die Nachbarin eilte in die eigene Wohnung zurück und telefonierte. Ihr Mann bewachte Torbens Vater, der mit starrer Miene auf einem Stuhl saß. Torbens Brüder schoben der blutenden Mutter ein Kissen unter den Kopf, sie war bewusstlos, aber sie atmete. Keiner sagte etwas. Polizei und Krankenwagen trafen ein. Die Sanitäter fuhren die Mutter mit Gehirnerschütterung und Jochbeinbruch in eine Klinik. Zwei Polizisten nahmen den Vater fest. Vom Jugendamt kam eine Sozialarbeiterin und brachte die drei Brüder zu einer Tante. Dort blieben sie ein paar Wochen, bis die Mutter das Krankenhaus verlassen durfte. Der Vater wurde zu zwei Jahren Haft verurteilt – ohne Bewährung. Nach sechzehn Monaten kam er wieder frei, während dieser Zeit hatte die Mutter die Scheidung eingereicht. Am Tag seiner Entlassung ging der Vater in den Wald und erhängte sich. Weder Torben noch seine Brüder noch seine Mutter trauerten um ihn.

Torben lernte fleißig und bestand mit Bravour die mittlere Reife. Nach zwei Jahren auf der Fachoberschule begann er seine Ausbildung zum Einzelhandelskaufmann in einem großen Sportfachgeschäft. Über die Lehrstelle freute Torben sich. Obwohl er gute Noten hatte, hielt er es nicht für selbstverständlich, dass die Personalchefin ihn nahm. Äußerlich fand er sich wenig attraktiv. Es war nicht gerade so, dass ihm die Sympathien der Kunden, vor allem der weiblichen, zuflogen. Nur eins sechsundsechzig war er groß, mit schmalem Gesicht und fliehendem Kinn. Doch er bewies ein Händchen im Umgang mit Menschen und verstand etwas von den Dingen, die er verkaufte. Sein hagerer Körper ließ nicht auf den ersten Blick erkennen, wie sportlich er war. Seit seiner Jugend joggte und schwamm er mit Begeisterung, allerdings beteiligte er sich nie an Wettkämpfen, denn die anderen Jungs hatten immer breitere Schultern oder längere Gliedmaßen als er. Torben trainierte nur für sich selbst, beim Joggen fand er zu sich.

Dabei ging ihm der Vater durch den Sinn, seine stumpfsinnige Gewalt, die so häufig geworden war, als gehöre sie zum häuslichen Alltag. Und die Schwäche der Mutter, die doch eine

Stärke war, weil diese Frau alles ertragen hatte, um ihren Söhnen eine Familie zu erhalten. Warum konnte ich nicht mehr tun?, fragte Torben sich oft. Warum konnte ich sie nicht verteidigen? Vielleicht hätte ich einfach dazwischengehen sollen, vielleicht hätte der Vater dann aufgehört – vielleicht aber auch nicht. Der Vater hatte sich selbst gerichtet. Manchmal überlegte Torben, ob nicht besser er, Torben, den Vater hätte töten sollen. Ein gerechter Tod für einen Tyrannen. Aber damals war er ja bloß ein Kind gewesen, und außerdem: Er könnte einem anderen Menschen niemals etwas Schlimmes antun.

Nach seiner Ausbildung blieb Torben in dem Sportgeschäft und stieg ein Jahr später zum Erstverkäufer auf. Damit verdiente er brutto zweihundert Mark mehr im Monat.

Die Beförderung feierte Torben mit ein paar Kumpels in seiner Stammkneipe in Moabit, auch Jimmy war dabei, der Wirt und Torbens väterlicher Freund.

Alles war in bester Ordnung. Am nächsten Morgen ging Torben leicht verkatert, doch gut gelaunt in den Laden und bediente seine Kunden nun noch begeisterter als zuvor. Er war glücklich.

Zwei Wochen später erreichte ihn der Anruf eines gewissen Stephan Hachenberg. Torben hatte noch nie von ihm gehört.

»Ich habe für Sie ein sehr interessantes Angebot, Herr Schulte-Behrend«, erklärte Hachenberg. »Mit einem Einsatz von nur hundert Mark im Monat gehört Ihnen schon bald eine Wohnung in begehrter Lage, und das ganz ohne Eigenkapital.«

Torben zögerte, schließlich war er selbst Kaufmann und durchschaute die Tricks der Vertreter. Misstrauisch fragte er: »Woher haben Sie meine Nummer?«

Hachenberg lächelte mit der Stimme. »Ich war heute Morgen bei Ihnen im Geschäft. Wir hatten leider nicht persönlich miteinander zu tun, aber von Ihren Kolleginnen an der Kasse habe ich zufällig von Ihrer Beförderung erfahren, und Ihre Nummer steht ja im Telefonbuch.« Torben hätte gern etwas erwidert, doch Hachenberg setzte gleich nach: »Meinen herzlichen Glückwunsch, Herr Schulte-Behrend. Bei so viel Erfolg macht es doch Sinn, einen Teil Ihres Einkommens für Ihre Zukunft anzulegen. Für eine Eigentumswohnung, die sich fast von allein trägt, nämlich durch Steuerersparnis und Mieteinnahmen.«

Torben hörte dem fremden Mann zu. Es war Mitte des Monats, gerade hatte Torben seine Abrechnung bekommen. Von den zweihundert Mark Gehaltserhöhung blieben netto hundertzwanzig. Vater Staat war gierig, das bekam Torben deutlich zu spüren, und er ärgerte sich darüber. Darum bestellte er den Vertreter für den übernächsten Abend in seine Einzimmerwohnung in Moabit.

Pünktlich traf Hachenberg ein und legte Torben einen Prospekt aus Glanzpapier vor. Das Deckblatt zeigte ein weiß gestrichenes zwölfstöckiges Gebäude in grüner Umgebung.

»Eine Eigentumswohnung in Dresden, drei Zimmer plus Küche plus Balkon, insgesamt einundsiebzig Quadratmeter, für bloß achtundneunzigtausend Mark. Diesen günstigen Preis können wir nur deswegen anbieten, weil die Immobilien nach dem Mauerfall privatisiert werden müssen. Bedenken Sie allein den künftigen Wertzuwachs, jetzt wo auch dort Demokratie und Marktwirtschaft ihren Einzug gehalten haben.«

»Das ist ja ein Plattenbau«, bemerkte Torben kritisch. »Und in so was wollen die Leute wohnen?«

»Selbstverständlich. Schließlich ist es neue Bausubstanz. Bedenken Sie mal, wie viele alte Häuser es im Osten gibt, die völlig verrottet sind. Auch die ehemaligen DDR-Bürger wollen da nicht mehr leben. Ehe das alles saniert ist, werden Jahrzehnte vergehen. Aber bis dahin müssen die Leute ja irgendwohin. Und dieses ist mit nur acht Etagen ein recht kleines Hochhaus, also gut überschaubar. Übrigens, nirgendwo in Citynähe finden Sie so viele Grünflächen wie in diesen Neubauvierteln. Und dann die Stadt als solche. Dresden, Herr Schulte-Behrend, ich sage nur: Dresden. Die Stadt ist voll mit Kunstschätzen, sie heißt ja nicht umsonst *Elb-Florenz*. Und jetzt nach der Wende wird da alles wieder schick gemacht. Denken Sie bloß an die neue Frauenkirche. Da strömen die Touristenmassen nur so hin. Das schafft Arbeitsplätze, und die Leute müssen ja irgendwo wohnen. Moderner Standard ist da gefragt, und eine gute Infrastruktur einschließlich bester Verkehrsanbindung in die City. Genau das bieten wir an.«

Torben wusste in diesem Moment nicht, warum er Hachenberg eigentlich sympathisch fand. Vielleicht lag es daran, dass der Vertreter ihn an seinen alten Kumpel Jimmy erinnerte. Kräftige Statur, angenehm raue Stimme, zurückgekämmte graue Haare. Dabei war Hachenberg mindestens zehn Jahre jünger als Jimmy und deutlich besser angezogen.

»Gut«, entschied Torben. »Dann fahre ich nach Dresden und sehe mir das mal an.«

»Wenn Sie meinen.« Hachenberg reagierte verhalten. »Aber Sie sind nicht unser einziger Interessent. Diese Wohnung bietet Ihnen einen entscheidenden Pluspunkt: Sie übernehmen die derzeitigen Mieter, sehr ordentliche Leute, die immer pünktlich überweisen, da legen wir Ihnen gern die Zahlungseingänge vor. Im Übrigen geben wir allen unseren Kunden schriftlich, dass genau die Mietsumme hereinkommt, die wir in unserer Berechnung veranschlagt haben. Das ist unsere Mietgarantie für Sie.«

»Und das geht wirklich ohne Eigenkapital?«

»Aber sicher.«

Hachenberg zog einen Prospekt der *Schwelmer Bausparkasse* hervor. Von diesem Unternehmen hatte Torben schon gehört, im Fernsehen gab es oft Werbespots mit dem Slogan: *Stein auf Stein für Ihr Heim.* »Wir konzipieren Ihnen eine maßgeschneiderte Komplettfinanzierung zum marktüblichen Zinssatz, alles auf den Pfennig genau durchgerechnet.«

»Wie ist das mit den anderen Eigentümern?«, fragte Torben. »Da gibt es doch jedes Jahr Versammlungen, in denen man beschließt, was am Haus gemacht wird?«

»Richtig. Aber auch da haben Sie bei unserem Objekt klare Vorteile. Neben der Mietgarantie bieten wir Ihnen noch einen kostenlosen Service an: Wenn Sie uns bevollmächtigen, vertreten wir Sie bei den Versammlungen, selbstverständlich in Ihrem Sinne. So ersparen Sie sich die Reisen nach Dresden, und natürlich erhalten Sie Protokolle über alle Beschlüsse.«

Doch so leicht ließ Torben sich nicht überzeugen. »Ich will eine Nacht darüber schlafen. Ganz egal, wie viele Interessenten Sie sonst noch haben.«

»Das sollte möglich sein«, lenkte Hachenberg ein. »Bis morgen kann ich Ihnen die Wohnung reservieren. Darf ich Sie anrufen?«

»Sie dürfen«, entgegnete Torben knapp. »Aber erst ab einundzwanzig Uhr. Ich habe viel zu tun.«

Hachenberg lächelte. »Sehr gern, Herr Schulte-Behrend. Bis morgen dann.«

Torben ging wieder und wieder die Zahlen durch. In den Medien war oft die Rede davon, dass man in den neuen Bundesländern investieren sollte. Wenn man bloß daran dachte, was der Staat dort hineinschoss. Die Wirtschaft sollte angekurbelt werden, und wer mitmachte, profitierte. Jimmy überlegte ja sogar, seine alte Kneipe in Moabit zu verkaufen und eine neue in Ost-Berlin aufzumachen. Sollte Torben seinen alten Kumpel wegen der Wohnung in Dresden um Rat fragen? Oder seine anderen Freunde oder seine Brüder oder seine Mutter? Aber was sollte das bringen? Torben war zweiundzwanzig Jahre alt, und er konnte seine Entscheidung selbst treffen. Er wollte die Wohnung kaufen.

Wie vereinbart meldete Hachenberg sich am nächsten Abend, Torben verkündete seine Entscheidung.

»Herzlichen Glückwunsch, Herr Schulte-Behrend. Sie bekommen den Zuschlag für eins unserer begehrtesten Angebote. Hätten Sie denn morgen Nachmittag Zeit für den Notar?«

»So schnell? Morgen schon?«

»Aber sicher«, meinte Hachenberg. »Wir arbeiten mit bestens organisierten Notariaten zusammen. Unsere Klienten bekommen dort immer Termine, beim Steuersparen zählt schließlich jeder Monat.«

Torben sagte zu. Am nächsten Tag traf er sich mit Hachenberg in einer Kanzlei an der Friedrichstraße. Der Notar wirkte seriös, er las den Vertrag nicht nur vor, sondern erklärte auch alle Details. Torben unterschrieb.

In den kommenden Monaten lief alles bestens, die Miete kam pünktlich. Beim Lohnsteuerjahresausgleich stellte Torben zwar fest, dass er pro Monat nicht ganz so viel sparte, wie Hachenberg ihm vorgerechnet hatte. Doch das lag an irgendwelchen speziellen Regelungen, Steuerrecht war ja nun mal eine komplizierte Sache. Torben dachte sich nicht viel dabei. Unterm Strich kostete die Wohnung ihn hundertdreißig Mark im Monat, so viel konnte er problemlos abzweigen. Bei den Eigentümerversammlungen ließ er sich vertreten und las später die Protokolle, alles schien ihm stimmig. Manchmal waren kleinere Reparaturen am Haus nötig, aber die wurden ja aus dem Gemeinschaftstopf bezahlt, damit hatte Torben nichts weiter zu tun. Er war Immobilieneigentümer und stolz auf sich.

Dann aber, im Herbst des Jahres 1997, bemerkte Torben auf seinem Bankauszug eine Unstimmigkeit: Statt der üblichen Kaltmiete von 410 waren nur 260 Mark eingegangen. Diesmal kam das Geld auch nicht wie üblich von der Immobilienfirma, die es im Auftrag von Torbens Mietern überwies, sondern es stammte vom Konto der Mieter selbst. Torben konnte sich keinen Reim darauf machen und rief Hachenberg an.

»Das ist alles vertragsgemäß, Herr Schulte-Behrend. Die fünf Jahre sind um, damit ist die Mietgarantie ausgelaufen. Ihre Mieter leisten die Zahlungen jetzt direkt an Sie.«

»Aber warum so wenig?«, fragte Torben aufgebracht. »Warum nur 260 statt 410?«

»Die 260 Mark kalt sind absolut marktüblich. Mit unserer Mietgarantie haben wir Sie in den ersten Jahren nach dem Kauf entlastet. Aber machen Sie sich wegen der geringeren Miete keine Sorgen. Der Wert der Wohnung steigt schließlich unaufhaltsam. Auch wenn Sie ein wenig mehr investieren müssen – es bleibt gut angelegtes Geld.«

Torben überkam eine böse Ahnung. »Heißt das, ich bekomme jetzt jeden Monat nur noch 260 Mark?«

»Richtig«, antwortete Hachenberg knapp. »Es sei denn, Sie setzen bei Ihren Mietern eine Mehrzahlung durch. Aber das dürfte momentan schwierig sein, weil die ortsübliche Vergleichsmiete es nicht hergibt. Ihre Mieter könnten einer Erhöhung in jedem Fall widersprechen.«

Torben hätte noch tausend Fragen gehabt, aber er beendete das Telefonat. Es schien ihm unsinnig zu diskutieren, solange er nicht verstand, ob man ihn hinters Licht geführt hatte. Mehrmals las er im Vertrag den Abschnitt über die

Mietgarantie, und endlich begriff er: Seine Mieter hatten die ganze Zeit über nur 260 Mark bezahlt, doch Hachenbergs Firma hatte den Betrag auf 410 Mark erhöht. Fünf Jahre lang eine Aufstockung von 150 Mark pro Monat, also insgesamt 9000 Mark. Aber warum? Noch nie hatte Torben davon gehört, dass man Geld geschenkt bekam, wenn man eine Wohnung kaufte. Hier ging etwas nicht mit rechten Dingen zu. Aber was genau?

Über dem Sportgeschäft lag die Kanzlei einer Rechtsanwältin. Schon öfter war Torben ihr im Treppenhaus begegnet, sie wirkte erfahren und vertrauensvoll. Obwohl er ohne Termin kam, hörte die Anwältin ihn an und bat dann um sämtliche Unterlagen zum Wohnungskauf, sie wollte sich erst einmal umfassend informieren.

Zwei Tage später setzten sie sich zusammen.

»Es ist so, Herr Schulte-Behrend: Bei den 9000 Mark, mit denen die Immobilienfirma Ihre Mieteinnahmen über fünf Jahre lang bezuschusst hat, handelt es sich um eine Binnenprovision.«

Torben nickte, etwas in der Richtung hatte er sich schon gedacht. »Heißt das, die Leute haben so gut verdient, da war es kein Problem, davon 9000 Mark abzuzweigen?«

»Ja. Mit dieser auf fünf Jahre befristeten und übrigens legalen Mietgarantie wollte man Ihnen einen Kaufanreiz geben. Es sieht leider so aus, dass Sie die Wohnung zu einem deutlich überteuerten Preis erworben haben.«

Torben schluckte. »Wie viel überteuert?«

»Das kann ich nicht genau sagen, dafür wäre ein Gutachten nötig. Aber wir können das hochrechnen: Ihre Mieter zahlen im Monat 260 Mark. Wenn wir davon ausgehen, dass dies ungefähr einer ortsüblichen Vergleichsmiete entspricht, dann dürfte der Wert der Wohnung im Bereich von 60.000

bis 65.000 Mark liegen. Also erheblich unter den von Ihnen bezahlten 98.000.«

Ihm wurde schwarz vor Augen, er hatte das Gefühl, als falle etwas durch seinen Körper hindurch, etwas Schweres, das er nicht auffangen konnte und das in seinem Inneren liegen blieb. »Ich will aus dem Vertrag raus«, stieß er heiser hervor. »Das muss rückgängig gemacht werden, alles. Ich will mein Geld zurück. Das ist doch schließlich Wucher, das ist doch sittenwidrig.«

»Ich kann Ihre Empörung verstehen«, entgegnete die Anwältin ruhig. »Aber laut Gesetz beginnt Sittenwidrigkeit erst bei einer Preisüberhöhung von hundert Prozent. Vermutlich liegt in Ihrem Fall der Kaufpreis aber nur rund siebzig Prozent über dem Verkehrswert.« Sie wartete einen Moment und fuhr dann fort: »Lassen Sie uns planvoll vorgehen, Herr Schulte-Behrend. Bisher reden wir von einer Immobilie, die wir beide noch nie betreten haben. Fahren Sie erst einmal hin und nehmen die Wohnung in Augenschein.«

Torben holte tief Luft. »Das tue ich ganz bestimmt. Und bitte helfen Sie mir.«

Er trank sein Wasser aus, bedankte sich und ging. Noch am selben Tag rief er seine Mieter an, das Ehepaar Güssow in Dresden.

»Wie gut, dass Sie sich mal persönlich melden«, sagte Frau Güssow. »Selbstverständlich können Sie jederzeit in die Wohnung, wir besprechen dann alles in Ruhe.«

Was seine Mieterin andeutete, ließ nicht Gutes ahnen. Er beendete das Telefonat. Von der ganzen Sache erzählte er niemandem etwas – Vorhaltungen machte er sich selbst schon genug.

Noch in derselben Woche fuhr er mit dem Auto nach Dresden. Es war ein regnerischer Tag Ende September, und je näher Torben der Hochhaussiedlung kam, umso weniger mochte er aussteigen, am liebsten hätte er kehrtgemacht. Ist ja kein Wunder bei dem Wetter, redete er sich gut zu. Alles grau in grau, das kann ja nicht schön sein, bei Sonne sähe die Gegend viel besser aus. Doch er musste sich eingestehen: Auch gutes Wetter konnte nichts ausrichten gegen eine faule Geldanlage.

In einem Punkt wenigstens hatte Hachenberg nicht gelogen. Zwischen den Hochhäusern lagen weite Grünflächen. Und auch an Parkplätzen herrschte kein Mangel, zumindest nicht in der Mittagszeit. Torben stellte seinen Wagen in der Rückersdorfer Straße ab, direkt vor dem Haus, *seinem Haus*, wie er es nannte – trotz des bitteren Beigeschmacks. Er stieg aus. Den Hochglanzprospekt, mit dem Hachenberg ihn vor fünf Jahren geködert hatte, nahm er mit. Aus einer Entfernung von zwanzig Metern wirkte alles noch wie auf dem Cover. Torben bewegte sich langsam auf den Plattenbau zu, und je näher er kam, umso mehr wuchs sein Unbehagen. Ein paar Meter davor blieb er stehen und schaute an der Fassade hoch. Sie strahlte nicht weiß wie im Prospekt, sondern war hellgrau und schmutzig. Unter allen Balkonen hatte ablaufendes Wasser braune Streifen gebildet. Beklommen ging Torben zur Haustür. An den meisten der siebzig Klingelschilder fehlten die Plastikabdeckungen, an anderen waren Namen mehrfach überklebt oder gar nicht vorhanden. Torben klingelte im vierten Stock, gleich darauf summte der elektrische Öffner. Schon als er die Tür aufdrückte, bemerkte er einen dumpfen, abgestandenen Brandgeruch. Er sah sich um. In einer Ecke links von der Haustür überzog schwarzer Ruß die Wand, offenbar hatte es vor kurzem gebrannt. Angewidert ging Torben weiter, vorbei an den Briefkästen, die ähnlich schmuddelig wirkten wie das Klingelbrett. Den Fahrstuhl mied er, denn er bezweifelte, dass sich jemand um die Wartung kümmerte. Im Treppenhaus bröckelte an vielen Stellen der Rauputz, der letzte Wandanstrich lag vermutlich Jahrzehnte zurück.

Torben erreichte den vierten Stock. Auf dem Treppenabsatz stand Andreas Güssow, ein angegrauter Mittfünfziger mit hellen Augen.

»Schön guten Tag. Meine Frau hätte Sie gern kennengelernt, aber sie muss arbeiten und lässt sich vielmals entschuldigen.« Er führte Torben den Flur entlang. »Wir haben hier auf jeder Etage acht Wohnungen, bloß im Erdgeschoss sind es sechs.«

Nachdem sie einmal nach links und zweimal nach rechts abgebogen waren, erreichten sie die Wohnung, Güssow schloss auf. Im Gegensatz zum Treppenhaus machten die Räume hier auf den ersten Blick einen gepflegten Eindruck. Zwar schienen die Möbel aus DDR-Zeiten zu stammen, doch sie waren noch gut in Schuss. Die Einrichtung wirkte sauber und heimelig.

»Wir können uns gern ins Wohnzimmer setzen«, meinte Güssow. »Oder soll ich Sie lieber erst mal rumführen?«

»Ja bitte«, Torbens Stimme klang matt. »Und zeigen Sie mir ruhig, was nicht in Ordnung ist.«

Güssow räusperte sich. »Da haben wir leider eine ganze Menge.«

Er zeigte Torben den alten Sicherungskasten, die zugigen Fenster, die kaputten Kacheln im Bad und die verstopften Abflüsse auf dem Balkon. »An die Außenwände können wir im Grunde nichts mehr stellen. Oder nur mit zehn Zentimetern Abstand, sonst kriegen wir sofort Schimmel.«

Am liebsten hätte Torben die Augen geschlossen. Er musste an einen Satz denken, den Jimmy oft sagte und der von einer Dichterin stammte: *Die Wahrheit ist dem Menschen zumutbar.*

»Aber warum haben Sie mir das nicht längst gemeldet?«,

fragte er ohne Vorwurf. »Dann hätten wir doch etwas unternehmen können.«

Güssow reagierte erstaunt: »Das wollten Sie doch nicht. Sie haben das doch an diesen Herrn Hachenberg abgegeben. Der sollte sich doch darum kümmern, zusammen mit der Hausverwaltung.«

»Was?!«, fragte Torben verwirrt.

Güssow machte eine einladende Geste Richtung Wohnzimmer. »Lassen Sie uns das in Ruhe bereden.« Er bot Torben etwas zu trinken ab, doch der lehnte dankend ab. Sie setzten sich.

»Hier«, Güssow schlug einen Aktenordner auf und nahm fünf Blätter heraus, die er vor Torben auf den Tisch legte. »Das sind die Vollmachten mit Ihrer Unterschrift. Für jedes Jahr eine. Demnach lassen Sie sich von einem Herrn Hachenberg vertreten. Oder ist das falsch?«

Torben erkannte die Schriftstücke sofort. »Das sind meine Vollmachten für die Eigentümerversammlungen. Damit habe ich Herrn Hachenberg beauftragt, bei den Beschlüssen in meinem Sinne abzustimmen. Aber das hat überhaupt nichts mit unserem Mietvertrag zu tun, Herr Güssow. Ich habe niemals gesagt, dass Sie sich nicht an mich wenden sollen.«

»Oh.« Güssows Betroffenheit wirkte echt. »Aber Herr Hachenberg hat das so behauptet. Ganz bestimmt.«

Torben antwortete nicht gleich. Es fiel ihm schwer, einen klaren Gedanken zu fassen. Nur langsam begriff er, was passiert war. »Herr Hachenberg wollte wahrscheinlich verhindern«, brachte er tonlos hervor, »dass ich mich darüber informiere, wie viele Baumängel es hier wirklich gibt.«

»Ach so?«, Güssow schien unangenehm berührt. Vermutlich hätte er gern noch mehr darüber erfahren, doch er hakte nicht nach.

»Hat die Hausverwaltung sich denn wenigstens um die Mängel gekümmert?«, fragte Torben.

Güssow nickte verhalten. »Wenn wir hartnäckig waren. Wir mussten für jede Sache ein paar Mal anrufen, bis Handwerker kamen. Aber die haben alles immer nur notdürftig repariert. Angeblich, weil nicht mehr Geld da war. Weil wir so wenig Miete zahlen.«

Torben seufzte. »Das wird jetzt anders. Ab jetzt melden Sie mir bitte alles.«

»Das ist nett, Herr Schulte-Behrend.« Verlegen starrte Güssow auf den Ordner vor ihm. »Aber das wird nicht mehr nötig sein. Meine Frau und ich wollen hier ausziehen.«

Aus seiner Weste zog er einen weißen Umschlag. »Wir kündigen zum 31. Dezember.«

Nun also auch noch das. Torben hätte gern aufgeschrien, doch er bewahrte Haltung. »Wie schade. Und das wollen Sie sich nicht noch einmal anders überlegen?«

»Sicher nicht. Wir waren ja so glücklich, als uns damals diese Wohnung zugesprochen wurde, meiner Frau, unseren Kindern und mir. Aber jetzt? Das Viertel ist längst nicht mehr das, was es mal war. Alle Leute, die es sich irgendwie leisten können, ziehen weg. Hier bleiben nur noch die Alten und die Armen. Dieses Haus geht den Bach runter. Das hört sich hart an, aber so ist es nun mal. Bestimmt haben Sie unten die Brandflecken gesehen. Da hat irgendein Idiot eine Zigarettenkippe in einen Puppenwagen geworfen. Und der Alkoholiker in der Wohnung über uns hat neulich einen Tisch vom Balkon geschmissen, zum Glück war es spätabends. Aber stellen Sie sich das vor. Ein Metalltisch aus dem fünften Stock!«

Torben nickte schweigend. Als er sich verabschiedete, war er äußerlich ruhig – noch konnte er ankämpfen gegen die Welle von Wut und Verzweiflung, die sich in ihm überschlug.

Doch kaum hatte Güssow die Tür hinter ihm geschlossen, hastete er die vier Stockwerke hinunter. Im Erdgeschoss nahm er wieder den Brandgeruch wahr, ihm wurde übel. Er riss die Haustür auf, mit flüchtigen Blicken nach rechts und links überquerte er die Straße. Dann wurden seine Schritte langsamer.

An einem Kiosk kaufte er eine Cola, bat um das Dresdner Telefonbuch und notierte sich die Nummern von ein paar Wohnungsmaklern. Schon wenn er am Telefon die Adresse seiner Wohnung nannte, winkten die Makler ab.

»Dort haben wir schon Anfragen von anderen Eigentümern. Solche Aufträge nehmen wir nicht mehr an, weder zur Vermietung noch zum Verkauf«, erklärte der eine.

»Da will doch keiner mehr hin«, meinte ein anderer lapidar.

»Was ist denn mit Sozialhilfeempfängern?«, fragte Torben. »Bei denen das Amt die Miete übernimmt?«

»Auch da findet man keine geeigneten Mieter mehr. Schließlich achtet das Sozialamt darauf, ob die Wohnungen technisch in Ordnung sind. Und da haben wir hier ein ausreichendes Angebot.«

Bis ins Mark erschüttert und wütend machte Torben sich auf den Heimweg. Wäre er ein weniger routinierter Autofahrer gewesen, hätte er vermutlich einen Unfall gebaut. Warum hatte er sich von Hachenberg, diesem Scheißkerl, so schnell einwickeln lassen? Warum hatte er die Wohnung vor dem Kauf nicht einfach besichtigt? Warum? Warum? Warum?

Am Spätnachmittag kam er in Moabit an. Ein langer Abend und eine noch längere Nacht lagen vor ihm, und ihm war nicht danach, mit irgendjemandem darüber zu sprechen, was er erlebt hatte. Noch nie hatte er Schlaftabletten genommen, aber heute würde er ohne sie keine Ruhe finden.

Die Inhaberin einer Apotheke beriet ihn freundlich. Torben

zahlte und fuhr zu seiner Wohnung. Es war erst halb sechs. Er hatte keinen Hunger, er wollte einfach nur nichts mehr sehen, nichts mehr hören, nichts mehr denken. Statt der empfohlenen zwei Tabletten nahm er vier und trank dazu ein Glas Wodka. Vorsichtshalber stellte er sich den Wecker, aber in diesem Moment wäre es ihm egal gewesen, wenn er nicht mehr wach geworden wäre.

Doch Torben wachte auf – sogar noch bevor der Radiowecker anging. Zu seiner Verwunderung fühlte er sich relativ frisch. Zwar kreisten seine Gedanken nach wie vor, doch der Schock saß nicht mehr so tief. Er frühstückte, machte sich fertig und fuhr in die City. Um neun Uhr hatte er einen Termin bei der Anwältin.

»So sieht es aus«, erklärte er bündig. »Die Hypothek ist fast doppelt so hoch wie die Wohnung wert ist, und kein Mensch will sie mieten oder kaufen.«

Die Anwältin nickte. »Ich habe den Vertrag noch einmal in allen Einzelheiten geprüft. Es dürfte nicht leicht sein, dagegen anzugehen. Herrn Hachenberg wegen der vorgetäuschten Vollmacht zu verklagen, bringt gar nichts. Wir müssen in größeren Maßstäben denken und womöglich bis zum Bundesgerichtshof gehen. Aber vorher sollten wir möglichst viele andere Betroffene ausfindig machen.«

»Und dann sähen Sie eine Chance?«

»Es kommt darauf an, was die Leute erzählen, die Ähnliches erlebt haben. Welche Parallelen sich ergeben. Im günstigen Fall könnten wir eine Sammelklage einreichen.«

Torben überlegte. »Und was ist, wenn ich einfach nicht mehr zahle? Wenn die Bank ab sofort keinen Pfennig mehr von mir sieht?«

»Dann würde die Bank ein Mahnverfahren gegen Sie eröffnen und die Wohnung letztlich zwangsversteigern. Falls sich überhaupt ein Käufer fände, würde der sicher nur einen Bruchteil dessen zahlen, was Sie gezahlt haben. Damit wären Sie also nicht aus den Schulden. Die Bank würde Sie so lange pfänden, bis die Hypothek abgetragen ist. Voraussichtlich kommt in ein paar Jahren ein neues Konkursrecht, dann könnten Sie Privatinsolvenz anmelden. Aber trotzdem würden Sie als dauerhaft kreditunwürdig gelten. Keine seriöse Bank würde Ihnen noch etwas leihen. Nie mehr.«

»Also dann«, meinte Torben entschieden. Je länger er mit der Anwältin sprach, umso ruhiger wurde er. Vielleicht wirken die Schlaftabletten ja noch nach, überlegte er. Doch das konnte eigentlich nicht sein, denn er fühlte sich hellwach. »Ich habe mich schon einmal nicht gewehrt«, fuhr er fort. »Und dann ist es ganz schlimm gekommen. Damals war ich noch ein Kind, aber jetzt bin ich siebenundzwanzig. Und ich lasse mir nicht gefallen, dass diese Verbrecher mir mein Leben ruinieren. Hachenberg und die Bausparkasse. Und dieser Notar, der mich auch da reingeritten hat mit seinem Vertrag. Diesmal werde ich kämpfen.«

*

Am Donnerstagmorgen döste Lilo auf der *Mövennest*-Terrasse und dachte an Konrad. Leider blieb ihr dafür nur ein Viertelstündchen – der Garten wartete. Sie zog einen alten Kittel über, schlüpfte in Gummistiefel, griff zur Spitzhacke und machte sich daran, in den Gemüsebeeten die Erde zu lockern. Auch wenn Lilo wohl ihr Lebtag keine Freundin der häuslichen Ackerarbeit werden würde, hatte diese Tätigkeit einen nicht zu unterschätzenden Vorteil: Sie konnte dabei in Ruhe überlegen. Immer wieder kam ihr Oskars Nachricht in den Sinn: Die Gemeinde hatte überlegt, den Square-Dance-Abend wegen Kochs Entführung abzusagen, und erst nach längerer

Diskussion beschlossen, ihn doch stattfinden zu lassen. So richtig verstand Lilo diese Bedenken immer noch nicht. Das eine hatte nichts mit dem anderen zu tun, fand sie. Aber nun gut: Kirchenleute tickten wohl so.

Den ganzen Tag verbrachte Lilo im Garten. Gegen Abend ging sie ins Haus, schaute im Fernsehen ein Boulevard-Magazin und machte sich fertig für den wöchentlichen Square-Dance. Oskar holte sie um sieben Uhr ab und geleitete sie in die Garage. Über verstopfte Straßen fuhren sie nach Sellin. Erst eine Minute vor halb acht kamen sie im Gemeindezentrum an, derartig spät waren sie noch nie gewesen. Im Hausflur erwarteten sie das gewohnte Stimmengewirr der Tänzer und Tänzerinnen, die schon vor ihnen eingetroffen waren. Aber heute herrschte Totenstille.

»Das findet doch statt, oder?«, fragte Oskar irritiert.

»Sicher«, meinte Lilo. »Ulrike hat dich doch gestern extra deswegen angerufen. Außerdem stehen die Autos vor der Tür.«

Sie betraten den Saal. Die anderen hatten sich vor der Bühne versammelt, den Blick zum Eingang gerichtet. Sobald sie Oskar und Lilo erblickten, lächelten sie aufmunternd, nickten freundlich – und schwiegen.

Keine Sekunde später drang Ulrikes mikrofonverstärkte Stimme durch den Raum. »Guten Abend, Lilo! Fühle dich in unserer Runde von ganzem Herzen willkommen geheißen. Und du natürlich auch, Oskar. Wir freuen uns, dass ihr trotz der schlimmen Ereignisse den Weg zu uns gefunden habt.«

Lilo starrte zur Bühne. Dort stand Ulrike und streckte Lilo die weit geöffneten Arme entgegen. »Wir sind heute in einer besonderen Situation. Ganz in unserer Nähe wurde ein Mann entführt, ein Kurgast, der hier mit seiner blinden Frau Erholung gesucht hat in Gottes schöner Natur. Er ist einem hinterhältigen Verbrechen zum Opfer gefallen, und wir wissen nicht, wie es ihm geht. Wir wissen noch nicht einmal, ob er überhaupt noch lebt, doch unsere Gedanken und Hoffnungen sind bei ihm und seiner Frau.« Ulrike machte eine Pause, ihr Gesichtsausdruck wurde noch ernster und ihre Stimme getragener. »Lilo, meine Liebe, es tut uns so leid, was du durchmachen musst. Darum haben wir uns zusammengesetzt und überlegt. Wir wollen den Tanzabend stattfinden lassen wie immer, denn von boshaften Tätern lassen wir uns nicht entmutigen. Tanz bedeutet Lebensfreude, und so soll es heute nicht anders sein als sonst. Wir wünschen uns einen fröhlichen Abend.«

Je länger Ulrike sprach, umso mehr erschauerte Lilo vor den salbungsvollen Worten. Sie setzte eine möglichst neutrale Miene auf und bemerkte, dass es Oskar ähnlich ging wie ihr. Viele der anderen jedoch nickten und schienen höchst einverstanden mit Ulrikes Ansprache. Als sie fertig war, spendete man sogar einen kleinen Applaus. Einige wünschten Lilo viel Kraft und alles Gute, sie bedankte sich höflich und gab sich alle Mühe, die Fassung zu bewahren. Was war das hier für eine seltsame Inszenierung? Wenn Ulrike schon unbedingt meinte, die Entführung zu kommentieren, warum musste sie sich dafür auf die Bühne stellen, noch dazu mit Mikrofon? Hätte sie das nicht einfach unten auf dem Parkett sagen können, von Angesicht zu Angesicht? Warum rückte sie sich selbst derartig in den Mittelpunkt?

Diese aufgeblasene Planschkuh!, schoss es Lilo durch den Kopf, doch gleich im selben Moment musste sie zugeben, dass der Ausdruck nicht ganz passte. Denn für eine Kuh war Ulrike zu mager. So wie Konrad im Laufe der Jahre an Gewicht zugelegt hatte, war Ulrike immer dünner geworden, um nicht zu sagen: dürr. Eigentlich musste man sich darüber wundern, dass sie nicht klapperte, fand Lilo. Selbstverständlich hatte sie beim Square-Dance längst darauf geachtet, wie Konrads Frau sich anstellte. Lilos Urteil fiel eindeutig aus: So schlecht wie Ulrike tanzte hier kaum jemand – nicht mal einer von den Männern. Sie tat immer besonders eifrig, hatte aber kein Rhythmusgefühl, und ihre Bewegungen waren plump. Insofern passte der Vergleich mit der Planschkuh eben doch.

Konrad betrat die Bühne, offenbar hatte er dem Vortrag seiner Frau nichts mehr hinzuzufügen. Mit ruhigen Sätzen erklärte er eine komplizierte Formation: den *Grand Square*. Dabei mussten die vier Paare erst weit auseinanderrücken, um dann über eine längere Schrittfolge hinweg die Partner zu wechseln, bis sie wieder die Ausgangsposition erreichten.

Was dann folgte, war der mieseste Tanzabend, den Lilo je erlebt hatte. Ulrikes befremdliche Ansprache ging ihr nicht aus dem Sinn, dabei brauchte sie doch ihre Konzentration, um die komplizierte Figurenfolge zu verstehen. Zum Glück hatten auch die anderen ihre Schwierigkeiten damit, wieder und wieder ließ Konrad die Schritte üben.

»Das ist nicht ganz einfach«, meinte er, »aber wir werden sehen: Wenn wir den *Grand Square* erst einmal beherrschen, wird er uns große Freude machen.«

Seine aufmunternden Worte nutzten wenig. Am Ende schienen alle froh darüber zu sein, es für heute hinter sich zu haben. Ulrike klopfte sich mit der flachen Hand auf die Wangen – Lilo wertete dies als Geste der Erleichterung.

An Oskars Seite ging sie zum Ford zurück.

»Und?«, fragte er mit ironischem Unterton. »Wie fanden wir die Ansprache unserer geschätzten Frau Küsterin?«

»Einigermaßen peinlich. Aber wahrscheinlich hat sie es tatsächlich nur gut gemeint.«

»Ja, ja. Wie heißt es doch so schön: Gut gemeint ist das Gegenteil von gut gelungen«, er grinste. »Dieser Satz stammt leider nicht von mir.«

»Von wem dann?«

»Karl Kraus.«

Sie nickte entschieden. »An dem klugen Mann sollten wir uns ein Beispiel nehmen.«

Gern hätte Lilo noch länger über Ulrike gelästert, doch sie ließ es bleiben. Oskar sollte schließlich nicht glauben, sie sei eifersüchtig auf Konrads Frau.

»Jedenfalls muss der Fall so schnell wie möglich aufgeklärt werden«, meinte sie ernst. »Damit die Leute hier wieder normal werden. So einen seltsamen Abend wie eben brauche ich jedenfalls nicht noch mal.«

Oskar schmunzelte. »Also wenden wir uns an die Polizei und machen den Jungs und Deerns mal so richtig Dampf unterm Hintern. Die sollen endlich vorankommen mit ihrer Entführerjagd, damit wir wieder in Ruhe tanzen können.«

Er sah sie von der Seite an. Lilo musste grinsen, und Oskar nickte zufrieden. »Wie wäre es mit einem gemeinsamen spätabendlichen Biergenuss, um den Tag zu beschließen?«

»Sehr gerne. Ich kann sowieso noch nicht schlafen. Und dann hoffen wir mal, dass noch nichts verloren ist bei der Suche nach Werner Koch.«

# Der Friedhof

Fast siebzehn Jahre wohnte Torben nun in Dresden, und an alles hatte er sich gewöhnt: an die Stadt, den neuen Arbeitsplatz und selbst an die Wohnungsmängel, die er meist nur notdürftig ausbesserte, weil ihm für eine gründliche Reparatur das Geld fehlte. Doch so seltsam es auch erscheinen mochte: Kaum etwas in seinem Leben hatte ihn so zufrieden gemacht wie sein Umzug hierher. Torben wurde zum Mittelpunkt eines riesigen Bekanntenkreises. 1998 gründete er die *INGESCH,* die *Interessenvereinigung für Geschädigte durch Schrottimmobilien* und stieß auf unerwartet hohe Resonanz. Seit der politischen Wende waren schätzungsweise rund dreihunderttausend Mal unwissende Immobilienkäufer auf dieselben windigen Verkaufsmethoden hereingefallen. Möglicherweise gab es sogar noch mehr Fälle, denn viele Betroffene gingen nicht an die Öffentlichkeit, weil sie sich schämten. Torben verbrachte den größten Teil seiner Freizeit damit, Anrufe und Mails ratsuchender Menschen zu beantworten. In dieser Arbeit ging er auf – mehr noch als in seinem neuen Job in der Sportabteilung eines großen Dresdner Kaufhauses. Natürlich kümmerte er sich auch um seinen Plattenbau. Direkt nach seinem Einzug sorgte er dafür, dass die Hausverwaltung abgelöst wurde. Mit dem neuen Verwalter stand er in regem Kontakt, ebenso mit den Nachbarn. Das alles tat er unentgeltlich und fand, es war der Mühe wert. Im Treppenhaus hatte nichts mehr gebrannt, und es waren schon lange keine Gegenstände mehr vom Balkon geworfen worden.

An besagtem Donnerstag, als Lilo in Groß Zicker morgens auf der Terrasse döste, ließ Torben in Dresden die Haustür des Plattenbaus hinter sich ins Schloss fallen. Er hatte nicht gut geschlafen, denn seit einigen Tagen ging eine Nachricht durch die Medien: Auf Rügen war ein Mann entführt worden. Nach und nach drangen mehr Details an die Öffentlichkeit. Torben war angespannt. Mit schnelleren Schritten als sonst ging er zur Tiefgarage an der Ecke, sein roter VW Polo gehörte zu dem bisschen Luxus, den er sich im Leben leistete. Meistens fuhr er mit Bus oder Straßenbahn zum Kaufhaus in der Innenstadt, sein Arbeitgeber finanzierte ihm ein günstiges Monatsticket. Dennoch wollte er auf ein eigenes Auto nicht verzichten. Der Stellplatz im vierten Untergeschoss, zwischen einer Mauer und einem Betonpfeiler, kostete zwanzig Euro im Monat und erschien Torben als lohnende Investition, die zu einer längeren Lebensdauer des Polos beitragen würde. Ein Freund hatte ihm den Wagen günstig überlassen aus Dankbarkeit für die Arbeit in der *INGESCH*.

Um Viertel vor zehn erreichte Torben die Einfahrt zur Tiefgarage. Normalerweise saß ein Mitarbeiter in der Glaskanzel neben den Bezahl-Automaten, doch heute war die Kanzel menschenleer. Überhaupt kam es Torben so vor, als sei auf dem oberen Parkdeck deutlich weniger los als sonst um diese Uhrzeit. Kein Wagen fuhr hinein, keiner heraus, und auch zwischen den stehenden Autos ließ sich keine Menschenseele blicken. Seit Jahren nutzte Torben dieses Parkhaus. Normalerweise brauchte hier niemand Angst zu haben. Torben betrat das Treppenhaus. Vier Stockwerke tief war die Garage in die Erde gebaut, und er musste nach ganz unten. Der Kunststoffbelag auf den Stufen dämpfte seine Schritte. Zwischen dem ersten und zweiten Tiefgeschoss hörte er eine Tür schlagen, das Geräusch kam von oben. Er blieb stehen und schaute hinauf, niemand folgte ihm. Rasch ging er weiter und zog die Tür zum untersten Parkdeck auf. Es blieb still. Ihm fiel das

Schild am Eingang ein. Es wies darauf hin, dass die gesamte Garage videoüberwacht war. Nie hatte Torben sich Gedanken darüber gemacht, an welchen Stellen sich die Kameras befanden. Er wusste nur, dass es in der Glaskanzel am Eingang einige Monitore gab. Aber noch vor zwei Minuten war die Kanzel ja leer gewesen. Selbst wenn die Kameras in diesem Moment Bilder aufzeichneten – vermutlich gab es niemanden, der darauf achtete. Torben eilte zu seinem Wagen, setzte sich hinein und schloss sämtliche Türen von innen. Er atmete durch, da überkam ihn ein entsetzlicher Gedanke: Was, wenn sich längst jemand im Polo versteckt hatte? Er wandte langsam den Kopf. Dort war niemand. Beruhigt startete er den Motor und nahm die Auffahrt zum dritten Untergeschoss, dann zum zweiten. Er schaute in den Rückspiegel, kein Wagen folgte ihm. Doch dann, zwischen zweitem und erstem Tiefgeschoss, tauchte ein Auto hinter ihm auf, silbermetallic und offenbar ein japanisches Modell. Torben beschleunigte. In einer Geschwindigkeit, mit der er gerade noch um die Kurve kam, erreichte er die Ausfahrt. Er warf einen Blick nach rechts, die Glaskanzel war immer noch leer. Der Wagen hinter ihm näherte sich langsam. Jetzt erkannte Torben, dass es sich um einen Toyota handelte. Aber wer saß drin? Nur undeutliche Umrisse waren zu sehen. Vermutlich war die Frontscheibe getönt, oder der Fahrer trug dunkle Kleidung, vielleicht hatte er sogar eine dunkle Hautfarbe. Irgendwie kam es Torben vor, als sei er diesem Wagen schon einmal begegnet. Vielleicht gestern Abend, als er kurz vorm Dunkelwerden noch eine Stunde joggen wollte? Hielt der Toyota da nicht vorm Haus und fuhr genau in dem Moment los, als Torben sich in Bewegung setzte? Oder hatte er den Wagen gesehen, als er vom Joggen zurückgekommen war? Oder beides? Seine Erinnerung ließ ihn im Stich. Er öffnete das Seitenfenster und schob die Plastikkarte für Dauerparker in den Schlitz. Der schwarz-gelbe Balken hob sich, Torben fuhr nach draußen. Nun stand der Toyota vor der Schranke. Im Spiegel beobachtete Torben eine hellhäutige Hand, die eine Karte ins Gerät steckte. Zur Hand gehörte ein nackter Unterarm, vermutlich der eines Mannes. Genaueres ließ sich nicht erkennen. Der Toyota fuhr aus der Garage, bog nach links ab und verschwand.

*

So früh am Morgen war in der Sportabteilung des Kaufhauses noch nicht viel los. Torben ordnete die Ware in den Regalen und pumpte ein paar Fußbälle auf. Der Toyota ging ihm nicht aus dem Kopf. Er hätte gern seinen alten Freund Jimmy angerufen. Der hatte mit der Umsiedlung seiner Kneipe von Moabit nach Berlin-Mitte einen beachtlichen Erfolg gelandet. Doch heute begann Torben seine Mittagspause erst um vierzehn Uhr, bis dahin konnte er kein privates Telefonat führen, jedenfalls kein längeres. Also sprach er sich gut zu: alles in Ordnung, alles normal. Die Selbstüberzeugung half nur bedingt. Er gab sich alle Mühe, Haltung zu bewahren, doch die Anspannung fiel nicht von ihm ab, seine Gedanken wurden immer schlimmer. Vielleicht wurde er ja nicht nur beschattet, sondern auch auf seinem Handy abgehört?!

Als endlich die Zeit für die Mittagspause kam, bat er seine Kollegin: »Kannst du mir dein Handy leihen? Ich habe meins zuhause liegen lassen.«

Bereitwillig reichte die junge Frau ihm ihr Telefon. Mit dem Lift fuhr Torben auf das Kaufhausdach, hier gab es einen ummauerten Sitzbereich für Mitarbeiter. Die Aussicht war nicht der Rede wert, aber in der Nische hinter einem Schornstein blieb man ungestört.

Jimmy hob nach dem zweiten Klingeln ab. Schon als Torben die kratzig-raue Stimme hörte, fühlte er sich besser. In kurzen Sätzen schilderte er die Vorfälle.

»Und du bist dir sicher?«, fragte Jimmy. »Dieser entführte Mann aus Rügen ist dein Notar?«

»Sein Name stand in der Zeitung, und auf dem Foto habe ich ihn auch sofort wiedererkannt.«

»Aber warum sollte die Polizei dich beschatten?«, wandte Jimmy ein. »Die kennen doch deine Adresse. Außerdem reicht ein Anruf beim Finanzamt, dann wissen die auch, wo du arbeitest.«

»Vielleicht wollen die ja rausfinden, was ich treibe. Wo ich hinfahre und so.«

»Weil die annehmen, dass du was mit der Entführung zu tun hast?«

»Genau. Und jetzt weiß ich nicht, was ich machen soll.«

Jimmy antwortete nicht gleich. »Du kennst mich ja«, meinte er schließlich. »Ich bin weiß Gott kein Anhänger des bundesdeutschen Polizei-Apparats. Aber du könntest doch einfach zu denen gehen und das klarstellen.«

Torbens Anspannung schlug in Spott um. »Und die glauben mir das dann sofort?«

»Früher oder später schon«, entgegnete Jimmy ernst. »Du hast ja schließlich nichts zu tun mit der ganzen Sache.«

»Natürlich nicht.«

»Na also. Wann ist dieser Notar denn eigentlich entführt worden?«

»Montagmorgen so gegen elf.«

»Eben. Da warst du doch wahrscheinlich ganz normal im Laden?«

»Ja sicher.«

»Dann hast du doch ein wasserdichtes Alibi. Nein, Tobby, dass die Polizei dich beschattet, macht für mich keinen Sinn.

Und das mit dem Toyota muss überhaupt nichts bedeuten. So wie du das schilderst, ist das vielleicht nur Zufall. Okay, der Notar hat dich damals mit dem Kaufvertrag in die Scheiße geritten. Du hast jeden Grund, diesen Kerl abgrundtief zu hassen, und du bist aktiv in der *INGESCH*. Trotzdem: Wenn die Kripo was von dir wollte, würde die bestimmt direkt auf dich zukommen. Nichts für ungut, aber irgendwie werde ich das Gefühl nicht los, dass du dich da in was reinsteigerst. Bleib erst mal locker.«

»Okay.« Torben würde nicht locker bleiben können, doch er war seinem alten Freund dankbar. »Vielleicht ist tatsächlich nichts dran. Ich melde mich demnächst wieder.«

»Tu das, tapferer Knabe. Du kannst wie immer auf mich zählen.«

Sie beendeten das Telefonat. Die Stunden bis zum Abend vergingen schnell für Torben, es gab viel zu tun. Um kurz nach zwanzig Uhr ging er zum Parkplatz hinter dem Kaufhaus, dabei achtete er auf jedes Auto, das ihm begegnete. Ein silberfarbener Toyota war nicht dabei, er atmete durch. Fast hatte er seinen Polo erreicht, da traten zwei dunkel gekleidete Männer auf ihn zu. Torben erschrak.

»Herr Schulte-Behrend?«, fragte einer der beiden und zeigte einen himmelblauen Ausweis.

Torben nickte.

»Kriminalpolizei Dresden. Sie begleiten uns bitte.«

*

Am nächsten Morgen fuhren Lilo und Oskar zum Supermarkt nach Sellin. Seit sie den Ford angeschafft hatten, war der gemeinsame Wochenendeinkauf ihr Ritual geworden. Gerade kehrte Lilo mit zwei schweren Taschen ins Haus zurück, da rief Verena an.

»Es gibt Neuigkeiten, Mama.«

»Kurz oder lang?«

»Eher lang, ich muss dich was Wichtiges fragen, und es ist ziemlich dringend.«

»Gib mir eine halbe Minute«, Lilo schüttete den Inhalt der Taschen auf dem Küchentisch aus, fischte zwei Packungen tiefgekühlten Blätterteig heraus und verstaute sie im Eisfach. Dann griff sie wieder zum Hörer.

»Ich bin ganz Ohr, schieß los.«

»Also: Wir haben jetzt Hinweise darauf, wie man Werner Koch von den Klippen weggeschafft hat. Ein Zeuge hat sich gemeldet, ein Segler, der Montagmorgen allein in seinem Boot unterwegs war. Mit dem Fernrohr hat er zwei Leute unterhalb der Sandklippen beobachtet, wie sie mit einer großen grünen Plane hantiert haben. Offenbar war in die Plane etwas eingeschlagen, etwas Schweres. Das haben sie dann in ein Schlauchboot mit Außenbordmotor verfrachtet. Beide trugen grüne Overalls, deswegen dachte der Segler, das sind Arbeiter, die da irgendwas erledigen.«

»Und ihr glaubt, unter der Plane war Werner Koch?«

»Davon gehen wir aus. Wobei er zu dem Zeitpunkt wohl nicht mehr bei Bewusstsein gewesen sein kann, sonst hätte er sich kaum in eine Plane wickeln und abtransportieren lassen.«

»Also betäubt oder tot?«

»Ja. Wir haben den Segler natürlich auch gefragt, ob er schon vorher was beobachtet hat. Aber an dem Morgen war es so böig, da hatte er alle Hände voll mit seinem Boot zu tun, deswegen konnte er immer nur kurz einen Blick zu den Klippen werfen.«

Lilo stutzte. »Ist das nicht ein Widerspruch? Er war eigentlich mit seinem Boot beschäftigt, aber dann hat er sich ein Fernrohr genommen und ausführlich das Ufer beobachtet?«

»Ja, weil er eben wissen wollte, was diese beiden Leute da machen. Wie er das schildert, klingt es jedenfalls glaubhaft. Erst einmal wirkte alles unverdächtig: zwei Arbeiter, die unten am Steilufer Treibgut einsammeln oder einen angeschwemmten Kadaver bergen oder sonst was für den Küstenschutz machen. Aber wir haben uns natürlich bei den Behörden erkundigt: An diesem Küstenabschnitt war Montag niemand im Einsatz, schon gar nicht mit einer großen grünen Plane.«

»Und diese zwei Leute? Waren das Männer oder Frauen?«

»Das konnte der Segler nicht genau sagen, zumal die beiden auch noch Schirmmützen trugen. Es könnten wohl auch kräftig gebaute Frauen gewesen sein.«

Lilo überlegte. »Nehmen wir mal an, in der Plane war Herr Koch. Wie haben die Täter ihn betäubt oder getötet? Und dann in die Plane gepackt? Und das alles an einem sandigen Abhang? Die mussten sich doch auch noch selbst irgendwie festhalten.«

»Das haben wir selbstverständlich auch alles bedacht. Zumindest können wir davon ausgehen, dass die beiden sehr sportlich sind. Beim Runterklettern haben sie die Plane mitgezogen, das passt auch zu den Spuren, die unsere Kollegen am Steilufer gefunden haben.«

»Und so eine komplizierte Aktion fand am helllichten Tag statt? Wo die Täter sich doch denken konnten, dass jemand sie vom Wasser aus sieht.«

»Das ist der entscheidende Punkt, Mama: Sie mussten natürlich annehmen, dass man sie vom Wasser aus beobachten würde. Aber eben *nur* vom Wasser aus. Oben auf dem Höft war bei dem Wetter ja kaum ein Mensch unterwegs. Nehmen wir mal an, unser Zeuge hätte Verdacht geschöpft und die Polizei gerufen: Bis jemand von uns da unten an den Klippen gewesen wäre, per Boot oder per Hubschrauber, wären die beiden mit ihrem Schlauchboot doch längst über alle Berge gewesen. So schnell hätten wir gar nicht sein können, um die noch einzuholen.«

»Und wo ist dieses Boot hingefahren?«

»Das wissen wir noch nicht. Aber der Segler konnte das Schlauchboot gut beschreiben, jetzt suchen wir nach weiteren Zeugen. Wir geben die Infos darüber noch heute an die Medien. Das heißt, wir machen es öffentlich. Aber jetzt kommt noch der vertrauliche Teil, wegen dem ich anrufe. Damit gehst du bitte ganz diskret um.«

»Ehrensache.«

»Gut. Dann also die Frage an dich: Hast du schon mal was von einem Torben Schulte-Behrend gehört? Haben die Kochs irgendwann von dem gesprochen?«

»Schulte-Behrend?«

»Genau, mit Bindestrich, Vorname Torben.«

»Nein«, meinte Lilo entschieden. »An den Namen würde ich mich sicher erinnern. Was ist denn mit dem Mann?«

»Wir wissen noch nicht, welche Rolle er in der ganzen Sache spielt. Aber über Schulte-Behrend könnte es einen Zusammenhang geben zwischen der Entführung und Werner Kochs Tätigkeit als Notar.«

»Aha?!«

»Ja. Werner Koch war zu Beginn der Neunzigerjahre in dubiose Geschäfte mit sogenannten Schrottimmobilien verwickelt. Und zwar wohl im ziemlich großen Stil. Er galt damals als *Mitternachtsnotar*, so heißen diese Juristen im Jargon. Koch hat eng mit Immobilienvermittlern zusammengearbeitet und für die Kunden jederzeit kurzfristige Termine angeboten, damit die Kaufverträge schnell unter Dach und Fach kamen.«

»Und diese Verträge waren unseriös?«

»Die Verträge weniger, die waren juristisch wasserdicht verfasst. Darum konnte diese Masche überhaupt so lange funktionieren. Aber die Wohnungen waren im schlechten Zustand und völlig überteuert. Andererseits eben nicht so teuer, dass man die Verträge wegen Sittenwidrigkeit angreifen konnte.«

Lilo verstand nicht gleich. »Wusste Werner Koch denn nicht, dass die Wohnungen überteuert waren?«

»Wohl nicht. Das war aber auch nicht unbedingt seine Aufgabe. Ein Notar ist ja zunächst mal zu Neutralität verpflichtet. Ob der Preis einer Immobilie angemessen ist, muss er nicht zwingend überprüfen. Damals hat sich einer der Käufer bei der Notarkammer beschwert. Später kamen noch mehr Beschwerden, aber der Erste, der sich an die Kammer gewandt hat, war dieser Torben Schulte-Behrend aus Berlin. Inzwischen lebt er in Dresden. Die Kollegen vor Ort sind im Moment dabei, seine Zeugenaussage zu bekommen. Mehr wissen wir noch nicht.«

»Und die Sache mit den Schrottimmobilien und der Beschwerde? Hat Elisabeth Koch euch das erzählt?«

»Eben nicht, Mama. Wir sind selbst drauf gekommen, weil wir bei der Notarkammer recherchiert haben. Nach irgendwelchen Unregelmäßigkeiten in Kochs ehemaliger Kanzlei, wir wollen ja schließlich wissen, ob er Feinde hatte. Frau Koch schwört Stein und Bein, dass ihr da nie ein Zusammenhang eingefallen wäre. Zwischen der Beschwerde bei der Notarkammer und der Entführung ihres Mannes liegen ja fast siebzehn Jahre.«

»Was ist denn eigentlich passiert nach der Beschwerde von diesem Schulte-Behrend?«

»Werner Koch hat von der Notarkammer eine Ermahnung bekommen, mehr nicht. Einen Verstoß gegen die Berufsordnung konnte man ihm nicht nachweisen. Aber danach hat er nicht mehr mit diesen windigen Immobilienverkäufern zusammengearbeitet.«

»Und ihr meint nun, Kochs Entführung könnte ein Racheakt sein? Von jemandem, für den Koch als Notar den Kaufvertrag für so eine Schrottimmobilie beurkundet hat?«

»Zumindest gehen wir dem jetzt nach.«

»Daraus schließe ich mal, dass sich die Entführer immer noch nicht gemeldet haben?«

»Nun nerv doch nicht mit solchen Fragen. Du weißt doch, dass ich dir dazu nichts sagen darf.«

»Aber meine Schlüsse werde ich wohl noch ziehen können, oder?«

»So viel du willst«, entgegnete Verena süffisant. »Ich muss auch wieder an die Akten, aber noch ganz kurz: Die Kollegen haben heute Morgen die Absperrungen am Höft abgeräumt. Zur Freude der Kurverwaltung sind alle Wanderwege wieder freigegeben.«

»Wenigstens eine gute Nachricht«, seufzte Lilo.

Die beiden verabschiedeten sich. Pass gut auf dich auf!, hätte Lilo ihrer Tochter gern noch mitgegeben. Aber das war ja auch bloß so eine Floskel, darum verzichtete sie darauf.

Verenas Anruf hatte sie aufgewühlt. Sie schaute auf die Uhr. Um vierzehn Uhr dreißig sollte sie bei Ramona im Gasthof sein, um beim Beerdigungskaffee zu helfen. Bis dahin waren es noch fast vier Stunden. Eigentlich musste sie endlich mal wieder dem Moos im Rasen zu Leibe rücken, doch ihr kam eine bessere Idee. Sie setzte Wasser auf, räumte die frisch eingekauften Lebensmittel in die Küchenschränke und packte kurz darauf ihren Rucksack: eine Thermoskanne mit gesüßtem Tee, zwei Käsebrote und ein schwarzer Rock, eine weiße Bluse, eine Strumpfhose und ein Paar flache schwarze Schuhe. Die Servierschürze würde sie von Ramona bekommen.

Lilo trat aus dem Haus. Am Montag, als die Kochs zur Wanderung aufgebrochen waren, hatte selbst der heftige Wind die Wolkendecke kaum aufreißen können. Heute dagegen lag ein gleichmäßiger Dunst über dem Mönchgut, die Sonne schien zwar, wärmte aber nicht. Lilo ging die Straße entlang bis zur Kirche. Der Fremdenverkehr in Groß Zicker hatte in den letzten Tagen noch einmal zugelegt, in Scharen schlenderten Touristen über den alten Friedhof und betrachteten die Grabsteine. Seit Mitte des letzten Jahrhunderts wurde hier niemand mehr bestattet. Für aktuelle Todesfälle gab es den neuen Friedhof, er lag ein paar hundert Meter vom alten entfernt – direkt am Wanderweg, den Lilo nun beschritt.

Vier Tage. So wenig Zeit war vergangen, seit der Entführung, und doch so viel. Nach zweiundsiebzig Stunden sinken die Chancen für das Opfer rapide, so viel wusste Lilo noch aus ihrer eigenen Zeit bei der Kripo. Dass Werner Koch noch lebte und in Kürze wieder freigelassen würde, schien nicht mehr wahrscheinlich. Lilo konnte es kaum glauben: Werner Koch war als Notar in windige Immobiliengeschäfte verwickelt, dieser freundliche ältere Herr, der so seriös wirkte und seinen Mercedes so schön pflegte. Und der so wohlgemut mit seiner blinden Frau wandern wollte – auf derselben Strecke, die Lilo jetzt ging. Was sie damit bezweckte, Werner Kochs letzten Weg nachzulaufen, wusste sie selbst nicht genau. Doch bei dem, was sie soeben über den Notar erfahren hatte, hätte sie nicht einfach ruhig zuhause bleiben können. Es trieb sie an den Ort seiner Entführung.

Der Weg führte durch Wiesen und stieg sanft an, links stand eine kleine Kapelle, schräg gegenüber lag der neue Friedhof. In dem Moment, als Lilo einen kurzen Blick zum Gottesacker warf, kam ihr durch die Pforte die Küsterin Ulrike Mosebach entgegen.

Nicht schon wieder!, dachte Lilo. Ulrike hingegen schien die Wiederbegegnung zu freuen. Sie erblickte Lilos Rucksack.

»Tachschön, Lilo. Gestern Abend noch auf dem Tanzparkett und jetzt schon wieder auf Wanderung? Ganz schön sportlich.«

Etwas an Ulrike war heute anders als sonst, das merkte Lilo sofort, doch sie brauchte einen Moment, um es zu erkennen: Auf der Stirn der Küsterin standen kleine Schweißperlen, dabei war sie nicht außer Atem. Lilo hatte Ulrike noch nie schwitzen sehen, auch nicht an den Tanzabenden, nicht mal im Hochsommer. Vielleicht ist sie schon in den Wechseljahren, dachte Lilo, und jetzt plagen sie Hitzewellen. Doch weil Lilo manche Dinge gar nicht wissen wollte, erst recht nicht über Ulrike, verzichtete sie darauf, die Küsterin nach ihrem Wohlbefinden zu befragen.

»Guten Morgen, Ulrike. Ich bin heute Nachmittag bei Ramona im Einsatz, zum Beerdigungskaffee für siebzig Leute. Da wollte ich vorher noch das Wetter nutzen und zwei Stündchen laufen.«

»Und du nimmst die große Runde?«

»Wenn schon, denn schon. Den Rest des Tages werde ich kaum noch an die Luft kommen.«

»Stimmt, da kriegt ihr gut zu tun. Sie war ja wohl beliebt, diese Gerda Möller.«

Zum ersten Mal hörte Lilo den Namen der toten Frau. »Gerda Möller hieß die?«

»Ja, aber ich kannte sie auch nicht. Ich weiß nur, dass sie aus Thiessow stammt, darum wollte sie auch gern auf unseren Friedhof hier. Später ist sie nach Göhren gezogen. Und sie war nicht in der Kirchengemeinde. Die Trauerfeier nachher findet in der Kapelle statt, mit einem freien Redner. Ich war eben noch mal am ausgehobenen Grab. Es sind schon jede Menge

Kränze abgegeben worden.« Ulrike sah auf die Uhr. »Nimm es mir nicht übel, Lilo, aber ich will dann mal weiter. Konrad wartet auf mich, wir haben am Nachmittag zwei Trauungen.«

»Natürlich«, Lilo ließ sich ihre Erleichterung nicht anmerken. »Ich habe heute ja auch noch ein strammes Programm.«

Die beiden wünschten sich ein schönes Wochenende und gingen in entgegengesetzte Richtungen. Doch schon nach ein paar Schritten blieb Lilo wieder stehen, sie zögerte. Sollte sie sich das ausgehobene Grab von Gerda Möller ansehen? Aber was machte das für einen Sinn? Sie kannte diese Frau nicht. Außerdem lagen noch sieben Kilometer vor ihr. Also dann, Lilo wanderte weiter. Sie nahm den Querweg durch ein kleines Wäldchen, dahinter tat sich die Landschaft mit den grasbewachsenen Hügeln auf. Rechts lag der Bakenberg, mit neunundachtzig Metern die höchste Erhebung des Mönchguts. Obwohl der Dunst immer noch über Land und Wasser hing, drängten sich die Menschen auf der Aussichtsplattform.

Lilo erreichte Gager auf der Nordseite der Zickerschen Berge. Seit der politischen Wende hatte dieser Teil des Doppeldorfs einen regen Aufschwung genommen. Besonders bei Wassersportlern war Gager beliebt.

Lilo betrat das Gebäude der Kurverwaltung. Dort saß Jens Fossen hinterm Schalter und bediente zwei junge Frauen, die auf der Suche nach einer preiswerten Pension waren. Er drehte ihnen den Rücken zu, um etwas im Computer nachzuschauen, sein welliges hellbraunes Haar reichte bis über den Hemdkragen. Nach einigen Minuten hatte er eine kleine Liste mit passenden Unterkünften zusammengestellt, die beiden Frauen gingen zufrieden.

Er wandte sich Lilo zu. »Frau Gondorf, was kann ich für Sie tun?«

Sie redete nicht um den heißen Brei: »Bestimmt wissen Sie, dass der entführte Werner Koch bei mir gewohnt hat.«

»Aber sicher.« Fossen lächelte verbindlich. »Wir sprechen darüber oft im Kollegenkreis. Es tut uns sehr leid für Sie. So etwas wünscht man ja keiner Vermieterin.«

»Das stimmt. Es ist nicht leicht für mich, auch wenn ich nur indirekt betroffen bin. Und nun möchte ich wissen: Können mir dadurch Nachteile entstehen? Zum Beispiel in meiner Bewertung?«

»Aber nein.« Fossen machte seine abwehrende Geste gleich mit beiden Händen. »Keine Sorge. Nach allem, was wir bisher von der Polizei erfahren haben, handelt es sich doch um eine Beziehungstat. Unser schönes Mönchgut hat nichts damit zu tun.«

»Sie wollen mich also nicht aus dem Gastgeberverzeichnis nehmen? Auch nicht vorübergehend?«

»Ganz sicher nicht, Frau Gondorf. Wir kommen im Oktober zur Begehung, so wie immer. Dann vergeben wir die Seesterne, auch wie immer. Ihre Gäste äußern sich immer sehr zufrieden über die Unterkunft.«

Sie nickte. »Das wollte ich nur wissen, danke.«

Die beiden verabschiedeten sich. Erleichtert verließ Lilo die Kurverwaltung und machte sich auf zum Jachthafen. Vor den Verkaufsbuden der Fischer standen Touristen an, es roch nach frisch geräuchertem Aal. Sie bog nach links ab, ging an der Mole vorbei und erreichte die Straße *Zum Höft*, die längs des Ufers bis zum Naturschutzgebiet verlief. Vor gut einem Monat war Lilo zuletzt hier gewesen, da hatten auf den Trockenwiesen in Hülle und Fülle die Schlüsselblumen geblüht. Damals war sie den Weg mit leichtem Herzen gegangen, jetzt fühlte sie sich beklommen. Je näher sie der Stelle kam, an der Werner Koch verschwunden war, umso stärker wurde ihr Unbehagen. Lilo erreichte das Hochufer, der Weg wurde schmaler und gab nach rechts den Blick auf die Hagensche Wiek frei. Die Menschen standen nah am Klippenrand und deuteten mit ausgestreckten Armen nach unten oder aufs Wasser oder auf die gegenüberliegende Landzunge. Um aufzuschnappen, worüber sie redeten, brauchte Lilo nur langsam an ihnen vorbeizugehen. »Ist das denn überhaupt die Stelle …?«, fragte ein Mann. »Das kann man sich ja kaum vorstellen …«, meinte eine Frau.

Erst heute Morgen hatte die Kriminalpolizei in Bergen die Absperrungen am Steilufer entfernen lassen. Nun strömten die Schaulustigen herbei, der Entführungsfall war zu einer Attraktion geworden. Auf der Bank, von der aus Elisabeth Koch die Schreie ihres Mannes gehört hatte, saß ein Pärchen mit tätowierten Unterarmen und teilte sich eine Flasche Mineralwasser. Ursprünglich hatte Lilo geplant, hier eine kleine Pause einzulegen, doch sie hatte keine Lust, darauf zu warten, bis die Bank frei wurde. Schnell ging sie an dem Pärchen vorbei und ärgerte sich über sich selbst. Was hatte sie sich eigentlich gedacht, als sie zu dieser Wanderung aufgebrochen war? Hatte sie ernsthaft angenommen, dass sie am Höft allein sein würde, bei allem was passiert war?

In raschem Tempo legte sie die nächsten zwei Kilometer zurück, die Luft war nicht klarer geworden, doch die Sonne gewann an Kraft. Lilo schwitzte. Sie verließ die Uferstrecke und schlug nach links einen schmalen Weg ein, der auf einen der grasbewachsenen Hügel führte. Hier gab es eine freie Bank, Lilo trank ihren mitgebrachten Tee und aß die Käsebrote.

Eine halbe Stunde später erreichte sie den *Bodden-Krug*. Die Außenterrasse war voll besetzt. Lilo betrat grüßend die überfüllte Gaststube.

Hinter der Theke hantierte Ramona an der Kaffeemaschine.

»Tachschön, Lilo. Gut, dass du schon da bist, wir können jede Hand gebrauchen. Du siehst ja, was jetzt schon los ist, und dann noch der Leichenkaffee.« Bevor Lilo etwas entgegnen konnte, beugte sich die resolute Wirtin über den Tresen und senkte die Stimme. »Schau dir mal die vielen Leute an. So einen guten Umsatz hatten wir noch nie in einem Juni. Und die meisten sind wegen Werner Koch hier. Seit die Polizei die Wege wieder freigegeben hat, wollen sich alle angucken, wo er entführt wurde. Das nennt man dann ja wohl Katastrophentourismus.«

Lilo nickte verhalten, offenbar erwartete Ramona keinen weiteren Kommentar von ihr.

»Ansonsten machen wir alles wie immer«, fuhr sie fort. »Zieh dich um, Lilo, und dann hilfst du Evchen beim Eindecken. Um Kaffee und Kuchen kümmere ich mich, aber ansonsten müsst ihr das zu zweit wuppen. Mehr Leute kann ich euch nicht abzweigen, wir kommen ja jetzt schon kaum nach mit dem Bedienen.«

Zwei Servierkräfte für siebzig Gäste – das war selbst für ein einfaches Kaffeetrinken knapp bemessen. Aber welchen Sinn machte es, mit Ramona darüber zu diskutieren? Sie war die Chefin. Also gab Lilo sich optimistisch. »Das schaffen wir schon. Keine Sorge.«

Sie ging die Treppe ins Kellergeschoss hinunter in den Umkleideraum der Angestellten, schlüpfte aus ihrer Freizeitkluft und zog die mitgebrachten Sachen an. Eine weiße Schürze lag bereit. Innerhalb von drei Minuten wandelte sich Lilo von der wackeren Wanderin zur seriösen Serviererin. So betrat sie den Saal, der im hinteren Teil des Gasthofs lag und ebenso wie das Restaurant in einem unaufdringlichen maritimen Stil eingerichtet war. Auf einer Anrichte warteten siebzig weiße Serviettenschiffchen, liebevoll gefaltet von Ramonas Urenkelin. Die fünfzehnjährige Eva ging noch zur Schule, half aber oft im Betrieb aus – so gut sich das mit dem Lernen vereinbaren ließ. Lilos Blick glitt über die Stapel von Tellern, Tassen und Untertassen. Innerhalb von vierzig Minuten deckte sie zusammen mit Eva die Tafel, verteilte Kaffeekannen, Kuchenplatten und Tabletts mit belegten Brötchen.

Pünktlich auf die Minute traf die Trauergesellschaft ein.

Lilo kannte davon niemanden. Als junge Frau hatte Gerda Möller nach Göhren geheiratet. Gestorben war sie mit zweiundsiebzig Jahren an einer Hirnblutung, wenigstens hatte sie nicht leiden müssen.

Lilo blieb keine Zeit, sich Gedanken um die tote Frau zu machen. Die Personalknappheit forderte ihren Tribut, Lilo und Eva mussten flitzen. Zwar konnten sich die meisten Gäste selbst am Tisch bedienen, doch andere baten um koffeinfreien Kaffee, um unterschiedliche Teesorten, um warmes Wasser, kaltes Wasser, mit oder ohne oder mit ein wenig Kohlensäure oder am liebsten ganz einfach aus dem Hahn, aber bitte mit Zitrone und Eis. Nach dem Kaffee gab es Bier und Schnaps, dann gingen viele nach draußen, um sich die Füße zu vertreten. Das Ende der Veranstaltung war eingeläutet, und Lilo atmete erleichtert aus – nicht nur wegen der gelungenen Arbeit. Den ganzen Nachmittag hatte sie damit gerechnet, auf die Entführung angesprochen zu werden, doch niemand hatte die Sache erwähnt.

*

Lilo ließ sich von Ramona den Lohn für vier Stunden auszahlen und unterschrieb eine Quittung. Immer noch hatte die Wirtin alle Hände voll zu tun, unentwegt kamen Gäste herein und suchten einen Platz im Restaurant.

»Schade, dass wir heute keine Zeit zum Klönen haben, Lilo.

Aber bestimmt das nächste Mal. Ich melde mich, wenn ich dich wieder brauche. Gestorben wird ja immer.«

Lilo ging hinunter ins Angestelltenzimmer und holte ihre Sachen, auf ihrem Handy war eine Nachricht eingegangen. Oskar wollte wissen, ob sie an diesem Abend Lust hätte, sich auf ein Stündchen mit ihm zu treffen. Sie rief ihn zurück.

»Ich bin noch hinten am Höft. Und ich würde gern noch ein bisschen laufen, um den Kopf frei zu kriegen, das eben war doch heftig anstrengend.«

»Mach das. Und wenn du nichts dagegen hast, begleite ich dich. So ein bisschen frische Abendluft schadet mir auch nicht. Soll ich dir entgegenkommen?«

»Das wäre prima«, antwortete sie. Ihr kam ein Gedanke, sie zögerte. Eigentlich hätte das Thema noch eine Viertelstunde Zeit gehabt, doch wenn sie ihren weltgewandten Nachbarn schon mal an der Strippe hatte, konnte sie genauso gut die Gelegenheit nutzen: »Noch was, Oskar. Ich möchte dich das schon den ganzen Tag fragen: Hast du zufällig Ahnung von Geschäften mit Schrottimmobilien?«

»Schrottimmobilien? Also wie in der DDR: *Ruinen schaffen ohne Waffen*. Meinst du so was?«

»So ähnlich. Ich meine Wohnungen, die in schlechtem Zustand sind und an ahnungslose Leute überteuert verkauft werden.«

»Wie kommst du jetzt da drauf?«

»Erzähl ich dir gleich in Ruhe. Aber vielleicht möchtest du ja schon mal dein profundes Wissen zusammenkratzen. Dann können wir heute Abend noch schön darüber diskutieren.«

Oskar lachte auf. »Wir wissen ja auch sonst nie, worüber wir reden sollen. Bis gleich dann.«

Lilo ging die Treppe hoch. An der Theke war Eva dabei, Getränke auf ein Tablett zu stellen, Ramona zapfte Bier. Im

Vorübergehen winkte Lilo den beiden noch einmal zu, dann trat sie nach draußen. Den ganzen Tag über war es diesig geblieben, zum Abend hin hatte es sich kaum abgekühlt. Sie hätte sich über ein bisschen Wind gefreut, der ihren Kopf durchpustete, doch das Wetter erfüllte ihr diesen Wunsch nicht. Sie schlenderte die Boddenstraße entlang. Bei einem Nachbarn, der in seinem Vorgarten werkelte, blieb sie stehen und tauschte ein paar freundliche Worte. Oskar ließ sich noch nicht blicken. Lilo ging weiter, erst als sie die Stelle erreichte, wo der Weg nach links zum neuen Friedhof führte, kam er ihr winkend entgegen.

»Ich wollte dir nicht unwissend unter die Augen treten«, entschuldigte er sich. »Darum habe ich eben noch mal im Netz gefischt und bin nun hoffentlich deinen Gesprächswünschen gewachsen. Wo wollen wir denn überhaupt rumlaufen?«

»Erst mal über den neuen Friedhof, schlage ich vor. Da gucken wir uns das Grab der Frau an, die sie heute beerdigt haben.«

Oskar wunderte sich. »Ich dachte, du willst unbedingt über Schrottimmobilien reden. Hatte diese tote Frau denn irgendwas damit zu tun?«

»Das wohl nicht. Aber wir können doch trotzdem ans Grab gehen. Ich möchte Gerda Möller einfach einen kleinen Besuch abstatten – wenn ich mich schon vier Stunden für die Trauergäste abgerackert habe.«

»Einverstanden. Wie war denn überhaupt die Stimmung beim Leichenschmaus? Gab es ein paar lustige Anekdoten aus dem Leben der Verstorbenen?«

Sie grinste. »Oskar, Oskar. Manchmal mache ich mir Sorgen um dich.«

»Warum?«

»Du bist vergnügungssüchtig.«

»Genau das macht mir solchen Spaß.« Galant bot er ihr seinen Arm an, Lilo hängte sich ein, sie schlenderten los. Als sie den Friedhof betraten, musste Lilo an Ulrike denken. Gestern beim Square-Dance war sie ihr auf die Nerven gefallen und heute Morgen schon wieder. Bliebe also zu hoffen, dass Konrads Gattin den heutigen Abend im trauten Heim verbrachte.

Die Gräber hier lagen in Reih und Glied, schlicht und gepflegt. Es gab keinen Prunk oder Protz, keine ausladenden Grabmäler, keine wuchtigen Marmorengel. Man merkte dem Totenacker seine protestantische Prägung an, der Tod war eine ernste Sache und jeder eitle Pomp fehl am Platze. Gerade wegen seiner Unaufdringlichkeit mochte Lilo den Ort. Sie konnte sich gut vorstellen, eines Tages unter einem der hohen Bäume ihre letzte Ruhe zu finden.

Um diese Uhrzeit waren nicht viele Leute hier, und zu Lilos Erleichterung war Ulrike nicht dabei. Einige Touristen gingen zwischen den Gräbern umher, der Friedhof verfügte über eine Besonderheit: den *Seestein*. Auf hellem Kies stand ein Findling mit einer Bibel-Inschrift. Angehörige von Menschen, die auf See bestattet worden waren, fanden dort einen Ort des Gedenkens.

»Weißt du denn überhaupt, wo diese Gerda Möller liegt?«, fragte Oskar.

»Nein. Aber soweit ich weiß, war das heute die einzige Beerdigung hier.«

Tatsächlich mussten sie nach dem Grab nicht lange suchen, Lilo betrachtete die Kranzschleifen. *Unserer lieben Gerda* war da zu lesen, und *In ewiger Liebe deine Tochter Jacqueline.*

Je länger Lilo am Grab stand, umso heftiger nahm sie den Geruch wahr, der von den Kränzen und Blumengestecken ausging. Nicht gerade wie ein Parfüm, fand sie, eher wie Moder.

Aber war das möglich? Konnten Blumen, die noch so frisch wirkten, schon nach Verwesung riechen? Vielleicht bilde ich mir das auch nur ein, dachte sie.

»Wollen wir weiter?«, fragte Oskar.

Doch nach einem Spaziergang war ihr nicht mehr zumute. Etwas ließ sie nicht los, sie wollte auf dem Friedhof bleiben, wenn auch nicht so nah an diesem Grab. Sie zeigte auf eine Bank, die am Ende der Gräberreihe unter einer Buche stand. »Setzen wir uns ein paar Minuten? Tut mit leid, aber zum Laufen habe ich keine Lust mehr. Die Tour heute Morgen war wohl doch zu viel.«

»Kein Problem«, meinte Oskar amüsiert. »Ich verstehe dich richtig? Du möchtest auf einer Friedhofsbank mit mir über Schrottimmobilien reden?«

»Ja bitte.«

Sie setzten sich, Oskar grinste. »Eigentlich ist ein Friedhof genau der richtige Ort für dieses Thema. Alte Steine, an denen der Zahn der Zeit nagt und die zu Staub zerfallen. Davon gibt es hier ja reichlich. Und im weitesten Sinne ist doch auch ein Grab nichts anderes als eine Immobilie.«

»Spotte du nur. Du kannst dir den Zusammenhang doch wahrscheinlich schon denken.« Lilo schaute zum Friedhofsportal hinüber. Sie wurde das Gefühl nicht los, dass Ulrike doch noch auftauchen könnte.

»Ja sicher. Ich nehme mal stark an, dass es um Geschäfte geht, in die Werner Koch als Notar verwickelt war.«

Lilo nickte mit großen Bewegungen. »So ist es.« Sie berichtete, was sie von Verena wusste.

Oskar wunderte sich. »Und so eine wichtige Sache hat die Kripo von der Notarkammer erfahren? Nicht von Elisabeth Koch selbst?«

»Eben nicht. Das fanden die Ermittler ja so auffällig. Frau

Koch hat so viel aus der Kanzlei ihres Mannes erzählt. Diese ganze Geschichte mit der Rückgabe von Häusern an die Alteigentümer nach der Wende. Aber die Schrottimmobilien und die Beschwerde bei der Kammer hat sie nicht erwähnt. Angeblich weil sie nicht auf die Idee gekommen ist, dass beides mit der Entführung zusammenhängen könnte.«

»Und die Polizei glaubt ihr das?«

»Zumindest kann man ihr nicht das Gegenteil beweisen. Ansonsten verhält sie sich gegenüber der Kripo wohl sehr kooperativ.«

»Als wir vorhin telefoniert haben, konnte ich mich sofort daran erinnern, dass ich selbst mal so ein windiges Angebot bekommen habe. Da hat mich der Sohn von meiner Schreibkraft angerufen, ich kannte den überhaupt nicht. Er meinte, er hätte einen Vorschlag für eine attraktive Geldanlage, und ob er mir das mal erklären dürfte.«

»Und du hast Ja gesagt?«

»Ich wollte höflich bleiben. Er hat mich dann zwei Sätze später auch gleich mit der Frage geködert, ob ich nicht auch der Ansicht bin, dass ich zu viel Steuern zahlen muss. Natürlich habe ich zugestimmt. Und dann meinte er, es gäbe die Möglichkeit, ganz ohne eigenen Kapitaleinsatz reichlich Steuern zu sparen und dabei gleichzeitig eine sichere Altersvorsorge zu schaffen.«

»Lass mich raten: eine Eigentumswohnung?«

»Ja, und zwar eine vermietete. Dabei könnte ich die Zinsen für die Hypothek von der Steuer absetzen. Und dann kämen ja auch die Mieteinnahmen rein. Die Wohnung würde sich also selbst tragen und wäre nach spätestens zwanzig Jahren abbezahlt.«

»Und das hätte tatsächlich funktioniert?«

»Wenn die Rechnung gestimmt hätte, schon. Aber das tat

sie absolut nicht. Die Steuerersparnis und die Mieteinnahmen waren viel zu hoch berechnet. Die Wohnung lag übrigens in Gelsenkirchen.«

»So weit weg? Es müsste doch auch Wohnungen in der Nähe gegeben haben?«

»Selbstverständlich. Das ist ja gerade der Trick: Diese Verkäufer bieten Objekte an, die nicht am Wohnsitz der Interessenten liegen. Damit möglichst wenige auf die Idee kommen hinzufahren. Die Hochglanzprospekte sind ja allesamt geschönt.«

»Aber du hast dir das trotzdem vor Ort angeguckt?«

»Nicht selbst. Ich kannte einen Kollegen, der nach der Wende ins Ruhrgebiet gezogen war. Den habe ich gebeten, da mal vorbeizufahren. Von außen sah das noch einigermaßen gepflegt aus, jedenfalls waren die Häuser frisch gestrichen. Aber er ist reingegangen und hat jemanden gefunden, der bereit war, ihm seine Wohnung zu zeigen. Und das war nun wirklich unter aller Kanone: alte Heizung, Schimmel im Bad, feuchte Balkone. Die Anlage war über vierzig Jahre alt, und in all den Jahren war kaum was daran gemacht worden, es gab einen riesigen Reparaturstau.«

»Von dem nichts im Prospekt stand?«

»Natürlich nicht. Die Wohnung, die ich hätte kaufen können, sollte hundertzehntausend Mark kosten – wert gewesen wäre sie ungefähr fünfundsechzigtausend.«

Lilo blies Luft aus den Wangen. »Aber wie können Menschen auf so was bloß reinfallen? Derartig viel Geld anlegen für eine Wohnung, die sie nie besichtigt haben?«

»Mangelndes Wissen, Naivität, Geldgier. Es gibt genügend Leute, wenn die Steuern sparen können, lassen die sich auf die seltsamsten Finanzanlagen ein, ohne rechts und links zu gucken. Gerade bei diesen Immobilien ist die Masche verdammt geschickt, da wird im Strukturvertrieb gearbeitet. Die Provisionen fließen nach einem Pyramidensystem von unten nach oben.«

»Kapiere ich nicht«, meinte Lilo.

»Ich habe das auch nicht gleich verstanden, aber im Grunde ist das Prinzip einfach. Stell dir Folgendes vor: Eine große Investmentgesellschaft hat eine Wohnanlage, sagen wir mit fünfzig Wohnungen. Die sind jetzt vierzig Jahre alt, die Steuervorteile für die Investoren sind also längst abgeschöpft. Aber an den Häusern ist nie wirklich viel getan worden, um die Substanz zu erhalten. Heizung, Elektrik und so weiter sind veraltet. Das ganze Ding ist nicht mehr viel wert. Da macht die Gesellschaft aus den Mietwohnungen eben Eigentumswohnungen.«

»Und das geht so einfach?«

»Im Prinzip ja. Man muss nachweisen, dass jede Wohnung in sich selbst abgeschlossen ist – also eigene Eingangstür, brauchbare Schallisolierung und so weiter. Üblicherweise ist das nicht viel mehr als eine Formsache, dann hat die Gesellschaft fünfzig Eigentumswohnungen, die sie loswerden will. Jetzt kommen Immobilienvermittler. Das sind meist nur Verkäufer, von Wohnungswirtschaft haben die nicht unbedingt Ahnung. Die verticken nun die Wohnungen zum überhöhten Preis. Und um die Motivation der Verkäufer zu erhöhen, arbeiten die im Pyramidensystem. Das bedeutet: Jeder einzelne Verkäufer versucht nicht nur, die Wohnungen besonders gewinnbringend loszuwerden, sondern er wirbt auch neue Verkäufer an. Und wenn die was verkaufen, wird der Anwerber ebenfalls an der Provision beteiligt.«

Lilo legte die Stirn in Falten. »Ich kapiere zwar das System, aber ich verstehe nicht, wie man da als Verkäufer mitmachen kann.«

»Wieso nicht? Manche wittern da den großen Reibach. Vor allem dann, wenn sie echte Verkaufstalente sind. Oder besser gesagt: Bauernfänger, denn allzu viel Skrupel darf man nicht haben. Besonders hinterhältig ist, dass diese Vertriebler eng mit Banken und Bausparkassen zusammenarbeiten. Obwohl der Kaufpreis viel höher ist als der tatsächliche Wohnungswert, finanzieren die Banken den Preis mit einer hundertprozentigen Hypothek. Die Käufer brauchen also tatsächlich kein Eigenkapital. Dabei sind die Einnahmen in den Beispielrechnungen natürlich viel zu hoch veranschlagt. Und die Hypothek muss trotzdem in vollem Umfang bedient werden.«

»Aber die Banken haben doch viel mehr Geld verliehen, als die Wohnungen eigentlich wert sind. Liegt da nicht Betrug vor?«

»Nicht unbedingt, die Lage ist kompliziert. Natürlich klagen viele Wohnungskäufer auf Rückabwicklung. Aber dazu muss man nachweisen, dass die Verträge rechtswidrig sind, und das ist nicht so einfach. Die Banken brauchen nicht zwangsläufig zu überprüfen, ob ein Kaufpreis angemessen ist. Und sittenwidrig wird ein Vertrag erst, wenn der Preis doppelt so hoch ist wie der reale Verkehrswert.«

Lilo zog die Stirn hoch. »Solche Geschäfte hat also unser guter Werner Koch notariell beurkundet. Was soll man davon nun halten?«

»Du meinst, es wäre gar nicht so abwegig, wenn ein aufgebrachter Wohnungskäufer sich an Koch rächt und ihn entführt?«

»Ich weiß nicht. Wenn ich das richtig verstanden habe, ist noch gar nicht sicher, ob es diesen Zusammenhang tatsächlich gibt. Vielleicht steckt auch was anderes dahinter.«

»Ach, min Deern«, Oskar beugte sich vor und tätschelte ihr Knie. »Wir wollen uns doch heute Abend nicht mehr die

Köpfe zerbrechen. Schon gar nicht auf einer Friedhofsbank. Ich hätte da in meiner Küche noch zwei Fläschchen von einem Spitzengebräu aus der Oberlausitz und dazu ein Stück Räucheraal. Klingt gut, nicht wahr?«

»Klingt ganz hervorragend.«

Die beiden schlenderten los. Lilo fühlte sich erleichtert. Eine dritte Begegnung mit Ulrike innerhalb von vierundzwanzig Stunden war ihr erspart geblieben.

## Die Einladung

Lilo verbrachte eine unruhige Nacht. Ihr ging nicht aus dem Kopf, was Oskar über die Geschäfte mit Schrottimmobilien erzählt hatte. Sie schlief spät ein und wurde um neun Uhr von einem Rasenmäher geweckt. Die Nachbarin zur Rechten ging ihren Grasspitzen an den Kragen – wie immer samstagmorgens im Sommer. Ein Blick nach draußen bestätigte die Wettervorhersage. Über Vorpommern gewann ein Hoch an Kraft. Wo es gestern noch diesig gewesen war, strahlte die Sonne, dafür hatte der Wind aufgefrischt. Lilo setzte die Kaffeemaschine in Gang und holte die *Ostsee-Nachrichten* aus dem Briefkasten. Wie von Verena angekündigt, brachte der Lokalteil eine Information der Stralsunder Kriminalpolizei: Im Fall des entführten Mannes gab es einen Zeugen und eine Spur. Demnach hatten zwei Personen einen Gegenstand, der mit einer grünen Plane umwickelt war, in einem Schlauchboot abtransportiert. Man suchte nun weitere Zeugen, die das Boot gesehen hatten und vielleicht sogar wussten, wo man den Gegenstand an Land gebracht hatte.

Der Artikel enthielt für Lilo nichts Neues. Sie blätterte die Zeitung durch. Nirgendwo stand etwas darüber, dass der Entführte möglicherweise in unseriöse Geschäfte verwickelt war. Das macht Sinn, dachte Lilo. Wenn die Täter wirklich aus dem Kreis der betrogenen Immobilienkäufer stammen, dann darf man sie nicht warnen.

Das Telefon klingelte.

»Hallo Mama«, sagte Verena am anderen Ende der Leitung. »Ich bin beim Bäcker in Sellin. Wie wär's mit einem schönen zweiten Frühstück?«

Lilo lachte auf. »Das wird mein erstes, deine Mutter ist faul heute. Aber wie komme ich zu der Ehre? Fällt deinem Chef nichts mehr ein, was er dir am Wochenende aufs Auge drücken kann?«

»Keine Sorge, Arbeit gibt's reichlich. Aber ich darf eine kleine Dienstreise machen, um dich noch mal zu befragen. Und bei den Kollegen in Bergen muss ich nachher auch noch vorbei.«

»Na dann. Ich freue mich auf die Brötchen. Und auf dich natürlich auch.«

Eine Viertelstunde später saßen sie am Frühstückstisch, Lilo schenkte Kaffee ein.

»Wir wissen jetzt übrigens, dass Elisabeth Koch die Alleinerbin ihres Mannes wäre, falls er nicht mehr leben sollte«, erzählte Verena bereitwillig. »Die beiden haben keine Kinder, und er hat kein Testament hinterlassen. Eltern oder Geschwister hat er auch keine mehr, also gilt die gesetzliche Erbfolge.«

Lilo stutzte. »Ein Notar ohne Testament? Kann man sich das vorstellen?«

»Warum nicht? Wenn er das verfügt hätte, was die gesetzliche Erbfolge sowieso vorsehen würde, brauchte er doch kein Testament. Aber wir wissen ja noch gar nicht, ob er tatsächlich tot ist. Da tappen wir noch reichlich im Dunkeln.«

Lilo überlegte. »Und seine Frau weiß natürlich längst, dass sie seine Alleinerbin wäre?«

»Das schon. Aber bisher haben wir absolut keinen Hinweis dafür, dass sie hinter der Entführung stecken könnte.«

»Seid ihr denn weitergekommen bei diesem Mann mit dem Doppelnamen? Der sich bei der Notarkammer über Koch beschwert hat?«

»Schulte-Behrend meinst du? Darum kümmern sich die Kollegen in Dresden. Ich bin noch mal wegen folgender Frage hier: Woher haben die Entführer so genau gewusst, dass die Kochs genau zu dem Zeitpunkt dort am Steilufer entlangwandern? So eine Aktion geht ja nicht ohne Vorbereitung, mit der Plane und dem Boot und allem Drum und Dran. Also haben sie entweder die Kochs abgehört und erfahren, dass die beiden dort wandern wollten. Oder sie haben die Kochs die ganze Zeit auf dem Weg beobachtet.«

»Aha. Daraus schließe ich haarscharf, dass eure Spusi keine Abhörwanzen gefunden hat.«

»Ja«, beherzt griff Verena in den Brötchenkorb. »Weder im Mercedes noch im *Mövennest*. Da einzubrechen wäre ja in beiden Fällen keine große Sache. Allerdings waren sämtliche Schlösser intakt. Wir nehmen an, dass die Täter mindestens einen Schlüssel hatten und sich Zugang zum Auto oder zum Bungalow verschaffen konnten, vielleicht auch zu beidem. Dann haben sie Wanzen angebracht, die Gespräche der Kochs abgehört und die Wanzen später wieder entfernt.«

Zwischen zwei Schlucken Kaffee hob Lilo die Hand für einen Einwand. »Das ginge doch noch viel einfacher: Die Täter haben die Telefonverbindungen abgehört.«

»Haben wir auch überlegt. Aber die Kochs waren ja die meiste Zeit zusammen. Sie konnten jederzeit persönlich bereden, wann sie wo wandern wollten. Natürlich haben wir Frau Koch befragt, ob es doch ein solches Telefonat gegeben haben könnte, aber sie meint: Nein. Ihr Mann und sie haben deswegen nicht miteinander telefoniert und auch nicht mit jemand anderem. Sie ist sich da ziemlich sicher. Und jetzt überlegen wir, ob das *Mövennest* schon verwanzt war, *bevor* die Kochs dort eingezogen sind. Dass beispielweise jemand, der vor den Kochs dort wohnte, die Wanzen angebracht und später wieder entfernt hat.«

Lilo stutzte. Konnte das sein? Ein früherer Gast sollte ihr

schönes *Mövennest* dazu benutzt haben, ein Verbrechen an einem alten Mann vorzubereiten? Der Gedanke behagte ihr nicht, sie hatte eine andere Idee: »Wenn die Täter so genau gewusst haben, dass die Kochs zu diesem Zeitpunkt diese Strecke laufen, dann müsste man sich doch vor allem fragen, ob die Kochs selbst dahinterstecken. Oder auch nur einer von den beiden.«

»Ja klar, Mama. Dem sind wir auch nachgegangen. Aber wir haben dazu nicht den leisesten Hinweis gefunden. Und du sagst ja auch, dass du weder Werner noch Elisabeth Koch so was zutrauen würdest. Oder denkst du heute anders darüber?«

»Nein.« Lilo zögerte. »Wobei man sich ja nie ganz sicher sein kann. Jedenfalls habe ich keinen bestimmten Verdacht – also nichts, was mir aufgefallen wäre.«

»Siehst du. Darum versuchen wir jetzt herauszufinden, von wem die Kochs abgehört werden konnten. Die Kollegen in Berlin ermitteln in der Werkstatt, wo der Mercedes regelmäßig zur Inspektion war. Und was das *Mövennest* betrifft, die Frage an dich: Wer hat in diesem Frühjahr vor den Kochs dort gewohnt?«

»Dann hole ich am besten mal die Unterlagen.«

Lilo stand auf und kam kurz darauf mit einem Aktenordner zurück. Die Vermietungssaison hatte in diesem Jahr recht spät begonnen, erst mit den Osterferien in der zweiten Aprilhälfte. Zu Beginn der Karwoche war ein junges Lehrer-Ehepaar aus Bremen angereist und anderthalb Wochen geblieben, Anfang Mai folgte ein älteres Paar aus Straubing, dann zwei Schwestern aus Heppenheim und kurz darauf eine Mutter mit ihrer erwachsenen Tochter aus Leipzig. Die Leute aus Heppenheim und Straubing hatten schon mehrmals bei Lilo gewohnt, die anderen zum ersten Mal.

Verena ging die Mietverträge durch. »Was ist mit den Leuten aus Leipzig? Mutter und Tochter? Die waren doch wohl unmittelbar vor den Kochs da?«

»Das schon, sie sind vorletzten Mittwoch abgereist, die Kochs sind dann am Sonntag gekommen. Aber irgendwie passt das nicht. Die Mutter ist schon Mitte achtzig und ziemlich tatterig. Ihre Tochter musste sich ständig um sie kümmern, die beiden haben die meiste Zeit auf der Terrasse gesessen.«

»Du würdest denen also nicht zutrauen, einen Schlüssel vom *Mövennest* nachzumachen und den Bungalow zu verwanzen? Das könnten ja auch ein paar Strippenzieher im Hintergrund erledigt haben.«

Lilo zuckte mit den Schultern. »Ich kann den Leuten auch nur vor den Kopf gucken. Aber ich denke, die haben nichts mit der Entführung zu tun. Und alle anderen auch nicht.«

»Gut. Den Ordner würde ich gern mitnehmen. Die Kollegen in Bergen machen ein paar Kopien, und du kriegst ihn morgen zurück.«

»Ja sicher, Kind, da ist alles drin, auch die Unterlagen vom *Boddenhüsken*.«

Nachdem Verena sich verabschiedet hatte, ging Lilo in den Waschkeller. Schon gestern Abend war die Maschine fertig geworden, doch Lilo hatte keine Lust gehabt, sich darum zu kümmern. Die ganze Nacht über war die nasse Wäsche in der verschlossenen Trommel geblieben. Es wurde höchste Zeit, die hellen Betttücher herauszuholen, bevor sie Stockflecken ansetzten. Lilo lud die Wäsche in einen Korb und trug ihn die Außentreppe hoch in den Garten. Neben den Gemüsebeeten stand auf einer kleinen Rasenfläche eine Wäschespinne. Während Lilo ein halbes Dutzend Socken festklammerte, öffnete sich die Tür vom *Boddenhüsken*. Ausgerüstet mit Spielzeugeimer und Kühltasche bogen die Tesselbrinks um die Ecke,

Lilo winkte hinüber. Die adrette Familie grüßte zurück, man wünschte einander einen schönen Tag, ein paar Minuten später fuhr der Zafira ab. Lilo nahm ein Bettlaken aus dem Korb und warf es über die Leine, da hörte sie das Telefon im Wohnzimmer. Lilo hätte nicht losrennen müssen, nach fünf Klingeltönen schaltete sich der Anrufbeantworter an. Doch bei all dem, was zurzeit so passierte, wollte sie so schnell wie möglich wissen, wer ihr etwas mitzuteilen hatte. Die Terrassentür war verschlossen. Sie lief die Außentreppe zum Keller hinunter und die Innentreppe hinauf in den Hausflur. Das Klingeln hatte aufgehört, eine Frauenstimme hinterließ eine Nachricht. Lilo griff zum Apparat und meldete sich.

»Wie schön, dass ich Sie doch noch erreiche«, sagte Elisabeth Koch am anderen Ende der Leitung. »Wie geht es Ihnen denn?«

Lilo lächelte. »Das sollte ich doch eher Sie fragen, Frau Koch. Hier ist alles in Ordnung. Wie war Ihre Fahrt nach Berlin?«

»Bestens, die beiden Polizistinnen waren sehr nett. Aber ich will noch nicht in unser Haus nach Köpenick zurück, ich hätte kein gutes Gefühl dabei, und die Kripo versteht das.«

»Wo wohnen Sie denn jetzt?«

»In Altglienicke in meinem Elternhaus, zusammen mit meinem Neffen. Er kümmert sich sehr nett um mich.«

»Wie schön«, meinte Lilo einfühlsam.

»Ja, das ist es. Aber jetzt schildere ich Ihnen erst einmal mein Anliegen, Frau Gondorf, und ich hoffe, es hört sich nicht allzu sehr wie ein Überfall an. Ich bitte Sie um einen großen Gefallen: Könnten Sie wohl herkommen und kommenden Dienstag eine Veranstaltung besuchen? Es wäre mir sehr wichtig.«

»Sie meinen nach Berlin?«

»Genau. Die Veranstaltung ist abends in Berlin-Mitte, und übernachten können Sie gern bei uns in Altglienicke.«

»Grundsätzlich gern, aber ich …«

»Ich weiß, ich weiß«, unterbrach die blinde Frau sie. »Halten Sie mich bitte nicht für unhöflich. Natürlich haben Sie alle Hände voll zu tun mit den Bungalows und Ihrem Haus und dem Garten. Aber es ist wirklich äußerst dringlich, und ich wüsste nicht, wen ich sonst fragen sollte. Außerdem waren Sie früher Polizistin. Ich vertraue Ihnen, und Sie würden mir wirklich sehr helfen.«

Aha!?, dachte Lilo. Die Sache schien spannend zu werden. So neutral wie möglich fragte sie: »Und diese Veranstaltung? Worum geht es dabei?«

»Die Polizei hat einen verdächtigen Mann ausfindig gemacht, aber nach der Vernehmung gleich wieder laufen lassen. Und jetzt habe ich erfahren: Er organisiert diese Veranstaltung in Berlin-Mitte. Ich kann leider nicht teilnehmen, weil mit Sicherheit auch die Kripo dort sein wird und mich sofort erkennen würde. Alles andere erzähle ich Ihnen gern, wenn Sie hier sind, nur so viel vorab: Die Veranstaltung ist ungefährlich, ein öffentliches Treffen für ganz normale Leute, bestimmt nichts Riskantes.«

Auch wenn es niemand sehen konnte: Lilo setzte ein Pokerface auf. Noch brauchte Elisabeth Koch nicht zu wissen, wie sehr sie Lilos Interesse geweckt hatte. »Ich schaue, was ich einrichten kann«, meinte sie sachlich.

»Wenn es Ihnen recht ist, rufe ich Sie bis heute Abend zurück.«

Immerhin: Sie hatte nicht von vornherein abgelehnt, Elisabeth schien sich zu freuen. »Selbstverständlich. Sie erreichen mich unter dieser Nummer, mein Neffe hat mir ein Handy besorgt, wo man im Voraus bezahlt. Und noch etwas, Frau Gondorf: Bitte verraten Sie der Polizei nichts von meinem Anliegen. Auch Ihrer Tochter nicht.«

»Selbstverständlich nicht, versprochen.«

Die beiden Frauen verabschiedeten sich. Lilo ging ins Wohnzimmer, streckte sich auf der Couch aus und versuchte, ihre Gedanken zu ordnen. Vorhin noch hatte Verena den Mann erwähnt, der sich über Werner Koch bei der Notarkammer beschwert hatte. War dieser Mann der Verdächtige, von dem Elisabeth eben gesprochen hatte? Und was hatte die Veranstaltung damit zu tun? Wenn Lilo dort hinginge, würde sie dann die Ermittlungen der Polizei stören? Durch ihre bloße Anwesenheit bei einem öffentlichen Treffen? Wohl kaum. Andererseits: Elisabeth Koch hatte eben gesagt, Lilo würde ihr in einer wichtigen Sache helfen. Und so viel stand fest: Lilo half gern. Besonders in dieser Angelegenheit, die sie seit Tagen nicht mehr losließ. Auch wenn sie noch nicht wusste, worum genau es ging. Entschlossen stand sie von der Couch auf und ging zum Heckentor.

»Guten Morgen, Herr Nachbar!«

Oskar war dabei, mit einem langstieligen Gerät das Unkraut aus den Plattenfugen seiner Terrasse zu kratzen. Er lächelte Lilo entgegen. »Tachschön, min Leev. Wenn du mich schon bei meiner Lieblingsarbeit störst, dann hoffentlich mit gutem Grund. Mein Adlerauge hat längst bemerkt, dass Verena eben bei dir war.«

»Ja, sie hat einen Ordner abgeholt. Aber viel interessanter ist was anderes.«

»Das klingt ja spannend. Dann sollten wir uns doch wenigstens setzen.« Oskar stellte den Fugenkratzer beiseite. »Hier oder lieber drinnen?«

Lilo wies mit dem Kopf zur Terrassentür. »Sicher ist sicher.«

Sie gingen ins Haus und setzten sich an den Küchentisch,

Lilo erzählte von Frau Kochs Einladung nach Berlin.

Oskar schmunzelte. »Und jetzt bist du gekommen, damit ich dir das ausrede?«

»Natürlich nicht. Es sei denn, du kannst mich mit deinen Bedenken überzeugen.«

»Wohl kaum, schon gar nicht bei deinem Dickschädel. Du willst fahren, also fährst du. Schließlich hast du nichts Illegales vor. Und wenn du mich nun fragst, ob ich mich um dein Haus, und diese seltsame Bochumer Familie kümmere: Natürlich tue ich das. Drei Tage und zwei Nächte sollte ich wohl hinkriegen.«

»Gut. Ich leite alle Anrufe auf mein Handy um. Brenzlig kann es eigentlich nur werden, wenn die Tesselbrinks aus irgendwelchen Gründen mit Verena telefonieren und ihr erzählen, dass ich nicht bin da.«

»Oder wenn Verena dich unangemeldet besuchen will«, wandte Oskar ein.

»Unter der Woche wird sie kaum dazu kommen. Sie war ja eben gerade hier, ansonsten hat sie jede Menge zu tun.«

Oskar nickte. »Wenn sie sich auf deinem Handy meldet, kannst du ihr ja immer noch sagen, du bist beim Frisör oder beim Arzt. Und dass diese Tesselbrinks von sich aus bei Verena anrufen, halte ich für unwahrscheinlich. Warum sollten die das tun? Bevor du fährst, erklärst du denen schlicht und ergreifend, du musst für drei Tage weg, und sie sollen sich telefonisch bei dir melden, falls was ist. Aber an mich können die sich auch jederzeit wenden.« Er grinste. »Du hast hoffentlich keine andere Antwort von mir erwartet.«

»Natürlich nicht. Trotzdem danke.« Sie stand auf. »Ich muss wieder rüber, meine Wäsche wartet.«

Er begleitete sie hinaus. »Aber auf eine Sache muss ich bestehen.«

»Nämlich?«

»Wenn du den Fall löst und für deinen Einsatz geehrt wirst, erwähnst du mich gefälligst in deiner Dankesrede.«

»Auf gar keinen Fall!«

»Dann verschwinde und lass mich hier weiterkratzen.«

»Bin schon weg.«

Lilo ging. Bevor sie das Tor in der Hecke erreichte, drehte sie sich noch einmal um, Oskar winkte ihr zu.

# Die Kneipe

Am Sonntag gegen zwölf Uhr betrat Jimmy seine Arbeitsstätte in Berlin-Mitte. Praktischerweise wohnte er über dem Lokal, allerdings nicht direkt. Zwölf Stockwerke lagen dazwischen, ungefähr sechsunddreißig Meter. In der Waagerechten wäre das nicht viel gewesen, doch in der Senkrechten gewann die Strecke an Bedeutung. Es war eben nicht dasselbe, ob man sich im Erdgeschoss oder auf der dreizehnten Etage eines Hochhauses aufhielt. Jimmy fand, dies war für ihn genau der Abstand zwischen seinen Privaträumen und seinem Platz hinterm Tresen. Wobei im Grunde auch die Kneipe sein Zuhause war, vielleicht mehr noch als sein Schlafzimmer.

In den nächsten Stunden würde Jimmy noch keine Gäste empfangen, er öffnete immer erst um achtzehn Uhr. Doch seine Arbeit begann schon früher, auch an Sonntagen. Montags und dienstags jedoch blieb die Kneipe geschlossen – das konnte Jimmy sich leisten. Er hätte sich auch längst leisten können, das Lokal zu verpachten und sich selbst in den Ruhestand zu versetzen. Doch dazu, meinte er, sei er noch nicht senil genug.

Mit bürgerlichem Namen hieß er Jürgen Hendricks. Den größten Teil seiner Kindheit hatte er im Stadtteil Moabit verbracht – in der Gaststätte seines Vaters. Schon früh stand fest, dass er sie eines Tages übernehmen sollte, zumindest seine Eltern wünschten sich das. Jimmy hingegen überlegte, ob er nicht lieber Philosophie studieren sollte. »Wir brauchen dich hier«, sagten seine Eltern dazu, »mit den Gästen am Tresen kannst du philosophieren, so viel du willst. Und wenn du ab und zu ein Bier zapfst, kommt sogar was dabei rum.«

Schließlich musste Jimmy zugeben: Ein Gastwirt konnte viel mehr Geld verdienen als ein durchschnittlich begabter, angestellter Geisteswissenschaftler. Außerdem bewältigte sein kranker Vater die Arbeit nicht mehr allein. Bald darauf starb er, und der zwanzigjährige Jimmy führte das Lokal weiter. Ab und zu dachte er noch daran, was er sonst noch aus seinem Leben hätte machen können. Doch wenn ihm seine Gäste spätabends mit schwerer Zunge erzählten, wie sie unter ihren Vorgesetzen zu leiden hatten, unter der Arbeitslast oder der generellen Situation am Stellenmarkt, dann freute Jimmy sich über seine berufliche Freiheit. Die Kneipe florierte. Zweimal im Jahr, zu Weihnachten und im Hochsommer, übergab er die Geschäftsführung an seine beiden treuesten Mitarbeiter. Jimmys Urlaube waren immer vier Wochen lang, und er verbrachte sie abwechselnd auf den Kanarischen Inseln oder an schwedischen Seen oder in der Karibik.

»Willst du nicht auch mal woanders hinfahren?«, fragten seine Freunde. »Nach New York vielleicht oder nach Ibiza?«

Und Jimmy antwortete: »Wozu? Da kann es mir auch nicht besser gefallen.«

Er hatte sich in seinem Leben eingerichtet. Fünfundzwanzig Jahre hielt er an diesem Arbeits- und Reiserhythmus fest. Eigentlich sah er keinen Grund, davon abzurücken, doch dann kam die politische Wende, und Jimmy überlegte, was das für ihn persönlich bedeuten könnte. Dabei ging es ihm weniger um sein Privatleben, denn mit dem war er zufrieden. Vielmehr überlegte er, ob er das veränderte Ost-West-Klima nicht für seine berufliche Entwicklung nutzen könnte. Er wollte nicht herumdrucksen müssen, falls man ihn später mal fragen sollte: »Was hast du eigentlich gemacht aus dieser großen Stunde der europäischen Geschichte? Du als Gastwirt?« Also dachte Jimmy nach – und hatte bald eine Idee.

Allein wegen seines Geburtsjahrs 1946 hielt er sich selbst für einen politisch denkenden Menschen. Und als solcher hatte er sich mit der DDR auseinandergesetzt, auch wenn er nie dort gewesen war – von zwei Kurzbesuchen in Ostberlin mal abgesehen. Denn so sehr ihn auch die theoretische Idee des Sozialismus faszinierte, so sehr schreckte ihn der real existierende Arbeiter- und Bauernstaat ab. Als nun aber die Mauer fiel, bewies Jimmy den richtigen Riecher: Mit der Öffnung des Brandenburger Tors würde das alte Zentrum der Hauptstadt wiederauferstehen, Berlins Herz schlug dann in der östlichen City. Und genau dort wollte Jimmy seine neue Kneipe eröffnen. Nach kurzer Suche fand er ein Erdgeschoss in einem Hochhaus an der Leipziger Straße.

»Eins-A-Lage«, lobte der Makler. »Dieser Stadtteil steht für Urbanität, hierher zieht ein junges, gut verdienendes Publikum, mitten ins moderne Berlin, zum *Hotspot* der neuen Stadt. Noch sind die Gewerbemieten günstig. Und ein Tresen samt Zapfanlage ist in den Räumen auch schon installiert.«

»Also war das auch schon zu DDR-Zeit eine Gastwirtschaft?«, fragte Jimmy.

Der aus dem Westen stammende Makler bekam glänzende Augen. »Noch besser: Es war ein Treff für regimetreue Mitarbeiter. Aber alles eher inoffiziell, also eine Art geheimer Versammlungsort für Stasileute, nach außen hin als ganz normaler Wohnraum getarnt.«

»Ah ja«, sagte Jimmy und überlegte weiter: Wenn die DDR reif fürs Museum geworden war, dann mit ihr auch alle Artikel, die das tägliche Leben der Menschen dort geprägt hatten. Irgendwann aber würden diese Dinge einen Kultstatus erlangen – dessen war Jimmy sich sicher. Und spätestens als ein pfiffiger Kabarettist den Begriff *Ostalgie* erfand, wusste Jimmy, in welche Richtung es mit der neuen Kneipe gehen sollte.

Bei aller Begeisterung für seine Geschäftsidee plagten ihn jedoch auch Bedenken. Auf keinen Fall wollte er mit seiner Kneipe das politische System der DDR verklären. Es gab außerdem noch ein ästhetisches Problem: Soweit Jimmy wusste, hatte die DDR optisch wenig hergemacht, immer nur alles grau in grau. Dieser Farbton schien Jimmy höchst ungeeignet für seine neue Kneipe. Doch er hatte ja auch noch eine andere Seite des Sozialismus kennengelernt, wärmer, bunter und ausgelassener. Nämlich auf Kuba, wo er zwei Weihnachtsurlaube verbracht und vom politischen Regime nur wenig gespürt hatte. Wie wäre es also, wenn man den grauen Sozialismus der DDR mit dem bunten auf Kuba verbinden würde?

»Und das soll funktionieren?«, fragten seine Freunde, als er ihnen von seiner neuen Geschäftsidee erzählte. »Eine Kneipe mit einer nostalgischen Sozialismus-Deko aus einem DDR-Kuba-Gemisch?«

»Es muss eben klar sein, dass alles satirisch gemeint ist«, entgegnete Jimmy. »Ein witziges Durcheinander von Kitsch, Kult und Politik, dazu leckeres Bier und schicke Cocktails.«

Jimmys Freunde ließen sich überzeugen und halfen bei der Inneneinrichtung. Wo keine Fototapete mit karibischem Strandklischee hinpasste, verkleideten sie die Wände mit Bastmatten und hefteten allerlei darauf: Zigarrenkisten, *Konsum*-Werbung, Fotos vom sozialistischen Bruderkuss und von russischen Raketenbasen, FDJ-Hemden, Südfrüchte aus Plastik, Plakate der Arbeiterbewegung und die Noten der *Internationale*. Natürlich durften auch Castro-Porträts nicht fehlen, in allen Größen, aus sämtlichen Jahrzehnten, immer wieder Fidel und manchmal auch sein Bruder Raoul. Per Zeitungsanzeige suchte Jimmy nach gut erhaltenen Gartenmöbeln aus DDR-Produktion und wurde fündig. Ein ehemaliger Betriebsleiter bot gleich einen Keller voll an: Stühle mit weißem Stahlrohrgestell und Sitzschalen aus gegossenem Kunststoff in Apfelgrün, Zitronengelb und Rotorange, dazu Sonnenschirme, die Bespannung leuchtend blau mit einem Muster aus weißen Kreisen.

Doch mit all dem war Jimmy noch nicht zufrieden. »Es muss ein Clou her, so ein richtiger Hingucker, wo die Leute allein deswegen kommen.«

Er rief einen alten Freund an, handelte einen annehmbaren Preis aus und ließ das Prunkstück anrollen: einen 1959er Cadillac Eldorado Biarritz in Puderrosa samt Klappverdeck und besonders schön verchromten Heckflossen. Mit kubanischem Asphalt war er leider nie in Berührung gekommen, sondern hatte einem US-Diplomaten als Dienstwagen gedient. Doch Jimmys Freund war es gelungen, kubanische Nummernschilder aufzutreiben – zwar keine Originale, aber gut nachgemacht. Fortan stand der Straßenkreuzer in Jimmys neuer Gaststube, eingerahmt von drei Kunstpalmen und einer braunhäutigen Schaufensterschönheit aus dem Kombinat *Plaste und Elaste*. Jimmy jauchzte vor Glück. Nun fehlte ihm nur noch der richtige Name für das Lokal. *Cuba Libre* lag nahe, doch eine Bar dieses Namens gab es schon, und auch *Cuba Mi Amor* war schon vergeben. Nach mehreren schlafarmen Nächten kam Jimmy die rettende Idee. Er nannte seine Kneipe *Kuba-Mitte,* und alle verstanden was gemeint war: Eine sozialistische karibische Insel in Berlin-Mitte, dem ehemaligen Zentrum der Hauptstadt der DDR. Na also. Mit seinem neuen Koch, der in Puerto Rico gearbeitet hatte und neben der berlinerischen auch die kreolische Küche kannte, entwarf Jimmy eine kleine Speisekarte, außerdem stellte er einen geübten Barmixer ein. Jimmy selbst übernahm die Biertheke und sollte recht behalten. Das *Kuba-Mitte* entwickelte sich zum Renner, zum Kult, zum *place to be* vor allem für ein junges zahlungskräftiges Publikum.

An diesem Sonntagmittag also machte Jimmy sich daran, den Cadillac zu polieren. Selbstverständlich hätte er diese Arbeit auch den Putzleuten überlassen können, die jeden Morgen kamen und die Kneipe auf Vordermann brachten. Doch Jimmy liebte seinen Caddy so sehr, dass er das gern selbst übernahm.

Gerade hatte er die Heckflossen auf Hochglanz gebracht, da klingelte es am Lieferanteneingang. Jimmy öffnete.

»Wenn ich ehrlich sein darf«, meinte er und klopfte seinem alten Freund Torben herzhaft auf die Schulter. »Du siehst mitgenommen aus. Schläfst du nicht genug? Steckt dir die Plauderei mit der Polizei immer noch in den Knochen?«

Torben Schulte-Behrend machte eine abwertende Handbewegung. »So schlimm war das eigentlich gar nicht.«

»Ach so? Na, dann komm erst mal rein. Ne richtig schöne Molle wie immer?«

»Keine Frage.«

Sie gingen zum Tresen. Während Torben es sich auf einem Barhocker gemütlich machte, war Jimmy schon dabei, helles Bier in zwei Halblitergläser laufen zu lassen.

»Körnchen dazu?«

»Danke, lieber später. Viel habe ich heute noch nicht gegessen.«

»Umso besser. Ich habe uns nämlich zwei prachtvolle Steaks besorgt. Aber nun erzähl erst mal. Wie lange kannst du bleiben?«

»Bis Mittwoch, eine Kollegin ist krank, mehr konnte ich bei meinem Chef nicht rausschlagen. Aber es reicht, um das Treffen in Ruhe vorzubereiten.«

»Und bei der Polizei war es gar nicht so wild? Was wollten die denn von dir?«

»Eigentlich haben die nur mein Alibi überprüft für die Zeit, zu der Werner Koch verschwunden ist. Und da war ich ja nun wirklich im Laden, das konnte ich ganz leicht nachweisen.«

»Aber du bist doch immerhin Vorsitzender der *INGESCH*. Wollten die dazu denn überhaupt nichts von dir wissen?«

»Nur kurz. Sie haben gefragt, ob ich mir vorstellen kann, wer hinter Kochs Entführung steckt. Ob er Feinde hatte oder so. Und ich habe gesagt: Seit meiner Beschwerde bei der Notarkammer hatte ich mit Koch überhaupt nichts mehr zu tun. Und er hat danach ja wohl auch keine Verträge mehr für Schrottwohnungen beurkundet. Insofern konnte ich natürlich auch kein Motiv liefern, warum ich Koch hätte entführen sollen.«

Jimmy am Zapfhahn vollendete die Schaumkronen. »Aber am Dienstag beehren die uns hier doch bestimmt mit ein paar Undercover-Beamten?«

»Davon gehe ich aus. Die haben mit Sicherheit unsere *INGESCH*-Website haarklein studiert, natürlich auch das Forum. Aber was soll's? Wir haben nichts zu verbergen. Und wenn die zum Treffen ein paar Spitzel vorbeischicken: bitte schön.«

Jimmy nickte. »Und dieser Toyota? Von dem du gedacht hast, der verfolgt dich?«

»Ist nie mehr aufgetaucht. Die Kripo sagt jedenfalls, dass sie mich nicht beobachtet hat.«

»Und das glaubst du?«

»Es stimmt ja: Die Polizei weiß, wo ich wohne und arbeite. Ich führe ein geregeltes Leben. Warum sollten die mich also beschatten? Das mit dem Toyota habe ich mir wahrscheinlich doch bloß eingebildet.«

»Umso besser«, meinte Jimmy. »Und sonst? Was macht die

Liebe? Du nimmst dir doch wohl immer schön ein Beispiel an mir?«

Beide lachten. Schon so oft hatten sie sich bis spät in die Nacht über Frauen im Allgemeinen und Beziehungen im Besonderen unterhalten. Immer waren sie zum Ergebnis gekommen: Irgendwas passt nie und ist sowieso und überhaupt den ganzen Stress nicht wert. Darum erwartete Jimmy auch diesmal, dass sein junger Freund auf die Frage mit weisem Kopfschütteln reagieren würde. Doch zu Jimmys Erstaunen fiel Torbens Antwort heute anders aus.

Grienend meinte er: »Könnte sein, dass sich da was entwickelt.«

Mit dieser Andeutung gab sich Jimmy selbstverständlich nicht zufrieden. »Und? Wer ist sie, wie sieht sie aus, wie lange geht das schon, was sagen eure Eltern dazu?«

Torben lächelte. »Ist alles noch zu früh. Aber falls wir Drillinge kriegen, erfährst du es zuerst.«

»So soll es sein. Ich gönne dir doch dein Glück, alter Junge.« Jimmy servierte die Mollen. »Also auf gutes Gelingen bei der Versammlung und natürlich bei der Liebe. Gleich haue ich uns die Steaks in die Pfanne. Prost.«

Sie hoben die Gläser.

# Das Treffen

Oskar brachte Lilo nach Bergen zum Regionalexpress. Die ganze Nacht über hatte es geregnet, und auch in Berlin sollte der Himmel an diesem und am nächsten Tag nicht aufklaren. Sie holte ein paar Zeitschriften aus ihrer Tasche, doch nicht mal auf die bunten Bilder konnte sie sich konzentrieren. Ihre Gedanken kreisten. War es richtig, was sie da vorhatte? Spionin zu spielen für Leute, die sie kaum kannte? Falls nun doch Elisabeth Koch selbst hinter der Entführung steckte? Wenn sie Lilo bloß auf eine falsche Fährte locken wollte, weil Verena bei der Stralsunder Kripo arbeitete? Wenn Lilo mit dieser Reise womöglich den schwersten Fehler ihres Lebens machte?

Hinter den Regenspritzern auf der Fensterscheibe zeigte sich die Landschaft grau und grün, an den Bahnsteigen standen mit tropfenden Schirmen die Menschen. Die meisten von ihnen schienen schlecht gelaunt, aber das kam Lilo vielleicht auch nur so vor.

Doch!, sagte sie sich immer wieder. Doch! Es ist richtig, was ich hier mache. Schließlich haben mich damals schon meine Kripo-Kollegen für meine gute Menschenkenntnis gelobt. Und Elisabeth Koch ist keine Lügnerin. Wenn sie mich bittet, auf eine Versammlung zu gehen von Leuten, die irgendwas mit der Entführung zu tun haben könnten, dann tue ich ihr den Gefallen. Dass mich die Berliner Kripo dort als Vermieterin von Kochs Ferienbungalow erkennt, ist höchst unwahrscheinlich. Und darum werde ich mich dafür auch nicht verkleiden, weder mit Perücke noch seltsamer Brille noch sonst irgendwie. Damit würde ich mich ja nur unnatürlich bewegen und vermutlich erst recht auffallen. Und überhaupt: Seit wann bin ich feige? Doch sooft Lilo sich diese Sätze auch sagte – letzte Zweifel blieben.

Mehr als vier Stunden brauchte der Zug für die Strecke. Lilo war in den vergangenen Jahrzehnten immer wieder in Berlin gewesen, das erste Mal während ihrer Schulzeit auf einer längeren Klassenfahrt, später, um Freunde zu besuchen, die hier studierten, oder auch einfach nur für ein verlängertes Wochenende, um sich die Stadt anzusehen. Berlin faszinierte sie, sie war gern hier – wenn auch immer nur für ein paar Tage. Denn Lilo empfand die Stadt als hektisch. Jedes Mal wenn sie dort aus dem Zug stieg, kam es ihr vor, als würde ihr eine höhere Schlagzahl aufgedrängt. Die Menschen bewegten sich schneller, sprachen schneller, dachten womöglich sogar schneller als andernorts in diesem Land.

Am Hauptbahnhof bekam sie rasch den Anschluss zum Ostkreuz, wo sie die S-Bahn wechseln musste.

»Altglienicke ist ganz gemütlich«, hatte Elisabeth Koch neulich am Telefon erklärt. »Die Wechselfälle der Geschichte haben hier weniger zugeschlagen. In einigen Straßen könnte man sogar glauben, man sei in einem Dorf.«

Die Beschreibung stimmte: Je näher Altglienicke kam, umso einfacher wurden die Häuser und umso größer die Gärten. Lilo erinnerte sich an den Bielefelder Vorort, in dem sie aufgewachsen war. Berlin konnte eben auch gemütlich sein. Ihre Aufregung ließ nach. Am Altglienicker S-Bahnhof stieg sie in einen Bus um und gelangte zehn Minuten später an die Zielhaltestelle. Auf das Angebot, sie dort abzuholen, war sie nicht eingegangen: »Lieb von Ihnen, Frau Koch, aber nicht nötig. Ich habe mir den Fußweg auf dem Stadtplan angesehen, das ist wirklich kein Problem.«

Das Haus lag in einer ruhigen Straße und war vermutlich zwischen den Kriegen entstanden, ein schlichter eingeschossiger Bau mit flachwinkligem Dach. An einigen Stellen bröckelte grauer Putz, der Vorgarten war von Efeu überwuchert, dazwischen blühten einige Pflanzen, die Oskar vermutlich als Unkraut bezeichnet hätte. Hier also war Elisabeth aufgewachsen. Unwillkürlich musste Lilo daran denken, was sie über Elisabeths Kindheit wusste: Noch vor ihrem dritten Geburtstag hatte man ihr beide Augäpfel entfernt, Anfang der Fünfzigerjahre in der jungen DDR. Immerhin hatte ein rühriger Arzt den Krebs erkannt und Elisabeth vor einem frühen Tod bewahrt.

Lilo ermahnte sich: Hier ging es nicht um Mitleid für ihre Gastgeberin, sondern um handfeste Ermittlungen. Sie musste neutral bleiben und die Augen offen halten. Entschlossen schritt sie auf den Hauseingang zu, bunte Glasbausteine bildeten eine Art Windfang. Noch bevor sie klingelte, öffnete sich die Tür. Neben Elisabeth stand ein hellblonder hochgewachsener Mann, beide strahlten.

»Ich habe es kaum ausgehalten.« Die blinde Frau streckte Lilo beide Arme entgegen. »Deswegen musste mein Spion für mich schauen, und als er Sie gesehen hat, sind wir beide zur Tür gelaufen. Ich bin Ihnen ja so dankbar.« Sie wies auf ihren Neffen. »Das ist mein lieber Pedro. Wundern Sie sich nicht über seinen Vornamen, der passt so gar nicht zu seiner Haarfarbe.«

Auch Pedro lachte. »Das stimmt. Aber meine Mutter hatte Sehnsucht nach dem Süden – wie so viele Leute damals in der DDR. Also, Frau Gondorf: Ganz herzlich willkommen!«

Für einen Mann Mitte fünfzig klang die Stimme auffallend hoch, sein Gesicht durchzogen tiefe Falten. Er wirkte verlebt, fand Lilo, aber vermutlich nicht wegen Zigaretten oder Alkohol, sondern durch ein schwieriges Leben. Lilo sah sich um. Von innen wirkte das Haus wesentlich gepflegter als von außen, offenbar hatte man vor nicht allzu langer Zeit gründlich renoviert. Gegenüber der Flurgarderobe in Eiche rustikal hingen drei kleinere Geweihe samt Schädel. Hirschwild war nicht unbedingt Lilos Fachgebiet, doch so viel erkannte sie: Der Tod hatte die possierlichen Tierchen in noch jugendlichem Alter ereilt.

Elisabeth schien Lilos Gedanken zu ahnen. »Wundern Sie sich nicht über die Jagdtrophäen überall hier im Haus, die stammen noch von Pedros Großvater, also meinem Vater. Aber ehe wir Sie mit unserer Familiengeschichte belasten, möchten Sie sich sicherlich ein wenig frischmachen. Wir zeigen Ihnen erst einmal Ihr Zimmer.«

Lilos Reisetasche fest im Griff ging Pedro voran durch einen Korridor, die Frauen folgten.

»Der Anbau ist erst nach der Wende entstanden. Pedro ist gelernter Maurer und hat alles selbst gemacht.«

»Wie schön«, meinte Lilo anerkennend.

Das Gästezimmer war mit hellen Kunststoffmöbeln ausgestattet, an den Wänden hingen keine Geweihe, sondern Poster von Rockbands. Die Namen sagten ihr zwar nichts, doch den Bildern nach zu urteilen, handelte es sich um Musikertruppen der gemäßigteren Art.

»Eigentlich gehört das Zimmer unserem Nico, Pedros Sohn«, erklärte Elisabeth. »Aber er kommt nur ein paar Mal im Jahr zu Besuch. Er lebt bei seiner Mutter in Stuttgart und macht dort eine Ausbildung zum Mechatroniker.«

»Dann ist es ja nett von ihm, dass ich sein Zimmer benutzen darf.«

»Machen Sie sich da bitte keine Sorgen.« Pedro stellte Lilos Tasche auf einem Stuhl ab. Zurück im Flur öffnete er die Tür zu einem geräumigen Bad. »Das können Sie benutzen, wie Sie möchten. Vorn im Haus haben wir noch eine Toilette und eine kleine Dusche.«

»Und jetzt können Sie sich ein wenig ausruhen«, meinte Elisabeth. »Kommen Sie dann einfach zu mir ins Wohnzimmer. Pedro kümmert sich netterweise ums Abendessen.«

Lilo bedankte sich, schloss hinter ihren Gastgebern die Zimmertür und dachte nach. Einen Großneffen hatte Elisabeth vorher nie erwähnt. Wann mochte er das letzte Mal hier gewesen sein? Lilo sah sich um, alles wirkte sauber und aufgeräumt. Abgesehen von den Postern und einigen Modellautos in einem Regal wies kaum etwas darauf hin, dass hier manchmal ein junger Mann wohnte. Die Möblierung entsprach einem typischen Jugendzimmer: Bett, Schreibtisch, Standregal, Kleiderschrank. Lilo öffnete Türen, Klappen und Schubladen und fand überall das Gleiche – nämlich nichts. Sämtliche Schränke waren leer, offenbar kam Elisabeths Großneffe tatsächlich nur selten und bewahrte hier keine persönlichen Gegenstände auf. Wie sie es in ihren Bungalows auch immer tat, fuhr Lilo mir der Hand über die Einlegeböden, nirgends fand sich ein Staubkorn, alles schien frisch geputzt.

Lilo trat ans Fenster und schob die Gardine beiseite. Soweit sie das im regnerischen Grau des Vorabends erkennen konnte, gehörte zum Haus ein lang gestreckter Garten. Trotz der Nässe hätte sie Lust gehabt, hinauszugehen und sich das Grundstück anzusehen, doch Elisabeth wartete ja auf sie. Lilo machte sich kurz frisch, dann ging sie zurück in den vorderen Teil des Hauses.

Die rustikale Einrichtung des Flurs setzte sich im Wohnzimmer fort. Dank der Vorwarnung erschrak Lilo nicht vor den Geweihen, die dicht an dicht als Wandschmuck dienten. Elisabeth saß in der Mitte eines dunkelgrünen Plüschsofas und schmunzelte Lilo entgegen. »Glauben Sie bloß nicht, das sind schon alle Trophäen von meinem Vater. Es gibt auch noch eine Fellsammlung, doch die liegt schön trocken auf dem Dachboden. Aber jetzt frage ich Sie erst einmal, was Sie trinken mögen.«

Auf einem Beistelltisch standen ein Glas und ein paar Erfrischungsgetränke. Lilo bat um stilles Mineralwasser.

Augenblicklich griff Elisabeth zur korrekten Flasche und schenkte ein. »Das tut Ihnen sicher gut nach der langen Fahrt.«

»Und Sie möchten nichts?«

»Nein danke. Pedro und ich haben eben erst Kaffee getrunken. Aber setzen Sie sich doch bitte, Frau Gondorf.«

Lilo nahm in einem Sessel Platz. Ein Gedanke schoss ihr durch den Kopf: Im Grunde wäre dies die ideale Gelegenheit, um sie zu vergiften. Sie saß in der Wohnung zweier Menschen, die sie kaum kannte, noch dazu weit weg von zuhause. Von ihrer Fahrt nach Berlin wusste nur Oskar – und der erwartete sie erst in zwei Tagen zurück.

Was für ein Quatsch!, sagte sie sich selbst. Warum sollte Elisabeth Koch mich aus dem Weg räumen wollen? Ich weiß schließlich nichts über die Entführung. Auch wenn sie tatsächlich selbst dahinterstecken sollte, hätte sie doch keinen Grund, mich umzubringen. Um mich los zu sein, würde es doch einfach reichen, den Kontakt abzubrechen. Oder etwa nicht? Lilo schob das letzte Unbehagen zur Seite. Farbe und Geschmack des Wassers waren normal. Sie trank.

»Pedro kümmert sich rührend um mich«, meinte Elisabeth, nachdem Lilo das Glas abgesetzt hatte. »Er ist ja leider Frührentner, vor ein paar Jahren machte sein Rücken nicht mehr mit. Aber immerhin hat er nun das Haus und hält es sehr schön in Ordnung. Mein Mann und ich mussten ihn für die Renovierung finanziell unterstützen, doch das haben wir gern getan. Und nächstes Jahr kommen endlich auch die Fassade und der Vorgarten dran. Pedro ist übrigens auch hier aufgewachsen. Meine Schwester hatte leider keine glückliche Hand mit Männern. Wenn sie arbeiten war, haben sich unsere Eltern um Pedro gekümmert.«

»Aber Ihre Schwester wohnt nicht hier?«

»Sie ist an Darmkrebs gestorben, vor über zwanzig Jahren. Und später hatte Pedro es auch nicht leicht. Seine Frau hat ihn verlassen und Nico mitgenommen. So richtig verkraftet hat Pedro das immer noch nicht. Er ist eine Seele von Mensch. Ein wenig einfach vielleicht, aber herzensgut.«

»Das glaube ich gern«, entgegnete Lilo freundlich.

Elisabeth nickte und senkte die Stimme. »Aber nun zum Grund Ihres Besuchs, Frau Gondorf. Über Werners Entführung gibt es keine neuen Erkenntnisse. Kein Lebenszeichen, keine Lösegeldforderungen – gar nichts. Möglicherweise sagen die Ermittler mir nicht alles, aber wie dem auch sei: Ich bin Ihnen sehr dankbar, dass Sie für mich dieses Treffen beobachten wollen. Organisiert wird das übrigens von dem Mann, den die Polizei erst verdächtigt und dann wieder laufen gelassen hat, angeblich wegen unzureichender Beweise.«

Lilo beschloss, mit offenen Karten zu spielen. Es war schon kompliziert genug, dass sie ihrer eigenen Tochter vom Besuch in Berlin nichts erzählen durfte. Wenigstens gegenüber Elisabeth wollte Lilo ehrlich sein: »Ich nehme an, wir sprechen hier von einem gewissen Torben Schulte-Behrend?«

Elisabeth horchte auf. »Sie kennen ihn?«

»Kennen wäre zu viel gesagt. Meine Tochter hat ihn erwähnt und mir unter dem Siegel der Verschwiegenheit erzählt, dass er sich früher bei der Notarkammer über Ihren Mann beschwert hat.«

»Dann wissen Sie also auch schon von der Sache mit den Immobilien?«, fragte Elisabeth.

»Nur in groben Zügen: Ihr Mann hat die Kaufverträge für überteuerte Wohnungen beurkundet. Torben Schulte-Behrend war davon auch betroffen, deswegen seine Beschwerde bei der Notarkammer.«

»Genau, das war vor siebzehn Jahren. Aber es ist ja nicht die Pflicht eines Notars, den Kaufpreis zu überprüfen. Werner bekam von der Kammer also nur eine Art Ermahnung. Als er begriff, welche Verkaufsmasche eigentlich dahintersteckte, hat er natürlich Konsequenzen gezogen und die Zusammenarbeit mit der *Schwelmer Bausparkasse* beendet.«

Lilo überlegte. »Dieser Zusammenhang zwischen der Entführung Ihres Mannes und seiner Verwicklung in dubiose Geschäfte? Ist darüber irgendwas durch die Medien gegangen?«

»Leider ja. Die Polizei sorgt zwar dafür, dass nichts an die Öffentlichkeit dringt, schließlich will man die Täter nicht vorwarnen. Es gab trotzdem einen kleinen Artikel in der *Berliner Tagespost*. Die Kripo hat sofort jede weitere Berichterstattung unterbunden, und die Zeitung musste den Artikel in der Online-Ausgabe löschen. Aber die gedruckten Exemplare sind in den Verkauf gelangt.« Elisabeth seufzte. »Und Sie, Frau Gondorf? Haben Sie im Internet nach diesem Schulte-Behrend gesucht?«

»Nein«, antwortete Lilo wahrheitsgemäß. »Ich wollte erst Ihre Informationen dazu abwarten.«

»Gut, dann also: Die Polizei hat Torben Schulte-Behrend vernommen, eben wegen seiner Beschwerde damals bei der Notarkammer. Für den Zeitpunkt der Entführung hat er ein handfestes Alibi. Er soll da ganz normal gearbeitet haben, als Verkäufer in Dresden.«

»Das beweist aber doch längst nicht seine Unschuld«, warf Lilo ein. »Schließlich könnte er ja Drahtzieher sein, und andere Leute haben die Tat ausgeführt.«

»Ja sicher. Aber die Polizei hat nicht genug gegen ihn in der

Hand. Übrigens: Er engagiert sich immer noch stark für die Käufer der maroden Wohnungen. Schon damals hat er ein Netzwerk gegründet. *INGESCH, Interessengemeinschaft für Geschädigte durch Schrottimmobilien.* Pedro hat das für mich recherchiert. Auf ihrer Website veröffentlicht die *INGESCH* allgemeine Informationen zu diesem Thema. Außerdem gibt es ein Forum, doch das ist nicht öffentlich. Vorher muss man sich anmelden, nicht nur mit Namen und Adresse, sondern auch mit konkreten Angaben: Welche Immobilie hat man über welche Vermittler gekauft und finanziert? Die Angaben werden dann überprüft. Daneben veranstaltet die *INGESCH* Versammlungen in einer Gaststätte hier in Berlin, etwa dreimal im Jahr.«

»Und ich kann da einfach hingehen?«, fragte Lilo. »Ganz ohne Anmeldung?«

»Ja. Darüber habe ich mich auch gewundert: Einerseits das nichtöffentliche Internetforum und andererseits die Treffen, an denen jeder teilnehmen darf. Das wirkt ja zunächst widersprüchlich. Aber ich verstehe das so: Im Forum geht es wohl auch über juristische Details, deswegen will man die Teilnehmer dort schützen. Anders bei den öffentlichen Treffen. Da will die *INGESCH* zeigen, dass sie nichts zu verbergen hat. Alle Interessenten sind zum allgemeinen Austausch willkommen. Jedenfalls schreiben die das so im Internet.«

Lilo blieb skeptisch. »Und Sie denken, dass ich auf dem Treffen irgendwelche Hinweise über die Entführung finden könnte?«

»Sie glauben nicht daran?«

»Nicht wirklich. Selbst wenn die Hintermänner oder sogar die Täter anwesend sein sollten: Die hüten sich doch, irgendetwas durchsickern zu lassen. Zumal die sich denken können, dass auch die Polizei ein paar Zivilbeamte hinschicken wird.«

Lilo gab sich verbindlich: »Verstehen Sie mich richtig, Frau Koch. Ich gehe morgen gern dorthin, weil ich das alles interessant finde und Ihnen helfen möchte. Nur machen Sie sich bitte keine allzu großen Hoffnungen.«

Elisabeth wollte offenbar etwas dazu sagen, doch in diesem Moment kam Pedro herein, umweht von Essensgeruch. »Bitte Platz nehmen, ist alles fertig.«

Elisabeth schmunzelte. »Was es gibt, ist leider kein Geheimnis mehr.«

»Etwa Erbsensuppe?«, fragte Lilo launig.

»Hundert Punkte für Ihren Spürsinn, Frau Gondorf. Dann wollen wir mal.«

Sie folgten Pedro in die Küche.

»Ein Esszimmer haben wir nicht«, erklärte Elisabeth. »Aber auf unserer Eckbank ist es gemütlich. Falls Sie die Suppe nicht mögen, können Sie auch gern Brot mit Aufschnitt und einen Salat haben.«

»Alles bestens. Sicher kocht Ihr Neffe ganz wunderbar.«

»Das stimmt, er gibt sich große Mühe. Das Gemüse stammt fast immer aus unserem eigenen Garten. Für diese Suppe zum Beispiel nimmt er nur feine Erbsen mit viel Aroma. Schade, dass wir nicht auf der Terrasse essen können, aber das Wetter spielt ja nun mal leider nicht mit.«

Zu dritt setzten sie sich an den Tisch, Pedro füllte die Teller mit Suppe und reichte eine Platte mit aufgeschnittener Wurst herum. »Die müssen Sie probieren, Frau Gondorf. Wir haben hier einen prima Landschlachter. Der macht auch Brühwürstchen aus Pferdefleisch. Aber das ist ja so eine Sache, ich wusste nicht, ob Sie das mögen. Darum habe ich welche aus Rindfleisch genommen, die sind fast genauso lecker.«

Lilo stutzte einen Moment lang, dann entgegnete sie freundlich: »Pferdefleisch habe ich mal als Sauerbraten gegessen, und der hat mir sogar ganz gut geschmeckt. Aber ich muss das nicht unbedingt wieder haben.«

»Dann habe ich ja alles richtig gemacht.« Er nickte und wünschte einen guten Appetit. Sie begannen zu essen. Es fiel Lilo nicht schwer, Pedros Kochkunst zu loben, die Suppe war gut.

»Übrigens, Frau Gondorf«, sagte Elisabeth. »Falls Sie morgen gern ungestört durch die Stadt streifen möchten, müssen Sie auf mich keine Rücksicht nehmen. Berlin ist groß und interessant, ich will Sie nicht zu sehr in Beschlag nehmen. Und noch etwas: Ich gehe immer früh zu Bett. Pedro bleibt abends meistens lange wach, aber bitte sehen Sie mir nach, wenn ich mich zeitig zurückziehe.«

»Da folge ich gern Ihrem Beispiel.« Lilo lächelte. »Morgen muss ich mich gut konzentrieren, also sollte ich ausgeschlafen sein.«

»Da haben Sie recht«, meinte Elisabeth zufrieden.

Die drei blieben noch eine Stunde am Tisch sitzen und plauderten, dann wünschten sie sich allseits eine gute Nacht. Etwas irritierte Lilo. Warum hatte Elisabeth so betont, dass Lilo den nächsten Tag in der Stadt gern allein verbringen könne? Wollte die blinde Frau ihr einfach nicht zur Last fallen? Oder hatte sie Angst, Lilo könnte sich mit ihr langweilen? Aber wie dem auch sei: Lilo freute sich auf ihren Tag in Berlin.

Eine Viertelstunde später lag sie im Bett des Gästezimmers und starrte ins Dunkel. Es war totenstill. Sie stand noch einmal auf, ging zur Tür und drehte den Schlüssel zweimal um.

*

Die Nacht verlief ohne Zwischenfälle, Lilo schlief einigermaßen gut in dem fremden Raum. Nach dem Frühstück überließ Pedro ihr seinen Computer. Sie studierte die Internet-Seiten der *INGESCH* und auch der Gaststätte, wo am Abend die Versammlung stattfinden sollte. *Kuba-Mitte.* Offenbar handelte es sich um eine Kultkneipe, bunt und originell. Eine seltsame Lokalität für ein Treffen von Betrugsopfern, fand Lilo. Aber schließlich stand nirgends geschrieben, dass Menschen, die durch windige Verkaufsmaschen viel Geld verloren hatten, sich nur an tristen Orten versammeln sollten.

Gegen zehn Uhr fuhr Lilo in die City. Weil es wieder den ganzen Tag regnen sollte, hatte sie ihr Besuchsprogramm überwiegend nach drinnen verlegt. Ihr erster Weg führte sie zum Naturkundemuseum in der Invalidenstraße, bisher kannte sie die berühmten Saurier-Skelette nur von Bildern. Eine Viertelstunde lang hielt sie sich zwischen den gigantischen Echsen auf, umringt von mindestens sechs Grundschulklassen. Danach brauchte sie dringend eine Pause. So widersprüchlich es auch klingen mochte: Von der Lebendigkeit der Kinder fühlte Lilo sich erschlagen. Das Bistro des Museums war wegen Umbauarbeiten geschlossen, also nahm sie ein frühes Mittagessen in einem nahe gelegenen Café ein und ging dann ins Museum zurück. Besonders interessant fand sie eine Ausstellung über die historische Entwicklung von Präpariertechniken. Tiere wurden ja längst nicht mehr ausgestopft. Inzwischen gab es Dermatoplastiken: Kunststoff-Skulpturen, die das Tier in natürlicher Körperhaltung zeigten und über die man das präparierte Fell zog. Lilo musste daran denken, was Elisabeth ihr gestern erzählt hatte: Auf dem Dachboden des Hauses in Altglienicke stapelten sich die Wildtierfelle, ein Erbe von Elisabeths Vater. Unwillkürlich kam Lilo ein Fall in den Sinn, über den sie damals in der Fachhochschule mit ihren Kollegen diskutiert hatte. Im neunzehnten Jahrhundert hatte ein Mann die Leiche seiner Frau präpariert und in einem Schaukasten im Wohnzimmer aufgestellt. Der

Dozent hatte die Frage gestellt, ob derartige Fälle möglicherweise viel häufiger vorkamen, als man landläufig annahm. Bevor es ein kontrolliertes Bestattungswesen gegeben hatte, war es einfach gewesen, eine Leiche zwischen Aufbahrung und Beerdigung irgendwo abzuzweigen, um sie anderweitig zu verwerten. Mit den entsprechenden Verbindungen zum Bestattungsinstitut war das grundsätzlich immer noch möglich. Wobei das Ausstellen eines präparierten menschlichen Körpers im Wohnzimmer vermutlich zu den Ausnahmen gehörte.

Lilo studierte die Schaukästen über moderne Präparationstechniken und besuchte anschließend die Sammlung mit den Dermatoplastiken, unter denen es sogar eine Berühmtheit gab: Knut, der junge Berliner Eisbär. Lilo wunderte sich über sich selbst. Schon dutzend Mal hatte sie sich zoologische Sammlungen angesehen – aber noch nie mit einem solchen Interesse. Was erwartete sie hier im Museum? Wonach suchte sie? Gab es einen Zusammenhang mit dem Fall, der sie nach Berlin führte? Könnte es sein, dass sie hier im Museum plötzlich Werner Koch begegnete? Dass er ihr aus einer der Vitrinen entgegenblicken würde? Als Dermatoplastik sorgfältig präpariert?

Was für ein Schwachsinn!, schimpfte Lilo sich selbst und sah auf die Uhr. Wenn sie noch durch ein paar Läden bummeln wollte, wurde es Zeit. Sie versprach den Museumstieren wiederzukommen, fuhr mit der U-Bahn zur Friedrichstraße und begann ihre Tour in der Lebensmittelabteilung eines bekannten Kaufhauses. Es hieß, dass die Bundeskanzlerin sich hier von Zeit zu Zeit eindeckte, manchmal auch nur mit einem Viertelpfund Fruchtquark für die Mittagspause. Doch an diesem Tag ließ die Kanzlerin sich nicht blicken – und auch kein anderer Politiker, den Lilo kannte. Dafür fand sie einen wunderbar altmodisch eingerichteten Laden, der feinste Tuchwaren verkaufte. Sie erstand Stoffe für zwei Country-Röcke und malte sich aus, wie Konrad ihr anerkennend zulächeln würde, wenn sie darin zum Square-Dance käme. Dass nach dem Kauf ihr Budget für diesen Tag erschöpft war, störte sie nicht. In einem Café gönnte sie sich zwei Stücke Torte und einen kleinen Salat. Sie hätte auch schon zu dieser Kultkneipe fahren und dort in aller Ruhe essen können, doch das schien ihr unklug. Dort wollte sie frühestens fünf Minuten vor dem Treffen ankommen und kurz nach dem offiziellen Ende wieder gehen. So verringerte sie die Wahrscheinlichkeit, dass ihr jemand ein Gespräch aufdrängen würde. Sie wollte nicht auffallen. Noch weniger wollte sie gefragt werden, warum sie denn hier sei, denn dann hätte sie lügen müssen. Die Kripo würde ein paar Kollegen hinschicken, dessen war Lilo sich sicher, und mit denen galt es, jeden Kontakt tunlichst zu vermeiden. Vom Café ging sie zum U-Bahnhof und stand wenige Minuten später auf der Leipziger Straße.

Auf dem Stadtplan hatte Lilo die Lage der Kneipe eingehend studiert, auch andere Passanten schienen dorthin unterwegs zu sein. Sie folgte zwei Paaren, die auf ein weißes Plattenbau-Hochhaus zusteuerten. Über dem Seiteneingang prangte in grellroter Schreibschrift *Kuba-Mitte*. Gut, dass es regnet, dachte Lilo. Bei Sonne hätte die Leuchtreklame ihre Pracht nur schwer entfalten können. Die beiden Paare gingen hinein, einer der Männer hielt Lilo die Tür auf und nickte ihr freundlich zu. Sie bedankte sich und stand Sekunden später inmitten einer wilden Mischung aus Karibikurlaub und Politkitsch. Eine Instrumentalversion von *Mas que nada* schallte ihr entgegen, ein Sambastück, das Lilo schon durch ihre Jugend begleitet hatte. Sie hätte gern innegehalten und sich sattgesehen an der Einrichtung, doch dazu war der Anlass heute zu ernst.

Über der Biertheke hingen zwei überdimensionierte DDR-Ampelmännchen, sie blinkten abwechselnd auf. Der Mann hinterm Tresen mochte Ende sechzig sein und schien sich an der ständig von Rot nach Grün wechselnden Beleuchtung über seinem Kopf nicht zu stören. Er trug ein karibikblaues Hemd und hatte eine Halbglatze, umringt von schulterlangem grauem Haar. Lilo wusste aus dem Internet, dass es sich um Jimmy handelte, den Betreiber des Lokals. Sie widerstand der Versuchung, ihn näher in Augenschein zu nehmen, auch dem wunderschönen alten rosa Cadillac warf sie nur einen kurzen Blick zu. Eilig folgte sie den beiden Paaren in den separaten Raum, wo die *INGESCH* ihr Treffen veranstaltete. Lilos Plan ging auf, fünf Minuten vor der Veranstaltung drängten sich die Menschen im Saal. Wer hereinkam und sich wo hinsetzte, ließ sich kaum noch nachvollziehen. Selbst geübte Kriminalisten hätten Mühe gehabt, in dieser Menge ausgerechnet Werner Kochs Vermieterin aus Rügen zu erkennen – zumal sie ja nicht gezielt nach ihr suchten.

Lilo fand einen der letzten freien Stühle, höflich grüßte sie nach links und rechts. Dann zog sie ein Notizbuch hervor und tat so, als würde sie sich in ihre Eintragungen vertiefen. Ab und zu blickte sie auf und beobachtete die Menschen. Die meisten waren mittelalt – also zwischen vierzig und sechzig – und mittelreich, zumindest ihrer Kleidung nach zu beurteilen. Eine junge Frau schlängelte sich mit einem Tablett zwischen den Reihen entlang, bekleidet mit einem grauen Etwas. Am Kragen erkannte Lilo das Kleidungsstück als Überrest einer Uniform der Nationalen Volksarmee. Allerdings hatte sie eine kreative Wandlung erfahren: Ärmel und Hosenbeine waren modisch gekürzt, anstelle von Militärstiefeln und der üblichen Schirmmütze trug die Kellnerin rote Sandalen und zwei Apfelsinen im Haar. Lilo bat um ein Glas stilles Wasser und hielt zwei Minuten später ihre Bestellung in der Hand.

Ein Mann betrat die Bühne, pünktlich auf die Sekunde. So bunt und locker die Atmosphäre hier auch sein mochte, die Organisation folgte klaren Regeln. Er nannte seinen Namen: Torben Schulte-Behrend. Hatte Lilo ihn sich so vorgestellt? Äußerlich wirkte er eher wie ein Jüngling – laut Internet war er schon Mitte vierzig. Und offenbar verfügte er über Biss, sonst hätte er kaum die *INGESCH* gegründet und sich seit anderthalb Jahrzehnten dafür engagiert. Aber sollte man deswegen in ihm einen Entführer vermuten? Oder einen Drahtzieher der Tat? War ihm das wirklich zuzutrauen? Er begrüßte die Anwesenden mit freundlichen Worten und unerwartet herber Stimme. Deutlich und klar formulierte er seine Sätze, dennoch wirkte er unsicher. Das mochte daran liegen, wie er seinen Oberkörper leicht vorbeugte oder den Blick immer wieder auf die Stehtische im hinteren Bereich des Saals richtete.

Er fühlt sich nicht wohl in seiner Rolle als Moderator, dachte Lilo. Sie war gespannt auf seine Rede. Würde er erwähnen, dass die Polizei ihn vernommen hatte? Dass die *INGESCH* in den Blickpunkt der Kripo gerückt war wegen der Entführung von Werner Koch? Nein. Eine solche Offenheit schien unvorstellbar, damit würde Schulte-Behrend sich viel zu angreifbar machen, dann würde die Kripo womöglich weiter gegen ihn ermitteln. Wie richtig Lilo mit dieser Einschätzung lag, zeigte sich schon im nächsten Moment.

Schulte-Behrend straffte den Rücken und trat an den Bühnenrand. »Noch etwas ganz Wichtiges: Wenn wir hier gleich gemeinsam Fälle vorstellen und diskutieren, dürfen wir niemals, wirklich niemals, konkrete Namen nennen. Weder die von Personen, noch von Bausparkassen oder anderen Geldinstituten. Bitte beachten Sie das, so ersparen wir uns eine Strafanzeige wegen Verleumdung.«

Leise seufzend lehnte Lilo sich im Stuhl zurück. Das war's dann wohl. Schulte-Behrend setzte alles daran, sich zu schützen. Mit Sicherheit würde er die Vernehmung nicht erwähnen. Sei's drum. Sie verfolgte weiter das Geschehen.

Eine Frau betrat die Bühne, sie mochte an die siebzig sein und wirkte verhärmt. »Ich habe meine Stelle verloren, mit Anfang fünfzig. Und das Arbeitsamt machte mir keine großen Hoffnungen. Von einer Kosmetikfirma bekam ich das Angebot, mich mit einem kleinen Vertrieb selbstständig zu machen. Allerdings brauchte ich dafür zehntausend Euro Startkapital. Die Banken verweigerten mir das Geld, doch dann las ich in der Zeitung eine Anzeige: Beim Kauf einer Immobilie sollte ich zehntausend Euro in bar bekommen, als Binnenprovision, einfach nur für meine Unterschrift unter den Kaufvertrag. Ich habe mich darauf eingelassen, eine Wohnung gekauft wegen zehntausend Euro Bargeld. Dass der Preis völlig überzogen war, habe ich erst spät gemerkt. Mein Kosmetikvertrieb läuft zum Glück einigermaßen gut, aber ich kann mich noch lange nicht zur Ruhe setzen. Ich muss die Hypotheken für die Wohnung abtragen, und verkaufen lässt sie sich nicht, dafür findet sich niemand.«

Noch mehr Leute kamen auf die Bühne und erzählten die immer gleiche Geschichte: Sie hatten über Vermittler, die sie nicht kannten, und von Geld, das sie nicht besaßen, Wohnungen gekauft, die sie im Grunde nicht brauchten. Aber sie hatten geglaubt, kräftig Steuern zu sparen und sich so ein Vermögen zu schaffen, zum Beispiel als zusätzliche Altersvorsorge. Jetzt berichteten sie von Insolvenzen, Gehaltspfändungen und Zwangsversteigerung. Lilo fragte sich, wie die Käufer nur so naiv sein konnten und die Verkäufer so kaltblütig. Doch es gab für die Geschädigten auch Hoffnung: Immer mehr Gerichte erklärten die Verträge für nichtig. Vorausgesetzt es ließen sich enge Verbindungen nachweisen zwischen den Wohnungsverkäufern und den Banken, die an den Hypotheken verdienten. Institutionelles Zusammenwirken nannte die Rechtsprechung das, und es galt als unlauter.

Um kurz vor einundzwanzig Uhr schloss Schulte-Behrend die Versammlung. Viele Teilnehmer fanden sich noch in kleinen Gruppen zusammen, Lilo dagegen packte ihr Notizbuch ein und ging. Jetzt hätte sie die U-Bahn nehmen können, dann die S-Bahn und wieder den Bus nach Altglienicke, doch Elisabeth hatte vorgeschlagen, ein Taxi zu bezahlen. Für das Angebot war Lilo dankbar, sie wollte so schnell wie möglich zurück. Der Taxifahrer sprach nicht viel, erschöpft starrte Lilo in den Regen. Als sie vor dem Haus ankam, standen Elisabeth und Pedro schon am Fenster. Keine Minute später begann Lilo ihren Bericht, und je länger sie sprach, umso länger wurden die Mienen ihrer Gastgeber.

»Wir können es knapp zusammenfassen«, meinte sie zum Schluss. »Ich kannte dort niemanden, und zur Entführung gab es nicht den geringsten Hinweis.«

»Dann hatten Sie also recht mit Ihrer Einschätzung, Frau Gondorf. Ich danke Ihnen jedenfalls von ganzem Herzen.« Elisabeths Worte klangen warm, doch ihre Enttäuschung war unverkennbar.

»Trotzdem bin ich gern nach Berlin gekommen. Der Tag war für mich sehr interessant.«

»Und Sie haben getan, was Sie konnten. Dass Sie nicht mehr herausgefunden haben, liegt sicher nicht an Ihnen. Wir bleiben jedenfalls in Verbindung.«

»Ganz bestimmt«, versprach Lilo und zog sich ins Gästezimmer zurück. Erst am frühen Morgen fand sie ein paar Stunden Schlaf.

*

Es regnete wieder, der Regionalexpress durchquerte die nördlichen Berliner Vorstädte. Wie schon auf der Hinfahrt konnte Lilo sich nicht auf die Zeitschriften konzentrieren. Sie sah aus dem Fenster und freute sich auf ihr eigenes Bett. Als die Häuser entlang der Bahnstrecke immer seltener und die freien Flächen immer größer wurden, atmete sie freier. Ihr Umzug aus der Großstadt nach Rügen war für sie die richtige Entscheidung gewesen, sie hatte eine neue Heimat gefunden.

Am frühen Nachmittag traf der Zug in Bergen ein. Oskar hatte angeboten, Lilo abzuholen, doch sie nahm lieber den Bus. Sie brauchte Zeit, um nachzudenken. Außerdem wollte sie Oskars Freundlichkeit nicht überstrapazieren. Eine gute Stunde später schloss sie ihre Haustür auf und bemerkte sofort den Zettel im Flur: *Alles bestens. Komm gefälligst rüber! Sonst komme ich!*

Sie rief Oskar an. »Dann komm doch.«

»Hast du wenigstens Berliner mitgebracht?«

»Nein. Es gab nämlich keine mit Bierfüllung.«

»Dachte ich mir. Mach schon mal Kaffee.«

Nach ein paar Minuten klopfte er an ihrer Terrassentür, in den Händen ein Tablett mit einem runden Käsekuchen. Lilo wusste, dass Oskar selten backte und nie besonders gern, doch wenn er sich dazu durchringen konnte, dann mit höchst schmackhaftem Ergebnis.

»Doch nicht etwa zur Feier des Tages?«, fragte sie mit gespielter Rührseligkeit.

»Gibt es denn was zu feiern?« Er stellte den Kuchen auf

dem Wohnzimmertisch ab. »Hast du in Berlin etwa sämtliche Entführer dingfest gemacht?«

»Dieses Ziel habe ich jedenfalls nur knapp verfehlt.«

Während sie den Tisch deckte, berichtete sie von ihren Erlebnissen.

Oskar verzog bedauernd das Gesicht. »Also hat diese ganze Reise dich nicht wirklich weitergebracht?«

»Nicht, was die Entführung betrifft. Aber interessant war es trotzdem.«

»Und dieser Neffe? Irgendwie wirkt der doch seltsam. Er ist Frau Kochs einziger Erbe?«

»Zumindest hat sie sonst wohl keine nahen Verwandten. Nur Pedro und dann natürlich Pedros Sohn, Elisabeths Großneffe.«

»War der auch da?«

»Nein, er wohnt in Stuttgart und kommt nur selten zu Besuch nach Berlin.« Sie erzählte von seinem Zimmer und den leeren Schränken. »Und was ich besonders eigenartig fand: Auf den Regalböden lag kein einziges Staubkorn, das war alles ganz frisch durchgeputzt.«

Oskar grinste. »Tja, Elisabeth Koch und ihr Neffe sind eben sehr reinlich. Aber das allein macht sie doch nicht verdächtig. Du selbst bist ja schließlich auch ein kleiner Putzteufel.«

»Kapierst du, worauf ich hinauswill? Ich frage mich, ob es diesen Großneffen tatsächlich gibt.«

»Aber warum sollten Elisabeth und Pedro den denn erfinden?«

»Was weiß ich? Vielleicht, um von irgendwas abzulenken.«

Oskar schüttelte seufzend den Kopf. »Lilo, Lilo. Manchmal kommt es mir vor, du siehst schon Gespenster. Aber nun gut. Betrachten wir die Sache ernst und nehmen an: Werner Koch ist tot. Dann erbt zunächst seine Frau, und wenn die stirbt, geht alles an Pedro?«

Lilo schluckte hinunter, der Käsekuchen war auch diesmal gelungen. »Ja. Pedro hat schon Geld von den Kochs bekommen, um das Haus zu restaurieren. Und demnächst werden auch noch Fassade und Vorgarten gemacht. Aber nehmen wir ruhig mal an, dass nach der Renovierung noch Geld übrig ist. Wenn Elisabeth Koch einmal stirbt, müsste sie das ja nicht alles an Pedro vererben. Als Neffe hat er schließlich keinen Anspruch auf einen Pflichtteil.«

»Aber er ist der offizielle Hauseigentümer?«

»Ja, vorgestern Abend hat sie kurz erwähnt, dass ihre Eltern dem Enkel, also Pedro, das Haus überschrieben haben. Ihm fehlt aber eigenes Geld für die Renovierung, darum kommt das von den Kochs.«

Oskar nickte nachdenklich. Sie kamen hier nicht weiter. »Übrigens: Während du weg warst, hat Verena sich auf deinem Festnetz nicht gemeldet«, sagte er schließlich.

»Auf meinem Handy auch nicht.«

»Prima. Und mit deinen Mietern war auch alles in Ordnung. Tja, min Best, so leid es mir tut, aber offenbar hat dich hier niemand schmerzlich vermisst.« Oskar erhob sich. »Zum Trost lasse ich dir den restlichen Kuchen hier. Du willst dich sicher ein wenig ausruhen von all den Strapazen.«

»Wie gut du mich kennst.« Lächelnd öffnete sie die Terrassentür.

Oskar entschwand Richtung Hecke.

Lilo fühlte sich erschöpft, doch weil es schon auf den Abend zuging, schien es ihr für ein Nickerchen zu spät. Sie packte ihre Reisetasche aus und warf die Waschmaschine an, dann drehte sie noch eine Runde durch den Garten und entdeckte tausend Dinge, die sie demnächst erledigen musste. Doch für heute wollte sie es gut sein lassen, sie freute sich auf ihr Bett. Um halb neun ging sie schlafen.

Es folgte ein Donnerstag, im Selliner Gemeindehaus sollte wieder der Square-Dance-Abend stattfinden. Lilo fürchtete ein ähnliches Debakel wie beim letzten Mal, doch zum Glück lief es wie gewohnt. Oskar und Lilo wurden freudig begrüßt, man unterhielt sich angeregt, Ulrike verzichtete auf salbungsvolle Reden, und Konrad quälte seine Truppe diesmal nicht mit komplizierten neuen Choreografien. Stattdessen ließ er Figuren wiederholen, die alle schon gut kannten. Die Tänzer und Tänzerinnen hatten ihren Spaß. Werner Kochs Entführung spielte offenbar keine Rolle mehr, nicht mal in der Pause erwähnte jemand den Vorfall. Alles wirkte so unauffällig, dass es Lilo beinah verdächtig vorkam: Was ging da vor sich? Gab es hinter ihrem Rücken eine Vereinbarung? Hatte man etwa beschlossen, das Thema Werner Koch zu meiden? Doch die Leute im Saal schienen nichts zu verbergen. Lilo schob ihr Misstrauen beiseite und konzentrierte sich aufs Tanzen, spätabends fuhren alle gut gelaunt nach Hause.

Am nächsten Tag rief Verena an. »Hallo Mama, ich wollte nur fragen, was bei euch so los ist.«

Lilo konnte in der Stimme ihrer Tochter keinen verdächtigen Unterton entdecken. »Lieb von dir, hier ist alles in Ordnung. Und bei dir?«

»Wie immer zu viel Arbeit. Und weil du mich ja sowieso gleich danach fragen willst: Nein, es gibt keine neuen Erkenntnisse im Fall Koch.«

»Gar keine oder nur keine, von denen du mir ein klein wenig erzählen dürftest?«

Verena schmunzelte. »Beides, Mama. Wir üben uns in Geduld und Mühsal.«

Sie plauderten noch ein paar Minuten, und Lilo stellte

erleichtert fest, dass Verena vom Besuch ihrer Mutter in Berlin offenbar keinen Wind bekommen hatte. Wunderbar! Die Stunden bis zum Abend verbrachte Lilo damit, die viel zu lange aufgeschobene Gartenarbeit nachzuholen. Dann kam der Samstag und damit die Abreise der adretten Familie aus Bochum.

Schon früh am Morgen brachte Ralf Tesselbrink die ersten Gepäckstücke zum Wagen, Lilo nutzte die Gelegenheit und ging zu ihm. Nachdem beide ein paar unverbindliche Sätze gewechselt hatten, wagte sie sich vor: »Ich möchte Sie schon lange etwas fragen, Herr Tesselbrink. Und bitte nehmen Sie es mir nicht übel, ich will nicht unhöflich sein, aber zufällig habe ich gesehen, dass Sie mittags hier im Wagen geschlafen haben. Gleich an dem Tag, als Sie gekommen waren. Und es sah so aus, dass es Ihnen gar nicht gut ging.«

Der Familienvater schien peinlich berührt. Er gab sich Mühe, die Verlegenheit zu überspielen. »Ach das. Das ist längst vergessen. Es ging mir nicht so gut an diesem Tag, und dann die lange Fahrt, die ich hinter mir hatte.«

Die beiden schwiegen ein paar Sekunden. Offenbar spürte Tesselbrink, dass Lilo eine ausführlichere Antwort erwartete, er setzte nach: »Um ehrlich zu sein: Meine Frau und ich hatten diesen Urlaub bitter nötig. Sie wissen ja vielleicht, dass unser Werk in Bochum wahrscheinlich schon Ende des Jahres geschlossen wird.«

»Ja, davon habe ich natürlich gehört.«

Tesselbrink nickte. »Das alles hat meine Frau und mich reichlich mitgenommen, wir haben uns oft gestritten, meist wegen blöder Kleinigkeiten. Opel, das ist nämlich eine Art Heimat für uns.« Er tätschelte das Dach des Zafiras. »Unseren guten Kumpel hier, den habe ich mitgebaut, da fühle ich mich schon echt wohl drin. Jedenfalls: An diesem Tag, wo wir grad gekommen waren, da war ich einfach mit den Nerven runter und wollte ein bisschen allein sein. Ich hätte mich natürlich auch in den Bungalow legen können, ist ja ein schönes Schlafzimmer da, aber meine Frau hat unsere Sachen eingeräumt, und unsere Mädels waren total aufgekratzt, weil alles so neu für die war. Darum habe ich mich hier ein Stündchen auf die Rückbank gelegt. Aber danach habe ich mich ganz schnell erholt, bestimmt. Es hat uns allen prima gefallen.«

Lilo lächelte. »Das ist ja schon mal was. Und ich drücke Ihnen selbstverständlich die Daumen, dass es trotz allem beruflich gut weitergeht.«

»Danke, Frau Gondorf, da sagen Sie was.« Tesselbrink zog sein Portemonnaie aus der Hosentasche. »Mir fällt da übrigens noch was ein. Tut mir leid, dass ich erst jetzt dran denke.« Er fingerte ein weißes Stück Papier hervor. »Von der Kurverwaltung in Gager. Ein Herr Fossen hat sich da um uns gekümmert und gesagt, das hier sollen wir Ihnen unbedingt geben. Sie brauchen das ja wohl als Nachweis, dass wir unsere Kurtaxe bezahlt haben.«

»Oh, danke.« Sie nahm die Quittung entgegen. »Daran hatte ich auch nicht mehr gedacht. Aber ist ja noch früh genug.«

»Alles klar. Wir sind dann so in einer halben Stunde mit Packen fertig. Wir sagen natürlich noch Tschüss.«

»Bloß keine Hektik, bis gleich.«

Lilo ging in ihr Haus. Eigentlich hätte sie Tesselbrink gern noch gefragt, was er nachts mit einer Taschenlampe am polizeilich versiegelten *Mövennest* gesucht hatte, aber sie wollte ihn nicht noch verlegener machen. Seine Erklärung schien plausibel: Beide Ehepartner von Arbeitslosigkeit bedroht und das bei zwei kleinen Kindern. So was ging an die Nieren, die Menschen konnten einem leidtun.

Zurück in ihrem Wohnzimmer blätterte Lilo in der Tageszeitung, etwas Neues über Werner Koch fand sich darin nicht. Ab und zu sah sie zum *Boddenhüsken* hinüber. Wie angekündigt bog Familie Tesselbrink nach einer halben Stunde mit den restlichen Gepäckstücken um die Ecke, Lilo verabschiedete sich herzlich. Eigentlich sympathische Leute, dachte sie, wenn auch reichlich spießig. Doch sie musste zugeben: Die Ordnungsliebe der Gäste hatte klare Vorteile. Im Bungalow stand kein schmutziges Geschirr mehr, sämtliche Mülleimer waren geleert. Lilo machte sich an die Endreinigung und stellte zufrieden fest, dass es nicht viel zu tun gab. Offenbar hatten die Bochumer immer mal wieder durchgeputzt.

Bereits am Nachmittag trafen die nächsten Mieter ein: vier Freundinnen aus München, alle Mitte dreißig. Und auch das *Mövennest* wurde wieder belegt – mit einem älteren Ehepaar aus Mannheim. Lilo verzichtete darauf, ihre neuen Gäste auf den Fall Werner Koch anzusprechen, schließlich wollte sie niemanden beunruhigen. Zum Glück fragte auch keiner nach. Alles folgte seinem gewohnten Gang, alles war normal. Fast so wie vor der Entführung.

*

Nachts nieselte es. Es war ein warmer Tag gewesen, der Regen tat den Pflanzen gut, die Gärten atmeten auf. In den Eingängen der Villen brannten Lichter, doch dies war nicht der einzige Schutz gegen Einbrüche. Die Bewohner sorgten vor. Breite Stahlriegel lagen quer über den Türen, die Gitter der Fensterschächte waren durch Stahlschlösser gesichert, robuste Klammern verhinderten ein Hochschieben der Rollläden. Neben diesen mechanischen Vorrichtungen verfügten die meisten Häuser über elektronische Alarmanlagen mit direkten Telefonverbindungen zu Sicherheitsdiensten oder Polizei. Viel Prominenz lebte im Viertel. Künstler, Industrielle, Politiker.

Eine der Villen sah aus, als hätte der Architekt zwei große Würfel ineinandergeschoben. Die Eigentümer waren stolz auf den kubistischen Baustil. In dieser Nacht näherte sich dem Haus ein Wagen und bog in die Einfahrt. Wenige Meter vor der Garage blieb er stehen. Der Fahrer stieg aus und ging auf das Rolltor zu. Er sah noch, wie von der Seite eine dunkle Gestalt auf ihn zusprang. Sekunden später nahm er einen eiskalten Druck auf Mund und Nase wahr und einen stechend süßlichen Geruch. Dass sich die Spitze eines Dolchs in seine Bauchschlagader bohrte, spürte er nicht mehr.

## Die Witwe

»Es gibt Neuigkeiten, Frau Gondorf: Die Kripo war heute wieder bei mir. Von Werner fehlt weiter jede Spur, aber vorletzte Nacht wurde in Dahlem ein Mann erstochen, vor seinem eigenen Haus. Haben Sie schon davon gehört?«

Der Anruf erreichte Lilo, als sie dabei war, sich zum Abendessen ein Spiegelei zu braten. Im ersten Moment erschrak sie über die Nachricht, doch sie fasste sich schnell. Ein Mord also, so viel begriff sie sofort – und das Opfer war nicht Werner Koch. Sie stellte die Herdplatte auf die niedrigste Stufe und setzte sich.

»Nein, Frau Koch. Das wusste ich noch nicht. Aber wenn die Polizei deswegen bei Ihnen war, vermutet man doch wohl einen Zusammenhang mit der Entführung?«

»Richtig. Das Opfer ist Clemens Heege. Clemens mit C und Heege mit Doppel-E. Er leitet hier in Berlin die Geschäftsstelle der *Schwelmer Bausparkasse.* Vor knapp zwanzig Jahren war Clemens für die Wertgutachten von Immobilien zuständig. Mein Mann und er hatten damals viel miteinander zu tun, und wir haben uns auch privat getroffen. Aber dann hat mein Mann die Verkaufsmasche durchblickt. Clemens Heege hatte die Wohnungen natürlich allesamt zu hoch bewertet, damit er von den Käufern die entsprechenden Preise verlangen konnte. Mein Mann hat diese Geschäfte dann nicht mehr beurkundet. Und von Clemens und seiner Frau haben wir uns auch zurückgezogen.«

Lilo horchte auf. »Hatte das denn was mit dieser Beschwerde bei der Notarkammer zu tun?«

»Zeitlich lag das dicht zusammen: Aufgrund von Schulte-

Behrends Anzeige bei der Kammer hat mein Mann sich näher mit den Hintergünden dieser Wohnungskäufe beschäftigt und dann die Zusammenarbeit beendet.«

»Also steht die *INGESCH* jetzt in doppeltem Verdacht? Zum einen die Entführung Ihres Mannes, zum anderen der Mord an Clemens Heege?«

»Richtig. Wie ich von Anfang an vermutet habe. Weil die *INGESCH* sich möglicherweise gezielt rächen will an den Leuten, die damals den Verkauf der überteuerten Immobilien geregelt haben. Also: Clemens als Wertgutachter und mein Mann als Notar. Aber es waren natürlich auch die Wohnungsverkäufer an der Sache beteiligt. Vielleicht wird es ja noch mehr Opfer geben.«

Gemessen an den Ereignissen klang Elisabeth Koch auffallend ruhig. Doch das war bei ihr ja nichts Ungewöhnliches, dachte Lilo. Auch direkt nach dem Verschwinden ihres Mannes war die blinde Frau bemerkenswert gelassen geblieben.

»Und das Treffen am Dienstag in der Kneipe?«, fragte Lilo angespannt. »Hat die Polizei das irgendwie erwähnt?«

»Sie brauchen sich keine Sorgen zu machen, Frau Gondorf. Natürlich haben die gefragt, was ich darüber weiß. Ich habe nur gesagt: Ich war nicht dort und verlasse mich drauf, dass die Kripo ihre eigenen Leute hingeschickt hat. Dann kamen keine Fragen mehr in diese Richtung. Und wenn die Polizei sich bei Ihnen deswegen auch noch nicht gemeldet hat, heißt das doch wohl: Man hat Sie auf dem Treffen nicht erkannt.«

Lilo fiel ein Stein vom Herzen. »Sehr gut.«

»Aber die wollten noch mehr von mir wissen«, fuhr Elisabeth fort. »Nämlich ob es in letzter Zeit eine Verbindung gab zwischen Clemens Heege und meinem Mann. Das konnte ich klar verneinen, denn seit siebzehn Jahren hatten wir wirklich nichts mehr miteinander zu tun. Damals hat mein Mann ja begriffen, wie diese Bausparkasse ihre Kunden mit maroden Wohnungen hinters Licht führt.«

»Die beiden haben sich damals überworfen?«

»Sie sind nicht im Streit auseinandergegangen, mein Mann hat die Verbindung einschlafen lassen. Aber in der Zeit davor haben Werner und ich die Heeges auch privat getroffen. Amelie war damals noch blutjung. Wir haben uns alle gut verstanden. Nachdem die Polizisten gestern gegangen waren, habe ich Amelie angerufen und ihr mein Beileid ausgesprochen. Sie war völlig mitgenommen von Clemens' Tod, aber sie hat sich sofort an mich erinnert und sehr freundlich reagiert. Dabei habe ich noch etwas Interessantes erfahren.«

»Aha?«

»Ja. Es ist nämlich so: Clemens und Amelie wussten von Werners Entführung. Die hatten alle Berichte dazu verfolgt. Amelie kannte jedes Detail, das durch die Medien gegangen war. Und die beiden haben gleich geahnt, dass es einen Zusammenhang mit Werners Tätigkeit als Notar geben könnte, bei der Immobiliensache damals.«

»Und die haben sich nicht an die Polizei gewandt?«, wunderte Lilo sich. »Oder zu Ihnen Kontakt aufgenommen?«

»Nein, ganz bewusst nicht. Amelie sagt, Clemens wollte sich nicht in einen Verdacht hineinsteigern. Und der Kontakt zu mir war ja nun abgebrochen wegen dieser unschönen Sache damals. Aber weil er eben geahnt hat, dass er das nächste Entführungsopfer werden könnte, hat Clemens sich in Acht genommen und ist nicht mehr allein an einsame Orte gegangen. Dass er ermordet wird, und dann noch vor seinem eigenen Haus, konnte ja nun keiner vorhersehen.«

Lilo atmete tief aus. Was sollte sie von diesem Clemens Heege halten, so wie Elisabeth ihn schilderte? Er ahnte, dass er in Gefahr schwebte? Er glaubte, einer Entführung leicht vorbeugen zu können? Er schaltete die Polizei nicht ein, weil er sich in nichts hineinsteigern wollte?

»Frau Koch, nehmen Sie es mir bitte nicht übel, aber ich kann beim besten Willen nicht nachvollziehen, warum er sich nicht an die Kripo gewandt hat.«

»Sie haben schon recht«, meinte Elisabeth traurig. »Und Amelie macht sich auch furchtbare Vorwürfe, weil sie Clemens nicht stärker gedrängt hat. Aber er wollte damit nun mal nicht zur Polizei. Jedenfalls noch nicht. Er hatte Angst, dass dann die ganze Geschichte mit den Schrottimmobilien noch mal groß durch die Medien gehen könnte. Der Ruf seiner Bausparkasse hat deswegen ohnehin schon gelitten. Da mochte er nicht noch mehr Öl ins Feuer gießen. Schon gar nicht als Geschäftsstellenleiter.«

»Und seine Frau? Arbeitet die auch da?«

»Nein, Amelie ist eine Art Chef-Buchhalterin bei einer Versicherung. Soweit ich weiß, gibt es da keine Verbindung zu Clemens' Bausparkasse. Aber ich muss Ihnen noch etwas ganz Wichtiges sagen: Amelie war am Dienstag nämlich auch bei der *INGESCH*-Versammlung. Clemens wollte unbedingt, dass sie das beobachtet. Weil er doch fest davon überzeugt war, dass die *INGESCH* hinter Werners Entführung steckt. Amelie geht also zum ersten Mal auf diese Art von Treffen – und eine Woche später wird ihr Mann ermordet. So was ist doch wohl kein Zufall mehr.«

Lilo stieß Luft aus den Wangen. »Oh je.«

»Ja, ich finde das auch besonders schlimm. Amelie sagt, die Leute von der Kripo waren sehr betroffen. Bestimmt bereuen die längst, dass sie diesen Schulte-Behrend vorletzte Woche haben laufen lassen. Es ist alles schon sehr tragisch.«

Wie immer wählte Elisabeth ihre Worte sorgfältig, doch

ihr Unterton ließ keinen Zweifel daran, wie wütend sie auf die Polizei war.

»Gibt es denn schon konkretere Hinweise auf den oder die Täter?«

»Wohl nicht, zumindest Amelie hat keine Informationen, aber das muss ja nichts heißen. Die Beamten haben lediglich gesagt, dass die Ermittlungen nicht nur in Richtung *INGESCH*, sondern auch in Richtung Raubmord gehen. Brieftasche und Armbanduhr hatte Clemens jedenfalls nicht mehr bei sich. Aber es könnte immerhin auch sein, dass die Tat nur als Raubmord vorgetäuscht war.«

»Das stimmt«, meinte Lilo. »Mir tut das alles jedenfalls sehr leid, besonders natürlich für die Witwe.«

»Danke. Darum versuche ich ja, Amelie so gut wie möglich zu unterstützen. Erst einmal muss Clemens beerdigt werden, aber wenn danach eine angemessene Zeit verstrichen ist, wollen Amelie und ich alles in Ruhe bereden. Sie hat mich zu sich zum Tee eingeladen. Und nun habe ich eine große Bitte, Frau Gondorf: Ich möchte, dass sie mich dorthin begleiten.«

Ups!, dachte Lilo und antwortete nicht gleich. Bei aller Tragik fand sie die Neuigkeiten doch verdammt aufregend. Am liebsten hätte sie sofort zugesagt, doch sie wollte keinen falschen Eindruck erwecken. »Ich soll also noch mal nach Berlin kommen?«

»Genau, diesmal bitte nach Dahlem. Amelie weiß zwar noch nicht, dass ich Sie mitbringen möchte, aber sie hat sicher nichts dagegen. Und es macht doch auch Sinn, wenn Sie selber mit Amelie reden.«

»Das heißt, Sie beide trauen den Ermittlungen der Polizei nicht?«

»Nein, Frau Gondorf. So möchte ich das nicht verstanden wissen. Aber vielleicht haben Sie ja eine Idee. Oder es fällt

Ihnen ein Detail auf, was Amelie oder ich übersehen haben und deswegen der Polizei noch nicht mitteilen konnten.«

»Gut«, meinte Lilo. »Aber ich muss erst meinen Nachbarn fragen, ob der noch mal für mich einspringt. Wir haben ja Hochsaison, die Bungalows sind ununterbrochen belegt, und im Garten ist auch jede Menge zu tun.«

»Natürlich, Frau Gondorf. Es wäre auch wirklich nur für einen einzigen Tag.«

Lilo gab sich zuversichtlich. »Das sollte möglich sein. Nur eine Frage habe ich schon vorab: Frau Heege war also auch auf dem *INGESCH*-Treffen?«

»Richtig.«

»Sehr wahrscheinlich ist es nicht, weil es ja so voll war, aber vielleicht kann ich mich ja an sie erinnern. Haben Sie zufällig ein Foto von ihr?«

»Leider nicht. Aber ich könnte fragen, ob Amelie Ihnen ein Foto schickt, aber dann müsste ich ihr natürlich auch erklären, wofür das nötig ist. Und das möchte ich, ehrlich gesagt, mit ihr nicht am Telefon bereden. Schon gar nicht in ihrem jetzigen Zustand.«

»Das verstehe ich. Dann warte ich eben ab, bis ich Frau Heege persönlich treffe, zusammen mit Ihnen.«

»Gut. So machen wir das.« Elisabeth verabschiedete sich, und Lilo musste zugeben: Noch nie war sie über eine Einladung zum Tee so aufgeregt gewesen.

*

Erschöpft und aufgekratzt zugleich – so fühlte Lilo sich nach dem Telefonat. Ein Mann hatte sein Leben verloren, das war grauenvoll und traurig. Aber die Umstände? Was sollte sie davon halten? Oder vielmehr: von dem, wie Elisabeth Koch die Umstände darstellte?

Lilo widmete sich wieder ihrem Spiegelei, es hatte zwar stark an Aroma verloren, aber sei's drum. Sie ließ es auf eine gebutterte Brotscheibe gleiten, streute Salz darüber und beschloss, dass es noch passabel schmeckte. Aber das Ei war nicht wichtig, jetzt ging es um Mord. Und vielleicht sogar um Mord in zwei Fällen, schließlich wusste niemand, ob Werner Koch noch lebte. Rein statistisch betrachtet war das eher unwahrscheinlich – zweiundsiebzig Stunden nach einer Entführung sanken die Überlebenschancen erheblich, und Koch war nun schon seit zwei Wochen verschwunden.

Eigentlich hätte sie die Neuigkeiten gern brühwarm an Oskar weitergereicht. Doch sie zögerte. Es schien ihr klüger, erst über die Sache zu schlafen. Sie setzte sich an den PC, gab *Amelie Heege* ein und fand zwei Frauen dieses Namens. Doch das eine Mal stimmte der Wohnort und das andere Mal die Altersangabe nicht. Beide konnten nicht die Amelie sein, von der Elisabeth Koch erzählt hatte. Lilo probierte es mit *Clemens Heege* – und landete einen Volltreffer. Auf der Website der *Schwelmer Bausparkasse* fand sich nicht nur sein Name, sondern auch ein Foto. Offenbar war es recht aktuell, denn der Mann darauf ließ sich leicht auf Mitte fünfzig schätzen. Wie praktisch für den Mörder, dachte Lilo. Falls der sich vorher nicht ganz sicher war, ob er auch wirklich den Richtigen abstach, konnte er schnell noch mal nachsehen. Selbstverständlich erschien Clemens Heege auf dem Foto als durch und durch seriöser Geschäftsmann: leicht übergewichtig mit angedeutetem Doppelkinn, dabei vertrauensvoll, loyal, hoch kompetent. So wie Geldinstitute sich ihre Führungskräfte wünschen. Der Text dazu gab nicht viel her, mit den üblichen Phrasen stellte Heege sich als Leiter der Berliner Geschäftsstelle vor. Lilo surfte weiter, konnte über die Heeges aber nicht mehr in Erfahrung bringen. Offenbar hatten sie ihr Privatleben abgeschirmt – zumindest im Internet.

Für diesen Abend hatte Lilo genug ermittelt, die Erschöpfung siegte über die Aufregung. Sie machte sich bettfertig und lag schon bald in tiefem Schlummer. Beim Frühstück am nächsten Morgen sortierte sie nochmals ihre Gedanken, dann machte sie sich auf zum Tor in der Hecke.

Dank seines blaukarierten Hemds ließ Oskar sich leicht finden. Er saß auf einem dreibeinigen Schemel zwischen den Johannisbeersträuchern und pflückte rote Rispen.

»Tachschön, min Leev«, erwartungsvoll blickte er ihr entgegen. »Du siehst aus, als wüsstest du etwas Neues.«

»Jede Menge sogar. Gut, dass du schon sitzt.«

Oskar stand auf. »Demnach ist es ja wohl was Ernstes. Wollen wir das auf der Terrasse besprechen?«

»Noch besser in der Küche.«

»Also sehr ernst. Ja dann.«

Gemeinsam gingen sie ins Haus. Den angebotenen Kaffee lehnte Lilo dankend ab, sie hatte ja eben erst gefrühstückt. In klaren Sätzen erzählte sie, was sie am Vortag von Elisabeth Koch erfahren hatte.

Oskar hörte aufmerksam zu, auf seiner Stirn wurden die Falten immer tiefer. »Das ist doch völlig durchgeknallt«, meinte er schließlich. »Dieser Heege hatte Angst, selbst entführt zu werden, geht aber nicht zur Polizei, sondern schickt seine Frau zum *INGESCH*-Treffen? Also mitten in die Höhle des Löwen? Kurz danach wird er zwar nicht entführt, aber dafür ermordet. Daraufhin nimmt Elisabeth Kontakt zu seiner jungen Witwe auf, und die beiden sind plötzlich beste Freundinnen? Trotz siebzehn Jahren Funkstille?«

»Genau so. Wobei ich ihre Freundschaft schon verstehen

kann. Weder Elisabeth Koch noch Amelie Heege können was dafür, dass ihre Männer in krumme Immobiliensachen verwickelt waren.«

»Und was geht durch die Medien? Wenn der Mord so spektakulär ist, müsste man doch auch hier am Ende der Welt mal was davon mitkriegen.«

»Oder gerade nicht«, meinte Lilo. »Gestern Abend bin ich noch auf den Seiten von Berliner Zeitungen und Sendern gewesen. Da ist überall nur die Rede von einem Mord an einem Geschäftsmann in Dahlem, sonst keine Einzelheiten. Und dann steht da noch, die Polizei ermittelt in alle Richtungen, aber das schreiben die ja immer.«

»Und daraus schließt du, dass die Polizei keine weiteren Informationen rausgibt?«

»Natürlich. Vielleicht beißen die sich tatsächlich gerade selbst in den Hintern, weil sie diesen Schulte-Behrend haben laufen lassen.«

»Gut«, beschloss Oskar. »Dann fährst du eben. Und ich sage dir jetzt nicht, dass du auf dich aufpassen sollst. Denn das tust du ja sowieso nicht.«

»Du glaubst also, es ist gefährlich?«

»Natürlich ist es das. Wenn ich dir trotzdem zurate, dann aus reinem Selbstschutz. Wer weiß, was du mit mir anstellst, falls ich dich nicht nach Berlin lasse.«

»Also handelst du aus reinem Egoismus?«

»Du etwa nicht?«

»Selbstverständlich nicht. Ich führe einen steten Kampf für Recht und Sühne.«

Er grinste. »Und als wahre Heldin schaffst du das ganz allein.«

*

Im *Kuba-Mitte* klingelte das Telefon, Jimmy erkannte die Nummer im Display. »Hallo Torben, alter Junge, gibt es Neuigkeiten?«

»Und ob.« Torben Schulte-Behrends Stimme zitterte. »Die Polizei hat sich schon wieder bei mir gemeldet. Jetzt wollen die wissen, wo ich Dienstag spätabends war. Natürlich habe ich gefragt, wofür das wichtig ist, aber darauf habe ich keine Antwort gekriegt.«

»Und wo warst du Dienstagabend?«

»Bei unserem Nachbarschaftstreff, da gab es eine Podiumsdiskussion mit Bürgern und Politikern, es ging um die weitere Planung für unser Stadtviertel.«

»Und du warst mit auf dem Podium?«

»Ja. Wir haben uns danach noch verquatscht, ich war erst um zwei Uhr zuhause.«

»Dann ist doch alles gut.«

So schnell ließ Torben sich nicht beruhigen. »Aber warum sagen die mir nicht, was Sache ist? Die haben sich tatsächlich noch bei den anderen erkundigt, wann ich gegangen bin.«

»Dann ist doch wirklich alles gut«, wiederholte Jimmy mit Nachdruck. »Du hast ein wasserdichtes Alibi, das ist die Hauptsache. Denk dir nicht so viel dabei. Worum auch immer es unseren Freunden und Helfern ging: Du hattest nichts damit zu tun. Frag nicht weiter. Wenn die mehr von dir wollen, sagen die dir das schon.«

»Meinst du wirklich?«

»Ganz bestimmt. Was ist denn eigentlich mit diesem Toyota, der dich vielleicht verfolgt hat? Ist der noch mal aufgetaucht?«

»Nein. Das kam mir wahrscheinlich nur so vor.«

»Na also. Dann mach dir keinen Kopf und lass es dir gut gehen.«

»Danke, Jimmy. Und bis demnächst.« Wirklich überzeugt hörte sich Torben allerdings nicht an.

»Gern geschehen, mein Junge, bleib einfach locker. Und trotz allem: schönen Tag noch.«

*

Die folgenden Wochen waren für Lilo schwer zu ertragen, angespannt wartete sie auf Nachrichten aus Berlin. Dabei hatte sie jede Menge zu tun. Die erste große Hitze dieses Sommers zog über die Insel. Um den Garten in Schuss zu halten, brauchte Lilo mehr Zeit als sonst. Der Rasen wuchs schneller, sie musste regelmäßig wässern. In den Bungalows wechselten die Gäste, ohne dass Lilo viel Zeit für die Endreinigung blieb. Auch Ramona meldete sich und bat um Mithilfe beim Leichenschmaus für eine alte Frau aus Lobbe. Der Name sagte Lilo nichts. Nach allem, was die Trauergäste erzählten, hatte die liebe Verblichene ein ruhiges erfülltes Leben geführt. Wie schön, dachte Lilo, während sie Kaffee ausschenkte. Und wie öde. Sie litt unter Langeweile, Elisabeth Kochs Anruf ließ auf sich warten.

Am Abend nach dem Trauerkaffee quälte die Ungeduld Lilo so sehr, dass sie keinen Schlaf fand. Immer wieder musste sie an Ralf Tesselbrink denken. Als er nachts durch den Garten spukte, glaubte sie, der Lösung so nahe zu sein: ein Kurgast, der sich höchst auffällig verhielt, nachdem ein anderer Kurgast entführt worden war. Inzwischen hatte sich jeder Verdacht gegen Ralf Tesselbrink in Luft aufgelöst. Wahrscheinlich stand er längst wieder bei Opel in der Werkshalle und bangte um seinen Arbeitsplatz. Lilo seufzte, der Familienvater tat ihr leid. Doch gleich darauf musste sie schmunzeln. Ihr fiel ein, wie sie sich unter der braunen Decke versteckt hatte. Ein Glas Rotwein zu einem Zigarillo war nun mal die beste Einschlafhilfe. Also stand sie auf, zog einen alten Jogginganzug über, versorgte sich mit geistigem Getränk samt Tabakware und setzte sich auf die Terrasse. Es war ruhig, die beiden Bungalows lagen im Dunkeln, von den derzeitigen Mietern ging keine nächtliche Spukgefahr aus. Lilo nahm einen Zug, einen Schluck, einen Zug und dachte nach: Jetzt ging es nicht mehr bloß um eine Entführung, sondern auch um einen Mord. Beide Opfer hatten früher zusammengearbeitet und waren in Geschäfte verwickelt, mit denen sie sich viele Feinde gemacht hatten. Diese Feinde hatten vor ein paar Wochen ein Treffen in einer Berliner Szenekneipe abgehalten. Lilo war dort gewesen, ebenso wie die Witwe des Mordopfers, das zu diesem Zeitpunkt aber noch lebte. Lilo und die Witwe waren sich dort nicht begegnet, sie wussten noch nicht einmal voneinander. Und nun bat die Ehefrau des Entführungsopfers Lilo darum, sie zum Tee bei der Witwe des Mordopfers zu begleiten. Zwischen einem Schluck Wein und einem Zug am Zigarillo stöhnte Lilo auf. Wenn sie damals bei der Kripo in Bielefeld mit einem derartigen Fall zu tun gehabt hätte, wie wäre sie dann vorgegangen? Welche Ermittlungsmethode war die richtige? Wie ließen sich die Zusammenhänge der beiden Taten herausfinden? Falls sie überhaupt zusammenhingen. Lilo trank ihren Wein aus. In dieser Nacht würde sie die Antwort nicht mehr finden. Sie ging ins Bett.

Auch in der folgenden Zeit führte Lilo einen harten Kampf mit ihrer Ungeduld und Neugier. Mehr als drei Wochen vergingen noch, bis endlich Elisabeth anrief. »Es ist so weit, Frau Gondorf: Amelie hat uns für nächsten Mittwoch um fünfzehn Uhr eingeladen.«

»*Uns*?«, fragte Lilo. »Sie weiß also, dass ich mitkomme?«

»Nicht ganz. Ich habe Amelie nur gesagt, dass ich gern eine liebe Bekannte mitbringen möchte, eine Vertrauensperson, die auch beim Treffen von der *INGESCH* war. Aber Ihren Namen habe ich noch nicht genannt. Jedenfalls wird unser Besuch ungefähr zwei Stunden dauern, und Sie können abends noch in Ruhe zurückfahren.«

Lilo ließ sich ihr Ermittlungsfieber nicht anmerken. »In Ordnung. Übrigens würde ich Frau Heege gern ein Geschenk mitbringen, als Dankeschön für die Einladung. Haben Sie da vielleicht eine Idee?«

Elisabeth brauchte nicht lange zu überlegen. »Wie wäre es denn mit einem hübschen Bildband über Rügen? Darüber freut Amelie sich bestimmt, sie hat mir neulich noch gesagt, wie schön sie die Insel findet.«

Lilo bedankte sich für den Tipp. Kaum hatte sie aufgelegt, eilte sie in den Garten, griff zum Schlauch und sprengte ihren Rasen mit wonniger Inbrunst. Endlich sollte sie wieder was erleben.

*

Der Mittwoch war als warm und sonnig angekündigt: auf Rügen, in Berlin und überall dazwischen. Am Morgen setzte Oskar seine Nachbarin an der Bergener Bahnhofsbuchhandlung ab. Lilo ließ sich einen Bildband über die Insel als Geschenk einpacken und schlenderte zum Bahnsteig. Sie hatte genügend Zeit eingeplant. Aufgeregt wie sie war, mochte sie nicht auch noch hetzen müssen. Der Zug kam pünktlich und hielt sich auf der gesamten Strecke an den Fahrplan. Zum Lesen war Lilo diesmal noch weniger zumute als bei der letzten Fahrt nach Berlin, lieber sah sie der Landschaft beim Grünsein zu. Um Viertel vor drei stieg sie am Botanischen Garten aus der S-Bahn. Elisabeth Koch wartete auf einer Bank, wie immer mit schwarzer Sonnenbrille, doch nun auch mit weißem Stab und gelb-schwarzem Blindenabzeichen am

Revers. »Wundern Sie sich nicht über meine Aufmachung, Frau Gondorf. Aber wenn ich mich an unbekannten Stellen in den Straßenverkehr wage, staffiere ich mich immer so aus. Nicht weit von hier ist übrigens das Deutsche Blindenmuseum, das können wir uns bei Gelegenheit gern ansehen, aber jetzt haben wir ja erst mal was anderes vor. Darf ich mich bei Ihnen einhängen? Dann brauche ich diesen dusseligen Stock nicht mehr.«

»Gern, Frau Koch.«

Elisabeth schob den Stab zusammen, verstaute ihn in einer Tasche und nahm Lilos dargebotenen Arm. »Pedro lässt Sie übrigens herzlich grüßen, er hat vorhin noch mal auf den Stadtplan geschaut und mir den Weg erklärt. Ich war ja schon sehr lange nicht mehr hier. Aber wir finden hin, verlassen Sie sich drauf.«

»Davon bin ich überzeugt«, meinte Lilo lächelnd.

In diesem Teil Berlins war sie noch nie gewesen. Vor dem einen oder anderen Haus wäre sie am liebsten stehen geblieben, um die gediegene Architektur und die sommerliche Pracht der Vorgärten zu bewundern. Doch mit einer blinden Frau am Unterarm schien ihr das nicht besonders sinnvoll. Außerdem wollten sie ja pünktlich kommen.

»Ich hätte gern an Clemens' Beerdigung teilgenommen«, erzählte Elisabeth. »Doch auf Amelies Wunsch fand alles im engsten Familienkreis statt. Was ja auch verständlich ist. Mitte dreißig und schon Witwe. Und dann noch durch eine so furchtbare Tat.«

»Ja, es ist furchtbar.« Lilo ließ eine kleine Pause folgen. »Wenn ich Sie das fragen darf, Frau Koch: Dieser große Altersunterschied bei den Heeges? Was hatte der für eine Bedeutung in der Ehe?«

Elisabeth nickte. »Ich weiß schon, was Sie meinen. Bei

sechzehn Jahren denkt man ja immer, der Mann nimmt sich die junge Frau sozusagen als Trophäe, als Zeichen für seinen Erfolg. Und die Frau sucht sich eine Vaterfigur, einen Mann, der sie versorgt und ihr Sicherheit bietet. Das ist nun mal das gängige Klischee. Aber bei den Heeges hatte ich das Gefühl, der Altersunterschied spielte kaum eine Rolle. Clemens war ein Mann, der es nicht nötig hatte, sich nach außen hin noch großartig zu beweisen. Und Amelie stand schon mitten im Leben. Sie hat damals zwar noch studiert, aber sie wirkte schon sehr reif. Eine klare und geradlinige Persönlichkeit. Die brauchte bestimmt keinen Versorger.«

»Und Kinder haben die beiden nicht?«

»Nein, die Ehe ist kinderlos geblieben, aus was für Gründen auch immer. Dabei waren die beiden früher ganz versessen auf Kinder. Sie wollten unbedingt welche, wenn auch erst nach Amelies Studium. Und dann muss es irgendwie doch anders gekommen sein, mehr weiß ich nicht. Ich wollte Amelie am Telefon nicht danach fragen. Aber noch was, Frau Gondorf: Wir sollten wohl besser nicht erwähnen, dass Ihre Tochter bei der Kripo ist. Ich möchte nicht, dass es da Verwicklungen gibt. Und ich finde, Amelie braucht es nicht zu wissen. Wir wollen ja nicht den Eindruck erwecken, als würden wir der Polizei nicht trauen und hinter deren Rücken lieber selbst ermitteln.«

»Das tun wir ja auch nicht«, entgegnete Lilo ernst. »Sonst wäre ich heute auch gar nicht erst gekommen. Meiner Tochter habe ich von unserem Besuch hier zwar nichts erzählt. Aber falls es einen klaren Grund gibt, wegen dem wir uns an die Polizei wenden sollten, dann machen wir das.«

»Selbstverständlich, das steht doch ganz außer Frage.« Elisabeth wies zur anderen Straßenseite. »Wir müssen gleich links um die Ecke und dann die zweite Straße rechts. Das ist übrigens ein ganz interessantes Haus, ein kubistischer Bau aus den frühen Sechzigerjahren. Clemens hat es kurz vor der Heirat gekauft.« Sie schmunzelte. »Und mein Mann hat es mir damals genau beschrieben: Es sieht aus, als hätte der Architekt zwei Würfel ineinandergeschoben, einen weiß verputzten und einen aus hellgrauem Marmor. Und er hat noch einen länglichen Bauklotz daneben gesetzt, das ist dann die Garage.« Die blinde Frau seufzte. »Ich weiß, was Sie jetzt denken: Clemens Heege konnte sich eine Villa in einem edlen Viertel leisten. Und das Geld dafür stammte aus windigen Geschäften mit maroden Wohnungen. Ja, es ist schlimm, was er damals getan hat, ich will ihn nicht in Schutz nehmen. Aber das ist doch kein Grund, ihn zu ermorden.«

»Natürlich nicht!« Lilo räusperte sich, ihre Stimme war belegt. Schweigend gingen die beiden weiter, nach hundert Metern blieb Lilo stehen, ihre Nervosität ließ sie sich nicht anmerken. »Wir sind da, Frau Koch. Ihr Mann hat das sehr treffend beschrieben: zwei Würfel und ein länglicher Quader.«

»Und wir stehen jetzt vor der Einfahrt?«

»Ja. Eine Doppelgarage mit breitem Rolltor. Und hier hat sich die Tat ereignet?«

»Ja.« Elisabeth seufzte traurig. »Clemens hatte die Fernbedienung für das Tor zuhause liegen lassen, er stieg aus dem Wagen und wollte aufschließen. Die Rechtsmediziner sagen, der Stich hat genau die Bauchschlagader getroffen, Clemens ist innerhalb kürzester Zeit verblutet. Aber auch wenn er die Fernbedienung dabeigehabt hätte – zwischen Garage und Haus gibt es keine Verbindungstür. Man hätte ihm in jedem Fall auf dem Weg zur Haustür auflauern können.«

»Und wer hat ihn gefunden?«

»Amelie. Sie hatte gehört, dass der Motor so lange lief, da wollte sie nachsehen. Clemens' Anblick muss das schiere Grauen für sie gewesen sein. Sie sagt, sie hat nur noch geschrien, sie konnte gar nicht mehr handeln. Die Nachbarn haben Polizei und Notarzt verständigt, aber im Grunde war Clemens schon tot, als Amelie ihn entdeckt hat.«

»Gab es denn keine Videoüberwachung?«

»Doch, aber nur für den Bereich direkt vor der Haustür, darauf ist aber nichts vom Täter zu erkennen. Die Garageneinfahrt liegt ja wohl viel weiter rechts.«

Lilo taxierte den Abstand zwischen Haustür und Garage. »Das stimmt. Und Zeugen? Hat jemand den Täter gesehen?«

»Die Polizei sagt: nein. Bevor Amelie kam, war der Mörder wohl schon über alle Berge.« Elisabeth seufzte. »Dann wollen wir mal. Für die arme Amelie können wir ja nicht mehr tun, als sie zu trösten und ihr Mut zuzusprechen.«

Ein Namensschild gab es nicht, nur einen einzelnen Knopf auf einem blankgeputzten Messingblech. War es wirklich richtig, was Lilo hier tat? Sie schob ihre letzten Zweifel beiseite und klingelte. Kurz darauf öffnete Amelie Heege die Tür. Trotz des Kummers, den Gesicht und Körperhaltung ausdrückten, erkannte Lilo sofort die junge Frau von der *INGESCH*-Versammlung wieder. Elisabeth stellte die beiden einander vor und erzählte, dass Lilo früher bei der Kripo gearbeitet hatte.

»Da bin ich sehr gespannt auf Ihre Meinung, Frau Gondorf.« Amelie lächelte offen. »Ich kann mich auch noch an Sie erinnern. Bei dem Treffen haben Sie in der Reihe hinter mir gesessen, nicht wahr?«

»Richtig. Sie haben sich einmal kurz umgedreht, da müssen wir uns wohl gesehen haben. Und ich weiß auch noch: Als ich ging, haben Sie noch mit einigen Leuten an einem Tisch gestanden. Unter einem blauen Sonnenschirm.«

»Ganz genau. Wie schön, dass Sie heute mitkommen. Treten Sie doch bitte ein.«

Elisabeth und Lilo folgten ihr in einen breiten Korridor,

hinter dem sich ein großzügiger Wohnbereich auftat. Die klaren Formen der Architektur setzten sich in der Einrichtung des Hauses fort. Auf sechzig Quadratmeter schätzte sie die Fläche von Ess- und Wohnbereich. Hinter der Sitzgruppe gaben bodentiefe Fenster den Blick frei auf eine großzügige Terrasse und einen angrenzenden Garten. Lilo überlegte, warum Amelie bei dem sonnigen Wetter nicht draußen gedeckt hatte. Aber vielleicht war ihr in ihrer Trauer nicht danach, sich der heiteren Atmosphäre eines Sommertags auszusetzen.

Weiß und Hellgrau dominierten den Raum – eigentlich keine Farben. Lilo verstand nicht sonderlich viel von Design, doch das konnte sie erkennen: Bei den Schleiflackmöbeln handelte es sich um Originale der Sechzigerjahre oder zumindest um hochwertige Nachbauten. Alles wirkte gediegen und auf eine Weise stilvoll, die Lilo als unangenehm empfand. Aber sie war ja nicht zu ihrem Vergnügen hier. Ein leichtes Rosenaroma stieg ihr in die Nase. Um Amelies Parfüm schien es sich dabei nicht zu handeln, sonst hätte Lilo den Geruch sicher schon bei der Begrüßung bemerkt. Sie sah sich um und konnte keine einzige Blume entdecken, vielleicht gab es irgendwo diskrete Duftspender. Der Tisch war gedeckt, auf weißen Serviertellern lagen Buttergebäck und Mandelplätzchen, im Stövchen brannte ein Teelicht.

Bevor sie im Schalensessel Platz nahm, überreichte Lilo das Gastgeschenk.

Amelie nahm es dankend entgegen. »Wie aufmerksam von Ihnen. Erlauben Sie mir, dass ich es erst in ein paar Minuten auspacke? Ich habe nämlich eben schon den Wasserkocher angestellt.«

»Selbstverständlich, Frau Heege. Wir freuen uns doch auf Ihren Tee.«

Amelie verschwand in Richtung Küche, Lilo sah ihr hinterher. Wie hatte sie Amelie auf dem Treffen in Erinnerung? Eine junge Frau mit sorgfältig geföhnter, dunkelbrauner Bob-Frisur und hellgrüner Bluse in der Stuhlreihe vor Lilo drehte sich kurz zur Tür. Vielleicht wollte Amelie wissen, wie viele Menschen noch in den Saal kamen. Vielleicht war die Kopfwendung eher unwillkürlich, so wie man sich eben in einem Raum umsieht, wenn man niemanden kennt und auf den Beginn einer Veranstaltung wartet. Auch Amelie war als Beobachterin dort, geschickt von ihrem Ehemann – nicht viel anders als Lilo, die Nachforschungen für Elisabeth betrieb. Einen Moment lang streifte Amelies Blick den von Lilo, sie sahen sich nicht lange an, sie kannten sich nicht, sie wollten nichts voneinander. Damals wirkte Amelie frisch und jugendlich, auf höchstens dreißig hätte Lilo ihr Alter geschätzt.

Jetzt ließen die Trauer und die schwarze Kleidung das Gesicht der jungen Witwe fahl wirken, man sah ihr die siebenunddreißig Jahre deutlich an. Lilo selbst war Ende dreißig gewesen, als ihr Mann starb. Fühlte sie sich in ihrem Schicksal mit Amelie verbunden? Nur zu einem gewissen Grad, denn die Situationen unterschieden sich. Lilo musste damals mit einer kleinen Rente auskommen und sich um drei Kinder kümmern.

Elisabeths Frage riss Lilo aus den Gedanken.

»Werner hat mir erzählt, das Haus ist auch von innen absolut sehenswert. Was meinen Sie, Frau Gondorf?«

»Da hatte er sicher recht. Durch das viele Glas kommt viel Licht herein, und alles ist elegant aufeinander abgestimmt.«

Dass die Einrichtung für ihren Geschmack viel zu unterkühlt und elegant wirkte, verschwieg Lilo höflich.

Elisabeth nickte. »Und ich finde, Amelie ist ein wundervoller Mensch. Sie ist noch völlig niedergeschlagen, das konnte ich am Telefon ja immer wieder merken. Aber sie meistert ihr Leben großartig. Allein, wie sie uns hier bewirtet. Ich hatte vorgeschlagen, wir treffen uns in einem Café oder bei Pedro und mir in Altglienicke. Aber Amelie wollte gern, dass wir zu ihr kommen, in das Haus, wo Clemens gelebt hat. Hier sind wir ihm näher, meinte sie, und er hätte sich auch über den Besuch gefreut.«

»Dann ist es doch gut, wenn wir Frau Heege hier besuchen«, entgegnete Lilo freundlich.

In diesem Moment kam Amelie mit dem Tee und schenkte ein.

»Wir haben gerade darüber gesprochen, wie schön das Haus ist«, sagte Elisabeth. »Die erste Zeit nach Clemens' Tod hast du ja bei deinen Eltern gewohnt. Konntest du dich denn schon wieder einleben, jetzt so ganz allein?«

»Ja.« Amelie setzte sich an den Tisch. »Ich bin schließlich für das Haus verantwortlich. Und ab morgen gehe ich auch wieder arbeiten. Es wäre sicher auch in Clemens' Sinne, dass ich ganz normal weiterlebe.«

Lilo nickte einfühlsam. »Wenn ich Sie das fragen darf, Frau Heege: Die Polizei gestattet Ihnen also, wieder hier zu wohnen? Das bedeutet ja wohl, man hält Sie nicht für gefährdet.«

»Sicher dürfen Sie mich danach fragen. Dass ich auch ermordet werde, hält die Kripo für unwahrscheinlich. Vermutlich steckt ja die *INGESCH* hinter der Entführung und dem Mord. Sozusagen eine späte Rache an den Leuten, die damals den Verkauf der maroden Wohnungen gemanagt haben. Ich soll mir auch keine Mitschuld geben, weil ich bei dem Treffen war. Sicher hatten die Clemens ohnehin schon lange auf ihrer Liste. Aber ich werfe mir natürlich vor, dass ich ihn nicht stärker gedrängt habe, zur Polizei zu gehen. Schließlich hatte er sofort nach Werners Entführung die *INGESCH* in Verdacht.«

»Befürchtet die Polizei denn noch weitere Opfer?«

»Das weiß ich nicht. Die Ermittler haben mich gefragt, wen ich noch kenne von den Leuten, die damals diese Wohnungsverkäufe abgewickelt haben. Ich konnte mich an keine Namen erinnern, aber in der Bausparkasse müsste es ja Listen geben von den Strukturvertrieblern.«

»Also will die Polizei diese Verkäufer warnen?«, fragte Elisabeth. »Weil sie davon ausgeht, es könnte noch mehr aus der Branche treffen?«

»Zumindest habe ich das so verstanden.«

Lilo überlegte. »Was mir aufgefallen ist, Frau Heege: Von der Tat an Ihrem Mann ging so gut wie nichts durch die Medien. Ich gehe mal davon aus, dass die Polizei dafür gesorgt hat.«

»Ja. Die Nachbarn haben natürlich mitbekommen, dass Clemens ermordet wurde, und ein paar Stunden später standen die Reporter in der Straße. Aber die Kripo hat ein strenges Verbot verhängt, es durften keine Einzelheiten bekannt werden. Aus ermittlungstaktischen Gründen, wie es ja immer heißt. Und die Medien haben sich tatsächlich dran gehalten.«

»Was längst nicht immer selbstverständlich ist«, ergänzte Lilo. »Aber hier funktioniert es ja offenbar.«

»Inwieweit ist es denn überhaupt sicher, dass die *INGESCH* dahintersteckt?« Elisabeth rührte sich Zucker in den Tee. »Der Täter hat doch Clemens' Uhr und die Brieftasche mitgenommen. Wird denn auch noch wegen Raubmord ermittelt?«

»Wohl nicht mehr. Der Wagen war ja noch da, obwohl er ziemlich wertvoll ist. Und obwohl der Schlüssel steckte und der Motor lief.«

»Was denn für ein Modell?«, fragte Lilo.

»Ein Oldtimer. Eine schwarze Corvette C 3 von 1975.«

»Möglicherweise war es ja doch ein Raubmord, und der

Täter hat den Wagen nicht mitgenommen, weil der ihm zu auffällig schien.« Lilo zögerte. »Andererseits: So richtig passt der Hergang nicht zu einem Raubmord. Der Täter hatte Äther dabei. Um dem Opfer die Wertgegenstände abzunehmen, hätte ja eine Betäubung gereicht, da wäre der Mord doch nicht mehr nötig gewesen.«

Elisabeth Koch nickte. »Ich glaube auch nicht an Raubmord. Wahrscheinlicher ist doch wohl, dass jemand bei der *INGESCH* sich rächen will, wenn auch sehr spät. Vielleicht hat jemand vor zwanzig Jahren eine marode Wohnung gekauft und all die Jahre seine Hypothek abgezahlt – ohne angemessenen Gegenwert. Vielleicht ist dieser Jemand jetzt alt und von Armut bedroht. Aber bei dem Treffen in der Kneipe ist Ihnen ja niemand aufgefallen, Frau Gondorf. Kein Hinweis auf einen möglichen Täter. Und bei dir wohl auch nicht, Amelie?«

»Absolut nicht. Kein Mensch hat über Werners Entführung gesprochen.«

»Und als ich ging?«, fragte Lilo. »Da haben Sie doch noch mit Leuten am Tisch gestanden und sich unterhalten.«

»Das stimmt.« Amelie nahm sich einen Mandelkeks und legte ihn sorgsam auf dem Tellerrand ab. »Aber ich kannte diese Leute nicht. Ich kannte überhaupt niemanden dort. Die anderen am Tisch haben sich mir mit Vornamen vorgestellt. Da habe ich auch meinen Vornamen gesagt, aber nur den zweiten: Katarina. Und ich habe erzählt, dass ich demnächst eine Wohnung kaufen will, als Kapitalanlage. Darum bin ich hier, um mich zu informieren, damit ich nicht auf eine Schrottimmobilie hereinfalle.«

»Und als Clemens' Ehefrau hat dich niemand erkannt?«, hakte Elisabeth nach.

»Davon gehe ich aus. Jedenfalls waren die anderen am

Tisch sehr freundlich und haben mir Tipps gegeben für einen Wohnungskauf. Die Entführung hat keiner erwähnt.«

Zaghaft biss Amelie in den Keks, die drei Frauen schwiegen.

Schließlich meinte Elisabeth: »Was ich dich noch fragen wollte, Amelie: Ihr habt wohl keine Kinder? Sonst hättest du das ja sicherlich schon erzählt. Aber ich möchte dir nicht zu nahe treten.«

»Schon in Ordnung«, meinte Amelie milde. »Nein, Kinder waren uns nicht vergönnt. Clemens konnte keine bekommen. Wir haben dann mehrere Kinderhilfswerke finanziell unterstützt, als eine Art Ausgleich. Um ehrlich zu sein: Jetzt bin ich froh, dass wir keine haben.«

Ein peinlicher Moment entstand, sie schwiegen. Schließlich begann Amelie, das Gastgeschenk auszupacken. »Dann will ich doch endlich schauen, was Sie mitgebracht haben, Frau Gondorf.« Ihre Stimme war belegt. Als sie kurz darauf das Buch in den Händen hielt, wirkte ihre Freude echt. »Ganz herzlichen Dank. Das werde ich mir heute Abend in Ruhe ansehen, ich mag Rügen unglaublich gern.«

»Sehr schön. Den Tipp habe ich übrigens von Frau Koch bekommen.«

Amelie lächelte. »Da hast du ja genau richtiggelegen, Elisabeth.«

»Das war nicht so schwierig. Du hast ja neulich erzählt, dass du auf Rügen eine Freundin hast.«

»Stimmt. Meine gute alte Laura. Wir kennen uns aus dem Studium. Danach ist sie zu ihrem Mann nach Sassnitz gezogen und hat da einen guten Job im Touristenservice bekommen, ihr Mann Boris ist selbstständiger Steuerberater.« Amelie wandte sich an Lilo. »Boris Dieterich. Kennen Sie ihn vielleicht?«

»Nein, nie gehört. Aber mit Steuerberatern habe ich es auch nicht so. Ich versuche immer, meine Erklärungen selbst hinzukriegen.«

Amelie nickte. »Die beiden sind jedenfalls ganz glücklich miteinander. Und sie haben inzwischen zwei supersüße Kinder.«

»Wie schön«, Elisabeth schmunzelte. »Dann kann ich ja jetzt mit gutem Gewissen gestehen, dass ich ein Attentat auf dich vorhabe. Und auf Sie auch, Frau Gondorf. Mein Hinweis mit dem Bildband war nämlich nicht so ganz uneigennützig.«

Amelie begriff sofort: »Möchtest du nach Rügen? Soll ich dich fahren? Das tue ich doch gern, Elisabeth. Wirklich jederzeit, sag einfach, wann.«

»Und bei mir sind Sie beide herzlich willkommen«, schloss Lilo sich an.

Die blinde Frau hob beschwichtigend die Hand. »Ich danke euch. Ja, ich würde gern die Wanderung in den Zickerschen Bergen machen. Ich war zwar schon mit der Polizei an der Stelle, wo Werner verschwunden ist, aber da ging es hektisch zu, ich musste ja die ganzen Fragen beantworten. Und nun würde ich gern noch einmal in Ruhe dorthin.«

»Das lässt sich einrichten«, entschied Lilo, »natürlich wohnen Sie beide bei mir.«

»Aber ich weiß doch, wie viel Sie in der Hauptsaison zu tun haben.«

»Keine Widerrede, Frau Koch. Die Bungalows sind zwar belegt, aber ich habe oben im Haus zwei kleine Gästezimmer. Dann müssen wir uns zwar das Bad teilen, aber das sollten wir drei Mädels wohl hinkriegen.«

Elisabeth lachte. »Ganz sicher. Nur so viel soll schon klar sein: Ich will niemandem zur Last fallen, Frau Gondorf. Es ist schön, wenn Sie mit auf die Wanderung kommen, doch darüber hinaus müssen Sie sich nicht um mich kümmern. Ich bin glücklich, wenn ich ein paar Stunden in Ihrem schönen Garten verbringen kann. Und du, Amelie, solltest unbedingt deine Freundin besuchen.«

Alle waren einverstanden, sie mussten nur noch den Termin besprechen.

»Übernächstes Wochenende habe ich in den Bungalows keinen Gästewechsel«, meinte Lilo. »Da passt es mir gut.«

»Dann frage ich kurz bei Laura nach«, Amelie griff zum Telefon und erfuhr, dass auch ihre Freundin Zeit haben würde.

»Wunderbar!« Elisabeth strahlte. »Und tausend Dank für Ihre Gastfreundschaft.«

»Aber gern, das ist doch selbstverständlich.« Lilo setzte ihr Pokerface auf. Wie sehr sie dem Besuch entgegenfieberte, brauchten die anderen schließlich nicht zu wissen.

*

Am späten Abend traf Lilos Zug in Bergen ein, Oskar stand schon bereit. Seite an Seite schlenderten sie zum Ford.

»Wie schön, min Deern«, meinte er launig. »Du lebst also noch. Aus englischen Schwarz-Weiß-Filmen weiß man ja, dass äußerlich freundliche Damen gern schon mal beim Teekränzchen meucheln.«

»Und was ist mit männlichen Nachbarn, die gern Hecken schneiden und Bier trinken? Sind das nie die Mörder?«

»Statistisch gesehen zumindest deutlich seltener.«

Er hielt ihr die Wagentür auf. Auf der Fahrt erzählte sie vom anstehenden Besuch.

»Und das kann man alles so glauben?«, fragte er. »Clemens Heege ist gerade mal unter der Erde, und schon möchte seine schöne junge Witwe eine blinde ältere Dame zu einer Wochenendreise nach Rügen begleiten?«

Lilo verstand, worauf Oskar hinauswollte. »Nicht nur zu der Reise«, merkte sie an, »sondern auch zu der Wanderung. Und zwar genau an die Stelle, wo Werner Koch entführt wurde.«

»Aus deinem Unterton schließe ich mal, dass noch etwas anderes dahinterstecken könnte.«

»Etwa nicht? Grundsätzlich kann ich ja nachvollziehen, was Frau Koch sagt: Sie möchte noch mal dorthin, um ihrem Mann nahe zu sein.«

»Aber?«

»Vielleicht will sie ja auch deswegen noch mal hin, weil sie die Täterin ist, und Täter kehren bekanntlich gern an den Tatort zurück.«

»Und hinter dem Mord an Clemens Heege würde sie dann auch stecken?«

»Liegt doch nahe. Die beiden Männer waren in dieselben schmutzigen Geschäfte verstrickt.«

»Okay. Aber welche Motive könnte sie haben?«

»Was weiß ich. Rachsucht? Oder Erpressung? Vermutlich hängt ja noch viel mehr an dieser Immobiliensache, und die beiden Männer haben richtig viel Dreck am Stecken. Vielleicht haben sie siebzehn Jahre lang gemeinsam dichtgehalten und sich dann zerstritten. Oder Werner Koch lebt noch und hat Clemens Heege ermordet.«

»Und Heeges Witwe weiß das alles? Glaubst du, sie macht mit Elisabeth Koch gemeinsame Sache?«

»Im Moment ist das alles nur Spekulation. Möglicherweise verdächtigen wir sie zu Unrecht. Aber wie dem auch sei: Wir glauben weiter ans Gute im Menschen und halten trotzdem die Augen offen.«

»Und sonst?«, fragte Oskar kritisch. »Bei deiner Unterhaltung mit dieser Frau Heege hast du nichts entdeckt, was dich weiterführen könnte? Keine Ungereimtheit? Kein Widerspruch?«

»Vielleicht doch.«

»Nämlich?«

»Es gab eine peinliche Situation, als Elisabeth gefragt hat, warum Amelie keine Kinder hat. Angeblich war Clemens Heege zeugungsunfähig und wollte auch keine Adoption.«

»Und das ist unglaubwürdig?«

»Zumindest ist es ein Widerspruch zu dem, was Elisabeth mir vorher erzählt hatte. Dass die Heeges zu Beginn ihrer Ehe ganz versessen auf Kinder waren.«

»Hast du nachgehakt?«

»Nein. Irgendwie hatte ich das Gefühl, ich würde sowieso keine klare Antwort bekommen.«

»Keine klare Antwort von Frau Heege oder von Frau Koch?«

»Ich weiß nicht. Vielleicht von beiden.«

»Du meinst, sie hüten ein Geheimnis?«

»Irgendwas stimmt da jedenfalls nicht. Ich habe schon überlegt, ob es vielleicht ein Kind gibt oder gab, das verschwiegen werden muss.«

»Aha?! Das könnte ja immerhin eine Spur sein. Und du willst die beiden wirklich bei dir wohnen lassen? Um ehrlich zu sein: So richtig wohl ist mir nicht bei dem Gedanken.«

»Weil du glaubst, die könnten mir was antun?«

»Na ja. Wenn an der Sache tatsächlich was dran ist, wäre die Situation ja wohl nicht ganz ungefährlich.« Oskar seufzte. »Aber du wirst schon wissen, worauf du dich einlässt.«

»Ja. Und ich denke, ich kann es verantworten. Willst du dazukommen und die beiden kennenlernen?«

»Welch verlockender Gedanke. Doch so gern ich auch die Bekanntschaft reizender Damen mache, in diesem Fall verzichte ich wohl besser drauf. Man weiß ja nie, was sich so entwickelt.«

Er bog vor die Garage ein und öffnete per Fernbedienung das Rolltor. »Ich würde bei einem winzigen Bier ja gern noch ein wenig weiterplaudern. Aber du willst dich wahrscheinlich sofort hinlegen nach so einem Tag.«

Lilo lächelte entschuldigend. »Wir holen das nach, spätestens morgen.«

»Na dann«, meinte er zufrieden.

# Die Fahrt

Am frühen Samstagnachmittag bei strahlendem Sonnenschein bog Amelies dunkelroter Nissan Juke auf den Gästeparkplatz ein. Lilo half Elisabeth beim Aussteigen.

»Wir haben vorhin in Stralsund am Hafen zu Mittag gegessen«, erzählte Amelie lächelnd. »Ich würde mich gern kurz frischmachen. Und wie ich unsere liebe Elisabeth verstanden habe, möchte sie bald loslaufen. Sie freut sich schon so.«

Elisabeth hob beschwichtigend die Hand. »Ja, schon. Aber deswegen müssen wir ja nicht in Hektik verfallen. Ich möchte einfach nur die Zeit und das gute Wetter nutzen.« Sie wandte sich an Lilo. »Falls Ihnen das recht ist, Frau Gondorf.«

»Selbstverständlich. Wegen der Wanderung sind Sie doch gekommen. Ich zeige Ihnen kurz Ihre Zimmer, und dann können wir starten.«

Gemeinsam holten sie das Gepäck aus dem Kofferraum, Lilo führte ihre Gäste in den ersten Stock des Wohnhauses. Wieder staunte sie darüber, wie schnell Elisabeth die Lage und die Einrichtung der Räume erfasste.

»Danke, Frau Gondorf. Es ist ja so gemütlich hier, wir fühlen uns bestimmt wohl. Was meinst du, Amelie? Wie lange brauchen wir? Eine Viertelstunde?«

»Höchstens. Wie du schon sagst: Wir wollen doch die Sonne auskosten.«

Lilo ließ die beiden allein. Nach zehn Minuten kam Amelie herunter.

»Kommen Sie doch kurz in die Küche, Frau Heege. Ich mache uns gerade einen kleinen Rucksack fertig.«

»Ist das denn nötig? Wir wollen doch unterwegs einkehren.«

»Aber ein bisschen Wasser sollten wir schon mitnehmen. Zwischen den Lokalen liegen ja immerhin zwei Stunden.« Lilo packte drei kleine Flaschen ein. »Wenn ich Sie darauf ansprechen darf: Wie geht es Ihnen denn? Verkraften Sie die Situation einigermaßen?«

Amelies Stimme begann zu zittern. »Es ist furchtbar schwer, das muss ich Ihnen nicht sagen. Und es geht irgendwie. Ich fange mich langsam wieder. Aber Clemens fehlt mir überall. So richtig begreife ich immer noch nicht, dass er nicht mehr da ist.«

»Ja, das braucht Zeit«, meinte Lilo einfühlsam. »Was sagt eigentlich die Polizei?«

»Leider nicht viel. Die behaupten, sie ermitteln bei der *INGESCH*, aber auch in andere Richtungen. Und mehr kann man mir angeblich im Moment nicht sagen.«

»Ja, so ist das nun mal. Für die Polizei geht es immer erst um die Taktik, alles andere ist zweitrangig. Auch wenn Sie darunter leiden müssen.«

Amelie senkte den Blick und tupfte sich die Tränen aus den Augenwinkeln. Lilo lächelte ihr tröstend zu, kurz darauf kam auch Elisabeth die Treppe herunter. Sie zogen los, auf demselben Rundweg wie vor zwei Monaten das Ehepaar Koch, am neuen Friedhof und am Bakenberg vorbei in Richtung Gager. Wie an einem sonnigen Samstag im August nicht anders zu erwarten, waren viele Menschen unterwegs, von Wanderromantik konnte keine Rede sein. Für Elisabeth wurde die Situation schwierig. Normalerweise folgte sie beim Wandern ihrer Begleitperson auf zwei Meter und orientierte sich am Geräusch der Schritte. Doch das war wegen der vielen Menschen jetzt nicht möglich, sie musste sich mal bei Amelie, mal bei Lilo unterhaken und wirkte angespannt. Offensichtlich konnte sie die Tour nicht besonders genießen. Was steckte dahinter? Wollte Elisabeth verbergen, dass die Wanderung sie psychisch viel mehr belastete, als sie angenommen hatte? Ab und zu suchte Lilo Amelies Blick, doch die nickte immer nur lächelnd, vermutlich nahm sie Elisabeths Anspannung nicht wahr. Lilo erzählte ein paar Anekdoten aus dem Dorf. Elisabeth hörte offenbar gern zu, ihre Stimmung besserte sich, zumindest kam es Lilo so vor.

Am Hafen in Gager bogen sie nach links ab und machten eine Pause im *Cafe Sonnenstrahl*, dann ging es weiter in Richtung Naturschutzgebiet. Eine knappe Stunde später erreichten sie die Stelle, an der Werner verschwunden war.

»Wie geht es Ihnen, Frau Koch?«, fragte Lilo. »Möchten Sie hier Pause machen?«

Elisabeth wies mit dem Kopf nach links. »Ist die Bank frei?«

»Leider nicht«, sagte Amelie. »Da sitzen zwei junge Frauen. Aber wir können ja einen Moment warten. Oder ich frage höflich, ob die für uns aufstehen würden.«

»Das ist nicht nötig. Dann möchte ich gern an den Rand gehen. Wo ich zuletzt mit ihm gestanden habe.«

»Gern, Elisabeth.«

Amelie und Lilo führten sie an die Abbruchkante. Sie hielt ihr Gesicht in die Sonne und atmete tief. »Hier war es, Werner hat mir das damals genau erklärt. Vor uns liegt doch jetzt die Hagensche Wieck, eine Ausbuchtung des Rügischen Boddens?«

»Das stimmt«, sagte Lilo. »Und es ist gut, dass Sie sich an all das Schöne erinnern können.«

In diesem Moment begann Amelie zu schluchzen, Elisabeth fasste die Hand der jungen Freundin. »Du darfst ruhig weinen. Das ist alles sehr traurig. Clemens ist tot, und Werner vermutlich auch. Das Leben bürdet uns viel auf, doch es wird weitergehen. Für mich noch ein kleines Stück und für dich hoffentlich noch viele Jahrzehnte.« In den Worten schwang Mitgefühl, doch die Stimme blieb fest.

Wieder staunte Lilo. Selten war ihr ein Mensch wie Elisabeth begegnet – so stark und gleichzeitig so sensibel. Könnte sie tatsächlich die Entführung ihres Mannes in Auftrag gegeben haben? Und dann auch noch einen Mord?

Schweigend standen die drei noch einige Minuten an der Klippe, dann meinte Elisabeth: »Für mich ist es genug. Wenn ihr nichts dagegen habt, laufen wir weiter.«

Sie sprachen nicht viel auf dem letzten Stück der Wanderung, Amelie kämpfte immer noch mit den Tränen. Am frühen Abend erreichten sie den *Bodden-Krug*, ein Kellner führte sie zum reservierten Tisch auf der Terrasse.

»Die Senior-Chefin möchte uns persönlich begrüßen«, erklärte Lilo. »Aber keine Sorge, sie bleibt diskret. Sie weiß ja, dass ich Besuch von der Frau des entführten Mannes habe. Und von Ihnen, Frau Heege, habe ich ihr nichts Näheres erzählt. Alle hier sind froh, wenn die Entführung kein großes Gesprächsthema mehr ist. Was natürlich nicht bedeutet, dass wir die Sache nicht ernst nehmen.«

Augenblicke später steuerte Ramona auf den Tisch zu. Lilo stellte ihre Gäste vor, die Wirtin schüttelte energisch die Hände. Während sie die Speisekarten verteilte, verfiel sie in einen sanften Befehlston: »Nehmt den Hecht oder den gebratenen Aal. Ganz frisch vom Kutter.«

Alle drei entschieden sich für Fisch, Ramona nickte zufrieden. »Und dazu eine schöne Flasche Weißburgunder, die geht natürlich aufs Haus.«

»Nichts dagegen. Ganz lieben Dank.«

»Ist mir doch eine Ehre, Lilo. Hauptsache, beim nächsten Leichenschmaus schmeißt du uns hier wieder den Laden. Jetzt muss ich rein, aber sagt Bescheid, bevor ihr geht. Und lasst es euch schmecken.«

Der Kellner brachte Wein und Wasser, sie stießen an.

»Wegen morgen muss ich noch was ankündigen«, meinte Amelie. »Laura und Boris haben mich gefragt, ob ich nicht schon zum Frühstück kommen will, so um neun. Die Kinder sind dann sowieso wach, und ich muss ja nachmittags schon wieder los. Darum sollten wir den Tag ausnutzen. Ich möchte gern um acht Uhr fahren, das findet ihr hoffentlich nicht unhöflich.«

Lilo lächelte. »Selbstverständlich nicht, Frau Heege. Sie sehen Ihre Freundin schließlich nur selten.«

»Fahr ruhig so früh«, pflichtete Elisabeth bei. »Frau Gondorf und ich machen uns einen schönen ruhigen Tag. Das herrliche Wetter soll ja halten.«

Amelie nickte dankbar.

Das Essen schmeckte, sie genossen den Abend. Gegen zweiundzwanzig Uhr verabschiedeten sie sich und machten sich auf den kurzen Rückweg. Amelie und Elisabeth steuerten sofort ihre Zimmer an. Auch Lilo war müde, aber noch hatte sie ihr Tagwerk nicht erledigt, Oskar wartete auf neueste Informationen. Sorgfältig schloss sie die Türen zum Treppenhaus, erst dann wählte sie seine Nummer.

*

»Verstehe ich dich richtig?«, fragte Oskar sarkastisch, als Lilo mit dem Bericht fertig war. »Frau Koch war angespannt bei eurer Wanderung? Als sie direkt an der Klippe stand, also genau an dem Ort, wo ihr Mann verschwunden ist? Daraus folgerst du, dass bei ihr irgendwas nicht stimmt? Das hast du doch die ganze Zeit von ihr erwartet?«

»Ja ja, du hast recht: Möglicherweise ist das ihre Art der

Trauer. Aber irgendwie passt das für mich nicht. Sie wirkte eher nervös, so als hätte sie Angst. Erst habe ich gedacht: Es stört sie, dass da diese Menschenmassen unterwegs sind, dass es eben ganz anders ist als damals auf der einsamen Wanderung mit ihrem Mann. Aber ich fand ihr Verhalten trotzdem nicht plausibel. Und als wir da am Abhang standen, kam sie mir auch nicht richtig traurig vor. Sie hat ja sogar noch Amelie getröstet.«

»Menschen trauern unterschiedlich.«

»Mag sein, aber das reicht mir nicht als Erklärung. Vielleicht ist es ja bloß mein Bauchgefühl, jedenfalls bin ich mir sicher: Da steckt was anderes dahinter. Da stimmt was nicht. Es geht doch um die Frage: Weiß Frau Koch, dass ihr Mann noch lebt? Ist sie deswegen nicht so richtig traurig, sondern eher angespannt und ängstlich? Und darum solltest du unbedingt mal was überprüfen.«

Seufzend lenkte Oskar ein. »Also dann, min Leev. Ich habe dich verstanden. Und deinen Bauch natürlich auch. Morgen null sieben vier fünf?«

»Findest du das zu früh für einen Sonntag?«

Er lächelte. »Meiner senilen Bettflucht kommt es zumindest entgegen.«

*

Aus den Gästezimmern drang kein Geräusch. Lilo machte sich bettfertig und legte sich hin, doch sie kam nicht zur Ruhe. Lange horchte sie in die Dunkelheit, es blieb still. Irgendwann ging sie zum Fenster. Amelies Nissan stand auf dem kleinen Parkplatz, genau so, wie sie ihn am Nachmittag abgestellt hatte. Lilo kroch wieder unter die Decke, erst am frühen Morgen fand sie ein paar Stunden Schlaf.

Um sieben Uhr stand sie auf und duschte. Kaum hatte sie ihre Küche betreten, hörte sie die Tür des hinteren Gästezimmers, offenbar ging Amelie ins Bad. Zwanzig Minuten später kam sie die Treppe herunter.

»Schön guten Morgen, Frau Gondorf. Ich habe wunderbar geschlafen, die Matratze ist sehr bequem.«

»Das freut mich, möchten Sie denn wenigstens eine Tasse Kaffee, bevor Sie starten? Ist gerade durchgelaufen.«

Amelie lächelte. »Lieb von Ihnen, aber meine Freundin bereitet sicher schon das Frühstück vor, darum will ich gleich los. Bis nachher dann, spätestens um fünf bin ich zurück.«

»Gut.« Lilo öffnete die Haustür. »Eine sichere Fahrt und viel Spaß.«

»Danke. Ihnen und Elisabeth auch einen schönen Tag.«

Lilo blieb im Türrahmen stehen, bis ihr Gast ins Auto gestiegen war. Dann eilte sie ans Küchenfenster. Der dunkelrote Nissan fuhr los. Sekunden darauf setzte Oskar den Ford aus der Garage.

*

Eine Stunde später saßen Lilo und Elisabeth beim Frühstück auf der Terrasse. Wie immer trug die blinde Frau ihre Brille mit den großen dunklen Gläsern.

»Unsere kleine Wanderung gestern hat mit gutgetan. Ich möchte Ihnen nochmals danken, dass Sie mich begleitet haben. Und natürlich für Ihre Gastfreundschaft.«

»Selbstredend, Frau Koch. Schließlich haben Sie mich in Ihrem Haus doch auch so zuvorkommend bewirtet.«

Elisabeth nickte. »Ich hoffe, Sie finden es nicht unhöflich, wenn ich den Tag heute einfach nur auf einer Liege in Ihrem Garten verbringen will, statt Ihnen Gesellschaft zu leisten.«

»Aber nein.« Lilo hob beschwichtigend die Hand. »Da machen Sie sich bitte gar keine Gedanken, ich freue mich doch, wenn es Ihnen hier so gut gefällt.«

»Ja, das tut es.« Elisabeth atmete tief ein und wandte ihr Gesicht der Sonne zu. »Dies ist ein wundervolles Stückchen Erde. Die Luft, die Geräusche des Wassers, das Kreischen der Möwen. Ich möchte einfach nur da sein und jede Sekunde genießen.«

»Das sollen Sie, Frau Koch. Wir stellen Ihnen gleich eine Liege auf.« Lilo überlegte, ob sie die Gelegenheit nutzen sollte, Elisabeth auf Amelies Kinderlosigkeit anzusprechen, aber das Thema schien ihr zu heikel. Stattdessen fiel ihr eine andere Frage ein. »Wenn Sie erlauben: Ich würde gern noch etwas von Ihnen wissen. Über Ihre Blindheit.«

»Aber bitte, nur keine Scheu.«

»Gut. Ich bewundere Sie nämlich dafür, wie sicher Sie sich orientieren. Manchmal merke ich bei Ihnen kaum einen Unterschied zu Menschen, die sehen.«

»Das ist die Übung. Vermutlich liegt es daran, dass ich schon als Kleinkind erblindet bin. Meine anderen Sinne sind sozusagen in ihre Aufgabe hineingewachsen.«

»Aber Sie können wirklich gar nichts sehen? Auch keine Hell-Dunkel-Kontraste?«

»Nein. Ich habe ja keine Augäpfel mehr, also auch keine Netzhaut. Ich orientiere mich vor allem über mein Gehör, und das ist tatsächlich Übungssache. Schall breitet sich in jedem Raum anders aus. Gegenstände reflektieren die Schallwellen, und man kann lernen, die Art der Echos zu unterscheiden. Viele Blinde üben das gezielt, es gibt spezielle Schulungen dafür.«

»Das finde ich sehr interessant.«

»Ja, es ist schon faszinierend, wie sehr man das menschliche Gehör schulen kann. Doch ich will das nicht schönreden. Selbstverständlich würde ich lieber ganz normal sehen, aber mein Schicksal musste ich ja nun mal annehmen und das Beste daraus machen.«

»Was Ihnen bemerkenswert gut gelungen ist. Entschuldigung. Ich meine natürlich: Es gelingt Ihnen sehr gut. Auch jetzt noch, in dieser besonders schwierigen Situation.«

»Ach, Frau Gondorf.« Die blinde Frau lächelte. »Ich habe so viel Glück gehabt im Leben, ganz unabhängig von meinem Augenkrebs. Und nun freue ich mich auf einen schönen Tag in Ihrem Garten. Ihr Gast zu sein ist ebenfalls ein großes Glück für mich.«

Lilo fand Elisabeths Ton deutlich übertrieben, doch sie ging darauf ein. »Aber gern, Frau Koch. Wo wollen wir Ihnen die Liege denn aufstellen? Brauchen Sie auch einen Sonnenschirm?«

»Nur keine Umstände. Ein Hut und eine gute Sonnencreme reichen vollkommen, beides habe ich mit. Und falls es Ihnen nichts ausmacht: Die Liege hätte ich gern hinten im Garten, möglichst nah am Bodden. Ich hoffe, das stört Ihre Bungalowgäste nicht.«

»Keine Sorge. Erstens sind das lauter freundliche Menschen, und zweitens sind die bei dem herrlichen Wetter sowieso irgendwo auf der Insel unterwegs. Wir machen alles so, wie Sie sich das wünschen. Und heute Mittag essen wir zusammen, ich schlage vor, so um eins.«

»Aber machen Sie sich bitte bloß nicht so viel Mühe.«

»Keine Sorge. Ich dachte an Gemüselasagne und dazu einen kleinen Tomatensalat, das geht flott.«

»Und ist ganz nach meinem Geschmack.«

»Wunderbar. Soll ich Ihnen Bescheid geben, kurz bevor das Essen fertig ist?«

»Sehr nett, dann brauche ich nicht die Zeitansage auf meinem Handy abzuhören. Wenn man sich in so herrlicher Natur aufhält, stört ein technisches Gerät ja doch.«

»Das ist wohl so«, entgegnete Lilo freundlich.

Eine halbe Stunde später lag die blinde Frau wunschgemäß am Bodden. Lilo konnte aufatmen. Während des Frühstücks hatte sie mit aller Kraft versucht, sich auf ihren Gast zu konzentrieren, und nicht auf die Frage, was Oskar wohl gerade so trieb. Sie schaute auf die Uhr: gleich zehn. Nein, es war noch zu früh, er konnte noch nicht zurück sein. Während sie den Terrassentisch abräumte, überlegte sie, wie sie die Zeit bis zur Vorbereitung des Mittagessens verbringen sollte. Ihr juckte es in den Fingern, sie musste etwas tun. Etwas Richtiges. Etwas Körperliches. Sie ging in den Schuppen und bewaffnete sich mit Harke und Eimer. Seit zwei Wochen hatte sie sich nicht mehr um die Beete vor ihrem Haus gekümmert, es wurde also Zeit. Dabei war die Gartenarbeit an diesem Tag durchaus heikel, sie verstieß nämlich gegen die Sonntagsgebote der Kurverwaltung. Selbstverständlich konnte man lautlose Gartenarbeit nicht verbieten, doch die Menschen im Dorf waren angehalten, sonntägliche Muße zu wahren. Reges Wirken im Vorgarten sah die Kurverwaltung dann gar nicht gern. Aber Lilo beschloss: Sonntag hin oder her, der Zustand ihres Vorgartens duldete keinen Aufschub, schließlich stand der Wildwuchs schon knöchelhoch. Beherzt setzte sie die Harke an, rupfte Kraut um Kraut samt Wurzel aus und schaute immer wieder zur Straße. Noch war nichts zu sehen von Oskar im silbergrauen Ford.

*

Es war kein gutes Gefühl, mit dem Oskar sich in Bewegung setzte. Noch immer wusste er nicht so recht, was er von dieser Aktion halten sollte. Die Ehefrau des entführten Notars war gestern beim Wandern seltsam nervös gewesen – jedenfalls nach Lilos Bauchgefühl. Und deswegen sollte Oskar nun Amelie nach Sassnitz hinterherfahren. Im Grunde fühlte er sich ungeeignet für diese Aktion – noch nie hatte er einen anderen Wagen verfolgt. Derartiges kannte er nur aus Fernsehkrimis, und meistens ödeten ihn solche Szenen an. Er fand sie sogar dann langweilig, wenn die Autos gefährlich rasten, vor schwierigsten Hindernissen auf abenteuerlichste Weise auswichen und atemberaubende Stunts vollführten. Oskar war kein Mann für diese Filme. Dass er nun selbst den Verfolgerwagen lenkte, machte es für ihn nicht spannender. Außerdem würde an einem Sommersonntag auf den Land- und Bundesstraßen zwischen Groß Zicker und Sassnitz keine Auto-Akrobatik nötig sein. Sei's drum. Die Sonne schien, und seine Nachbarin würde ihm auf ewig dankbar sein für diese Fahrt. Es gab Schlimmeres.

Von der Boddenstraße bog er nach links ab, Amelies Nissan fuhr etwa hundert Meter vor ihm. Echte Profis hielten möglichst viel Abstand, um nicht erkannt zu werden. Die wirklichen Könner ließen sogar drei, vier Autos dazwischenfahren, auch das wusste Oskar aus Fernsehkrimis. Leider gab es für ihn ein Problem: Die meisten Rüganer Touristen hatten Urlaub. Deswegen schliefen sie gern lange, besonders an Sonntagen, und verstopften den Asphalt lieber erst später. Um kurz vor acht waren die Straßen im Südosten der Insel noch gähnend leer. Es existierten keine Autos, die Oskar dazwischenlassen konnte, um Amelie profimäßig zu verfolgen. Hundert Meter, das war ein passender Abstand, fand er. Bei geradem Straßenverlauf auch hundertfünfzig. Allmählich fand er sich zurecht in seiner Rolle, vielleicht machte sie ihm sogar ein bisschen Spaß. Gerade fing er an, eine kleine Melodie zu pfeifen, da unterbrach ein landwirtschaftliches Nutzfahrzeug seine Heiterkeit. Ein Traktor samt Anhänger schob sich fünfzig Meter vor Oskar von rechts auf die Landstraße. Ausgerechnet an einer kurvigen Stelle mit Überholverbot. Als das Gefährt nach zwei Kilometern in einen Seitenweg bog, war vom Nissan nichts mehr zu sehen. Oskar beschloss, die Sache positiv zu betrachten. Immerhin hatte Amelie ihn nun nicht mehr im Rückspiegel, und wenn er ein wenig auf die Tube drückte, würde er sie spätestens in Sellin einholen. Er beschleunigte, kam mühelos voran, verlangsamte im Ort und folgte der Straße nach links. Eher zufällig warf er einen Blick auf den Parkplatz am Einkaufszentrum – und wunderte sich: Dort stand der dunkelrote Nissan vor dem Supermarkt. Wegen der vielen Urlauber war hier auch sonntagsmorgens geöffnet. Sollte Oskar auch auf den Parkplatz fahren? Nein, das schien ihm zu auffällig. Hinter ihm war kein Wagen, er setzte zurück an den Straßenrand und stellte den Motor ab. Amelies Auto hielt er fest im Blick. Vielleicht würde sie nicht zurückkehren, überlegte er. Doch das war eher unwahrscheinlich. Vermutlich nutzte sie die sonntägliche Öffnungszeit für ein paar Besorgungen. Und richtig: Nach knapp zehn Minuten kam sie aus dem Supermarkt, verstaute zwei volle Plastiktüten im Kofferraum und setzte die Fahrt fort. An der Gabelung vorm Granitzer Forst bog sie rechts ab, durchquerte erst Binz, dann Prora. Schließlich erreichte sie die B 96 nach Sassnitz.

Hier nahm der Verkehr zu, Oskar versuchte, höchstens vier Autos zwischen den Nissan und den Ford zu lassen, was nicht immer gelang. Kurz vor Sassnitz atmete er auf, gleich war es geschafft. Der Mukraner Hafen lag noch einen knappen Kilometer entfernt, von dort aus war es nur ein Katzensprung in die Innenstadt. Zum Fährhafen ging es nach halbrechts, Amelie blieb auf der Bundesstraße und vollzog einen kleinen Schlenker nach links. Oskars Konzentration hatte offenbar nachgelassen. Er brauchte ein paar Sekunden, um zu registrieren, was geschah: Direkt hinter dem Kleinen Wöstevitzer Teich setzte Amelie den Blinker und bog scharf nach links. »Verdammt!«, entfuhr es Oskar. Das Fluchen machte die Sache nicht leichter, der Nissan verschwand in der Mukraner Straße. Was jetzt? Oskars erster Impuls war, einfach zu folgen, doch er beherrschte sich. Er kannte die Gegend. Wenn er Amelie jetzt nachführe, würde sie unweigerlich merken, dass er sie im Visier hatte. Die Mukraner Straße verlief am Sassnitzer Fährkomplex entlang, einem riesigen Gelände mit Straßen, Gleisanlagen, Lagerhallen und Verwaltungsgebäuden. Vor mehr als dreißig Jahren hatte das DDR-Regime versucht, eine Verbindung zur Sowjetunion zu schaffen – unter Umgehung von Polen. Dabei ging es nicht nur um zivilen Handel. Man munkelte auch über Waffentransporte an die Sowjets. Geheimwaffen seien das, hoch effektiv, entwickelt in sächsischen Spitzenlaboren. Damit würde die DDR endlich Aufschwung bekommen. Inzwischen war der Fährkomplex modernisiert und zählte zu einem der größten Handelsplätze an der deutschen Ostseeküste. Das alles wusste Oskar. Was er dagegen nicht wusste: Warum fuhr Amelie Heege dort entlang? An einem frühen Sonntagmorgen? Mit zwei vollen Supermarkt-Tüten im Kofferraum? Machte es Sinn, an der Straßenmündung auf sie zu warten? Nein, entschied Oskar. Schließlich war nicht klar, ob Amelie für den Rückweg dieselbe Strecke nehmen würde. Vielleicht fuhr sie auch gar nicht nach Sassnitz und die Sache mit der alten Freundin war bloß eine Finte, ein Vorwand für eine Fahrt in den Norden der Insel. Oskar beschloss, der Sache auf den Grund zu gehen. Falls Amelie tatsächlich diese Laura besuchen wollte, könnte sie das immer noch tun, es war nicht mal neun Uhr. Also fuhr er weiter und erreichte nach zehn Minuten die Altstadt von Sassnitz.

Aus dem Handschuhfach kramte er einen Zettel. Amelie hatte von Laura erzählt, und Lilo hatte es aufgeschrieben: Steuerberater Boris Dieterich betrieb seine Kanzlei auf der Seestraße in einem taubengrau verputzten, restaurierten Gründerzeitbau. Unten waren die Büros, darüber wohnte er mit Ehefrau Laura und den beiden Kinder, das Dachgeschoss wurde an Feriengäste vermietet. Oskar fuhr langsam am Haus vorbei, auf den ersten Blick fand er alles so bestätigt, wie es auf dem Zettel stand. Er hätte das Haus gern vom Auto aus beobachtet, doch hier gab es keinen freien Parkplatz. In einer Seitenstraße wurde er fündig. Wenn er also weitermachen wollte mit der Überwachung von Zielperson Amelie Heege, dann zu Fuß. Immerhin fühlte er sich gut vorbereitet. Schon frühmorgens hatte er überlegt, welche Kleidung für diese Aufgabe geeignet sein könnte, hatte zu Sportschuhen, Laufhose und T-Shirt gegriffen und auch noch zwei kleine Hanteln eingesteckt. Noch glaubwürdiger wären Nordic-Walking-Stöcke gewesen, doch die schienen ihm zu sperrig. Oskar schloss den Ford ab und startete auf der Seestraße sein Bewegungsprogramm. Gründlich atmete er im Rhythmus seiner Schritte. Unterarme samt Hanteln bewegte er auf und nieder. So walkte er den Gehweg rauf und runter, mal rechts, mal links der Straße. Der Lohn für so viel Mühe näherte sich in Form eines dunkelroten Nissan. Fünfundzwanzig Minuten nach Oskar fuhr Amelie durch die Seestraße und bog auf den Stellplatz, den Steuerberater Dieterich werktags für seine Kunden bereithielt. Oskar, zu diesem Zeitpunkt etwa fünfzig Meter entfernt, machte Dehnübungen an einer Gartenmauer und wandte Amelie den Rücken zu. Das Geschehen beobachtete er mit kurzen Blicken über die Schultern hinweg oder unter den Armen hindurch. Und er stellte fest: Als Amelie auf die Haustür zuging, hatte sie keine gelben Tüten aus dem Supermarkt dabei.

*

Eine halbe Stunde hatte Lilo im Vorgarten gegen die Botanik gekämpft, da sah sie den Ford vor Oskars Haus einbiegen. Mit der Fernbedienung öffnete er das Rolltor, gleichzeitig ließ er das Beifahrerfenster hinunter und winkte Lilo zu. Sekunden später verschwand der Wagen in der Garage. Oskar kam nicht mehr heraus, sondern nutzte die Verbindungstür in seine Wohnung. Genau so hatten sie es vereinbart: Nach der Verfolgungsfahrt wollten sie nicht miteinander gesehen werden, das Telefon schien sicherer.

Lilo stellte die Harke ab und eilte ins Haus. Vom Wohnzimmerfenster aus erkannte sie, dass Elisabeth Koch noch immer auf der Liege ruhte, den weißen Stoffhut weit ins Gesicht gerückt, neben sich auf einem kleinen Tisch ihre Sonnencreme und eine Flasche Mineralwasser. So soll es sein, dachte Lilo. Sie brauchte nicht lange zu warten, da klingelte der Festnetzapparat im Flur.

»Bei dir scheint ja alles bestens, min Deern. Leider ging es bei mir nicht ganz so ordentlich zu. Die gute Amelie neigt zum unplanmäßigen Richtungswechsel.« Er berichtete von Amelies Lebensmittelkauf samt Abstecher zum Mukraner Fährkomplex.

Leise pfiff Lilo durch die Zähne. »Dann ist die Sache doch klar: Sie versorgt jemanden mit Lebensmitteln.«

»Und dieser Jemand ist Werner Koch? Meinst du das?«

»Entweder er. Oder seine Entführer, die für eine gewisse Zeit untergetaucht sind.«

»Vielleicht ist es ja viel harmloser: Amelie hat für sich selbst eingekauft und dann einen Abstecher gemacht, um sich den Fährkomplex anzuschauen. Ist doch schließlich ein geschichtsträchtiger Ort.«

»Dein Glaube an das Gute in allen Ehren, doch wie immer gilt folgender Satz: Das Häufige ist häufig. Ermittler müssen stets beim Wahrscheinlichsten anfangen. Wichtig ist nur, dass sie keinen Tunnelblick entwickeln.«

»Und das hieße in unserem Fall: Elisabeth ist Drahtzieherin der Entführung und Amelie ihre Helferin?«

»Sieht doch wohl so aus.«

»Und was ist mit dem Mord an Clemens Heege?«

»Ich bin fest von einem Zusammenhang überzeugt. Vielleicht ist Werner Koch der Mörder, oder die Entführer sind auch die Mörder, oder alles ist noch komplizierter.«

»Ach so«, meinte Oskar süffisant. »Dann zur Abwechslung eine einfache Frage: Was machen wir beide denn jetzt?«

»Erst mal gar nichts. Wir warten ab, wenigstens bis heute Abend.«

»Und wie gehst du mit deinen Gästen um? Die beiden haben sich ja nun reichlich verdächtig gemacht.«

»Hauptsache, Amelie hat von der Verfolgung nichts gemerkt.«

»Hat sie nicht. Da bin ich mir sicher.«

»Gut. Sobald die beiden weg sind, komme ich rüber, und wir bereden alles in Ruhe.«

»Denn man tau, min Leev. Wenn es brenzlig wird, mach dich irgendwie bemerkbar. Ich habe dich im Auge und das Telefon im Anschlag.«

»Danke«, sagte Lilo, ihre Stimme war belegt.

Nach dem Telefonat legte sie sich auf die Couch und dachte nach. Ihre Intuition hatte sie also nicht getrogen. Irgendetwas war faul. Doch auf ihr Bauchgefühl allein wollte sie sich nicht verlassen, klare Fakten mussten her. Sie stand auf und kramte eine Wanderkarte hervor. Sassnitz lag an der Ostküste der Halbinsel Jasmund, südlich der berühmten Kreidefelsen. Vom Fährhafen im Stadtteil Mukran kannte Lilo bisher nur den Passagier-Terminal, zusammen mit Verena war sie dort vor ein paar Jahren zu einem Kurzurlaub nach Schweden gestartet. Die Hafenanlagen setzten sich kilometerweit ins Inselinnere fort, vieles bestand inzwischen nur noch aus Industriebrache. Die Mukraner Straße führte südlich daran vorbei. Hier war Amelie abgebogen, das konnte Oskar mit Sicherheit sagen. Mehr wusste er nicht, danach hatte er den Nissan aus den Augen verloren. Die Straße führte weiter zur winzigen Ortschaft Borchtitz, ein paar Kilometer dahinter lag schon das nächste Gewässer: der Große Jasmunder Bodden. Wie sah die Gegend von oben aus? Lilo stellte ihren Computer an, zoomte sich in den Nordosten der Insel und druckte ein paar Luftaufnahmen von der Landschaft aus.

Viel Zeit blieb ihr dafür nicht, es ging auf Mittag zu. Die Lasagne war schnell geschichtet, brauchte zum Garen aber umso länger. Um Viertel nach elf ging Lilo in die Küche und begann, Zucchini zu schneiden. Es machte ihr keinen Spaß, und sie hätte auf die warme Mahlzeit gern verzichtet. Doch dann hätte sie Elisabeth sagen müssen, dass es nur ein Sandwich gab. Weil die Hausfrau, statt zu kochen, lieber kriminalistischen Ermittlungen nachging. Also fügte Lilo sich ihrer Pflicht, schob die Lasagne in den Ofen, bereitete Tomatensalat und deckte den Tisch auf der Terrasse. Um zwanzig nach zwölf ging sie zur Liege und zupfte der schlummernden Elisabeth sanft am Ärmel.

Sie schreckte hoch. »Entschuldigung. Ich habe Sie gar nicht kommen hören, Frau Gondorf. Eben bin ich noch mal eingedöst.«

»Ist doch schön, wenn Sie sich erholen«, entgegnete Lilo milde. »Das Essen ist gleich fertig.«

Wie nicht anders zu erwarten, strahlte die blinde Frau. »Ich komme hier wirklich ganz wunderbar zur Ruhe. Mit dieser Einladung machen Sie mir ein großes Geschenk, ich genieße jede Sekunde.«

Es kostete Lilo einige Mühe, nicht aus der Rolle zu fallen.

Elisabeths salbungsvoll dargebrachte Dankbarkeit ging ihr auf die Nerven.

»Freut mich, dass es Ihnen so gut gefällt, Frau Koch. Wir haben ja auch Glück mit dem Wetter.«

Gemeinsam gingen sie zum Haus zurück, ein paar Minuten saßen sie am Terrassentisch.

»Die Lasagne ist vorzüglich, Frau Gondorf. Dabei sagen Sie immer, Sie seien keine große Köchin. Aber gerade bei eher einfachen Gerichten zeigt sich doch wahres Können.«

»Danke schön.« Zwar schien Lilo das Lob überzogen, aber vor sich selbst musste sie zugeben: Gemessen daran, dass ihre Gedanken beim Kochen ganz woanders gewesen waren, hätte die Lasagne schlimmer ausfallen können.

Nach dem Essen meinte Elisabeth: »Wenn Sie nichts dagegen haben, möchte ich gleich auf die Liege zurück. Es ist so herrlich dort am Bodden. Da lohnt es sich, jeden Moment auszukosten.«

»Gern. Deswegen sind Sie ja gekommen, und ich freue mich, wenn Sie sich freuen. Soll ich Sie hinführen?«

»Nett von Ihnen, aber ich komme schon zurecht.«

Mit einer frischen Flasche Wasser unterm Arm steuerte die blinde Frau zielgenau die Liege an. Wieder konnte Lilo nur staunen.

Sie räumte den Tisch ab und hätte gern am Computer weitergemacht, doch ihr Körper sehnte sich nach Schlaf. Bei weit geöffneter Terrassentür legte sie sich auf die Couch. Als sie aufwachte, war es Viertel nach vier. Sie stand auf und ging ein paar Schritte in den Garten, Elisabeth bot den gewohnten Anblick: ausgestreckt auf der Liege, den Sonnenhut weit ins Gesicht geschoben. Lilo setzte sich an den Computer. Bisher war ihr die Gegend um den Mukraner Fährkomplex egal gewesen, doch das hatte sich gründlich geändert. Um kurz vor fünf bog der dunkelrote Nissan auf den Parkplatz vorm Haus ein. Lilo ließ die Luftaufnahmen verschwinden, klappte die Landkarte zu, fuhr den Rechner herunter und eilte Amelie entgegen.

»Und Sie beide hatten auch einen schönen Tag?«

»Absolut. Es war wunderbar ruhig hier.« Lilo wies in den Garten. »Frau Koch liegt immer noch an ihrem Stammplatz. Ich glaube, die Sonne hat ihr gutgetan. Möchten Sie ihr Bescheid geben? Und vielleicht noch was trinken, bevor Sie fahren?«

»Wenn Sie haben, gern einen Orangensaft.«

»Aber sicher, sofort.«

Während Amelie auf den hinteren Teil des Gartens zusteuerte, verschwand Lilo im Haus. Doch statt in die Küche zu gehen, hastete sie durch den Vordereingang zurück nach draußen. Zwei Minuten, länger blieb ihr nicht für die Untersuchung des Nissan. Als Amelie und Elisabeth vom Bodden zurückkamen, stand Lilo bereits am Terrassentisch und servierte kühlen Saft. Die drei setzten sich, Amelie erzählte vom Besuch in Sassnitz.

»Laura ist einfach nur selig mit Boris und den beiden Kindern, eine ganz wundervolle Familie.«

Gerührt griff Elisabeth die Hand der jungen Freundin. »Du musst einen so furchtbaren Schicksalsschlag bewältigen, aber du gönnst anderen Menschen von Herzen ihr Glück. Das ist sehr schön.«

Amelie nickte dankbar.

»Ja, das finde ich auch«, meinte Lilo und hoffte, es klang ehrlich.

Eine Viertelstunde später brachen die Berlinerinnen auf. Lilo winkte dem Nissan lange hinterher. Erst als er außer

Sichtweite war, ging sie ins Wohnzimmer zurück und holte die Luftaufnahmen von der Mukraner Straße.

*

Durch Oskars Küche zog ein verführerischer Duft, Lilo sah das selbstgebackene Brot auf der Fensterbank.

»Aha.« Sie setzte sich zu ihm an den Tisch. »Hast du dir also einen kreativen Nachmittag gemacht?«

»Alles für uns beide, min Deern. Gleich gibt es nämlich Käseschnittchen und dazu ein Alt aus einer kleinen niederrheinischen Braumanufaktur.«

»Liebend gern. Aber lass uns erst mal was besprechen. Solange wir beide noch nüchtern sind.«

»Wie war denn überhaupt dein Nachmittag mit den Damen?«

»Wir haben uns lauter nette Dinge gesagt. Und ich bin mir sicher: Von der Verfolgung haben sie nichts mitbekommen. Die gelben Tüten aus dem Supermarkt waren eben übrigens nicht mehr im Wagen. Amelie muss sie zwischendurch irgendwo abgegeben haben.«

»Dann fühlst du dich also in deiner Theorie bestätigt? Sie versorgt Leute in einem Versteck?«

Lilo breitete die Luftbilder auf der Tischplatte aus. »Und zwar irgendwo in der Nähe vom Fährkomplex.«

»In der Nähe? Nicht in den Hafenanlagen selbst?«

»Eher unwahrscheinlich. Eben habe ich den Nissan unter die Lupe genommen: An den Rädern haften trockene Kiefernnadeln, und im Kofferraum riecht es nach Fisch.«

Oskar stutzte. »So genau konntest du das erkennen?«

»Ja, Amelie hat die Heckklappe aufgemacht, und ich stand daneben. Der Geruch ist mir sofort in die Nase gestiegen. Irgendwie nach altem Fisch. Aber nicht eklig, eher abgestanden.

Gestern Mittag, als die beiden ankamen, war ich ja auch schon am Kofferraum. Da roch es jedenfalls noch nicht so.«

»Könnte doch sein, dass sie im Supermarkt Fisch gekauft hat.«

»Habe ich auch überlegt. Aber in dem Laden gibt es nur Tiefkühlfisch. Den fährt Amelie bestimmt nicht stundenlang ungekühlt im Kofferraum spazieren, schon gar nicht im August. Nein. Es roch eher, als hätte sie irgendwas transportiert, das oft mit Fisch in Berührung gekommen ist. Angelzeug oder Kisten oder so was.«

»Und was ist mit den Kiefernnadeln?«

»Die waren seitlich an den Reifen und an den Felgen. Also war Amelie in einem Wald, und dort ist vermutlich das Versteck.«

Oskar atmete tief aus. »So ganz komme ich da nicht mit. Wer soll sich denn eigentlich da verstecken?«

»Haben wir doch heute Mittag schon besprochen: Entweder Werner Koch oder seine beiden Entführer oder auch nur ein Entführer oder alle drei zusammen.«

»Nimm es mir nicht übel, aber ich finde deine Folgerungen recht gewagt. Wir haben doch kaum Fakten. Amelie hat morgens im Supermarkt eingekauft, die gelben Tüten waren abends nicht mehr im Auto, und sie hat am Fährkomplex einen halbstündigen Abstecher gemacht. Das ist alles, was wir mit Sicherheit sagen können. Aber noch was anderes: Hast du denn rausgefunden, warum diese Heeges keine Kinder haben? Auch keine adoptierten?«

»Nein.« Lilo seufzte. »Ich habe überlegt, Frau Koch darauf anzusprechen. Aber irgendwie passte das nicht. Ich hatte Angst, sie merkt, dass ich sie als Täterin verdächtige.«

»Also tust du das weiterhin?«

»Ja, auch wenn ich noch nicht weiß in welchem Zusammenhang. Doch da liefert deine heldenhafte Verfolgungsfahrt ja vielleicht eine heiße Spur.«

»Hoffen wir das.« Oskar stand auf. »Jetzt hole ich mir erst mal ein Bier. Und für dich auch eins.«

»Besser nicht. Ich habe seit Stunden nichts Richtiges mehr gegessen. Wenn ich jetzt Alkohol trinke, werde ich sofort beschickert.«

»Eben. So mag ich dich doch am liebsten.« Grinsend nahm er zwei dunkelbraune Flaschen mit Bügelverschluss aus dem Kühlschrank, zwei Gläser standen schon bereit. »Erzähl ruhig weiter. Wenn ich mich auch der hohen Kunst des Biereinschenkens widme, bin ich doch ganz Ohr.«

»Gut. Dann stell dir doch mal vor: Du hast ein schweres Verbrechen begangen und musst dich für längere Zeit verstecken. Worunter leidest du am meisten?«

»Ich weiß nicht. Als der ehrenwerte Mensch, der ich nun mal bin, würde ich wahrscheinlich am meisten unter meinem Gewissen leiden, aber lassen wir solche Kinkerlitzchen mal außen vor: Das Schlimmste ist vermutlich die Langeweile. Besonders, wenn man nichts Anständiges zu trinken kriegt.«

»Du ahnst gar nicht, wie recht du hast. Manche Täter verkriechen sich nicht an einem geheimen Ort, sondern verändern lieber ihr Äußeres und besorgen sich falsche Papiere. Das Versteck kann dann auch mitten in der Öffentlichkeit liegen.«

»Interessanter Gedanke.« Oskar servierte die Biere und setzte sich wieder. »Aber erst mal: Zum Wohl! Auf dass die fiesen Verbrecher in ihrem Versteck verdursten sollen. Wo immer es auch liegen mag.«

Sie tranken.

»Lecker!«, verkündete Lilo.

»In der Tat. Ganz feines Gebräu. Sag Bescheid, wann ich nachschenken darf. Und nun schauen wir mal.« Er nahm sich die ausgedruckten Luftaufnahmen vor. »Kiefernnadeln und irgendwas, das nach Fisch riecht? Und ein Ort, an dem man nicht völlig vereinsamt und einer sinnhaften Beschäftigung nachgehen kann? Da tippe ich doch: ein Angelplatz am Waldrand.«

»Respekt, Herr Nachbar!« Mit dem Finger umrundete Lilo einen tiefgrünen Flecken auf der Karte. »Nämlich hier. Der einzige Ort, auf den alles zutrifft.«

»Der Borchtitzer Wald?«

»Genau. Und es würde auch zeitlich hinkommen: Amelie ist eine halbe Stunde nach dir in Sassnitz gewesen. Stellen wir uns vor, sie ist zum Wald oder zum Bodden gefahren, hat die Tüten aus dem Supermarkt dort abgegeben und dann die Fahrt fortgesetzt zu ihrer Freundin. Und irgendwie hat sie auch was Fischiges transportiert.«

»Das ist aber doch eine belebte Gegend«, wandte Oskar ein. »Vor allem in der Hauptsaison. Zwischen Wald und Bodden verläuft ein Wanderweg. Da sind jede Menge Leute unterwegs. Und was die Angler betrifft: Die werden immer wieder auf ihre Erlaubnis überprüft. Außerdem ist Werner Kochs Foto bekannt auf der Insel, an jedem zweiten Laternenmast klebt sein Suchplakat. So einer stellt sich doch nicht neben einen Wanderweg und fischt gemütlich vor sich hin.«

»Vielleicht doch. Auf dem Plakatfoto trägt er Brille und sieht aus wie ein schnieker Geschäftsmann, nicht wie ein rustikaler Angler. Man kann sich äußerlich so leicht verändern: Bart, Perücke, Brillenfassung. Alles kein Problem. Wer eine Entführung hinkriegt oder sogar einen Mord, für den sind falsche Papiere nicht der große Akt. Übrigens, ich wusste noch gar nicht, dass du Ahnung vom Angeln hast.«

»Ach, besten Dank.« Oskar lachte auf. »Immerhin habe ich vierzig Jahre an der Ostsee rumgewirkt. Es gibt Unmengen von Patienten, die ihrem Doktor haarklein von ihren Hobbys erzählen. Ich könnte wahrscheinlich die eine oder andere Fischerprüfung machen, ohne in ein Buch zu gucken.«

»Prima. Dann weißt du ja bestimmt auch, was man im Bodden jetzt so fängt.«

»Im August ist das nicht der beste Angelplatz, weil das Wasser warm wird. Trotzdem geht der eine oder andere Hecht wohl noch an den Haken.« Er seufzte. »Gibt das alles denn Sinn? Werner Koch oder seine Entführer verstecken sich mit Bart, Brille und gefälschten Papieren im Wald neben einem Wanderweg und angeln? Nichts für ungut, aber das kann ich nicht glauben. Wobei ich ja bloß ein blutiger Laie bin. Viel wichtiger ist doch: Was würde die Kripo darüber denken?«

Da war sie. Die Frage, mit der Lilo den ganzen Abend gerechnet hatte. Und auf die sie nicht antworten mochte, jedenfalls nicht sofort. Sie wich Oskars Blick aus und leerte ihr Glas in einem Zug.

# Die Entdeckung

Um halb sechs wartete Lilo wie verabredet vor der Garage und ließ ihren Blick schweifen. Die Eberesche neben Oskars Haus trug schon rote Früchte, der Sommer ging zur Neige. Noch zog vom Bodden der Dunst über die Gärten, doch für den restlichen Tag war strahlende Sonne angekündigt.

Sie hörte, wie drinnen die Verbindungstür zwischen Wohnung und Garage aufging, das Rolltor hob sich.

»Schönen guten Morgen!« Oskar hielt ihr den Autoschlüssel hin. »Willst du ans Steuer?«

»Das darfst du entscheiden.«

»Ah ja«, meinte er sarkastisch. »Wenn ich fahre, bin ich wenigstens beschäftigt. Sonst könnte ich ja noch ins Grübeln kommen und es mir anders überlegen.«

Sie ging auf seinen Ton ein. »Zum Nachdenken hattest du die ganze Nacht Zeit, und nun bist du trotzdem da.«

»Ich kann dich doch nicht allein auf gefährliche Mission schicken. Steig schon ein.«

Während der Fahrt schwiegen und gähnten sie. Oskar hatte vorgeschlagen, um diese Uhrzeit aufzubrechen. Wenn man im Hochsommer am Bodden überhaupt noch einen Fang machen wollte, dann nur früh am Morgen, hatte er gemeint. Später würde man dort keinen Angler mehr antreffen. Lilo wusste nicht recht, was sie von dieser Behauptung halten sollte. Doch immerhin ließ Oskar sich auf das Abenteuer ein. Dafür war sie ihm dankbar und verzichtete gern darauf, über die passende Tageszeit zu diskutieren. Es war Viertel nach sechs, als sie von der B 96 in die Mukraner Straße abbogen und am kilometerlangen Fährkomplex entlangfuhren.

»Schon toll, die Errungenschaften des Kalten Krieges«, meinte er. »Hier könnte Werner Koch sich doch auch sehr schön verstecken. Aber du glaubst ja an den Angelplatz im Kiefernwald.«

»Und du hast hoffentlich die Fachliteratur dabei. Man soll uns schließlich für harmlose Urlauber halten mit seniler Bettflucht und Interesse an der Natur.«

»Aber ja.« Er wies auf das Handschuhfach. »Zwei maßgebliche Werke, eins über Pflanzen, eins über Vögel, dazu eine Wanderkarte. Die Ferngläser sind im Kofferraum.«

Lilo besah sich die Bücher. »Sehr schön. Botanik und Ornithologie. Wunderbare Wissenschaften, von denen ich keine Ahnung habe. Unser Ausflug wird sicher sehr lehrreich.«

»Vielleicht lernst du ja auch noch was über Fische. Oder wenigstens über Angler. Wir sind übrigens gleich in Borchtitz.«

»Dann noch ein Stück geradeaus, aber nicht ganz durch bis zum Bodden, sondern vorher links Richtung Wald.«

Oskar folgte der Beschreibung, sie gelangten zu einem provisorisch anmutenden Parkplatz.

»Wollen wir hier stehen bleiben?«, fragte er.

»Wieso nicht? Nur weil außer uns keiner da ist? Wär es dir lieber, wenn hier Dutzende Autos stünden?«

»Ich weiß nicht.« Er lehnte sich im Sitz zurück und sah Lilo nicht an. Unerwartet ernst meinte er: »Ich kann nicht sagen, ob ich mich freuen soll, dass wir hier ganz allein sind, oder ob ich es eher unheimlich finde. Oder ob ich nicht viel lieber umkehren will.«

Sie unterdrückte ihren Ärger. »Aber wir haben doch alles besprochen! Wir gehen einfach quer durch den Wald. Ist doch nur ein kurzes Stück.«

»Der Wald ist nicht das Problem, und das weißt du genau.«

»Soll ich es allein machen? Dann wartest du, und ich komme hierher zurück.«

Er seufzte. »Hast du noch idiotischere Ideen?«

Sie stiegen aus.

Während Oskar seinen Blick nach rechts, links, vorne, hinten und oben streifen ließ, begutachtete Lilo den Boden. »Es hat schon so lange nicht mehr geregnet, da kann Amelie keine Reifenspuren hinterlassen haben. Aber trockene Kiefernnadeln gibt es jede Menge.«

»Kein Wunder bei den vielen Bäumen hier.« Er verteilte die Requisiten. »Ich nehme die Bücher und du die Wanderkarte. Dahinter kannst du dich verstecken.«

»Und wohinter versteckst du dich?«

»Mich kennt Werner Koch ja nicht.«

»Das sollte dir Mut machen.«

Sie hängten sich die Ferngläser um und folgten einem Trampelpfad, der geradeaus in den Wald führte. Der Dunst hatte sich aufgelöst, klar und kühl stand die Luft zwischen den Bäumen. Von der Nähe des Wassers war hier nichts zu spüren, dabei lag der Bodden nur ein paar hundert Meter entfernt. Noch nie hatte Lilo um diese Uhrzeit einen Waldspaziergang gemacht. Sie sah zu Oskar hinüber, er bewegte sich ungelenker als sonst, die Anspannung war ihm deutlich anzumerken. Auch Lilo war mulmig zumute. Eigentlich ist es schön hier, sagte sie sich. Eigentlich sollte man viel öfter um sechs Uhr morgens durch sommergrüne Forste streifen. Dabei müsste man ja nicht unbedingt jedes Mal nach Verbrechern suchen.

Je näher sie dem Waldrand kamen, umso langsamer gingen sie. Im Schutz einer Kiefer warfen sie erste Blicke auf den Wanderweg und den Großen Jasmunder Bodden.

»Wie im Bilderbuch«, schwärmte Lilo.

Oskar stand nicht der Sinn nach landschaftlicher Schönheit. Mit dem Fernglas suchte er den Wanderweg ab. »Zum Glück kein Mensch da.«

»Prima.«

»Ganz so prima doch nicht. Guck mal zum Bodden. Fällt dir was auf?«

»Von hier aus können wir das Ufer nicht überblicken.«

Er nickte. »Wir müssen näher ran. Und zwar unauffällig. Am besten robben.«

Lilo konnte sich nicht daran erinnern, wann sie das letzte Mal gerobbt war. Vermutlich beim Sport an der Polizeischule oder beim Spielen mit ihren Kindern. Aber nicht als Erwachsene. Erst recht nicht mit Ende fünfzig. Sie seufzte. »Wohin denn genau?«

»Einfach rüber.« Er verstaute die Ferngläser im Rucksack und wies auf eine Gruppe von Sträuchern. »Und dort sofort in Deckung!«

Lilo ließ sich auf den Boden fallen und robbte quer über den Wanderweg. Das klappte zwar erstaunlich gut, trotzdem war Oskar vor ihr da.

»Vorsicht Stacheln«, flüsterte er. »Komm hoch, aber nicht ganz.«

Sie knieten hinter den Sträuchern. Dass es sich dabei um Heckenrosen handelte, erkannte Lilo auch ohne Botanikführer. Rot leuchteten die reifen Hagebutten in der Morgensonne. Ansonsten ließ sich wenig Schönes über das Versteck sagen, es war unbequem. Der Sandboden hatte die nächtliche Feuchtigkeit gespeichert und gab sie an Lilos Wanderhose ab. Sei's drum. Während Oskar noch im Rucksack wühlte, suchte sie mit bloßem Auge die Uferlinie ab. »Da!«

Etwa hundertfünfzig Meter nach links stand ein einzelner Angler bis zur Mitte der Oberschenkel im Boddenwasser. Er trug eine olivgrüne Wathose und wandte seine Vorderseite den Hagebuttensträuchern zu. Offenbar hatte er nicht bemerkt, dass er beobachtet wurde.

Oskar verteilte die Ferngläser wieder.

»Die Glatze und der weiße Vollbart können einfach bloß Tarnung sein«, gab Lilo zu bedenken, die nun durch die Vergrößerung zum Angler hinüberspähte. »Ist das denn nun Werner Koch?«

»Keine Ahnung, ich habe ihn nur einmal kurz gesehen. Statur und Alter könnten hinkommen.«

»Nein«, entschied Lilo nach einer Weile. »Koch hat ein schmaleres Gesicht. Und die Nase ist auch irgendwie anders.«

»Ich weiß nicht.« Oskar ließ sein Fernglas sinken.

»Was ist?«

Er zögerte. »Glaub es oder glaub es nicht. Aber irgendwoher kenne ich den.«

»Nur vom Sehen oder auch mit Namen?«

»Den Namen auch, ich komme jetzt nur nicht drauf.«

»Hatte er denn früher auch schon Glatze und Vollbart?«

»Ich denke nicht.« Oskar wurde unruhig. »Aber wir müssen hier weg. Wenn ich den kenne, kennt der mich vielleicht auch.«

»Er sieht uns doch nicht.«

»Und wenn irgendein Wanderer hinter uns den Weg langkommt? Der erkennt doch sofort, was wir hier treiben.«

»Gut, wir hauen ab. Aber dann gehen wir noch weiter in den Wald. Vielleicht hat der Angler da ein Zelt oder eine Hütte.«

»Und vielleicht warten da auch schon seine Kumpanen! Nee, min Deern. Abmarsch und basta!«

Lilo ließ sich ihre Enttäuschung nicht anmerken. Sie hätte

gern noch mehr herausgefunden, doch sie verstand Oskars Angst. Also packten sie ihre Ferngläser ein und robbten zurück.

*

Der Ford stand noch immer allein auf dem Parkplatz. Lilo und Oskar sanken auf die Sitze.

»Und? Hast du dich je in deinem Leben so erleichtert gefühlt?«

»Nur ganz selten, das gebe ich zu. Wir haben das gut gemacht. Danke noch mal.«

»Gerne. Mir fällt bestimmt noch ein, woher ich diesen Angler kenne. So was kommt ja meist wieder, wenn man nicht dran denkt.«

Lilo nickte. »Übrigens habe ich eine Idee, warum der Nissan gestern Abend so gerochen haben könnte: Vielleicht hat Amelie den frischen Fang abtransportiert.«

»Aber sie hat die Lebensmittel doch frühmorgens gebracht. Bestimmt hat sie keinen Fisch mitgenommen und den ganzen Tag im Auto gelassen.«

»Denk an den Rückweg. Sie ist noch mal hergekommen, hat den Fisch eingepackt, irgendwo hingebracht und ist dann zurück nach Groß Zicker gefahren. Und der abgestandene Geruch kam von Eimern oder Kästen.«

»Das würde Sinn machen«, gab Oskar zu.

Sie nahmen die Strecke zurück, auf der sie gekommen waren, doch am Ende der Mukraner Straße setzte Oskar den Blinker nach links Richtung Innenstadt. »Erlaube mir einen kleinen Abstecher in die Seestraße.«

»Damit ich weiß, wo du gestern so stolz gewalkt bist?«

»Ganz genau.«

Nach ein paar Minuten erreichten sie das taubengraue Haus.

»Sehr schön renoviert«, stellte Lilo fest. »Alles tipptopp und beste Lage. Aber was halten wir eigentlich von dieser Laura? Wahrscheinlich hat sie doch mit der ganzen Sache nichts zu tun?«

Oskar nickte. »Außer natürlich, dass sie mit Amelie befreundet ist.«

»Was man ihr kaum vorwerfen kann.«

»Stimmt. Und nun machen wir noch einen winzigen Ausflug zum Anglerverband. Aus ermittlungstaktischen Gründen. Ist auch gleich um die Ecke.«

Lilo amüsierte sich. »Mit so was kennst du dich aus?«

»Ja, wenn auch erst seit gestern Abend. Du hast so viel über Angelplätze mit Kiefernnadeln erzählt. Deshalb habe ich später noch im Netz nachgeguckt, welche Anglervereine es so in der Gegend gibt. Vielleicht können die ja jetzt meinem Gedächtnis auf die Sprünge helfen.«

»Du marschierst da also rein und sagst: Im Bodden steht ein Mann, der mir bekannt vorkommt, und jetzt will ich genau wissen, wer das ist, denn er ist nicht nur Angler, sondern könnte auch ein Entführer und Mörder sein?«

»Vielleicht gehe ich doch ein klein wenig diplomatischer vor.«

»Denn man tau.«

Zum Büro des Anglerverbands brauchten sie keine fünf Minuten. Freie Parkplätze gab es nicht, sie hielten in zweiter Reihe.

»Es ist nicht mal halb neun«, stellte Lilo fest. »Haben die überhaupt schon geöffnet?«

»Ich gucke nach, und du hältst die Stellung.«

Oskar stieg aus, klingelte und kehrte kurz darauf mit einem Stapel Informationsmaterial zurück.

»Die Broschüren sind vermutlich nicht so spannend für

uns. Aber das hier könnte interessant sein.« Er zeigte auf ein großformatiges Taschenbuch. »Nach der Wende hat sich der Verband neu gegründet, und nun gibt es eine Festschrift zum fünfundzwanzigjährigen Jubiläum. Mit ganz vielen Fotos von ganz vielen Anglern, und überall stehen die Namen drunter.«

»Warum haben die dir nicht einfach eine Mitgliederliste gegeben?«

»Weil ich kein Mitglied bin. Aber falls mir der Name von diesem Angler überhaupt nicht einfällt, kann ich ja noch eintreten.«

»Also wühlen wir uns jetzt durch das Buch?«

»Oder wir frühstücken erst mal gemütlich. Zum Beispiel unten an der Hafenpromenade.«

»Meinetwegen nicht«, entgegnete Lilo. »Ich würde lieber zurück, solange die Straßen einigermaßen leer sind. Aber wenn du was essen musst, sag Bescheid.«

»Ist nicht so dringend.«

Sie fuhren weiter. Lilo blätterte im Buch.

»Und?«, fragte Oskar. »Spannend?«

»Na ja, Angeln ist nicht so mein Thema. Aber das Buch ist schön aufgemacht mit den ganzen Fotos. Willst du schon mal nach unserem Boddenmann suchen? Dann übernehme ich das Steuer.«

»Lieb von dir, aber vom Lesen beim Autofahren wird mir schlecht.«

»Also lese ich einfach die Männernamen vor?«

»Wie viele sind das denn?«

»Och. Vielleicht so zweihundert.«

»Dann sollten wir loslegen.«

»Und du konzentrierst dich trotzdem auf den Verkehr?«

»Vertrau mir, min Deern. Lies schön langsam und lass mir ein bisschen Zeit zum Überlegen.«

Lilo begann mit dem ersten Foto. »Kai Westerholt.«

Nach kurzer Bedenkzeit schüttelte Oskar den Kopf. »Nein.«

»Hubert Bieczorek.«

»Nein.«

»Arthur Schmied.«

»Nein.«

Grienend sah Lilo vom Buch auf. »Ist ja doch ein bisschen wie bei *Rumpelstilzchen.*«

»Macht nix. Den Sinn für Märchen sollten wir uns alle bewahren.«

»Was bist du doch für eine tiefe deutsche Seele. Dann also: Bertram Weseler.«

»Nein.«

Seite um Seite las Lilo die Aufzählungen unter den Fotos, Namen für Namen. Der Ford hatte fast schon Baabe erreicht, da las sie: »Klaus Kuballa.«

»Nein.«

»Heinz Strüther.«

»Was?!« Hektisch blinkte Oskar nach rechts.

»Pass auf!«, schrie Lilo.

In letzter Sekunde bremste er ab, ließ zwei Radfahrer vorbei, steuerte zum Straßenrand und stellte den Motor aus. »Zeig mal.« Er schnappte sich das Buch und besah sich das Foto: Sechs Angler in einer Reihe präsentierten zwölf Fische.

»Der zweite von links.« Sie wies auf einen Kopf. »Mit Pilzfrisur und Schnäuzer.«

»Also weder Glatze noch Vollbart.«

»Ja, aber guck dir mal die Augen und die mittlere Gesichtspartie an. Ist er das?«

»Kein Zweifel.«

»Und weißt du jetzt, woher du den kennst?«

»Oh ja«, Oskar nickte bedeutungsvoll. »Und ich weiß noch mehr. Oder besser: Ich glaubte, es zu wissen.«

»Du glaubtest?«

»Ja. Ich *glaubte*. Denn Heinz Strüther ist seit ein paar Wochen tot.«

*

Oskar rief in seinem Smartphone die Website der lokalen Tageszeitung auf. Schon nach ein paar Sekunden hielt er Lilo eine Todesanzeige unter die Nase.

»Die stand genau so in der gedruckten Ausgabe. Heinz Strüther, geboren 10. April 1958, gestorben 15. Juni 2014. Die Beisetzung war am 23. Juni um 14 Uhr. Und sieh mal einer an! Sogar ganz in unserer Nähe: auf dem Friedhof in Groß Zicker.«

Lilo zeigte auf eine Textstelle. »Dorothee Strüther geborene Fossen? Das war seine Frau? Warte mal … Und dieser Jens Fossen? Ist das der von unserer Kurverwaltung?«

»Genau. Heinz Strüther war sein Stiefvater. Übrigens eine ganz spannende Geschichte: Dorothees Großvater gründete in den Dreißigerjahren eine Fischkonservenfabrik in Sassnitz: *Fossen Feiner Fisch*. Die lief sehr gut, aber dann kam der Krieg. Angeblich hat der alte Fossen es noch geschafft, einen Teil seines Privatvermögens in Sicherheit zu bringen, was Genaueres weiß ich da nicht. Jedenfalls: Nach dem Krieg wollte Dorothees Vater die Fabrik übernehmen, wurde aber enteignet. Er machte noch als Betriebsleiter weiter, aber über das Geld seines Vaters konnte er selbstverständlich erst nach der Wende verfügen. Vor zehn Jahren ist er gestorben, und Dorothee hat alles geerbt. Demnach müsste sie schwerreich sein, aber sie lebt nicht auf großem Fuß.«

»Und warum nicht?«

»Keine Ahnung, vielleicht hat sie noch was anderes damit vor. Oder es ist ihr einfach unangenehm, den Reichtum nach außen zu zeigen.«

»Aha?« Lilo ließ ihren Blick über die Wiesen am Straßenrand streifen. Wenn sie ins satte Grün sah, hatte sie oft die besten Einfälle. »Ich habe den Namen Strüther jedenfalls noch nie gehört.«

»Was daran liegt, dass du deinen Fisch in Gager am Hafen holst. Strüther stand mit seinem Verkaufswagen auf den Wochenmärkten: dienstags und donnerstags in Thiessow, die übrigen Tage woanders.«

»Und du hast bei ihm gekauft?«

»Ab und zu. Was aber viel wichtiger ist: Ich habe ihn begutachtet, vor zwei Jahren beim Medizinischen Dienst in Bergen.«

Mit fragendem Blick wandte Lilo sich wieder ihrem Nachbarn zu. »Wird ja immer interessanter.«

»Ja. Er wollte zu einem Privatarzt, die gesetzliche Kasse hat sich geweigert zu zahlen. Natürlich hätte er sich das aus eigener Tasche leisten können, beziehungsweise seine Frau. Aber er wollte das Geld unbedingt von seiner Krankenkasse, also hat er widersprochen, und ich musste ran.«

»Hat die Kasse dann gezahlt?«

»Ja, bestimmte Leistungen bis zu einem gewissen Kostensatz. Strüther hatte damals zwei Herzinfarkte hinter sich. Soweit ich weiß, bekam er danach keinen mehr.«

»Immerhin. War er dann noch mal bei dir?«

»Nein, ich bin ja in Rente gegangen.«

»Und diese Familie? Er hat also die Enkelin eines Fischfabrikanten geheiratet?«

»Genau, Anfang der Neunziger war das, Dorothee Fossen ist übrigens ein paar Jahre älter als Strüther. Und sie hat ihren

Jungen mit in die Ehe gebracht, Jens, der war damals ungefähr zwölf. Er und Strüther sollen sich nicht besonders gut verstanden haben. Jens heißt immer noch Fossen, er wollte sich von Strüther nicht adoptieren lassen und auch nicht seinen Namen haben.«

»Was ist denn mit dem leiblichen Vater?«

»Der hatte Dorothee sitzen lassen, und sie war zu stolz, ihn bei den Behörden zu melden. Sie ist übrigens schwer krank, metastasierender Brustkrebs.«

Lilo lachte auf. »Ich fasse es nicht!« Sie unterbrach sich. »Nein, entschuldige. Das mit dem Brustkrebs ist sicher sehr tragisch. Ich wundere mich nur darüber, was hier gerade passiert. Wir machen uns Gedanken über einen einzelnen Angler und haben es plötzlich mit derartig illustren Leuten zu tun. Aus der Familiengeschichte könnte man ja glatt ein paar Romane machen. War diese Dorothee denn auch deine Patientin?«

»Nicht direkt, ich habe eher zufällig ihre Krankenakte gesehen. Ein Kollege hat mit mir den Fall besprochen. Danach ist der Krebs noch weiter fortgeschritten. Aussichtslose Prognose, ich denke, sie hat noch ein paar Monate.«

»Das ist traurig.«

»Ja, sie musste viel mitmachen. Wenn da tatsächlich so viel Geld im Hintergrund ist, hat sie zumindest nicht viel damit angefangen.«

»Und warum hat sie Strüther geheiratet?«

»Wohl aus Liebe. Das kann man wohl sogar glauben. Strüther war damals Facharbeiter. Dreher, soweit ich weiß. Sie haben ein ganz normales Leben geführt, ohne übermäßigen Luxus. Und sie hatten ihren Verkaufswagen: *Fossen Feiner Fisch*. Dorothee Strüther als Inhaberin und Heinz als Angestellter.«

»Also stand er unter ihrem Pantoffel?«

»Ein bisschen vielleicht. Wenn man die beiden am Stand gesehen hat, wirkten sie immer harmonisch. Und als seine Frau krank wurde, hat er sie unterstützt, wo er nur konnte.«

»Er war doch selbst krank mit den zwei Herzinfarkten.«

»Davon hat er sich erstaunlich gut erholt. Und Angeln war immer seine große Leidenschaft, das hat er mir damals erzählt.« Oskar wurde sarkastisch. »Diese Leidenschaft ist ja nun wirklich groß, sie überdauert sogar den Tod. Aber Scherz beiseite: Vielleicht ist unser Angler doch nicht Heinz Strüther. Wobei wir uns ja eigentlich sicher sind. Und es passt auch zur geheimen Lieferung aus dem Supermarkt.«

»Oder wir irren uns in dem Punkt auch«, gab Lilo zu bedenken. »Und Amelie hat die Sachen gar nicht zu ihm gebracht.«

»Du bist doch vom kriminalistischen Fach. Bestimmt fällt dir was dazu ein.«

»Mal gucken.« Lilo starrte wieder auf die Todesanzeige – und stöhnte auf.

»Was ist, min Best?«

»Das Sterbedatum«, sagte sie tonlos. »15. Juni. Das ist der Tag vor Kochs Entführung. Sonntag ist dieser Strüther gestorben, und Montag wurde Koch entführt.«

»Oh je!« Nun stöhnte auch Oskar. Mit beiden Handflächen fuhr er sich durchs Gesicht. »Das war mir noch gar nicht aufgefallen.«

»Macht ja nichts. So einfach lässt sich der Zusammenhang ja auch nicht erkennen: Strüther war ein herzkranker Patient von dir und Koch ein Tourist aus Berlin. Auf den ersten Blick haben die beiden nichts miteinander zu tun.«

»Und die Polizei hat das auch noch nicht gemerkt?«

»Wohl nicht. Bei einer Entführung erwarten die Kollegen

erst mal eine Lösegelderpressung. Und achten weniger drauf, wer am Vortag im Nachbarort gestorben ist.«

»Hätten sie das denn überprüfen müssen?«

»Eigentlich ja. Spätestens, wenn sich wochenlang kein Entführer gemeldet hatte. Oder sie haben das geprüft, und der Todesfall Heinz Strüther wirkte unverdächtig.«

»Gab es denn am Dreiundzwanzigsten eine Trauerfeier im *Bodden-Krug*?«

»Nein. Bei dem, was da in der Saison zu tun ist, hätte Ramona mich bestimmt angerufen. Ich war ja am Freitag vorher noch dort, also am Zwanzigsten. Aber Heinz Strüther war doch Fischhändler, vielleicht gibt es dazu was im Netz.«

»Das werden wir gleich wissen.«

Nach wenigen Minuten wurden sie fündig: Ein Lokalblatt hatte eine Serie über Rüganer Märkte herausgebracht und der Firma *Fossen Feiner Fisch* einen Bericht gewidmet. Auf einem Foto hielt ein Mann mit Pilzfrisur und Schnäuzer einen Hecht in die Kamera.

»Ganz sicher«, meinte Lilo. »Heinz Strüther ist unser Angler vom Bodden.«

»Gut.« Auffordernd sah Oskar seine Nachbarin an. »Und was machen wir beide jetzt?«

»Ist doch klar. Wir gehen ein bisschen spazieren.«

»Welch weiser Gedanke.« Er ließ den Motor an. »Unser Waldausflug eben war ja nicht der Rede wert. Brauchen wir wieder Wanderkarte und Vogelführer?«

Sie schmunzelte. »Besser nicht.«

*

Sie stellten den Ford auf dem Parkplatz bei der kleinen Kapelle ab. Inzwischen war der morgendliche Dunst strahlender Sonne gewichen, es ging auf zehn Uhr zu.

Am Eingang zum Friedhof fragte Oskar leise: »Wo könnte denn dieses Grab sein?«

»Ich überlege auch gerade«, sagte Lilo. »Weißt du zufällig noch, wo wir letztes Mal gesessen haben?«

»Letztes Mal?«

»Ja. Montags war die Entführung, und am Freitag drauf habe ich bei Ramona ausgeholfen. Anschließend haben wir beide uns getroffen und sind hierherspaziert. Wir haben lange geredet, über den Betrug mit Schrottimmobilien.«

»Stimmt.« Er zeigte nach rechts. »Die Bank ist weiter hinten, ziemlich am Ende der Reihe.«

»Da in der Nähe gab es ein paar freie Grabstellen, das weiß ich noch.«

Ruhig schritten sie den Weg entlang.

»Was ist denn mit der alten Frau, wo du damals beim Trauerkaffee geholfen hast? Die liegt doch auch in dem Bereich?«

»Genau da habe ich ja die freien Stellen gesehen. Eine war ziemlich groß, für ein Familiengrab oder so.«

Sie gingen weiter, blieben stehen und staunten. Was sie fanden, übertraf ihre Erwartungen. Am Kopfende eines frisch bepflanzten Doppelgrabs trohnte ein Marmorstein. Links war der Name Heinz Strüther eingraviert, darunter Geburts- und Sterbetag. Und auch rechts gab es etwas zu lesen:

Dorothee Strüther
geb. Fossen
12.10.1953

Der Platz für das Sterbedatum war noch leer.

»Sie will also neben ihm liegen«, flüsterte Oskar. »Fragt sich nur, neben wem genau. Aber da passen ja notfalls auch drei rein.«

Sie unterdrückten ihr Grinsen und gingen zur Bank.

»Denkst du, wir können hier reden?«, fragte er.

»Ach klar, ist ja noch leer um diese Zeit. Falls jemand vorbeikommt, erzählen wir uns irgendwas Belangloses, das kriegen wir schon hin. Mir ist übrigens was aufgefallen: Da steht schon ein Stein auf dem Grab, aber es ist gerade mal ein paar Wochen alt. Ich dachte immer, die Erde muss sich erst setzen, bevor man einen Stein draufstellen darf.«

Oskar schmunzelte. »Vielleicht ist das hier ja kein Problem, weil überhaupt kein Sarg drunter ist.«

»Könnte sein. Aber für so was müsste man die komplette Friedhofsverwaltung bestechen. Erfahrene Gärtner merken es ziemlich bald, wenn nichts unter der Erde ist.«

Sie schwiegen traurig. Lilo wusste, dass Oskar dasselbe dachte wie sie: Wenn es nicht Strüther war, der hier lag, dann war es Werner Koch.

»Erzähl mir mal, wie du so was organisieren würdest?«, fragte sie leise. »Also mit allem Drum und Dran.«

»Tja. Naheliegend ist natürlich, den Arzt zu bestechen, der den Totenschein ausstellt. Und dann auch noch das Bestattungsinstitut.«

»Wenn wir das beides mal außer Acht lassen: Welche Möglichkeiten gäbe es noch? Vielleicht irgendwas Raffinierteres?«

»Meine Idee mit der Bestechung ist dir also zu plump?«

»Kluge Ermittler denken in verschiedene Richtungen.«

»Aha. Darf ich zur Erforschung weiterer Möglichkeiten ein wenig überlegen?«

»Nur zu. Auch wenn es für dich eine ungewohnte Tätigkeit ist.«

»Freu dich, dass wir in der Öffentlichkeit sind. Sonst würde ich dich in die Seite knuffen.«

Sie rückte ein Stück von ihm ab und sah zum *Seestein*

herüber, vor dem sich eine kleine Traube von Touristen versammelt hatte. Ein paar Meter weiter gingen zwei alte, tiefschwarz gekleidete Frauen den Weg entlang, in jeder Hand eine Gießkanne: gelb, rot, grün und orange. Während sie noch darüber nachdachte, ob der deutsche Friedhofsbedarfshandel auch schwarze Plastikkannen anbot, verkündete Oskar: »Ich hab's jetzt.«

Lilo rückte wieder heran. »Bin ganz Ohr.«

»Falls ich dich intellektuell überfordere, gibst du Bescheid.«

»Die Wahrscheinlichkeit ist gering.«

»Hoffen wir das. Also: Strüthers Hausärztin ist Kollegin Schwencke aus Thiessow. Die kennt ihn in- und auswendig. Selbstverständlich würde sie es sofort merken, wenn die falsche Leiche vor ihr läge. Allerdings ist sie nach Feierabend schwer erreichbar, denn sie hat drei kleine Kinder. Deswegen nimmt sie nicht an Bereitschaftsdiensten teil, sondern lässt sich von Kollegen vertreten. Die Bereitschaftsdienste wiederum werden gern von jungen Ärzten übernommen. Es ist unwahrscheinlich, dass einer von denen Heinz Strüther gut kennt. Um ganz sicher zu gehen, könnte man sich auch die Liste besorgen, in denen steht, welcher Arzt wann Bereitschaft hat. Solche Listen werden an alle teilnehmenden Praxen verschickt. Mit ein wenig guten Beziehungen kann man drankommen.« Oskar holte Luft. »Und nun reden wir über die Tat.«

»Au ja.«

»Die Täter entführen Werner Koch am 16. Juni um 11 Uhr und töten ihn gleich, und zwar ohne äußere Veränderungen, also zum Beispiel mit einem Gift. Dann setzen sie die Leiche einer erhöhten Temperatur aus, um die Entstehung der Todeszeichen zu beschleunigen. Dazu reicht schon ein Heizlüfter. Sie richten Kochs Leiche so her, dass sie Strüther möglichst ähnlich sieht. In den letzten Jahren hatte Strüther keinen Schnäuzer mehr und auch keinen Pilzkopf, sondern eine hohe Stirn. Auf den ersten Blick ähnelte er Werner Koch ziemlich stark. Dass Koch mehr als zehn Jahre älter war als Strüther, konnte auch kein großes Problem sein, denn Strüther ist deutlich vorgealtert. Bis zum ersten Infarkt hat er heftig gequalmt.«

»Und irgendwelche unveränderlichen Merkmale?«

»Soweit ich weiß, hatte Strüther keine Operationen, zumindest kann ich mich an keine größeren Narben erinnern.«

»Auch nicht auf dem Brustkorb?«

»Du meinst wegen der Herzkranzgefäße? Nein, das wurde anders behandelt, er hatte keine Bypass-Operation. Also weiter: Gegen 22 Uhr wird der Bereitschaftsdienst zur Leiche gerufen. Der Arzt oder die Ärztin kannte Heinz Strüther nicht und bittet um Behandlungsberichte. Hier haben die Täter vorgesorgt, Klinikberichte und Patientenverfügung liegen bereit.«

»Strüther hatte eine Patientenverfügung?«

»Ja, die hat er mir damals gezeigt. Sofern er sie in der Zwischenzeit nicht geändert hat, steht dort, dass er im Fall der Fälle keine lebensverlängernden Maßnahmen mehr will, also auch keinen Notarzt bei einem erneuten Herzinfarkt. Darauf berufen sich nun die Täter. Außerdem berufen sie sich auf ein Gesetz. In Deutschland ist es nämlich erlaubt, dass man erst vierundzwanzig Stunden nach dem Tod eines Menschen einen Arzt informiert.«

Lilo nickte. »So lässt sich die Zeitverschiebung begründen.«

»Genau: Die Täter erzählen dem Arzt Folgendes: Heinz Strüther ist schon in der vorigen Nacht an einem Herzanfall gestorben, also am 15. Juni gegen 23 Uhr. Aber seine Frau konnte sich nicht von ihm trennen, sie wollte noch vierundzwanzig Stunden ungestört bei ihm bleiben. Der Arzt wirft einen Blick auf die Leiche und stellt den Schein aus. Todeszeitpunkt 15. Juni 23 Uhr. Todesursache: Koronare Herzkrankheit, Globalherzinsuffizienz, Verdacht auf Re-Infarkt. Bei der Vorgeschichte absolut glaubhaft.«

»Aber du hast doch eben gesagt, Strüther hat sich so toll erholt.«

»Trotzdem: Nach zwei Infarkten kann jederzeit ein dritter kommen.«

»Hätten die Bestatter nicht merken können, dass es sich bei der Leiche nicht um Strüther handelt?«

»Nicht unbedingt. In der Anzeige stand was von einem Bestattungsunternehmen aus Rostock.«

»So weit weg?«

»Aber nicht ungewöhnlich. Die Fossens haben hier im Umkreis beste Kontakte. Und wenn es um den Schwieger-Enkel vom alten Fossen geht, freut sich jeder Bestatter über den Auftrag. Da fragt keiner, ob das auch der richtige Körper ist. Die haben einfach die Leiche mit nach Rostock genommen, hergerichtet, in den Sarg gelegt und zurückgebracht, auf unseren Friedhof. Dieses ganze Hin und Her erklärt auch, warum die Beerdigung erst acht Tage nach dem Tod stattfand. Und eine Aufbahrung war nicht vorgesehen. Die Menschen sind doch froh, wenn der Sargdeckel geschlossen bleibt.«

»Wäre eine Einäscherung denn nicht sinnvoller gewesen? Damit die Leiche endgültig verschwindet?«

»Vielleicht hatte Strüther schon überall verkündet, dass er eine Erdbestattung möchte. Vielleicht hatten er und seine Frau auch schon das Doppelgrab gepachtet und wollten vermeiden, dass die Friedhofsleute Verdacht schöpfen. Dafür gibt es sicher nachvollziehbare Gründe.« Erleichtert atmete Oskar aus. »Und damit bin ich am Ende meines kleines Vortrags.«

»Herzlichen Dank, Herr Nachbar. Wenn du recht behältst,

haben wir auch gleich einen engen Kreis von Verdächtigen: nämlich Strüthers Angehörige.«

»Stimmt. Das war mir bis eben gar nicht so klar. Wen vermuten wir denn da? Dorothee? Jens? Wem würdest du es am ehesten zutrauen?«

»Im Grunde jedem. Aber wir sollten uns nicht verspekulieren. Schließlich wissen wir nichts über die Motive.«

»Es gibt noch mehr, was wir nicht wissen: Woher hatte Strüther die Information, dass die Kochs exakt zu dieser Zeit am Steilufer wanderten? Kannten die sich? Oder gab es einen Vermittler? Und was ist mit Elisabeth Koch? Wieso war die am letzten Wochenende bei ihrem Besuch hier so seltsam angespannt? Doch wohl kaum, weil ihr Mann noch lebt. Sondern eher, weil er tot ist. Hättest du ihr das zugetraut, min Best? Den eigenen Mann entführen und abmurksen zu lassen. Und vor allem: Warum?«

»Keine Ahnung. Aber sie wusste, wann ihr Mann am Steilufer sein würde.«

»Und was machen wir nun? Sollen wir der Polizei Bescheid geben?«

Lilo antwortete nicht gleich.

»Sach wat, min Deern.«

Sie seufzte. »Wir wissen noch nichts über den Mord an Clemens Heege.«

»Na und? Darum kümmert sich die Kripo. Falls das alles zusammenhängt, könnten die das doch rausfinden.«

»Ja«, meinte Lilo zögernd. »Das könnten die.«

# Die Nacht

Zuhause legte Lilo sich hin, der Vormittag am Bodden und auf dem Friedhof hatte sie erschöpft. Sie schlief zwei Stunden und kümmerte sich anschließend um den Garten.

Am frühen Abend rief Verena an. »Ich wollte nur mal hören, was bei euch so los ist.«

Lilo log nicht gern. Ihr Gewissen plagte sie, doch sie hielt durch. »Hier ist alles in Ordnung, nichts Besonderes. Und bei euch? Was Neues über die Entführung?«

»Wir ermitteln, Mama. Und es gibt nichts, was ich dir dazu sagen könnte.«

»Das verstehe ich ja, Kind. Du brauchst dich nicht zu rechtfertigen. Wie geht es dir denn mit dem ganzen Stress? Kümmert Christoph sich gut um dich?«

»Ja sicher. Er kocht fast jeden Abend für uns. Sobald ich ein bisschen Luft habe, komme ich dich wieder besuchen.«

»Das weiß ich doch, mein Liebes. Hier ist ja auch jede Menge zu tun. Samstag habe ich kompletten Bettenwechsel. Aber in ein paar Wochen ist die Hauptsaison vorbei, dann wird es ja wieder ruhiger.«

Nachdem sie ein paar weitere Floskeln ausgetauscht hatten, verabschiedeten sie sich. Lilos Gewissensbisse waren durch das Telefonat eher schlimmer geworden: Warum informierte sie nicht endlich die Polizei? Um sich von solchen Grübeleien abzulenken, mähte Lilo den Rasen so emsig wie schon lange nicht mehr.

Es blieb lange warm an diesem Montag. Noch spätabends saß sie auf der Terrasse und starrte in die Dunkelheit.

Wie gesagt: Lilo log nicht gern. Genauso wenig mochte sie heucheln oder sich verstellen. Tat sie es trotzdem, dann nur, weil der Zweck die Mittel heiligen musste. Am nächsten Morgen allerdings trat ein solcher Fall ein, und Lilo fasste einen Plan.

Oskar hatte von seinen Ermittlungen in Sassnitz erzählt: Eine halbe Stunde lang war er die Seestraße auf- und abgewalkt und hatte in der Tarnung eines sportbegeisterten Rentners die Umgebung observiert. Keine schlechte Methode, überlegte Lilo. Wenn ältere Menschen ihrem Bewegungsdrang nachgehen, denkt kein Mensch an etwas Böses. Sogar ein Friedhofsbesuch am frühen Morgen lässt sich damit erklären. Um Viertel vor acht zog sie ihr Sportzeug an, marschierte armschwingend zum Gottesacker und setzte sich auf die Bank am Ende der Grabreihe. Lange brauchte sie nicht zu warten, da erschien Ulrike Mosebach zum üblichen Kontrollgang. Lilo wusste, dass die Pastorenfamilie erst vor ein paar Tagen aus dem Urlaub zurückgekehrt war. Ob die Ferien auf einem Allgäuer Bauernhof der Küsterin gutgetan hatten, wagte Lilo zu bezweifeln. Ulrike schien zwar leicht gebräunt, dafür aber noch dünner als vor drei Wochen. Diese Frau versteht einfach nichts von Genuss, dachte Lilo. Konrad tat ihr leid.

Winkend eilte Ulrike zur Bank und setzte sich. »Tachschön Lilo. Um diese Uhrzeit habe ich dich hier ja noch nie gesehen.«

»Hallo Ulrike. Tja, wat mutt, dat mutt. Wir werden ja alle nicht jünger, und Bewegung tut not.«

»Sehr lobenswert. Und hier ruhst du dich nun aus?«

Lilo nickte. »Ist doch ein herrliches Plätzchen. Und ihr seid gut zurück aus dem Allgäu?«

»Ja, wir haben uns wunderbar erholt. Hier auf dem Mönchgut sind wir auch verwöhnt von der traumhaften Landschaft.

Aber das Alpenvorland ist doch noch mal was anderes. Und ein bisschen Abwechslung darf schließlich sein.«

»Ach sicher. Und jetzt hat der Alltag euch wieder?«

»So ist das. Frisch gestärkt geht's wieder los. Und bei dir? Alles in Ordnung?«

»Die Bungalows sind ausgebucht, die Gäste sind zufrieden. Was will man mehr?« Sie machte eine kleine Pause. »Wo wir schon mal hier sind, Ulrike. Ich würde dich gern etwas fragen.«

»Ja bitte?«

»Mir ist was aufgefallen. Ich dachte immer, dass man einen Stein erst nach einem Jahr setzen darf.« Lilo wies zum fraglichen Grab. »Aber da steht schon einer, obwohl die Beerdigung erst vorletzten Monat war.«

»Das von den Strüthers? Ja, da gibt es eine Sondergenehmigung für den Stein. Ich wollte sowieso noch hin, komm doch mit.«

Seite an Seite gingen sie das kurze Stück den Weg entlang und blieben mit gesenkten Häuptern vorm Grab stehen. Nach ein paar Sekunden andächtigen Schweigens erlaubte Lilo sich, das Wort zu ergreifen: »Es ist wunderschön gestaltet. Diese Schalen mit den bunten Begonien auf dem Kriechwacholder. So was sieht man ja nicht so häufig.«

Ulrike lächelte. »Darum kümmern sich unsere Gärtner, dein Lob gebe ich gern weiter.«

»Weißt du zufällig, wann die Strüthers das reserviert haben?«

»Ist dir das wichtig?«, fragte Ulrike erstaunt. »Möchtest du auch ein Doppelgrab?«

»Vielleicht. Aber dann müsste ich Robert umbetten lassen. In letzter Zeit mache ich mir so meine Gedanken. Ob ich hier bestattet werden will oder doch lieber in Bielefeld. Ob Urne oder Erdgrab. Solche Fragen eben.«

Ulrike legte eine Hand auf Lilos Unterarm. »Ich verstehe dich schon. Es ist ja auch wichtig, früh genug darüber nachzudenken. Wir alle müssen darunter leiden, wie unsere Gesellschaft den Tod so sehr verdrängt. Aber um deine Frage zu beantworten: Die Strüthers haben sich schon vor Jahren für das Doppelgrab vormerken lassen. Sie sind zusammen zum Friedhofsamt gegangen und haben sich eintragen lassen. Wirklich ganz rührend. Kanntest du Heinz Strüther denn?«

»Ich weiß nur, dass er einen Fischwagen auf dem Markt hatte. Und seine Frau ist wohl sehr krank.«

»Ja.« Ulrike seufzte. »Krebs im Endstadium. Alle dachten, dass sie ihren Mann nicht überleben würde. Aber nun ist er vor ihr gegangen, er hatte es schon lange mit dem Herzen. Zwei Infarkte. Die Familie kann einem wirklich leidtun. Darum haben wir auch die Sondergenehmigung für den Stein gegeben. Dorothee Strüther wollte so gern das Grab in fertigem Zustand sehen. Den Wunsch konnten wir ihr einfach nicht abschlagen. Aber natürlich kontrollieren wir genau, ob der Stein auch stabil genug steht.«

Lilo schaute betroffen drein. »Wenn es der Frau so schlecht geht, kann sie denn noch das Grab besuchen?«

»Doch, doch. Obwohl es bestimmt sehr anstrengend für sie ist. Der Krebs hat auch ihre Knochen befallen, sie sitzt im Rollstuhl. Aber ihr Pfleger bringt sie fast jeden Tag, nur dienstags und donnerstags nicht, weil dann Markt in Thiessow ist. Natürlich kann sie da nicht mehr mithelfen. Aber sie ist gern dabei und hält ein kleines Schwätzchen. Dann fühlt sie sich lebendig, sagt sie.«

»Immerhin etwas. Den Fischwagen gibt es also noch?«

»Ja. Sie hat zwei Verkäuferinnen angestellt, das läuft wohl alles ganz gut weiter. Und ihr Sohn Jens ist ja auch noch da. Den kennst du doch?«

»Natürlich«, sagte Lilo. »Der nette junge Mann von der Kurverwaltung.«

»Genau. Frau Strüther kann stolz auf ihn sein. Den Fischwagen wollte er nicht übernehmen, er hat ja seine gute Anstellung. Aber ansonsten unterstützt er seine Mutter, wo er nur kann.« Ulrike schüttelte traurig den Kopf. »Und sie wird nun auch bald hier liegen.«

»Dabei ist sie ja erst Anfang sechzig«, meinte Lilo betroffen und räusperte sich. »Es geht mich zwar nichts an, aber ich habe gehört, es gibt da ein größeres Erbe.«

»Das weißt du also?«

»Nur was die Leute so erzählen. Dass ihr Großvater Fischkonserven hergestellt hat, und da lagert noch Geld in der Schweiz.«

Ulrike warf Lilo einen vielsagenden Blick zu. »Frau Strüther hat sich mir anvertraut, aber du gehst ja auch diskret damit um, Lilo: Vor kurzem gab es in der Familie Streit wegen dieser Sache mit den Steuer-CDs aus der Schweiz, wo die deutsche Regierung die Daten gekauft hat. Aber zum Glück ließ sich das klären. In den letzten Monaten vor Heinz Strüthers Tod hat sich alles wieder eingerenkt in der Familie.«

»Das ist schön. Es wäre ja auch schlimm gewesen, wenn er sich nicht mit seiner Frau ausgesöhnt hätte.«

»Richtig. Doch es hat sich noch rechtzeitig zum Guten gewendet«, tröstete Ulrike. »Manchmal stellt das Schicksal uns auf eine harte Probe. Seien wir dankbar, wenn wir einander verzeihen können und uns die Kraft gegeben ist, unser Leben zu meistern. Und hoffen wir auf ein friedliches Ende unseres irdischen Seins und eine himmlische Gerechtigkeit.«

Auch wenn es ihr verdammt schwerfiel: Lilo wahrte Haltung. »Entschuldige mich bitte, Ulrike. Ich hoffe, du findest es nicht pietätlos, wenn ich jetzt einfach gehe. Aber am Wochenende habe ich Bettenwechsel in beiden Bungalows und muss noch so viel vorbereiten.«

»Das ist doch verständlich, Lilo. Wir alle haben unsere Pflicht zu erfüllen. Grüß Oskar schön.«

»Mach ich gern. Und du Konrad und die Kinder.«

Sie verabschiedeten sich.

Während Lilo zurückwalkte, kreisten ihre Gedanken. Offenbar hatte Ulrike keinen blassen Schimmer, dass es nicht Heinz Strüther war, der auf der linken Seite des geschmackvoll bepflanzten Doppelgrabs ruhte. Aber was hatte es mit Dorothee Strüthers Erbe auf sich? Und mit den Steuer-CDs aus der Schweiz? Lilo hätte gern sofort mit Oskar gesprochen, doch der verbrachte den Tag bei einem alten Freund in Lauterbach und wollte erst am späten Abend zurückkommen. Nach Thiessow zu fahren schien Lilo noch zu früh, der Markt öffnete erst um zehn. Also räumte sie die Küche auf und saugte in allen Räumen Staub. Um zwanzig vor elf ging sie hinüber zur Garage. Der Ford war nicht da, Lilo wunderte sich. Für die Strecke nach Lauterbach nahm Oskar normalerweise sein Fahrrad, heute hatte er sich also für das Auto entschieden. Vielleicht wollte er unterwegs etwas Größeres einkaufen. Lilo schwang sich auf ihren Drahtesel, fuhr die Boddenstraße hinunter und bog nach rechts ab Richtung Thiessow. Sie befand sich in guter Gesellschaft. Ganze Pulks von Radfahrern waren unterwegs, der Thiessower Markt galt als Attraktion. Lilo nahm die Straße zum Hafen, vorbei an den Autos, die sich vor dem Parkplatz stauten. Sie stellte ihr Rad ab und stürzte sich ins Getümmel. Ungefähr siebzig Stände gab es hier, von Silberschmuck bis Senfsoße war alles vertreten. Lilo brauchte nicht lange, um Strüthers Wagen zu finden. *Fossen Feiner Fisch* prangte in dunkelblauen Lettern über der Verkaufstheke. Die Auslage mit den verschiedenen Fischsorten wirkte ansprechend, zwei Verkäuferinnen in weißen Kitteln bedienten. Üblicherweise mied Lilo Menschenmassen, heute war ihr das Gedränge gerade recht. So konnte sie unbemerkt eine Frau beobachten, die mit ihrem Rollstuhl seitlich vor der Verkaufstheke stand: blass, hohlwangig, braune Kurzhaarperücke und unverkennbare Ähnlichkeit mit ihrem Sohn Jens Fossen. Das also war Dorothee Strüther. Zwar schien ihr Körper deutlich vom Krebs gezeichnet, doch geistig wirkte sie frisch: So gut sie konnte, nahm sie am Geschehen teil, begrüßte die Kunden und rief den Verkäuferinnen manchmal etwas zu. Diese Frau wusste, was sie wollte, und ließ sich auch von der schweren Krankheit nicht brechen. Eigentlich bewundernswert, dachte Lilo. Ungefähr zehn Minuten lang behielt sie den Fischwagen im Auge, dann fuhr sie nach Gager.

In der Kurverwaltung begrüßte Jens Fossen sie mit routinierter Freundlichkeit. »Was kann ich für Sie tun, Frau Gondorf?«

»Ich brauche neue Ortsprospekte für meine Gäste.«

»Selbstverständlich. Reichen hundert Stück?«

»Ja sicher. Damit komme ich bis nächstes Jahr aus.«

»Gern.« Er ging zu einem Schrank und holte einen kleinen Karton heraus, dabei drehte er Lilo den Rücken zu, sein dichtes hellbraunes Haar fiel über den Hemdkragen.

»Genau hundert, Frau Gondorf. Bitte schön.«

Lilo nahm den Karton, bedankte sich und fuhr nach Hause Dort überfiel sie eine ungeahnte Arbeitswut. Sie putzte sämtliche Fenster ihres eigenen Hauses von beiden Seiten und alle Bungalowfenster von außen, anschließend harkte sie die Beete. Doch so sehr sie auch hoffte, dass die körperliche Betätigung ihr Gehirn anregen mochte, eine zündende Idee zu dem Fall kam ihr nicht. Ihre Gedanken kreisten. Hatte sie etwas übersehen?

Um zweiundzwanzig Uhr war Oskar noch immer nicht zurück. Sie ging in die Garage und klebte einen Zettel an die Verbindungstür zu seiner Wohnung. *Frühstück 9 Uhr bei mir.* Dann legte sie sich schlafen.

*

Beim Frühstück erzählte Oskar vom Vortag. In einem Getränkemarkt hatte er eine spezielle Sorte Bockbier entdeckt und deswegen das Auto gebraucht.

»Und bei dir?«, fragte er.

Lilo berichtete von der Begegnung mit Ulrike am Doppelgrab, der Beobachtung an Strüthers Fischwagen und dem kurzen Abstecher in die Kurverwaltung.

»Na, da bist du ja richtig rumgekommen. Und jetzt, min Deern?«

»Genau dazu hätte ich gern deine Meinung.«

Sie sprachen lange. Um halb elf verabschiedete Oskar sich in Richtung Gartenarbeit, Lilo räumte den Tisch ab. Ihr Entschluss stand fest. Sie griff zum Telefon und führte drei Gespräche – das letzte davon mit Amelie Heege.

*

»Keine Sorge«, versicherte Amelie glaubhaft. »Selbstverständlich habe ich nichts dagegen, dass Sie unsere gute Elisabeth allein zu sich eingeladen haben. Ich kann gut nachvollziehen, dass Sie beide mal unter sich sein wollen.«

Über so viel Verständnis freute Lilo sich. »Danke, Frau Heege. Ich wollte es Ihnen nur sagen, damit Sie sich nicht ausgegrenzt fühlen. Doch das ist ja nun geklärt. Frau Koch und ich werden sicher viel spazieren gehen. Ich wollte mit ihr auch mal über unseren Friedhof, da waren wir noch gar nicht.«

Amelie reagierte erstaunt. »Über den Friedhof?«

»Ja. Einfach, weil das so ein wunderbar ruhiger Ort ist. Heute Morgen war ich noch da. Unsere Küsterin und ich kamen durch Zufall ins Gespräch über ein sehr schön gestaltetes Doppelgrab. Aber das nur am Rande. Dort herrscht einfach eine sehr angenehmene Atmosphäre. Deswegen möchte ich gern mit Frau Koch hingehen.«

»Ah ja?« Für einen Moment wirkte Amelie irritiert, doch gleich darauf meinte sie voller Überzeugung: »Eine sehr gute Idee. Wie lieb von Ihnen, dass Sie sich so um Elisabeth kümmern. Ich wünsche Ihnen jedenfalls ein wunderbares Wochenende mit sonnigem Wetter.«

»Danke, Frau Heege. Ihnen auch eine gute Zeit. Auf Wiederhören.«

*

Auch im *Kuba-Mitte* klingelte das Telefon.

»Torben. Schön, dass du dich meldest. Was treibst du so? Was macht die Liebe?«

»Genau deswegen rufe ich an, Jimmy. Meine Freundin und ich würden gern mal vorbeikommen. Sie möchte dich kennenlernen.«

»Aber immer. Ihr wolltet doch Drillinge kriegen. Ist es schon so weit?«

Torben Schulte-Behrend lachte. »Noch nicht, aber es wird wohl was Ernstes.«

»Wunderbar, Glückwunsch. Wann darf ich euch empfangen?«

»Wenn es dir passt am Sonntag, so gegen zwölf?«

»Prima. Ich kümmere mich ums Mittagessen. Aber erzähl doch schon mal: Gibt es noch was Spannendes von der *INGESCH*? Kommt ihr weiter?«

»Nach dem letzten Treffen gab es viele positive Rückmeldungen. Und immer mehr Gerichte bestätigen das institutionelle Zusammenwirken zwischen der *Schwelmer Bausparkasse* und den Wohnungsvermittlern.«

»Die Käufer kommen also aus den Verträgen raus?«

»Längst noch nicht alle, aber es nimmt Form an.«

»Wie schön, dann lohnt sich ja der ganze Kampf. Dann bis Sonntag, ich freue mich. Und natürlich bin ich gespannt auf dein Traumweib. Wehe, du enttäuschst mich.«

Wieder lachte Torben Schulte-Behrend. »Keine Bange, Jimmy. Sie ist eine tolle Frau. Angenehme Woche noch, bis dahin.«

»Euch auch. Macht es gut.«

*

Für sechs Uhr hatte Lilo sich den Wecker gestellt, sie stand auf und schaute zum Fenster, das Wetter gab sich gewohnt heiter, über der Ostsee lag seit Wochen ein Spätsommerhoch. Lilo war angespannt, sie wusste nicht, wie dieser Samstag enden würde. Doch sie hatte sich entschieden. Es musste sein. Um sieben Uhr ging sie zum Parkplatz und verabschiedete die Gäste vom *Boddenhüsken*, auch im *Mövennest* stand ein Bettenwechsel bevor. Während sie dem Wagen hinterherwinkte, kam Oskar aus seinem Haus. Schon vor Tagen hatte er darauf bestanden, ihr heute beim Putzen zu helfen. Sie hatte sein Angebot zuerst abgelehnt, doch er blieb eisern.

»Tachschön, min Deern«, meinte er launig. »Ich harre deiner Befehle.«

Um halb zwei waren sie fast fertig, Oskar fuhr zum Bahnhof.

Lilo fegte die Terrassen, immer wieder schaute sie zum Bodden, der hier Greifswalder Bodden hieß. Sie musste an den Großen Jasmunder Bodden denken. Dort hatten sie den verdächtigen Angler entdeckt, einen Mann, der seinen eigenen Tod vorgetäuscht hatte. Seitdem war die Geschichte weitergegangen, und heute lief sie auf ihr Ende zu. Hoffentlich ein gutes Ende. Lilo hatte ein mulmiges Gefühl. Als Oskar mit Elisabeth Koch vom Bahnhof kam, klopfte Lilo das Herz bis zum Hals. Die blinde Frau wirkte freundlich und offen wie immer, doch sie strahlte nicht mehr so übertrieben. Lilo wusste nicht, ob sie das beruhigend finden sollte. Zu dritt setzten sie sich an den Kaffeetisch.

»Als Sie neulich anriefen, habe ich ja erst gezögert«, gestand Elisabeth. »Sogar als ich Ihnen schon zugesagt hatte, habe ich mir die Sache noch einmal gründlich überlegt. Und jetzt bin ich da. Ich musste einfach kommen. Wenn das wahr ist…« Sie schüttelte den Kopf. »Ich kann Sie schließlich nicht alleinlassen in so einer Situation. Aber bevor es so weit ist, erzähle ich Ihnen eine schöne Neuigkeit: Mein Großneffe Nico hat seine Lehre beendet und in Berlin eine Stelle gefunden. Nun zieht er zu Pedro und mir.«

Lilo nickte. »Das ist schön.«

»Finde ich auch. Übrigens werde ich in Altglienicke wohnen bleiben. Das Haus in Köpenick und den Wagen verkaufe ich. Und, Frau Gondorf: Wenn Sie gleich noch Gäste empfangen, nehmen Sie bitte auf mich keine Rücksicht. Ich lege mich gern wieder auf die Liege, letzte Woche hat mir das so gutgetan.«

»Das ist sehr nett«, sagte Lilo und lächelte verkrampft. Wieder einmal wunderte sie sich über die stoische Ruhe, an der Elisabeth selbst in dieser Situation noch festhielt.

Nach dem Kaffeetrinken stellte Oskar die Liege für Elisabeth auf. Wie am Wochenende zuvor bezog sie dort zum Bodden gerichtet Position. Lilo empfing die Gäste, zuerst für das *Mövennest* ein Ehepaar aus der Nähe von Jena, eine

Stunde später für das *Boddenhüsken* eine vierköpfige Familie aus Nürnberg. Während sie den neuen Mietern die Bungalows zeigte, schaute sie manchmal zur Liege hinüber. Elisabeth schien sich wohlzufühlen.

»Wer ist denn die Dame dort hinten im Garten?«, fragte die Mutter aus Nürnberg höflich.

»Eine liebe alte Freundin. Sie bleibt leider nur bis morgen.« Den entführten Mann erwähnte Lilo nicht, zum Glück fragte auch niemand danach.

Um halb sechs Uhr schlenderte sie mit Elisabeth die Straße hinunter zum *Bodden-Krug.* Lilo setzte alles daran, ihre Anspannung zu verbergen, sie musste unauffällig durch den Abend kommen – viel größere Sorgen bereitete ihr allerdings die Nacht. Ramona begrüßte die beiden mit gewohnt rauem Charme und spendierte wieder eine Flasche Weißburgunder. Eigentlich hatte Lilo sich vorgenommen, heute keinen Alkohol zu trinken, sie vertrug ohnehin nicht viel. Andererseits durfte sie nicht undankbar erscheinen, und schon gar nicht wollte sie sich Ramonas Nachfragen aussetzen. Die Wirtin kam ab und zu für einen kurzen Klön an den Tisch und schenkte nach. Doch der Wein brachte Lilo nicht die gewünschte Entspannung. Sie spürte, wie ihre Zunge schwerer wurde, doch im Kopf blieb sie stocknüchtern. Elisabeth erzählte von ihrer gemeinsamen Arbeit mit Werner in der Kanzlei, Lilo hörte gern zu.

Die Flasche ging bereits zur Neige, als Elisabeth fragte:

»Sagen Sie, Frau Gondorf? Letzte Woche auf unserer Wanderung mit Amelie, als wir am Steilufer standen. Haben Sie mich da so eingeschätzt, dass ich nicht wirklich traurig bin über Werners Entführung?«

Lilo antwortete zögernd. »Um ehrlich zu sein: Ja, diesen Eindruck haben Sie auf mich gemacht. Dass Sie nervös und angespannt waren und nicht wirklich trauern konnten.«

»Ja, so habe ich mich tatsächlich gefühlt. Aber meine Trauer kommt noch. Wenn wir diese Nacht hinter uns haben. Jedenfalls bin ich Ihnen dankbar, dass Sie mich zum Friedhof begleiten wollen.«

»Aber natürlich«, meinte Lilo einfühlsam. »Sie müssen sich doch verabschieden.«

Mit Einsetzen der Dämmerung gingen sie zurück. Sie schwiegen. Vom Bodden kam ein leichter Wind auf, es roch nach Moder, zum ersten Mal in diesem Jahr spürte Lilo den nahenden Herbst. Hier in der Boddenstraße vor ihrem Haus hatte sie zum letzten Mal mit Werner Koch gesprochen. Fünfundsiebzig Tage war das her, fast elf Wochen. Damals hatte Lilo das Ehepaar Koch bewundert. Wie liebevoll die beiden miteinander umgingen, wie gut sich die Frau trotz völliger Blindheit orientieren konnte. Heute stand Lilo mit derselben Frau an derselben Stelle, doch alles war anders. Sie schob die Haustür auf und trat ein, Elisabeth folgte.

»Wir sollten versuchen, noch ein wenig zu schlafen«, meinte Lilo. »Aber das sagt sich so leicht.«

»Haben Sie denn Zweifel? Denken Sie, wir hätten uns nicht darauf einlassen sollen?«

»Nein. Es ist schon gut so. Und das sage ich nicht nur, weil ich früher selbst bei der Kripo war.«

»Ich finde auch, dass es richtig ist. Es muss sein, und ich habe Vertrauen.«

Lilo versuchte zu lächeln. »Das brauchen wir jetzt wohl am nötigsten.«

Sie gingen die Treppe hinauf.

*

Durch Lilos Schlafzimmerfenster fiel der Schein der Straßenlaterne. Im Nebenraum, nur durch eine schmale Wand von

Lilo getrennt, lag Elisabeth Koch. Bestimmt konnte sie auch nicht schlafen.

Lilo versuchte, die Augen zu schließen, doch nicht einmal das gelang ihr. Sie wusste, es würde nicht mehr lange dauern. Sie horchte. Da waren sie. Die Geräusche, auf die sie gewartet hatte. Ein leises Knacken der Treppenstufen. Schleichende Schritte, die sich im Flur fortsetzten. Jemand drückte die Klinke, schob die Tür auf, beugte sich über sie.

»Guten Abend, Frau Gondorf.«

Lilo erkannte die Stimme sofort.

»Es wäre nicht nötig gewesen, Frau Gondorf. Nur weil Sie sich eingemischt haben, sind Amelie und ich jetzt hier.«

Im schwachen Licht erkannte Lilo das Messer. Sie hielt die Luft an. Die Klinge näherte sich. Eine schnelle Bewegung. Die Spitze durchbohrte den Schal um Lilos Hals. Aus dem Nebenzimmer drang der gellende Schrei von Elisabeth Koch.

*

»Zugriff!«

Die Türen von Lilos Kleiderschrank öffneten sich, Taschenlampen blitzten auf, vier Polizisten stürmten heraus, das Deckenlicht ging an. Lilo blickte in das entsetzte Gesicht von Jens Fossen.

»Zugriff eins erfolgt!« Handschellen klickten, drei Beamte nahmen Fossen mit. »Zugriff zwei erfolgt!«, schallte es aus dem Nebenzimmer. Lilo richtete sich auf und starrte in den Flur. Auch Amelie Heege wurde abgeführt.

Noch vor Sekunden war es im Haus totenstill gewesen, jetzt erfüllte Lärm die Räume, hektische Rufe und Schritte. Im Grunde Routine, dachte Lilo. Solche Szenen kannte sie von ihrer eigenen Zeit bei der Kripo. Aber noch nie hatte sie den Köder gespielt. Schon gar nicht im eigenen Schlafzimmer.

Verena kam herein und trat ans Bett. »Alles in Ordnung bei dir?«

Lilo nickte zögernd.

»Mama?!«

»Doch, doch. Gut überstanden.« Sie fuhr sich mit der Hand durch Gesicht und Haare. »Was ist mit Frau Koch?«

»Keine Verletzungen, kein Schock. Der Notarzt ist noch bei ihr, gleich bist du dran.«

»Ich bin wirklich okay.«

»Trotzdem wirst du untersucht. Sicher ist sicher.«

Keine halbe Minute später kam der Notarzt herein, gemeinsam mit Verena half er Lilo aus der stichfesten Weste mit dem Halsschutz und suchte sie nach Verletzungen ab.

»Alles bestens. Wie fühlen Sie sich?«

Lilo versuchte zu lächeln. »Im Vollbesitz meiner geistigen Kräfte.«

Er leuchtete in Lilos Pupillen und maß den Blutdruck. »Wunderbar. Die blinde alte Dame und Sie sind schon zwei taffe Mädels, das muss man Ihnen lassen.«

»Ist doch Ehrensache.«

Nachdem der Arzt gegangen war, stand sie auf und zog eine Sportjacke über ihr T-Shirt. »Komm mal her, meine Süße.«

Sie schlang fest die Arme um Verena und hätte erwartet loszuheulen, doch ihre Tränen waren versiegt. Verena schien es ähnlich zu gehen. Nach ein paar Sekunden lösten sie sich aus der Umklammerung.

»Kann ich jetzt zu Elisabeth?«

»Kleinen Moment.« Verena ging nach nebenan und kam gleich darauf zurück. »Du darfst zu ihr.«

Als Lilo und Verena das Gästezimmer betraten, saß Elisabeth im Bett und lächelte. Selbst in dieser Situation trug sie ihre Sonnenbrille. Offenbar wollte sie niemandem den Anblick ihrer eingefallenen Lider zumuten. »Tut mir leid, dass ich eben so geschrien habe. Aber als Amelie mir die Klinge in die Halsmanschette gerammt hat, war das ein furchtbares Geräusch. Da konnte ich nicht anders.«

»Schon in Ordnung, Frau Koch«, meinte Verena. »Dafür müssen Sie sich nun wirklich nicht entschuldigen. Hauptsache, das Messer ist nicht in Ihrer Halsschlagader gelandet.«

»Ist doch alles gut. Aber das war schon ein echtes Erlebnis. In beiden Räumen jeweils vier Polizisten im Kleiderschrank, einer hinter der Übergardine und einer unterm Bett. Nun musste ich fast siebzig werden, um so was zu erleben. Und dass ihr beide es wisst: Ab jetzt duzen wir uns. So ein verhinderter Doppelmord schweißt ja doch zusammen.«

»Gern, Elisabeth. Und was für ein Glück, dass meine Mutter überall so große Kleiderschränke aufgestellt hat.«

Sie lachten.

»Sag doch mal, Verena«, meinte Elisabeth. »Wie sind Amelie und Fossen denn nun eigentlich reingekommen? Tatsächlich durch die Terrassentür?«

»Ja, einfach aufgehebelt, so wie wir das schon erwartet hatten. Übrigens, Mama: Deine sechs Kurgäste sind brav in den Bungalows geblieben. Die waren sehr kooperativ. Natürlich wollen die jetzt wissen, was passiert ist.«

»Und ihr erzählt denen das?«

»Zumindest in groben Zügen. Dass wir zwei Festnahmen hatten.«

Elisabeth seufzte. »So richtig begriffen habe ich das ja immer noch nicht. Der arme Clemens. Abgestochen von Amelies jungem Liebhaber. Lilo, absolut genial von dir, dass dir noch eingefallen ist, dass Jens Fossen auf dem *INGESCH*-Treffen war und dort neben Amelie saß.«

»Tja. Sein markanter Hinterkopf hat sich eben tief in meinem Gedächtnis verankert. Sein Haar fällt ja auch wunderbar wellig über den Hemdkragen, und als ich in der Kurverwaltung war, hat es Klick gemacht.« Lilo wandte sich an Verena. »Was ist denn eigentlich mit seiner krebskranken Mutter?«

»Wahrscheinlich kommt die in ein Pflegeheim. Es besteht zwar dringender Tatverdacht wegen Beihilfe, aber sie dürfte kaum verhandlungsfähig sein, schon gar nicht strafvollzugsfähig. Die Steuerfahndung wird sich natürlich auch noch für die Sache interessieren. Übrigens gibt es schon eine Nachricht von den Kollegen: Sie haben Heinz Strüther festgenommen, in seiner Hütte im Borchtitzer Wald.«

Elisabeth nickte zufrieden. »Na, das ist ja ein voller Erfolg. Aber noch was anderes: Wann kann ich denn Werner zu mir holen?«

»Nach der Exhumierung muss er erst mal in die Rechtsmedizin nach Greifswald. Dann darf er nach Berlin.«

»Gut. Wir haben nämlich auch schon ein Doppelgrab reserviert.« Die blinde Frau lächelte wehmütig. »Und überlegt mal: Wenn Lilo und Oskar meinen Werner hier nicht im falschen Grab entdeckt hätten. Dann hätte sich demnächst eine fremde Frau neben ihn gelegt. So was kann ich doch wohl nicht zulassen.«

# Der Abschied

Aus dem Vernehmungsprotokoll von Heinz Strüther:

»Meine Frau hatte dieses Nummernkonto in der Schweiz, die Zinsen wurden nie richtig versteuert. Einmal im Jahr bin ich hingefahren und habe was abgehoben, immer so fünfzigtausend Euro. Für den Fischwagen gab es eine doppelte Buchführung, so haben wir ungefähr dreißigtausend im Jahr gewaschen und die übrigen zwanzigtausend einfach ausgegeben. Meine Frau hat kleinlich darauf geachtet, dass man uns den Reichtum nicht ansieht. Und sie hat eine Lebensversicherung für mich abgeschlossen, als wir heirateten. Über die Summe von einer Million D-Mark, da war sie großzügig. Alles lief gut, aber dann kam die Sache mit den Steuer-CDs aus der Schweiz. Meine Frau fing an, Panik zu schieben. Bei uns war die Hölle los, wir hatten keine ruhige Minute mehr. Sie hat mich so sehr gedrängt, schließlich bin ich nach Zürich gefahren und habe das gesamte Geld abgehoben. Mehr als zwei Millionen Euro in bar. Mir ging derartig die Muffe. Ich musste jede Menge Herztabletten nehmen, um das zu überstehen. Die Zöllner arbeiten ja mit allen Tricks, sogar mit Spürhunden, die erschnüffeln Geldscheine in größeren Mengen. Also habe ich das Geld in Tüten gepackt und mit einem Gerät die Luft rausgesogen. Vakuumiert, wie bei Lebensmitteln. Die Hunde haben am Wagen geschnüffelt, aber sie konnten nichts riechen. Dann hatten wir das Geld im Haus, und das Chaos fing erst richtig an, weil wir nicht wussten, was wir damit machen sollten. Die Summe war zu groß, da ging keine Geldwäsche mit dem Fischwagen. Ich habe nach Anlagemöglichkeiten gesucht und hatte ein tolles Angebot gefunden: Ferienwohnungen auf Usedom in einem Angelparadies, gleich hinter der polnischen Grenze. Da hätten wir das gesamte Bargeld unterbringen können, aber meine Frau fand das Projekt unseriös, sie hatte Angst vor Verlusten. Und auch immer noch Angst vorm Finanzamt, denn das Konto war aufgelöst, aber das Geld nicht versteuert. Sie wollte sich selbst anzeigen. Ich habe auf sie eingeredet, das nicht zu tun, schließlich lebt sie nicht mehr lange. So richtig eingesehen hat sie das aber nicht. Sie meinte, wenn die Sache auffliegt, landet der gute Name Fossen im Dreck, dann braucht Jens sich auf der Insel nicht mehr sehen zu lassen. In unserer Familie war die Hölle los, jeder gegen jeden. Jens hat sich geweigert, das Erbe seiner Mutter zu teilen. Da war ja nur noch die blanke Gier in seinen Augen. Er wollte die zwei Millionen für sich allein, irgendwie für eine neue Existenz in Kolumbien. Es ging nur noch um Geld, Geld, Geld. Ich habe das nicht mehr ausgehalten, ich wollte nur noch weg aus diesem Irrenhaus. Aber mir stand doch auch ein Teil zu. Schließlich sind Dorothee und ich schon lange verheiratet. Ich wollte meinen Teil abhaben und danach verschwinden, am besten nur noch angeln, dabei habe ich wenigstens meine Ruhe. Wir haben uns Grabenkriege geliefert, am Schluss haben wir uns gehasst bis aufs Messer. Ich habe vorgeschlagen zu gehen, aber da hatte sie wieder Angst um ihren guten Namen. Was würden die Leute sagen, wenn ich meine krebskranke Frau verlasse, noch dazu eine geborene Fossen? Jeder Tag war zu viel, so ging es nicht weiter. Und dann hatte Jens die Idee mit meiner Lebensversicherung: Die sollte in neun Jahren ausbezahlt werden, wenn ich fünfundsechzig bin. Wenn ich aber jetzt schon sterben würde, bekämen wir über siebenhunderttausend Euro raus. Wir bräuchten nur die passende Leiche, und ich könnte mit dem Geld untertauchen. Meine Frau und ich waren erst mal total geschockt von dem Vorschlag. So eine kriminelle Energie hätten wir dem Jungen doch nicht zugetraut. Dass der das Zeug für einen Mord hat. Natürlich haben wir gesagt: Nein, auf keinen Fall, das machen wir nicht, wir sind doch keine Verbrecher. Aber Jens hat mich immer mehr unter Druck gesetzt. Ich weiß nicht, was er getan hätte, wenn ich mich nicht schließlich darauf eingelassen hätte. Ein Kumpel hat mir falsche Papiere beschafft, ab sofort hieß ich Miroslav Operhalski. Das passte ganz gut, ich habe eine polnische Großmutter und kann die Sprache sogar noch ein bisschen. Ich hab mir eine Glatze rasiert und einen Vollbart stehen lassen. Mein Kumpel hat mir die Hütte im Wald besorgt, ein ehemaliges Munitionsdepot, früher war ja jede Menge Militär in der Nähe vom Fährhafen. Ich wollte ein paar Monate untertauchen, und im Herbst wäre ich nach Usedom gezogen, die ersten Wohnungen im Anglerquartier sind dann fertig. Das Geld von meiner Versicherung ist gekommen, und meine Frau wollte mir noch was dazugegeben. Ich hätte insgesamt knapp eine Million gehabt, genug für einen schönen Lebensabend!«

*

Aus dem Vernehmungsprotokoll von Jens Fossen:

»Meine Mutter konnte meinen Stiefvater absolut nicht mehr ertragen. Jeden Tag musste ich mit ansehen, wie sie sich aufrieb, dabei hat sie ja sowieso nicht mehr lange zu leben. Und dann wollte er auch noch ihr ganzes Erbe – *mein* Erbe! – in so ein windiges polnisches Projekt stecken. Das Geld wäre mit Sicherheit ganz schnell weg gewesen. Sie hat irrsinnig gelitten. Wenn mein Stiefvater nicht endlich verschwunden wäre, hätte sie wahrscheinlich nur noch ein paar Wochen überstanden. Darum kam ich auf die Idee mit seiner Lebensversicherung, dass er seinen Tod vortäuscht und mit dem Geld untertaucht. Damit er endlich die Finger von unserem Geld lässt! In der Kurverwaltung habe ich ja ständig mit älteren Gästen zu tun, und ab einem gewissen Alter sehen sich viele Männer ähnlich mit ihren weißen Halbglatzen. Und dann kam Werner Koch. Er hatte mich schon Monate vor seinem Urlaub immer wieder angerufen und nach den schönsten Wanderwegen gefragt und der Landschaft und den schönsten Ausblicken aufs Meer. An diesem Sonntag im Juni war er gerade aus Berlin angekommen mit seiner blinden Frau, und keine Stunde später stand er bei mir im Büro und hat die Kurtaxe gezahlt. Seine Frau hatte er nicht mit, die war im Bungalow geblieben. Er hat mir haarklein erzählt, dass er am nächsten Morgen mit ihr wandern will, welchen Weg sie nehmen, und wie schnell sie gehen und alles. Ich konnte mir genau ausrechnen, wann und wo er am Steilufer stehen würde. Dass seine Frau absolut nichts sieht, hat er auch erwähnt. Am nächsten Tag hatte ich sowieso frei, da habe ich beobachtet, wie er und seine Frau losgewandert sind. Es war kein gutes Wetter, sehr windig, außer den beiden war kaum jemand unterwegs. Erst habe ich überlegt, Koch einfach zu kidnappen, aber wir kamen mit unserem Auto ja nicht ins Naturschutzgebiet. Darum hatten wir die Idee mit dem Steilufer und dem Boot. Koch stand genau an der Aussichtsstelle, über die wir uns am Vortag noch unterhalten hatten. Ich habe ihn heruntergezogen, mit einem langen Stock, vorn ein großer Haken dran. Mein Stiefvater hat der Polizei wahrscheinlich erzählt, dass ich der Drahtzieher der ganzen Aktion bin. Aber er war genauso dabei. Wir hätten nicht gedacht, dass es so einfach ist: Koch lag auf dem Steilhang, wir haben ihn mit Äther betäubt und eine grüne Plane über ihn gelegt. So haben wir ihn weiter runtergezogen und ins Boot verfrachtet. Über alte Verbindungen aus der NVA-Zeit hat mein Stiefvater ein Medikament besorgt, mit dem man Tiere einschläfert. Koch hat nicht gelitten, alles ging schnell. Wir haben ihn in unser Haus gebracht und ein wenig hergerichtet, damit er meinem Stiefvater ähnlich sieht. Spätabends haben wir dann den Bereitschaftsarzt gerufen. Dem haben wir ein paar Krankenberichte gezeigt, und er hat den Totenschein ausgestellt. Dass Koch Dreck am Stecken hatte, erfuhr ich erst später durch eine Zeitung. Er war als Notar in den Betrug mit Schrottimmobilien verwickelt. Jetzt wusste ich, dass die Kripo in einer ganz anderen Richtung ermittelt. Ich habe im Internet recherchiert und bin auf diese *INGESCH* gestoßen. Darüber wollte ich mehr wissen, deswegen fuhr ich zu dem Treffen nach Berlin. Das fand in einer witzigen Kneipe statt: *Kuba-Mitte*. Natürlich war das riskant von mir, bestimmt kamen da auch Polizisten in Zivil hin. Aber das Risiko ging ich ein, schließlich war die Kripo auf der falschen Spur, und es gab keinerlei Verbindung zu mir. Nein, ich habe nicht bemerkt, dass auch Frau Gondorf auf dem Treffen war. Aber dass ich Amelie dort kennengelernt habe, war schon der absolute Glücksfall. So eine schöne Frau und noch dazu vermögend. Dabei war für mich ja klar, dass ich mit meinem Geld nach Kolumbien wollte. Mit Amelies Erbe obendrauf hätten wir uns dort ein tolles Leben machen können. Das war ein großartiges Gefühl.«

*

Aus dem Vernehmungsprotokoll von Amelie Heege:

»Unsere Ehe war nur am Anfang glücklich, als es noch nicht um eine Schwangerschaft ging. Wir sind viel gereist und haben das Leben genossen, wie man so schön sagt. Als ich dann achtundzwanzig war und Clemens vierundvierzig, haben wir gedacht: Das ist der richtige Zeitpunkt, wir möchten ein Kind. Nach einem Jahr war ich immer noch nicht schwanger. Wir haben uns untersuchen lassen, und es stellte sich heraus, dass er völlig unfruchtbar war. Nicht mal eine spezielle künstliche Befruchtung hätte geholfen. Er konnte einfach keine eigenen Kinder bekommen. Ich dachte: Es gibt ja noch Samenspende oder Adoption. Aber er war absolut dagegen und hat sich offenbar damit abgefunden. Und ich habe gelitten. Jeden einzelnen Tag. Unsere Ehe wurde zum Nervenkrieg. Natürlich hätte ich mich scheiden lassen können, aber dann wäre ich vor dem Nichts gestanden – kein Mann, kein Kind, kein Geld. Und es gab einen Ehevertrag: Vom Vermögen, das Clemens mit in die Ehe gebracht hatte, hätte ich nichts bekommen, auch nicht vom Haus. Und natürlich habe ich insgeheim immer gehofft, Clemens würde sich doch noch für ein Kind entscheiden. Dann passierte die Sache mit Werner Kochs Entführung. Clemens und ich dachten sofort: Das hat was mit den Schrottimmobilien zu tun, dieser alten Betrugssache, da will sich jemand rächen. Er hat mich gebeten, zum Treffen vom *INGESCH*-Verein zu gehen. Und dort saß Jens bei mir am Tisch. Ich verlor fast den Verstand, es war wie der sprichwörtliche Blitzschlag, wir haben uns Knall auf Fall ineinander verliebt. Ich habe ihm erzählt, dass Clemens und Werner früher zusammengearbeitet haben, und natürlich von meiner unglücklichen Ehe. Und Jens meinte: Wenn wir Clemens töten, denkt die Polizei mit Sicherheit, dass auch dort die *INGESCH* dahintersteckt, genau wie bei der Entführung. Wir müssen nur intelligent genug vorgehen, dann fällt der Verdacht nicht auf uns. Jens hat Clemens vor unserer Garage aufgelauert, ihn mit Äther betäubt und erstochen. Als ich nach draußen zu Clemens ging, war Jens schon geflüchtet. Danach lief es gut, die Kripo ist uns nicht auf die Spur gekommen. Jens hat gemeint, jetzt müssten wir nur noch in aller Ruhe auf sein Erbe warten. Aber dann hat mir Frau Gondorf erzählt, dass sie mit Frau Koch auf den Friedhof gehen will, zu einem Doppelgrab. Da hat mich die Panik gepackt. Ich habe Jens informiert, dass die beiden Bescheid wissen. Wir waren so kurz vor dem Ziel. Deshalb mussten sie weg! Wir hätten nie gedacht, dass Frau Gondorfs Anruf eine Falle war. Als wir die Morde planten, hatten wir keine Angst, überführt zu werden. Wir waren überzeugt, dass der Verdacht wieder auf die *INGESCH* fällt. Schließlich war Frau Koch eine enge Mitarbeiterin ihres Mannes im Notariat. Wenn unser Plan aufgegangen wäre, hätten Jens und ich geheiratet und hoffentlich Kinder bekommen. Er wollte auswandern und sein Geld in einer Goldmine anlegen. Natürlich wäre ich mitgegangen. Ich liebe ihn doch!«

*

Am Sonntagmittag saßen sie zu dritt beim Bier im *Kuba-Mitte*: Jimmy, Torben und Torbens Freundin Sabrina, eine hübsche Frau Ende dreißig mit dunklem Teint und kurzen schwarzen Haaren.

»Und?«, fragte Jimmy. »Was treibst du so, Sabrina? Wenn du gerade nicht damit beschäftigt bist, unseren guten Torben glücklich zu machen?«

Sabrina lächelte. »Dann arbeite ich als freie Journalistin in Dresden. Torben und ich haben uns kennengelernt, als ich ihn über die *INGESCH* interviewt habe.«

»Na, wunderbar. Das könnte ja besser nicht passen. Gibt es denn was Neues in Sachen Schrottimmobilien?«

»Noch nicht ganz«, erwiderte Torben. »Aber meine Anwältin ist optimistisch, dass sich unser Dresdner Gericht dem Referenz-Urteil anschließt: Nichtigkeit des Kaufvertrags wegen institutionellen Zusammenwirkens zwischen Wohnungsverkäufer und Hypothek gebendem Geldinstitut.«

Jimmy nickte. »Hört sich kompliziert an, ist aber bestimmt eine Supernachricht. Ich habe übrigens auch was für euch: Kurz bevor ihr gekommen seid, habe ich die Regionalnachrichten von Rügen nachgeschaut. Und siehe da: Letzte Nacht hat die Polizei drei Personen festgenommen. Die sind dringend verdächtig, diesen Werner Koch entführt und getötet zu haben. Und einen Mord an einem Banker hier in Dahlem haben die wohl auch auf dem Gewissen. Das heißt also: Jeder Verdacht gegen die *INGESCH* war nichts als heiße Luft.« Er hob sein Glas. »Auf euch und unser aller Glück.«

*

»Hier ist es.« Lilo führte Elisabeth an das Doppelgrab. »Es ist sehr schön gestaltet, niedriger Wacholder und Schalen mit bunten Begonien.«

Sie blieben stehen und schwiegen.

»Nun weiß ich, wo mein Werner liegt«, meinte Elisabeth schließlich. »Er braucht nicht mehr zu leiden, und nächste Woche kommt er zu mir nach Hause.«

Lilo sah sie von der Seite an. Elisabeth Koch weinte nicht, trotzdem hatte Lilo diesmal keinen Zweifel: Die blinde Frau trauerte tief.

*

Elisabeth kam drei Wochen später erneut zu Besuch nach Rügen, zusammen mit Lilo und Verena kehrte sie im *Bodden-Krug* ein. Nachdem Ramona die Bestellung aufgenommen hatte, setzte sie sich zu ihnen.

»So, Deerns. Nun erzählt mal schön. Es steht ja jede Menge in der Zeitung, und die Leute reden viel, aber ich will von euch selber wissen, was da eigentlich passiert ist.«

»Zunächst mal müssen wir sagen, dass Oskar uns enorm geholfen hat«, erklärte Elisabeth. »Ohne ihn hätten wir das nicht geschafft.«

»Sieh an. Dass der so was mitmacht. Verbrecher jagen. Da kann man ja nur den Hut vor ziehen. Und wie fing das nun an? Hattet ihr nach der Entführung einen bestimmten Verdacht?«

Verena lachte. »Ja, ja. Es gab den einen oder anderen Verdacht. Sogar wir bei der Kripo haben uns ein paar Gedanken dazu gemacht. Aber auf die entscheidende Spur kam tatsächlich meine liebe Mutter. Und zwar ohne der Polizei Bescheid zu sagen.«

»Och!? Ist das wahr, Lilo? Du hast der Kripo nichts davon gesagt? Nicht mal deiner Tochter?«

»Habe ich nicht, das muss ich gestehen. Aber das hatte vor allem damit zu tun, dass ich selbst erst mal lange rumgerätselt habe. Oskar hat zwar immer wieder gemeint, wir sollten endlich zur Polizei gehen, aber ich bin stur geblieben. Ich wollte mir einigermaßen sicher sein, dass wir richtiglagen.«

»Wovon die Polizei nicht begeistert war«, meinte Verena mit strengem Unterton. »Aber dann mussten wir zugeben: Die beiden hatten keine schlechte Vorarbeit geleistet.«

Lilo nickte. »Wobei die richtige Spur erst mit dem Mord an Clemens Heege deutlich wurde. Durch den Besuch bei seiner Witwe Amelie.«

»Da kam sie mir eigenartig vor«, ergänzte Elisabeth. »Ich habe vorsichtig nach Kindern gefragt. Sie sagte, Clemens hätte keine bekommen können, und sie hätten sich damit abgefunden. Das machte mich stutzig, denn ich weiß noch, dass die beiden früher völlig vernarrt in Kinder waren, und nun hatten sie nicht mal welche adoptiert. Amelie hat das auch gar nicht richtig begründet, das Thema schien ihr extrem unangenehm zu sein.«

»Und dann habt ihr beschlossen, der Sache auf den Grund zu gehen?«

»Nicht sofort, das war viel komplizierter.« Elisabeth seufzte vielsagend. »Zunächst hat Lilo mich verdächtigt, selbst hinter der Entführung zu stecken. Ich nehme ihr das nicht übel, es hatte ja einen Grund.«

»Genau. Elisabeth kann sich unglaublich gut orientieren. Darum habe ich zuerst überlegt: Sie ist nicht wirklich blind, sondern spielt uns nur was vor. Und dann war da noch eine Sache: Ihr Mann wird entführt, und ihr kommt überhaupt nicht der Gedanke, dass Schulte-Behrend dahinterstecken könnte. Obwohl der damals Werner Koch bei der Notarkammer angezeigt hat.«

Elisabeth lachte. »Natürlich war das vorgetäuscht. Ich habe den möglichen Zusammenhang schon gesehen, aber dann gedacht: Soll die gute Lilo Gondorf ruhig denken, dass ich etwas damit zu tun habe. Das weckt jedenfalls ihren Jagdinstinkt, und sie klemmt sich hinter die Sache.«

»Womit du ja auch recht hattest«, warf Lilo lachend ein.

»Selbstverständlich! Auf meine Menschenkenntnis kann ich mich verlassen. Und nachdem mir Verena erzählt hat, dass du auch mal Polizistin warst, konnte ich mir sicher sein, dass du dich an der Sache festbeißen würdest. Aber andererseits konnte ich nicht einfach sagen: Ich bin unschuldig, Frau Gondorf, lassen Sie uns gemeinsam nach den Tätern suchen. Das hätte Lilo mir nicht geglaubt. Also musste ich ein paar Tricks anwenden. Um Lilos Neugier zu wecken, habe ich einfach ein paar Spielchen inszeniert.«

»Was auch gelungen ist«, Lilo schmunzelte. »Mir kam es schon sehr komisch vor, dass sie ihr Wohnzimmer in Berlin mit Hunderten Hirschgeweihen ausstaffiert. Mein Gästezimmer dagegen war völlig kahl.«

»Genau. Zuerst habe ich überlegt, auch noch Lilos Zimmer mit Geweihen vollzuhängen. Aber das hätte dann wohl doch übertrieben ausgesehen – tote Hirschknochen zwischen den Postern von meinem Großneffen. Aber mein Neffe Pedro hatte noch eine Idee. Er hat Lilo beim Essen was über einen Pferdeschlachter erzählt. Und du hast wirklich Haltung bewahrt, Lilo. Kompliment.«

»Och, danke. Aber du hast dir ja noch mehr einfallen lassen.«

»Stimmt. Bei meinem Besuch hier wollte ich stundenlang im Garten liegen, statt mich mit Lilo zu unterhalten. Da musste sie doch annehmen, dass ich ihr aus dem Weg gehen will, weil ich selbst hinter der Entführung und dem Mord stecke und Amelie meine Komplizin ist.«

Ramona amüsierte sich. »Und dann wolltest du wissen, was Sache ist, nicht wahr, Lilo?«

»Ja sicher. Durch den Mord an Heege war mein Jagdinstinkt vollends geweckt. Erst habe ich ja gedacht, Amelie und Elisabeth stecken unter einer Decke. Aber nachdem Oskar und ich Heinz Strüther beim Angeln am Bodden gesehen haben, kamen mir Zweifel, ob wirklich Elisabeth die Verdächtige ist oder ganz allein Amelie. Und Elisabeth hat ja schon erzählt, dass Amelie unbedingt Kinder wollte, und dann angeblich überhaupt nicht mehr.«

Elisabeth nickte zustimmend, und Lilo fuhr fort: »Dann haben wir gemeinsam überlegt, und so kamen wir darauf, dass der Mord an Clemens Heege damit zusammenhängen könnte. Aber ich war mir sicher, dass es auch eine Verbindung zu dem Fall Werner Koch gibt. Aber welche nur? Zum Glück ist mir der schön frisierte Hinterkopf von Jens Fossen eingefallen. Ich bin noch mal zur Kurverwaltung gefahren und habe ihn mir angesehen, und da fiel es mir sprichwörtlich wie Schuppen aus den Haaren: Fossen war auch auf dem Treffen in der Kneipe in Berlin. Also konnte er Amelie dort kennengelent haben. Das war's! Ich habe Elisabeth eingeweiht und dann schmiedeten wir einen Plan, wie wir die beiden aus der Reserve locken können. Wir mussten sie ja irgendwie überführen. Uns war klar: Wenn sie befürchten, dass wir ihnen auf die Schliche kommen, dann müssen sie uns zwei alte Weiber ausschalten, am besten gleichzeitig. Und diese Gelegenheit sollten sie bekommen. Ich habe bei Amelie angerufen, angeblich um zu erklären, warum ich Elisabeth allein zu mir einlade. Doch ganz nebenbei habe ich diskret darauf hingewiesen, wann wir beide in meinem Haus übernachten.«

Verena nickte ihrer Mutter zu. »Und vorher warst du immerhin so gnädig, auch mich anzurufen und die arme unwissende Kripo einzuschalten. Besser spät als nie. Aber natürlich sind wir euch dankbar, dass ihr die Köder gespielt habt.«

»Ja, und zwar unter strenger polizeilicher Aufsicht.« Elisabeth schilderte die Einzelheiten.

Ramona hörte beeindruckt zu. »Au weia. Nicht schlecht. Eine Halsmanschette mit einem Schal drüber.«

»Das war das Gefährlichste an der ganzen Aktion«, erklärte Verena. »Wenn Jens Fossen oder Amelie Heege nicht in die Manschette gestochen hätten, sondern direkt darüber. Dann hätten sie trotzdem noch die Schlagader treffen können. Darum waren die ganze Zeit ein Notarzt und ein paar Sanitäter vor Ort.«

»Woher wusstet ihr denn überhaupt, dass die euch erstechen wollten?«, fragte Ramona. »Und nicht erwürgen oder erschießen oder sonst was?«

Verena nickte. »Gute Frage. Wir wussten es nicht, wir konnten es nur annehmen. Mörder neigen dazu, eine erfolgreiche Tötungsart zu wiederholen. Jens Fossen hatte Clemens Heege erstochen, deswegen sind wir davon ausgegangen, dass er und Amelie jetzt auch so vorgehen würden. Weil ein Stich in die großen Blutgefäße eine schnelle und relativ sichere Methode ist.«

»Wir hatten Schutzwesten bis zum Unterbauch an«, erklärte Lilo. »Darüber ein weites Nachthemd und noch einen Schal, um die Halsmanschette zu verdecken.«

»Beim Schlafen eher unbequem«, meinte Elisabeth trocken.

Ramona blies Luft aus den Wangen. »Doll, doll, Kinners, da kann man euch nur gratulieren. Aber so spannend das auch ist, länger kann ich leider nicht mit euch klönen. Ich muss wieder rein. Nur was ich besonders schlimm finde: diese Amelie. Die war doch noch vor vier Wochen mit euch hier, so eine nette junge Frau. Und dabei ist sie eine Mörderin. Da sieht man's mal wieder: Nicks geiht oewer dat Pierstählen, säd de Deif, un oewer de Gemütlichkeit.« Sie stand auf und ging zurück an ihren Tresen.

Elisabeth wandte sich ihr nach. »Richtig verstanden habe ich unsere liebe Wirtin ja nicht. Das eben war eine Redensart?«

»Und was für eine«, Lilo griente. »Nichts geht über das Fallenstellen, sagte der Teufel, und über die Gemütlichkeit.«

*

Am folgenden Donnerstag begann die neue Square-Dance-Saison. Lilo hatte während der letzten Wochen an ihrem neuen Rock genäht, der Stoff stammte von ihrer Berliner Einkaufstour.

»Aha«, meinte Oskar anerkennend, als er sie abholte. »Heute in Weinrot. Du weißt schon, woran die Farbe mich erinnert?«

»Vielleicht an den Nissan von Amelie Heege, den du so gewissenhaft verfolgt hast.«

»Genau. Du musst also damit rechnen, dass ich dich verfolge.«

»Das passt gut. Ich wollte sowieso mal wieder mit dir durch den Borchtitzer Forst laufen und Angler observieren.«

»Möchtest du auch noch mal über den Wanderweg robben?«

»Nur zu gern. Sowohl quer als auch längs.«

»Gut, min Deern. Aber jetzt führe ich dich erst mal ab.«

Galant begleitete er sie zur Garage und öffnete ihr die Wagentür.

Sobald die beiden in Sellin den Saal betraten, schallten ihnen Bravo-Rufe und Applaus entgegen, sie mussten von ihrem Coup erzählen.

»Und ich habe mich schon gewundert«, meinte Ulrike, »als Lilo frühmorgens mit Sportzeug auf dem Friedhof saß und was über Strüthers Doppelgrab wissen wollte. Da hätte ich ja eigentlich drauf kommen können, dass was anderes dahintersteckt. Sie hat mich ganz schön ausgehorcht.«

»Mach dir nichts draus«, entgegnete Lilo. »Es war ja für den guten Zweck. Manchmal muss eben auch die irdische Gerechtigkeit siegen.«

Ulrike schien noch nach der passenden Antwort zu suchen, da klatschte Konrad in die Hände und bat um Aufstellung, die *Squares* formierten sich.

*»Bow to your partner, bow to your corner.«*

Konrads wunderbarer Bass füllte den Saal, Oskar fasste Lilo bei den Händen.

*»And everybody promenade.«*

Sie tanzten.

ENDE

## *Lesen Sie weiter: Ein Interview mit Lilo Gondorf*

***Lilo, warum haben Sie sich damals entschieden, zur Polizei zu gehen?***
Wahrscheinlich, weil ich gern mit Menschen arbeite und damals einen starken Gerechtigkeitssinn hatte. Den habe ich im Grunde immer noch – aber heute bin ich nicht mehr so naiv und idealistisch.

***Bereuen Sie es sehr, dass Sie diesen Weg nicht weiterverfolgen konnten?***
Schon nach einem Jahr auszuscheiden, ist mir nicht leicht gefallen. Aber natürlich haben mein Mann und ich uns sehr über unsere Zwillinge Oliver und Jonas gefreut. Als später auch unsere Tochter Verena aus dem Gröbsten raus war, wollte ich ja wieder in den Beruf zurück. Doch dann ist mein Mann tödlich verunglückt, und die ganze Familie musste sich erstmal in der neuen Situation zurechtfinden. Danach war ich zu alt, um bei der Kripo neu einzusteigen. Und so, wie es jetzt gekommen ist, ist es doch auch gut. Ich freue mich natürlich, dass Verena in meine beruflichen Fußstapfen getreten ist.

***Was mögen Sie an Rügen besonders gern?***
Die Boddenlandschaft und die Mentalität der Menschen – und noch vieles, vieles mehr.

***Fühlen Sie sich in Groß Zicker angekommen?***
Ja. Nach so vielen Jahren der Sorge und Unruhe bin ich wohl am Ziel.

***Lilo, Sie strahlen immer so viel Ruhe und Besonnenheit aus, Kompliment. Aber was bringt Sie denn ins Schwitzen?***
Danke für das Lob. Was mich ins Schwitzen bringt? Wenn wie jedes Jahr die Kommission von der Kurverwaltung kommt, um meine Ferienanlage zu begutachten. Dann überlege ich immer, ob ich in den Bungalows überall gründlich Staub gewischt habe und der Garten ordentlich aussieht.

***Wie sieht für Sie der perfekte Sonntag aus?***
Ich weiß, dass es meinen Kurgästen gut geht, und habe ein paar Stündchen Zeit zum Lesen.

***Sie sind seit zwanzig Jahren verwitwet. Könnte es nicht noch einmal eine neue Liebe in Ihrem Leben geben? Was ist denn mit Ihrem Nachbarn Oskar?***
Oskar und ich sind gute Freunde. Das ist sehr viel wert. Und mehr möchte ich auch gar nicht dazu sagen.

***Dann vielen Dank für das Interview, liebe Lilo! Hoffentlich treffen wir uns bald wieder.***
Ja, da bin ich mir ganz sicher. Schließlich passiert auch auf so einer beschaulichen und idyllischen Insel wie Rügen allerhand. Und um die gute Ramona aus dem Bodden-Krug zu zitieren: Nichts geht über das Fallenstellen …

MIX
Papier aus verantwortungsvollen Quellen
FSC® C083411

Verlagsgruppe Random House FSC® N001967
Das für dieses Buch verwendete FSC®-zertifizierte Papier
*Lux Cream* liefert Stora Enso, Finnland.

2. Auflage
Originalausgabe Mai 2015
btb Verlag in der Verlagsgruppe Random House GmbH, München

Umschlaggestaltung: semper smile, München
Umschlagmotive: © Shutterstock / Madlen / Molodec / Krasowit / Jenny Sturm
Satz: Uhl + Massopust, Aalen
Druck und Einband: CPI books GmbH, Leck
MP · Herstellung: sc
Printed in Germany
ISBN 978-3-442-74918-8

www.btb-verlag.de
www.facebook.com / btbverlag
Besuchen Sie unseren LiteraturBlog www.transatlantik.de

Ex-Polizistin Lilo Gondorf vermietet in Groß Zicker Ferienbungalows – und das mit großem Erfolg. Schließlich kann sie seit Jahren die Höchstwertung – fünf Seesterne, verliehen von der Kurverwaltung Rügen – halten. Doch dann wird Lilos Gast Werner Koch, ein pensionierter Notar, bei einer Wanderung um den Bodden entführt. Die einzige Zeugin: seine blinde Ehefrau. Das macht Lilo ganz schön zu schaffen – und weckt in ihr die Sehnsucht nach dem alten Beruf. Und da die Polizei, unter anderem Lilos Tochter Verena von der Kripo Stralsund, auf der Stelle tritt, muss Lilo wohl oder übel selbst ermitteln. Gemeinsam mit ihrem Nachbarn Oskar kommt sie dem entführten Notar auf die Spur – und einem handfesten Verbrechen …

NADJA QUINT wurde 1959 in Ostwestfalen geboren und ist im Hauptberuf Fachärztin für Psychosomatische Medizin– ihre Kinder schämen sich noch heute dafür, wenn sie den Beruf der Mutter irgendwo angeben müssen. Dabei hilft ihr das Wissen um die Psyche des Menschen ganz ungemein, wenn sie sich ihrer liebsten Nebentätigkeit widmet: Kriminalromane schreiben. Nach mehreren historischen Krimis hat sie nun mit der Krimireihe um Lilo Gondorf, die ermittelnde Pensionswirtin aus Rügen, einen Grund gefunden, ganz oft auf die beliebte Ferieninsel zu reisen – natürlich ausschließlich zu Recherchezwecken.